셜록 홈즈
걸작선

셜록 홈즈 걸작선 1

지은이 아서 코난 도일
옮긴이 정태원
발행인 최훈일
발행처 시간과공간사

신고번호 제2015-000085호
신고연월일 2009년 11월 27일

초판 01쇄 발행 2010년 08월 23일
초판 09쇄 발행 2021년 09월 15일

우편번호 10594
주소 경기도 고양시 덕양구 통일로 140(동산동 376)
　　　삼송테크노밸리 A동 351호
전화번호 (02) 325-8144(代)
팩스번호 (02) 325-8143
이메일 pyongdan@daum.net

ISBN 978-89-7142-232-8 04840
　　　978-89-7142-231-1 (세트)

※ 가격은 뒤표지에 있습니다.
※ 파본은 구입하신 곳에서 바꾸어 드립니다.

셜록 홈즈
걸작선 1

아서 코난 도일 지음 | 정태원 옮김

시간과공간사

목차

신랑의 정체 · · · · · · · · · · · · · · · · 7
The Case of Identity

입술이 비뚤어진 남자 · · · · · · · · · · 45
The Man with the Twisted Lip

실버 블레이즈 · · · · · · · · · · · · · · · 97
Silver Blaze

등이 굽은 남자 · · · · · · · · · · · · · · 147
The Crooked Man

외로운 사이클리스트 · · · · · · · · · · 189
The Solitary Cyclist

여섯 개의 나폴레옹 · · · · · · · · · · · 231
The Six Napoleons

브루스 파팅턴 설계도 · · · · · · · · · 275
The Bruce-Partington Plans

죽어 가는 탐정 · · · · · · · · · · · · · · 333
The Dying Detective

서섹스의 뱀파이어 · · · · · · · · · · · 369
The Sussex Vampire

유명한 의뢰인 · · · · · · · · · · · · · · 407
The Illustrious Client

신랑의 정체

1887년 10월 18일(화)~10월~19일(수)

The Case of Identity

　베이커 가의 하숙집에서 두 사람이 난로 가에 앉아 있을 때, 셜록 홈즈가 말을 걸었다.

　"왓슨, 인생은 인간의 머리로는 도저히 생각할 수 없을 만큼 정말 이상해. 일상생활의 아주 평범한 사물도 우리가 상상할 수 없는 요소를 내포하고 있거든. 만일 지금 우리가 손을 잡고 저 창문을 빠져나가 이 대도시 위를 날아다니면서 이 집 저 집의 지붕을 살며시 벗겨 그 방에서 이루어지고 있는 기괴한 인생 드라마를 볼 수 있다고 가정해 봐. 그러면 우리는 거기서 놀랄 만한 우연의 일치와 갖가지 음모 및 착오, 착각, 경이로운 인과 관계 등이 대를 이어 그 운동을 계속해서, 마침내는 더없이 괴이한 결과가 만들어지는 모습을 보게 될 거야. 그것에 비하면 소설 따위는 평범한 줄거리에 결과 또한 뻔히 내다보이기 때문에 진부하고 무의미하기 짝이 없지."

"나는 그렇게 생각하지 않아. 신문에 명백히 밝혀지는 사건을 보더라도 지독하게 황량하고 저속한 것들뿐이야. 또한 경찰수사는 철저한 리얼리즘에 입각해 쓰여 있는데 결과는 솔직히 말해서 재미도 없고 예술적이지도 않아."

"리얼한 효과는 신중하게 일정한 취사선택을 하지 않으면 나오지 않아. 경찰조사에는 그것이 결여되어 있거든. 판사의 잠꼬대에 비중을 두고 사건의 세세한 부분을 소홀히 하고 있어. 이 세세한 부분이야말로 사건을 규명하기 위한 열쇠인데도 말이야. 어쨌든 일상생활에서 일어나는 일이야말로 가장 초자연적인 양상을 띠고 있다고 봐야 해."

나는 웃으며 고개를 저었다. "자네가 그렇게 생각하는 것은 잘 알아. 자네는 곤경에 빠져 있는 사람들을 구조하는 사립탐정이니 신기하고 불가사의한 사건만 겪어 왔겠지. 그러나……." 나는 떨어져 있는 신문을 들었다. "이것으로 실제 실험을 해 보세. 음, 가장 쉽게 눈에 띄는 제목은 '아내를 학대하는 남편'이야. 이 기사로 세로 난을 반이나 메우고 있는데 읽지 않아도 내용은 전부 짐작이 가. 역시 정부가 있고 지독한 술꾼이고 아내를 때리고 떼밀곤 해서 상처가 아물 날이 없어. 그 언니나 동생, 혹은 집주인 마누라가 그것을 동정해. 아무리 엉터리 작가라도 이런 엉터리 이야기는 쓰지 않지."

"그럴듯해. 그러나 자네의 비유는 타당하지 않아." 홈즈는 신문을 받아들고 그것을 대충 훑어보았다. "이건 던더스 부부의 별거에 대한 기사인데. 나는 우연히 이것에 관해 간단한 조사를 의뢰받았어. 남편은 절대 술을 마시지 않고 아내 이외의 여자관계는 없어. 재판을 하게 된 이유는 식사를 끝내고 나면 언제나 남편이 틀니를 뽑아서 아내에게 던졌다는 거였어. 이런 것은 평범한 소설가가 도저히 생각해 낼 수 없는 행위인데, 자네도 그 정도는 알 거야. 자, 왓슨. 코담배라도 한 대 하면서 자네가 꺼낸 예로 해서 오히려 역습을 당했다는 것을 인정하게."

홈즈는 뚜껑 중앙에 자수정을 박아 넣은 황금 코담배 갑을 내밀었다. 그 눈부신 아름다움은 그의 조촐하고 검소한 생활 태도와는 너무나 대조적이었다.

"자네와는 몇 주 동안 만나지 못했지. 이건 아이린 애들러에게서 사진을 되찾으려 했던 보헤미아 왕이 사례로 준 기념품이야."

"그럼 그 반지는?" 나는 그의 손가락에서 반짝이고 있는 브릴리언트 형[1] 다이아몬드를 보면서 물었다.

---

1) 보석의 낭비를 가장 적게 하며 가장 빛나게 커팅 하는 방법, 보통 58면.
 (이하의 각주는 모두 역자의 주입니다.)

"이건 네덜란드 왕실에서 기증한 거야. 이것을 사례로 받게 된 사건은 비밀을 철저히 지켜야 해서 자네한테도 이야기할 수가 없어. 자네가 나의 몇몇 작은 사건을 기록해 주는 친절은 잊지 않겠지만."

"지금 손대고 있는 사건이 있나?" 나는 흥미를 갖고 물었다.

"열두 가지쯤 되는데 모두 재미없어. 물론 재미없다고 해서 중요하지 않다는 뜻은 아니지만 말이야. 내가 발견한 바로는, 자칫 하찮아 보이는 사건이 관찰을 해야 하는 경우가 많고, 원인과 결과에 대해 예리한 분석을 시도할 수 있어서 조사를 하면서 매력을 느끼게 되지. 큰 범죄일수록 양상이 단순해지기 쉬워. 그 이유는 대개의 경우 중대 범죄일수록 동기의 가닥이 간단히 잡히기 때문이야. 지금 조사하고 있는 것 중에 마르세이유에서 의뢰 받은 사건이 조금 복잡하고 다른 것은 재미없어. 그러나 곧 재미있는 사건이 들어올 것 같아. 저것 보게. 저기 보이는 사람은 나에게 오는 의뢰인일 거야. 틀림없어."

그는 의자에서 일어나 열려 있는 창문의 커튼 사이로, 잔뜩 찌푸린 런던 거리를 내려다보았다. 나도 그의 어깨 너머로 보니, 길 건너 보도에 묵직한 털목도리를 두르고, 끝이 말려 있는 붉고 멋진 깃털이 달린 챙이 넓은 모자를 '데번셔의 공작부인'처럼 요염하게 비스듬히 쓰고 있는 몸집이 큰 여자가 서 있었다. 여자는 화려하게 장식한 몸을 앞뒤로 흔들면서 장갑의 단추를 만지작거리며 이럴까 저럴까 망설이는 태도로 이쪽의 창문을 올려다보고 있었다. 어, 하고 생각했을 때, 그 여자는 수영하는 사람이 물에 뛰어들 때처럼 몸에 탄력을 주고 바삐 길을 건넜다. 이윽고 현관 벨이 요란하게 울렸다.

"이런 징조는 전에도 경험한 적이 있어." 홈즈는 담배를 불 속에 던지면서 말했다.

"보도에서 망설인 문제는 틀림없이 연애 문제야. 상담하고 싶지만 내용이 아주 미묘해서 상대가 이해해 줄지 어떨지 걱정스러운 모양이야. 그러나 두 가지 경우가 있지. 남자에게 학대를 받았거나 배신당한 여자라면 주저하지 않아. 그런 경우라면 벨 끈이 끊어지는 것이 보통이야. 그것으로 미루어 볼 때 오늘의 상담은 연애 문제인데, 여자는 남자에게 화를 내고 있다기보다는 오히려 망설이거나 비관하고 있어. 어쨌든 본인이 직접 온 것 같으니 어느 쪽인지 곧 알게 되겠지."

홈즈의 말이 끝나기도 전에 노크 소리가 들리고 급사가 들어와서 메리 서덜랜드의 방문을 알렸다. 그리고 검은 제복을 입은 급사의 작은 몸 뒤로 서덜랜드가, 작은 보트에 안내되어 온 커다란 배처럼 나타났다. 셜록 홈즈는 언제나 그렇듯이 상냥하게 맞아들이고는 문을 닫았다. 그리고 나서 안락의자에 앉으라고 한 다음, 그만이 지닌 세심한 관찰력으로 여자를 살폈다.

"열심히 타자기를 치시는 듯한데, 근시라 피곤하지요?"

"처음에는 피곤했어요. 하지만 요즘은 자판을 보지 않아도 되니까요."

그러나 곧 홈즈 질문의 깊이를 비로소 깨닫고 흠칫하더니, 넓고 착해 보이는 얼굴에 두려움과 놀라움의 표정을 띠고 그를 올려다 보았다.

"홈즈 씨. 저의 얘기를 이미 들어서 아시는군요. 그렇지 않고는 어떻게 그런 것을 알 수 있으시죠?"

"걱정하지 마세요." 홈즈는 웃었다. "모든 것을 아는 것이 내가 하는 일이니까요. 다른 사람 같으면 지나칠 것도 오랫동안 주의해서 관찰하는 훈련을 쌓아 왔기 때문입니다. 그렇지 않았다면 당신도 내게 상담하러 오지 않았겠죠."

"에사릿지 부인에게서 소문을 들었어요. 부인의 남편이 행방불명이 되었을 때 모든 사람들이, 심지어는 경찰까지도 이미 죽었다고 체념했지만, 당신이 쉽게 찾아 주셨다고 하더군요. 홈즈 씨, 제발 저를 도와주세요. 저는 부자는 아니지만 타자를 쳐서 버는 수입 외에 유산에서 들어오는 돈이 1년에 100파운드입니다. 호스머 엔젤 씨의 행방을 찾아 주신다면 그것을 모두 드리겠어요."

"이렇게 급하게 의논하러 오신 이유가 뭡니까?"

셜록 홈즈는 두 손의 손가락 끝을 맞대고 천장을 보면서 말했다. 어딘지 공허감이 감도는 메리 서덜랜드의 얼굴에 또다시 놀랍다는 표정이 떠올랐다.

"그래요, 전 집에서 뛰쳐나왔어요. 사실은 윈디뱅크 씨가……저, 저의 아버지입니다만…… 너무 태평스러워서 화가 났어요. 경찰에 신고도 하지 않고 당신에게 도움을 청하려하지도 않아요. 정말 손가락 하나 까딱하지 않으면서 덮어놓고 걱정하지 말라고만 하는 거예요. 저는 더 이상 참을 수 없어 바삐 준비를 하고 이곳으로 왔어요."

"지금, 아버지라고 했나요?" 홈즈가 끼어들었다. "이름이 다른 것을 보니 의붓아버지입니까?"

"네. 아버지라고 부르지만 나이는 저하고 5년 2개월밖에 차이가 나지 않아요. 이상하게 여기시겠지만."

"어머니는 계십니까?"

"네, 아주 건강해요. 친아버지가 돌아가시자 어머니가 곧 열다섯 살 아래인 사람과 재혼을 했기 때문에 저는 불쾌했어요. 돌아가신 아버지는 생전에 토트넘코트 가에서 꽤 번창하게 배관사업을 하셨어요. 아버지가 돌아가신 뒤로 어머니는 기술자 하디와 함께 사업을 이끌어 나갔는데, 윈디뱅크 씨가 와서 어머니를 구슬려 가게를 팔게 했어요. 그분은 와인 회사의 외무 담당이었는데 능력이 상당했어요. 가게의 권리와 거기에 이자까지 붙여서 4,700파운드에 내놓은 것 같아요. 아버지가 살아 계셨다면 정말 어림도 없는 금액이지요."

여자의 이야기는 핵심이 없고 줄거리도 일관성이 없었다. 나는 그런 이야기를 설록 홈즈가 짜증스러워하지나 않을까 하고 염려했는데, 뜻밖에도 그는 열심히 귀를 기울이고 있었다.

"당신의 많지 않은 유산 수입은 그 가게에서 나오는 겁니까?"

"아니요. 그건 가게와 상관없는 전혀 다른 곳이에요. 뉴질랜드 오클랜드에 있는 네드 삼촌이 저에게 남겨 준 거죠. 이자 4부 5리의 뉴질랜드 공채예요. 액면가는 2,500파운드지만 저는 이자만 받도록 되어 있어요."

"아주 재미있는 이야기입니다. 그렇다면 당신은 1년에 이자가 100파운드나 들어오는 데다 돈벌이까지 하고 있으니, 조촐한 여행이나 그 밖에 하고 싶은 일을 할 수도 있겠군요. 독신 여성이라면 1년에 60파운드만 있어도 괜찮게 살 수 있을 겁니다."

"홈즈 씨, 더 적어도 살 수 있어요. 하지만 집에 있는 동안은 어머니의 부담이 되고 싶지 않아서 이자는 어머니에게 드리고 있어요. 물론 당분간이지요. 윈디뱅크 씨가 석 달에 한 번씩 이자를 받아 와서 어머니에게 드려요. 저는 타자를 치는 수입만 갖고도 충분해요. 한 장에 2펜스인데, 어떤 날은 15매에서 20매를 치기도 하니까요."

"당신 환경은 잘 알았습니다. 그리고 이분은 왓슨 의사입니다. 내 친구이니 아무 염려 말고 이야기하세요. 그럼, 이번에는 호스머 엔젤 씨와의 관계를 들어 볼까요."

서덜랜드는 얼굴이 빨개져서 상의 테두리 장식을 만지작거렸다. "가스공사 관계의 무도회에서 알게 되었어요. 그 사람들은 아버지가 살아 계실 때부터 티켓을 보냈는데, 아버지가 돌아가신 뒤에도 우리를 잊지 않고 어머니 앞으로 보내 주었어요. 하지만 윈디뱅크 씨는 우리가 나들이하는 것을 달갑게 여기지 않아요. 어딜 가든 언제나 반대하거든요. 일요학교 위안회에 가고 싶다고 해도 화를 낼 거예요. 하지만 그 무도회에는 꼭 가고 싶어서 어떤 일이 있어도 참가하리라 마음먹었어요. 생각해 보세요. 그에게 나를 못 가게 할 권리는 없지 않아요? 그가 말했어요. 아버지의 친구가 여러 명 올 텐데, 그런 수준의 사람들과 사귀는 것은 좋지 않다고요. 또 입고 갈 옷이나 있냐고 했어요. 그러나 천만의 말씀이지요. 제게는 서랍에서 한 번도 꺼낸 적이 없는 자주색 비단옷이 있었거든요. 아버지는 도저히 말릴 수 없다는 것을 알고, 회사일이 있다면서 프랑스로 떠났어요. 하지만 저는 어머니와 전에 저희 집 기술자였던 하디 씨와 함께 무도회에 갔어요. 그리고 거기서 호스머 엔젤을 알게 되었어요."

"윈디뱅크 씨는 프랑스에서 돌아와 그 말을 듣고 몹시 언짢아했겠군요."

"아뇨, 기분이 좋아 보였어요. 어깨를 으쓱하고 웃으면서 '여자란 어차피 제멋대로니까 말려도 소용 없어.'라고 한 말을 기억하고 있습니다."

"알겠습니다. 그럼 당신은 그 가스공사 관계의 무도회에서 호스머 엔젤 씨를 만나게 된 거군요?"

"네, 그날 밤 처음 만났는데, 그분은 다음 날 우리가 무사히 돌아왔는지 궁금하다면서 전화했어요. 그 후에도 만났죠. 홈즈 씨, 우리는 두 번쯤 산책을 했어요. 하지만 얼마 후 아버지가 돌아와서 호스머 엔젤 씨는 집에 올 수 없었지요."

"왜요?"

"아버지가 손님을 집에 들이는 것을 싫어하기 때문입니다. 여자는 가족과 즐기는 것만으로 충분하다고 늘 말해요. 하지만 그렇게 하려면 자신의 가정이 있어야 하는 것 아니겠어요. 그래서 저는 어머니에게 말했지요. 나는 아직 내 가정을 갖고 있지 않다고 말예요."

"호스머 엔젤 씨는 어땠습니까? 어떻게든 당신과 만나려고 하지 않았나요?"

"애를 썼지요. 그런데 아버지가 일주일 후에 또 프랑스로 가게 되어 있어서, 호스머는 편지로 그때까지는 서로 만나지 않는 것이 좋겠다고 했어요. 일주일쯤이라면 편지로 왕래해도 되니까요. 그래서 그 사람은 매일 편지를 보냈어요. 저는 매일 아침 직접 편지를 가지러 갔기 때문에 아버지가 눈치챌 염려는 없었어요."

"약혼했습니까?"

"네, 홈즈 씨. 저희가 처음 산책하고 돌아오던 날, 결혼하기로 약속했어요. 호스머는…… 엔젤 씨는…… 리든홀 가에 있는 회사의 경리담당이고……, 그리고……."

"어떤 회사입니까?"

"그래서 난처했어요. 사실 저도 몰라요."

"사는 곳은 어디입니까?"

"그 사람은 회사에서 숙식하고 있었어요."

"주소도 모르는군요."

"네, 리든홀 가라는 것밖에는."

"그럼 편지를 보낼 때는 어디로?"

"리든홀 가 우체국으로 보냈어요. 회사로 여자 편지가 오면 사람들이 놀린다나요. 그렇다면 그 사람이 하듯 나도 타자기로 쳐 보내겠다고 했더니, 그 사람은 그것도 싫다고 했어요. 손으로 쓴 글씨라면 내 편지를 받았다는 실감이 나지만, 타자기로 친 것은 두 사람 사이에 기계가 끼어들었다는 기분이 든다는 거예요. 홈즈 씨, 그 사람은 그토록 저를 사랑했어요. 그리고 아주 자상했어요."

"정말 암시적인 이야기군요. 나는 예전부터 사소한 점이야말로 무엇보다도 중요하다는 말을 격언으로 삼아 왔습니다. 그러니 하잘것없는 것이라도 좋으니까, 엔젤 씨에 대해 그 밖에 생각나는 것이 있으면 무엇이든 말하세요."

"홈즈 씨, 그 사람은 아주 부끄러워했어요. 두드러져 보이는 것이 싫다면서 산책을 해도 낮보다는 밤을 더 좋아했어요. 아주 내성적이고 얌전한 사람이었다고 할까요. 목소리까지 다정했어요. 어렸을 때 편도선과 경부 임파선이 붓는 병에 걸렸는데, 그 때문에 목이 약해져서 그 후로는 속삭이는 듯한 작은 소리로 말하는 버릇이 생겼다고 했어요. 그리고 옷차림은 늘 깔끔하고 소박했습니다. 하지만 저처럼 눈이 나빠서 햇빛을 피하기 위해 색안경을 쓰고 있었어요."

"알겠습니다. 아버지 윈디뱅크 씨가 프랑스로 떠난 후로는 어떻게 되었습니까?"

"호스머 엔젤 씨는 또 집으로 찾아와서 아버지가 돌아오기 전에 결혼하자고 했습니다. 그 태도가 너무나도 진지해서 마침내 저는 성경에 손을 얹고 어떤 일이 있어도 마음이 변치 않겠다고 맹세했어요. 어머니는 그 사람이 맹세를 요구하는 것은, 그 사람의 애정이 그만큼 깊다는 증거이니 당연한 것이라고 말했지요. 어머니는 처음부터 엔젤 씨와 잘 맞아 마치 저보다도 그 사람을 더 좋아하는 것 같았어요. 그는 어머니에게 일주일 안으로 식을 올리고 싶다고 했지만, 저는 아버지가 마음에 걸렸어요. 그러나 두 사람은 아버지 문제는 신경 쓰지 않아도 된다, 나중에 이야기하면 된다고 하더군요. 어머니는 아버지가 마음에 걸린다면 당신이 설득하겠다고 했어요. 그러나 홈즈 씨, 저는 그래도 마음이 내키지 않았어요. 저보다 고작 다섯 살 많은 의부에게 결혼 승낙을 얻는다는 것이 조금 이상하긴 했지만, 저는 떳떳하지 않게 어물쩍 넘기는 것이 싫었기 때문에 프랑스의 보르도 지점으로 아버지에게 편지를 보냈어요. 그런데 그 편지는 공교롭게도 결혼식 날 아침에 그대로 돌아왔어요."

"배달되지 않았나요?"

"그게 아니라, 아버지가 영국으로 떠난 뒤에 편지가 도착한 거예요."

"그거 참 안됐군요. 그래서 지난 금요일 결혼식을 올리기로 한 거군요. 성당에서 올릴 예정이었습니까?"

"네, 집안끼리만 조촐하게. 킹스 크로스 역에서 가까운 세인트 세비아 성당에서 식을 올린 다음, 세인트 팬크라스 호텔에서 아침식사를 할 예정이었어요. 그날 호스머는 이륜마차로 마중을 왔는데, 어머니와 저 둘뿐이라 우리가 그 마차에 탔고, 마침 길에 사륜마차밖에 없어서 그는 거기에 탔어요. 우리가 성당에 도착하자 곧 사륜마차도 뒤따라왔습니다. 그런데 이상하게도 아무리 기다려도 호스머가 마차에서 내리지 않는 거예요. 나중엔 마부가 내려와 안을 들여다보았는데, 글쎄 아무도 없지 뭡니까! 마부는 그 사람이 올라타는 것을 똑똑히 보았는데 도대체 어디에 갔는지 모르겠다고 했어요. 홈즈 씨, 이것이 지난 금요

일에 일어난 일이에요. 그리고 오늘까지 아무 소식이 없으니 도대체 그 사람은 어떻게 된 걸까요. 저는 전혀 짐작도 할 수 없어요."

"기막힌 일을 당했군요." 홈즈가 말했다.

"그게 아니에요! 그는 다정하고 친절한 사람이에요. 저를 애먹일 사람이 결코 아닙니다. 네, 그래요. 그날 아침에도 '어떤 일이 있어도 절대로 변심하지 말아요. 만일 뜻밖의 일이 생겨 서로 헤어지게 되더라도 약속한 것을 잊지 말아요. 언젠가 당신을 꼭 데리러 올 테니까.'하고 거듭거듭 당부했어요. 결혼식 아침에 그런 말을 하는 것이 조금 이상하긴 했지만, 그 뒤에 일어난 일을 생각해 보면 틀림없이 무언가 사정이 있었던 거예요."

"확실히 무언가 있군요. 당신은 엔젤 씨에게 뜻밖의 불행이 닥쳐온 것이라고 생각하겠군요."

"네, 자기도 위험이 닥쳐오고 있다는 예감이 들었던 모양이에요. 그래서 저에게 그런 말을 한 겁니다. 그런데 그 예감이 이렇게 정확히 맞다니."

"하지만 어떤 일이 일어난 건지 당신은 전혀 모르는군요."

"네."

"그럼, 한 가지 더 묻겠습니다. 어머니는 이 사건을 어떻게 생각하고 계십니까?"

"어머니는 화를 내면서 그 사람 이야기는 두 번 다시 하지 말라고 했어요."

"아버지는? 그에게도 이야기했습니까?"

"했어요. 아버지도 저와 의견이 같아, '무언가 사정이 있겠지. 기다리다 보면 소식을 알게 되겠지.' 하고 생각하는 듯했어요. 아버지도 말했지만, 저를 성당 앞까지 데리고 가 내팽개친다 해서 대체 그에게 어떤 이득이 있을까요? 만일 저에게서 돈을 빌려 간 일이 있거나, 아니면 결혼을 해서 저의 재산이 그의 것이 된다던가 하면 그런 대로 이해가 가요. 하지만 호스머는 돈에 대해서만은 지나칠 정도로 결백해서 제 돈은 1실링도 쓰지 않았어요. 그런데 정말 어찌 된 일일까요? 왜 편지도 없는 걸까요? 저는 미칠 것만 같아요. 밤에도 잠을 잘 수 없어요."

여자는 품속에서 조그만 손수건을 꺼내 얼굴을 묻고 슬피 울었다.

"조사해 드리지요. 나는 정확한 사실을 밝혀 낼 자신이 있습니다. 모든 것을 나에게 맡기고, 당신은 더 이상 아무 생각도 하지 마세요. 특히 당신의 마음속에서 호스머 엔젤 씨에 관한 추억은 말끔히 지우세요. 그 사람은 당신 앞에서 사라졌으니까요."

"그 말씀은 다시는 그 사람을 만나지 못한다는 뜻인가요?"

"그렇게 생각하세요."

"그 사람은 어떻게 된 건가요?"

"그 문제는 나에게 맡기는 겁니다. 지금은 그런 것보다는 엔젤 씨의 정확한 인상을 말해 주세요. 그리고 그에게서 온 편지 중에 필요 없는 것이 있으면 주세요."

"지난 토요일 〈크로니클〉 신문에 사람 찾는 광고를 냈어요. 이 것이 그건데, 오려서 갖고 왔어요. 그리고 편지는 네 통 갖고 왔어요."

"고맙습니다. 당신 주소는요?"

"캠버웰 라이언 플레이스 31입니다."

"엔젤 씨의 주소는 모른다고 했나요? 아버지 회사는 어디에 있습니까?"

"펜처치 가인데, 클라레 주를 대량 수입하고 있는 웨스트하우스 앤 마뱅크 상회의 외무담당입니다."

"잘 알았습니다. 그럼 편지와 신문 스크랩은 내가 맡아 두겠습니다. 그리고 아까 한 충고를 잊지 마세요. 이 사건은 수수께끼인 채로 내버려 두고, 이제는 관계없는 것으로 단념하는 겁니다."

"홈즈 씨, 친절한 조언에 감사드립니다. 그러나 저는 잊을 수 없어요. 호스머에게 저의 진실을 다 바치고 싶어요. 저는 언제까지라도 그가 다시 돌아오는 날을 기다리고 있겠어요."

우리의 고객은 지극히 사치스러운 화려한 모자를 쓰고 멍청한 얼굴을 하고 있었는데, 그 순진한 성실성 속에서 뭔가 거룩한 것이 느껴져 우리는 저절로 머리가 수그러지는 심정이 되었다. 여자는 편지와 신문 스크랩을 테이블 위에 놓고, 일이 있으면 언제든지 다시 오겠다는 말을 남기고 돌아갔다.

셜록 홈즈는 서덜랜드가 돌아간 뒤에도 여전히 손가락을 깍지 끼고 다리를 앞으로 뻗은 채 말없이 한동안 천장을 지그시 올려다보았다. 그리고 언제나 그의 의논 상대가 되는 담뱃진투성이 사기 파이프에 불을 붙여 물고는 의자에 깊숙이 앉아 푸른 연기 동그라미를 만들면서 몹시 나른한 듯한 표정을 지었다.

"그 여자는 정말 연구할 만한 가치가 있어. 사건보다도 오히려 그 여자가 훨씬 더 재미있었어. 그래, 사건은 평범해. 내 색인을 찾아 봐. 동일한 예가 나와. 1877년에 햄프셔 주 앤도버에서도 같은 일이 있었고, 네덜란드의 헤이그에서도 작년에 비슷한 사건이 발생했지. 오늘 것도, 한두 가지 새로운 점은 있지만 역시 낡은 수법이야. 그러나 사건과는 달리 그 여자가 더 많은 것을 가르쳐 주고 있어."

"자네는 그 여자에 대해 내가 모르는 것을 간파했나?" 내가 물었다.

"자네가 모르는 게 아니라 부주의한 거야. 왓슨, 보아야 할 곳을 보지 않으니 중요한 것을 다 놓치지. 소맷자락이나 손톱이 얼마나 중요한 점을 시사하는지, 또 구두끈에서 어떤 멋진 결론이 나오는지 자네는 상상도 못할 거야. 그런데 자네는 그 여자의 겉모습에서 어떤 것을 알아냈나? 한 번 들어 볼까?"

"그렇군, 챙이 넓은 회색 밀짚모자에 붉은 벽돌색 깃털로 장식하고 있었어. 그리고 상의는 검정색인데 까만 비즈 구슬이 달렸고, 테두리 장식으로는 조그마한 검은 구슬이 나란히 붙어 있었어. 그 밑의 옷은 커피보다 약간 검은 색이 도는 갈색이고, 깃 둘레와 소맷자락에는 자줏빛 플러시가 달려 있었어. 장갑은 회색 가까운 색상이고, 오른쪽 둘째손가락 부분이 조금 닳았더군. 구두는 보지 않았어. 그 밖에 자그마한 둥근 금귀고리를 하고 있었지. 전체적인 느낌은 태평스럽고 한가로운 서민풍이고, 생활은 풍족해 보이더군."

셜록 홈즈는 가볍게 박수를 보내고 피식 웃었다.

"허, 이거 놀랍게 발전했군. 정말 훌륭해. 중요한 것은 몽땅 빠뜨렸지만 관찰 방법만은 터득한 셈이야. 더욱이 색상에 대해서는 아주 예민했어. 그러나 왓슨, 전체적인 인상에 집착할 것이 아니라 세밀한 점에 주의하도록 해. 나는 상대가 여성인 경우 먼저 소매 끝을 봐. 남자라면 바지의 무릎이 좋지. 자네도 느꼈겠지만, 그 여자는 소매 끝에 플러시를 달고 있었는데, 그곳은 가장 해지기 쉬운 부분이야. 타자기를 칠 때에는 손목 바로 위의 부분이 책상에 닿아 닳게 되는데, 그 여자의 소매 끝에는 두 가닥의 선이 뚜렷이 나 있었어. 수동식 재봉틀에서도 같은 흔적이 생기는데 그 경우에는 왼손에, 그것도 새끼손가락 가까운 부분에 생기지. 그런데 그 여자의 것은 오른손 쪽에 넓게 생겼더군. 그리고 그녀의 얼굴을 보면 코 양쪽에 코안경 자국이 있어. 그래서 근시의 눈으로 타자기를 쳐서 피곤하겠다고 말했더니 여자는 놀라는 눈치더군."

"그때는 나도 놀랐어."

"그러나 틀릴 리 없지. 하지만 그보다도 아래를 관찰하고, 여자가 신고 있는 구두가 아주 비슷하기는 하지만 사실은 짝짝이고, 한쪽 끝 가죽에는 장식이 있지만 다른 쪽에는 장식이 없다는 사실을 깨달았을 때에는 아주 놀랐고 또 흥미를 느꼈지. 게다가 구두 단추 다섯 개가 한쪽은 세 번째와 다섯 번째만 채워졌지 뭔가. 제대로 차려입은 젊은 여자가 짝짝이 구두를 신고, 또 구두 단추도 제대로 채우지 않고 집을 나왔다면, 이건 급히 서둘러서 달려 나온 것이라고 추측할 수 있지."

"그 밖에도 추측한 것이 또 있겠지?" 나는 여느 때와 같이 홈즈의 날카로운 추리에 큰 흥미를 느끼고 물었다.

"여자가 외출 준비를 다 하고 막 떠날 무렵에 편지를 썼다는 사실을 알았어. 오른쪽 장갑 둘째손가락에 구멍이 뚫려 있는 것은 자네도 본 모양인데, 장갑에도 손가락에도 자주색 잉크 얼룩이 묻어 있는 것은 못 본 듯싶더군. 쓸 때 급히 서둘렀기 때문에 펜을 잉크병에 너무 깊이 넣었던 모양이야. 손가락에까지 뚜렷하게 얼룩이 묻어 있는 것을 보면 틀림없이 오늘 아침에 쓴 거야. 초보적인 관찰법이지만, 이런 식으로 하나하나 생각해 보면 재미있지. 그러나 왓슨, 일을 해야겠어. 광고에 나온 호스머 엔젤의 인상착의를 읽어 주게."

나는 오려 낸 작은 쪽지의 인쇄물을 불빛에 비춰 보았다. 거기에는 '찾는 사람'의 다음과 같은 인적 사항이 적혀 있었다.

14일 오전, 호스머 엔젤이라는 신사가 행방불명됨. 신장 약 5피트 7인치, 뼈대가 굵으며 혈색이 나쁨. 머리는 검고 가운데에 약간 벗겨진 곳이 있음. 콧수염과 턱수염을 기르는데 검고 숱이 많음. 색안경을 끼고 말투가 약간 어눌함. 행방불명이 되기 직전의 복장은 비단 테두리가 있는 검은 프록코트에 검은 조끼를 입었고, 앨버트 금시계 줄을 매달고,

손으로 짠 회색 스코치 바지를 입었음. 구두는 고무창이고 그 위에 갈색 스패츠를 착용했음. 리든홀 가의 모 회사 사원이었다고 함. 위의 사람을 다음 장소에 데려다 주시는 분에게는……

"아, 그 정도면 됐어." 홈즈가 말을 이었다. "편지는 아주 평범해. 발자크의 말이 한 번 인용되어 있을 뿐이고, 그 밖에 엔젤에 대해 알 수 있는 말은 한마디도 없어. 단지 이상한 점이 하나 있네. 이것을 알면 자네도 틀림없이 놀랄 걸."

"모두 타자기로 친 거군." 내가 말했다.

"서명까지도 타자기로 쳤어. 봐, 맨 끝에 호스머 엔젤이라고 쳐 있어. 이렇게 날짜도 있는데, 주소는 리든홀 가라고만 애매하게 되어 있어. 이 서명 문제는 매우 암시적이야. 결정적이라고 할 수 있지."

"뭐에 대해서?"

"왓슨, 이 서명이 이 사건에 있어서 얼마나 큰 단서가 되는지 모르나?"

"모르겠어. 혼인 불이행으로 피소되었을 때 자기의 서명이 아니라고 잡아떼기 위해서일까?"

"아니, 그런 문제는 아냐. 이제부터 편지를 두 통 쓸 건데, 그것으로 사건은 해결될 거야. 한 통은 시내에 있는 회사로 보내는 것이고, 또 한 통은 서덜랜드의 아버지 윈디뱅크 앞으로, 내일 저녁 6시에 만나자는 내용이야. 남자끼리 결말을 짓는 게 좋을 것 같아서야. 왓슨, 이제 답장이 올 때까지는 할 일도 없으니, 이 작은 문제는 당분간 잊어버리지."

나는 홈즈의 뛰어난 추리력과 믿을 수 없을 정도의 행동력에 대해서는 여러 가지 이유로 깊이 믿고 있기 때문에, 이번에 의뢰받은 불가해한 사건에 대해서도 그가 이토록 여유만만해 있는 만큼 나름대로 확고한 근거가 있을 것이라고 생각했다. 그가 실패한 것은, 내가 알기로는 보헤미아 왕과 아이린 애들러의 사진 사건 하나뿐이다. 그러나 그 으스스한 '네 개의 서명' 사건이나 '주홍색 연구' 사건의 이상한 환경을 생각하면, 만약 홈즈가 해결하지 못하는 사건이 있다면, 그것은 아주 기괴한 수수께끼일 것이다.

나는 검은 사기 파이프를 피워 대는 홈즈를 혼자 두고 돌아가면서, 내일 밤에 오면 메리 서덜랜드의 사라진 신랑의 정체를 밝히는 단서가 모두 그의 손에 있을 것임이 틀림없다고 확신했다.

그 무렵 나는 중증 환자 한 사람을 치료하고 있어서, 다음 날은 하루 종일 그 환자와 보냈다. 가까스로 시간이 난 것은 6시가 가까워서였다. 늦어서 이 신비로운 사건의 해결에 참여하지 못하는 게 아닌가 걱정하면서, 지나가던 마차를 붙잡아 타고 베이커 가로 달려갔다. 하지만 내가 그곳에 도착했을 때, 셜록 홈즈는 마른 몸을 안락의자에 깊숙이 묻고 잠들어 있었다. 방 안에는 병과 시험관 따위가 발 디딜 틈도 없이 널려 있었고, 코를 톡 쏘는 염산 냄새가 떠돌고 있어, 그가 온종일 그토록 좋아하는 화학 실험에 몰두했다는 사실을 알 수 있었다.

"어때, 해결했나?"

방에 들어서며 내가 물었다.

"응, 산화바륨의 중유산염이었어."

"그게 아니라, 그 이상한 사건 말이야."

"아, 그거. 난 또 아까 실험한 염에 대해 물어보는 줄 알았지. 사건이라면 어제도 말했듯이 두세 가지 흥미로운 점도 있지만, 이 사건에 중요한 수수께끼는 없어. 다만 이 악당을 징벌할 만한 법이 없다는 것이 바로 유일한 결점이지."

"그럼 범인은 누구야? 왜 그 여자를 버렸나?"

내가 질문을 꺼내기가 무섭게, 그리고 홈즈가 뭐라고 대답하기도 전에, 복도에서 무거운 발소리가 났고 곧이어 노크 소리가 들렸다.

"여자의 의붓아버지, 제임스 윈디뱅크야. 6시에 오겠다는 답장이 왔었어. 들어오세요."

들어온 사람은 보통 키에 서른쯤 보이는 건장한 남자였다. 얼굴색이 그다지 좋지 않았지만 말끔하게 면도를 했고, 태도는 아첨을 하듯 매끄러웠으나 회색 눈이 쏘는 듯 날카로웠다. 그는 우리 두 사람을 의심의 눈초리로 흘낏 쳐다보고는, 손때가 묻은 실크 모자를 선반 위에 놓고 가볍게 고개를 숙여 인사했다. 그리고는 가까이 있는 의자에 앉았다.

"안녕하십니까, 윈디뱅크 씨?" 홈즈가 인사했다. "타자기로 친 이 편지는 당신이 보내신 거죠? 6시에 오겠다고 쓰여 있습니다만."

"그렇습니다. 조금 늦었습니다. 뜻대로 시간이 나지 않아서요. 이번 일로 딸이 상담하러 왔다는데, 죄송합니다. 집안의 이런 수치는 세상에 알려지지 않게 덮어두는 편이 좋은데 말입니다. 딸이 찾아뵙겠다고 했을 때 나는 무조건 반대했습니다. 그러나 짐작하셨겠지만, 딸은 흥분을 잘하고 충동적인 성격이라 한번 마음먹으면 막무가내죠. 하기야 당신은 경찰 관계의 사람은 아니니 별로 신경은 쓰지 않습니다만, 그래도 역시 집안일이 외부로 나가는 것은 유쾌한 일은 아니지요. 게다가 호스머 엔젤을 찾을 수 있다면 모르지만, 그렇지 않으면 쓸데없는 낭비일 뿐이니까요."

"그런데" 홈즈가 조용히 말했다. "호스머 엔젤을 틀림없이 찾을 수 있습니다."

윈디뱅크가 몸을 꿈틀 움직이더니 장갑을 떨어뜨렸다. "반가운 말이군요."

"이상하지요?" 홈즈가 얘기를 꺼냈다. "타자기에는 필적과 마찬가지로 독특한 특징이 있습니다. 방금 제작한 기계가 아닌 이상, 두 대의 기계가 같은 특징을 보일 수는 없습니다. 어떤 활자는 다른 활자보다 마모 정도가 심하거나, 한쪽만 닳게 마련입니다. 그런데 윈디뱅크 씨, 당신이 보낸 편지를 보면 e자는 모두 윗부분이 흐릿하고 r의 꼬리가 조금 떨어져 나갔군요. 그 외에도 열네 개의 특징이 있는데, 이 두 개는 그중에서도 가장 분명한 것입니다."

"회사의 편지는 모두 그 기계를 사용하니 좀 닮았겠지요." 손님은 빛나는 작은 눈으로 홈즈를 날카롭게 보면서 말했다.

"윈디뱅크 씨, 지금부터 아주 재미있는 연구를 보여 드리겠습니다. 나는 전부터 타자기와 범죄의 관계에 대해 관심이 있었기 때문에 조만간 이에 대해 논문을 쓰려고 합니다. 여기에 행방불명된 엔젤 씨가 보냈다는 편지가 네 통 있습니다. 모두 타자기로 친 것입니다. 그런데 어떤 편지를 보아도 e가 약간 흐릿하고 r의 꼬리는 귀가 떨어져 있을 뿐만 아니라, 돋보기로 보면 아까 당신의 편지에 대해서 말한 다른 열네 가지의 특징과 완전히 일치한다는 사실을 알 수 있습니다."

윈디뱅크는 의자에서 일어나 모자를 잡았다. "홈즈 씨, 이런 시시한 이야기로 시간을 낭비할 여유가 없습니다. 그 남자를 잡을 수 있다면 잡아 주시오. 그리고 나에게 알려 주시오."

"알았습니다." 홈즈는 대답을 하고는 걸어가 문을 걸어잠갔다. "자, 잡았으니 알려 드립니다."

"뭐라고? 어디에?" 윈디뱅크는 입술까지 파래져서 덫에 걸린 쥐처럼 주위를 둘러보며 외쳤다.

 "윈디뱅크 씨, 이제 소용없습니다. 당신은 절대로 도망칠 수 없습니다. 내가 모든 걸 알고 있으니까요. 그리고 아까는 나보고 이런 간단한 문제를 해결하지 못할 거라고 말씀하셨는데, 그건 좀 심하군요. 어쨌든 이제 됐습니다. 앉으세요. 천천히 이야기합시다."

 손님은 핏기를 잃고 이마에 땀을 흘리면서 허물어지듯 의자에 앉았다. "이, 이건 범죄가 안 돼."

"유감이지만 범죄는 안 될 거요. 그러나 윈디뱅크 씨, 우리끼리 하는 말인데 간단한 계략이긴 하지만 이토록 잔혹하고 이기적이고 비정한 것은 나도 처음입니다. 그럼 지금부터 사건의 줄거리를 대충 이야기할 테니 만일 틀리는 곳이 있으면 말해 주시오."

윈디뱅크는 의자 깊숙이 몸을 웅크리고 고개를 숙였다. 그 태도는 완전히 절망에 빠진 모습이었다. 홈즈는 벽난로 선반의 한 모퉁이에 두 다리를 얹고 손은 주머니에 넣은 채, 의자 등받이에 길게 기대앉아 혼잣말이라도 하듯 이야기를 시작했다.

"남자는 돈을 노리고 자기보다 훨씬 나이가 많은 여자와 결혼합니다. 딸의 돈도 딸이 함께 사는 동안은 남자의 마음대로 사용할 수 있으니까요. 딸의 돈은 그들의 신분에서는 상당한 액수여서, 그것이 들어오지 않으면 수입은 훨씬 줄어들지요. 고생을 해서라도 그것을 확보할 가치가 있었지요. 딸은 마음씨 착한 아가씨로 나름대로 애정이 깊고 친절하며 외모도 괜찮고 재산도 있으므로, 남자들이 언제까지나 그대로 놔둘 리 없습니다. 그러나 딸의 결혼은 그에게 1년에 100파운드의 손실을 의미합니다. 그래서 의붓아버지는 그것을 방해하기 위해 어떤 수단을 썼을까요? 처음에는 딸이 외출하지 못하게 하고 남자와 교제하는 것을 금지하는, 아버지가 할 수 있는 당연한 방법을 써 보았지요. 하지만 언제까지나 그렇게 할 수는 없지요. 딸은 차츰 반항적이 되고 자신의 권리를 주장하기 시작하더니, 결국 어느 무도회에 꼭 나가겠다고 고집을 부립니다. 그래서 교활한 의붓아버지는 어떤 수단을 썼을까요? 잔혹하지만 머리가 좋은 남자다운 계획을 구상합니다. 아내의 도움을 받아, 색안경으로 날카로운 눈을 감추고 콧수염과 숱이 많은 턱수염으로 변장한 다음, 맑은 목소리도 속삭이는 음성으로 바꿉니다. 그리고 딸이 근시라는 것도 계산에 넣어서 호스머 엔젤이 되어 딸 앞에 나타납니다. 그리고 딸에게 청혼해서는 자기 이외에 애인을 만들지 못하게 했지요."

"처음에는 장난삼아 한 일이오. 딸이 그렇게 진지하게 나올 줄은 두 사람 모두 몰랐소."

"그렇겠지. 그러나 딸은 완전히 열을 올렸고, 게다가 아버지는 프랑스에 있다고 여겼기 때문에 그런 음모가 진행되고 있는 줄은 몰랐지요. 남자로부터 사랑을 받고 있다는 생각에 오직 기쁠 뿐이었고, 더욱이 어머니까지 남자를 입에 침이 마르게 칭찬하는 바람에 더욱더 깊이 빠졌습니다. 그런 뒤부터 엔젤 씨는 여자를 방문했지요. 목적을 달성하기 위해서는 가는 데까지 가 볼 필요가 있었으니까요. 데이트를 몇 번 한 다음 약혼했고, 여자가 다른 남자를 사랑하게 될 염려가 없는 데까지 몰고 갑니다. 그러나 언제까지 연극만 할 수는 없었지요. 프랑스에 가는 척하는 것도 번거로웠으니까요. 가장 바람직한 것은 이 연애를 극적인 형태로 끝내는 것이었죠. 그렇게 하면 딸의 마음에는 좀처럼 지워지지 않는 추억이 남을 것이므로 딸은 당분간 다른 남자와는 결혼하려 하지 않을 겁니다. 그래서 그는 딸에게 성경에 손을 얹고 변치 않는 사랑을 맹세하게 했고, 결혼식 날 아침에 무언가 사고가 있을지도 모른다는 암시를 줍니다. 즉, 제임스 윈디뱅크는 서덜랜드가 호스머 엔젤과 강하게 맺어져 있고 게다가 그의 생사를 알 수 없으니 적어도 앞으로 10년 정도는 다른 남자에게 마음을 주지 않으리라는 것을 기대한 겁니다. 그는 딸을 성당 앞까지 데려다 놓고 자기는 그 이상 갈 수 없었던 까닭에 사륜마차의 한쪽 문으로 탔다가 다른 문으로 내리는 낡은 수법으로 모습을 감춥니다. 윈디뱅크 씨, 어떻습니까? 이것이 줄거리죠?"

홈즈가 이야기하는 동안 손님은 얼마쯤 안정을 되찾아, 창백한 얼굴에 냉소를 띠고 일어섰다.

"홈즈 씨, 그대로인지도 모르고 또 그렇지 않을지도 모르겠소. 그러나 당신은 총명한 사람이니 지금 법률을 어기고 있는 사람은 내가 아니라 당신이라는 것쯤은 알고 있을 거요. 나는 처음부터 법을 어기는 일을 하지는 않았소. 그러나 당신은 이 문을 열지 않으면, 불법 감금과 협박죄를 범하는 거요."

"사실 법은 당신을 벌할 수는 없겠지." 홈즈는 빗장을 벗기고 문을 열었다. "그러나 당신은 벌을 받아야 해. 만일 서덜랜드 양에게 오빠나 남자 친구가 있다면 틀림없이 당신의 등을 채찍으로 후려칠 거야. 그리고 또한-" 상대의 얼굴에 역겨운 비웃음이 떠오르는 것을 본 홈즈는 얼굴이 상기되어 말을 이었다. "나는 거기까지 부탁을 받지는 않았지만 여기에 사냥용 채찍이 있으니 덤을 주는 셈치고……."

그는 채찍이 있는 곳으로 재빨리 몇 걸음 다가갔다. 그러나 그가 그것을 집기도 전에 계단을 내려가는 소리가 나고 곧이어 현관의 무거운 문이 닫히는 소리가 들렸다. 창문으로 내다보니 제임스 윈디뱅크가 큰길을 달려가는 모습이 보였다.

"피도 눈물도 없는 악당이야. 저 남자는 나쁜 일을 거듭하다 마침내 교수대에 오르는 엄청난 죄를 저지를 거야. 어쨌든 이번 사건에는 재미있는 점도 약간 있었어."

"나는 자네의 추리 과정을 아직 확실히 파악하지 못했어." 내가 말했다.

"그럼 사건의 경과를 이야기하지. 호스머 엔젤이 확실히 목적이 있어서 그런 수상한 행동을 했을 거라는 것은 처음부터 짐작하고 있었네. 여자의 이야기를 종합해 볼 때, 이 사건에서 실제로 이익을 얻는 사람은 의붓아버지밖에 없다는 것도 확실했어. 또 이 두 사람은 절대로 동시에 나타나지 않아. 한쪽이 나타날

때에는 다른 한쪽은 반드시 어딘가에 가 있었다는 사실이 꽤 암시적이었어. 또 색안경을 쓰고 목소리가 이상하다는 점도 그렇고, 게다가 숱이 많은 턱수염까지 있다는 것을 보면 변장이라는 추측이 금세 머리에 떠오르지. 서명을 타자기로 친 것은 자기의 필적이 딸에게 알려져 있어서 그와 같은 사소한 것에서 일이 들

통나게 될까 염려했기 때문으로 해석되는데, 이 상식에서 벗어난 점 등으로 미루어 나의 의심은 확신으로 바뀌었지. 이런 하나의 사실과 그 밖의 여러 가지 사소한 점들을 합쳐 볼 때, 그것이 하나의 방향을 가리키고 있음을 알 수 있지 않은가."

"그런데 어떻게 증거를 잡았나?"

"일단 이 남자라고 찍은 이상, 증거를 수집하는 것은 어렵지 않아. 그가 근무하는 회사는 알고 있었지 않나. 그래서 신문광고에 나온 인상착의를 보고 턱수염과 색안경, 목소리 등 변장이라 생각되는 특징을 제외하고 나머지 인상을 자세히 써서 회사에 보내, 영업사원 중에 이런 사람이 있느냐고 문의했지. 그 밖에 연애편지에 사용한 타자기의 특징을 알고 있어서, 별도로 회사에 있는 윈디뱅크에게 편지를 보내어, 여기에 언제쯤 올 수 있는지 그 대답을 해 달라고 했네. 그랬더니 아니나다를까 타자기로 친 답장이 왔는데, 그 활자에는 똑같은 특징이 있었어. 그와 동시에 펜처치 가의 웨스트하우스 앤 마뱅크 상회에서도 답장이 왔는데, '문의하신 인물은 모든 점에서 우리 회사의 고용인 제임스 윈디뱅크에 해당됩니다.'라고 쓰여 있었어. 그래서 만사 해결이지."

"서덜랜드 양은 어떻게 될까?"

"진실을 가르쳐 줘도 믿지 않을 걸. 페르시아의 옛 속담에도 있지. '호랑이 새끼를 얻으려는 사람에게는 위험이 따르고, 여자로부터 환영을 뺏으려는 사람에게도 위험이 있다.' 하피스[2]는 호레이스[3] 못지않게 분별이 있어서 세상사를 알고 있군."

---

2) 페르시아의 서정시인. 1320(?)년~1389년
3) 로마의 시인. BC 65년~AD 8년

입술이 비뚤어진 남자

1887년 6월 18일(토)~6월 19일(일)

The Man with the Twisted Lip

 아이자 휘트니는, 세인트 조지 신학교의 교장이었던 고 일라이어스 휘트니 신학 박사의 동생으로 아편에 깊이 중독되어 있었다. 내가 들은 소문에 의하면, 그의 이 나쁜 습관은 학생시절의 어리석은 호기심에서 비롯되었다고 한다. 그는 유명한 드 퀸시[4]가 묘사한 꿈과 감각의 세계를 읽고, 그와 똑같은 흥분상태를 맛보기 위해 담배를 아편 용액에 담갔다가 피우곤 했던 것이다. 하지만 아편 중독자가 다 그렇듯이, 그도 역시 그 나쁜 습관에서 쉽게 벗어나지 못했다. 그리고 오랫동안 이 마약의 노예가 된 탓에, 친구나 친척들은 그를 측은하게 생각하면서도 가까이

---

4) 영국의 유명한 문인. 1785년~1859년

하기를 꺼렸다. 요즘 그는 얼굴이 누렇게 뜨고 눈꺼풀이 힘없이 처져, 눈은 겨우 바늘처럼 가늘게 뜨고 있을 뿐이고, 언제나 의자에 몸을 웅크리고 앉아 있다. 그래도 한때 고상했던 인물이 완전히 폐인이 된 것이다.

1889년 6월의 어느 날 밤, 하품을 하면서 시계를 올려다보는데 현관의 벨이 울렸다. 나는 기대었던 의자의 등받이에서 상체를 일으켰고 아내도 무릎 위에 뜨개질거리를 놓고 약간 언짢아하는 표정을 지었다.

"환자예요. 또 왕진을 가야겠군요." 아내가 말했다.

나는 하루의 피곤한 일과에서 막 해방되려는 참이었으므로 젠장, 하고 혀를 찼다.

현관문 열리는 소리가 나고 몇 마디 다급한 말소리가 들리는가 싶더니, 누군가 리놀륨 바닥을 급하게 지나 이쪽으로 오는 듯했다. 이윽고 우리 방의 문이 열리고 검은 옷에 검은 베일을 쓴 부인이 들어왔다.

"밤늦게 찾아와서 죄송합니다." 부인은 인사를 했으나, 갑자기 자제심을 잃고 아내 곁으로 달려가 그 목에 손을 얹고 어깨에 얼굴을 파묻고는 흐느껴 울기 시작했다. "어떻게 하면 좋을지 모르겠어. 날 좀 도와줘."

"어머나! 케이트 휘트니 아니야. 깜짝 놀랐어. 들어올 때 누군 지 몰랐어."

"난 어떻게 해야 좋을지 몰라서 곧장 여기로 달려왔어."

나는 이와 같은 광경에는 익숙해져 있다. 슬픔과 비탄에 젖은 사람들은 마치 등대에 모여드는 새처럼 조언을 구하기 위해 아내를 찾아왔다.

"잘 왔어. 포도주에 물을 타 줄게 마셔. 그리고 의자에 편히 앉아 사정을 이야기해 봐. 말하기 거북하면 제임스[5]에게 자리를 피해 달라고 할까?"

"아니. 선생님도 들으시고 충고와 도움을 주셨으면 합니다. 실은 아이자에 대해서입니다만 벌써 이틀째 집을 비웠어요. 걱정이 돼서 견딜 수 없어요."

휘트니 부인이 남편 일로 상담하러 온 것은 이번이 처음은 아니다. 나는 의사로서 아내는 여학교 때부터의 오랜 친구로서 그녀의 상담역이 되어 왔다. 우리 부부는 그때마다 케이트에게 힘닿는 데까지는 도와주고, 위로도 해주었다. 그런데 부인은 남편의 행방은 알고 있을까. 그래서 우리에게 데려와 달라고 부탁하

---

[5] 존 왓슨을 제임스라고 부르고 있다.

는 걸까?

　이야기를 듣고 보니, 역시 그랬다. 휘트니가 요즘 발작이 일어나면 런던 시내 이스트엔드에 있는 아편굴에 간다는, 확실한 소문을 부인은 들었다는 것이다. 몸속에서 약의 마력이 작용하는 기간은 단 하루뿐으로, 그는 밤이 되면 몸을 실룩거리면서 비틀걸음으로 돌아오곤 했다. 그런데 이번에는 어찌된 일인지 약 기운이 48시간이나 계속되는 듯싶다. 보나마나 그는 하역장의 상습자들 틈에 끼어 아편 담배를 피우고 있거나, 아니면 약 기운이 사라질 때까지 죽은 듯이 잠들어 있을 것이다. 그 장소는 어퍼스완덤 길에 있는 '황금 막대기'라는 아편굴로, 그곳에 가면 반드시 남편을 만날 수 있다는 사실을 부인은 알고 있다. 그러나 부인은 망설여진다는 것이다. 그런 무시무시한 곳에 젊고 얌전한 여자가 혼자 찾아가 주위에 뒹굴고 있는 건달들 틈에서 남편을 데리고 올 수 있을 듯싶지 않다고 했다.

　이런 형편이어서 방법은 하나밖에 없다. 내가 부인을 호위하여 그 집까지 따라가는 게 좋지 않을까. 그러나 다시 생각해 볼 때, 부인이 그곳까지 간다고 해서 안 되는 건 없겠지만, 나도 아이자 휘트니의 주치의인 만큼, 그를 움직일 만한 힘이 있다. 그리고 여자와 함께 가느니 나 혼자 가는 편이 여러 가지로 편리할 것이다. 이렇게 생각한 나는, 아이자가 그 못된 아편굴에 있기만 하면 두 시간 안에 마차에 태워 틀림없이 댁에 데려다 놓겠습니다, 하고 부인과 굳은 약속을 했다. 10분 후, 나는 쾌적한 우리 집 안락의자를 뒤로하고 마차를 동쪽으로 달리면서, '정말 이상한 일을 다 맡았군.' 하고 생각했다. 그런데 훗날 다시 돌이켜보았을 때, 그것이 정말 얼마나 이상한 일이었는가를 뼈저리게 느꼈다.

그러나 처음에는 이렇다 할 어려움은 없었다. 어퍼스완덤 길은 런던다리 동쪽에 있고, 템스 강의 북쪽 기슭에 길게 이어진 하역장 뒤에 있는 더럽고 지저분한 골목이다. 싸구려 옷가지를 주렁주렁 매단 가게와 선술집 사이의 가파른 돌계단을 동굴 속과 같은 어두운 틈새를 향해 내려가면 거기에 바로 아편굴이 있다. 마차를 대기시켜 놓고, 사시사철 주정꾼의 구두에 밟혀서 가운데가 닳은 계단을 내려가, 문 앞에 매달려 희미하게 흔들리는 석유램프를 보고 문의 걸쇠를 벗기고 안으로 들어갔다. 내부는 천장이 낮은 길쭉한 방인데, 이민선의 선실처럼 나무 침대가 층층으로 설치되어 있고, 갈색 아편 연기가 방 안 가득히 자욱하게 끼어 있었다.

어두컴컴한 방 안을 살펴보니, 침대 위에 괴이한 모습으로 누워 있는 사람의 모습이 어렴풋이 보인다. 몸을 웅크리고 있는 사람, 무릎을 구부리고 있는 사람, 머리를 뒤로 젖히고 턱은 위로 내밀고 있는 사람 등등 각양각색이었다. 그런가 하면, 흐리멍덩한 눈으로 방금 들어온 나를 올려다보는 사람도 있다. 사람의 검은 그림자가 보이는 곳에 불그스름한 작은 불이 금속 파이프의 담배통 속 약을 빨 때마다 반딧불처럼 보였다 안 보였다 했다. 대부분 말없이 연기만 빨고 있으나, 그중에는 뭐라고 중얼거리는 사람도 있고, 단조로운 나직한 목소리로 옆 사람에게 말을 하는 사람도 있다. 그 말소리는 갑자기 흘러나왔다가 갑자기 사라져 다시 침묵 속에 잠긴다. 서로 옆 사람의 대화 따위는 아랑곳하지 않고, 각자 제멋대로 자기 생각을 지껄일 뿐이다. 가게 안쪽의 벌건 화로 옆에는 키가 큰 비쩍 마른 노인이 세 발 의자에 앉아서, 두 팔꿈치를 무릎 위에 얹고 두 주먹으로 턱을 괸 채 숯불을 멀거니 바라보고 있다.

내가 들어가자, 얼굴빛이 누런 심부름하는 말레이시아인이 아편 담뱃대와 1회분 약을 들고 잰걸음으로 다가와 비어 있는 침대로 안내하려 했다.

"고맙지만 나는 약을 피우러 온 것이 아니라 아이자 휘트니란 친구에게 할 말이 있어서 왔네."

그때였다. 사람이 움직이는 기척이 나고 나의 바로 오른쪽에서 부르는 소리가 들렸다. 그래서 어두컴컴한 속을 살펴보니, 여위고 창백한 휘트니의 얼굴이 헝클어진 머리를 하고 나를 지켜

보고 있었다.

"어, 왓슨 씨!" 그는 큰소리로 말했다. 지금 막 마약의 약효가 떨어져 그 처절한 금단 증상에 빠진 듯 온몸의 신경이 떨고 있었다.

"왓슨 씨, 지금 몇 시입니까?"

"열한 시가 다 되어 갑니다."

"날짜는?"

"6월 19일, 금요일입니다."

"네? 수요일이 아닙니까. 아냐, 수요일이야. 놀리지 마시오."

휘트니는 두 팔에 얼굴을 묻고 큰 소리로 울었다.

"이봐요, 오늘은 금요일이요. 지난 이틀 동안 부인이 얼마나 걱정했는지 아시오? 조금은 부끄러워할 줄도 아시오."

"물론 부끄럽게 생각합니다. 그러나 당신은 착각하고 있어요. 내가 여기 들어온 지는 불과 두세 시간 정도입니다. 그동안 나는 세 대 피웠나, 아니, 네 댄가…… 잘 생각나지 않는군. 어쨌든 당신과 함께 돌아가겠어요. 나는 케이트를 애태우고 싶지는 않으니까…… 불쌍한 케이트…… 용서해 주오. 자, 나 좀 부축해 주시오. 마차는 있습니까?"

"바깥에 대기시켜 놓았소."

"그럼 그 마차로 돌아갑시다. 하지만 먼저 계산을 해야 하는데 모두 얼마인가. 나는 몸이 휘청거려서 움직일 수 없군요."

나는 양 옆에 나란히 누워 있는 사람들 사이의 좁은 통로를 지나 이 집의 주인을 찾으면서 안쪽으로 걸어갔는데, 머리가 멍해지는 마약의 그 역겨운 연기를 맡지 않으려고 가급적 숨을 참았다. 그리고 화로 옆에 버티고 있는 키가 큰 노인 옆을 지나치려 할 때 갑자기 옷자락이 당겨지며 "이봐!"하고 나직하게 하는 말을 들은 듯했다. 그래서 나는 그 노인을 돌아보았다. 그 말은 옆에 있는 노인이 했다고밖에는 달리 생각할 수 없었는데, 마른 데다 주름이 많고 허리가 굽은 그 노인은, 힘없는 손가락으로 무릎

　　　　　　사이에 낀 아편을 당장이라도 떨어뜨릴 것
처럼 간신히 쥔 채 여전히 꿈과 현실사이를 방황하고 있었다. 나
는 두 걸음 더 다가가서 살펴보았다. 그 순간 앗 하고 소리를 지
를 뻔했으나 가까스로 억눌렀다. 그는 나에게만 보이도록 몸을
내 쪽으로 돌렸는데, 이상하게도 몸에는 힘이 넘치고 얼굴에는
주름살도 하나 없으며 방금까지 흐리멍덩하던 눈도 광채를 되찾
고 있었다. 화로 옆에 앉아서 놀라는 나를 씩 웃는 얼굴로 바라
본 노인은 바로 셜록 홈즈였다. 그는 가까이 오라고 나에게 신호
를 하고는 다시 저쪽으로 얼굴을 돌렸다. 그때는 입을 멀거니 벌

리고 있는 늙은이의 모습으로 변해 있었다.

"홈즈! 이런 인간 지옥에서 뭣하고 있나?" 나는 낮은 소리로 물었다.

"작은 목소리로 말해. 내 귀는 잘 들리니까. 한데 미안하지만 자네의 친구인 마약 환자는 혼자 돌려보낼 수 없을까? 의논할 일이 있어."

"바깥에 마차를 대기시켜 놓았어."

"그렇다면 그 마차에 친구를 태워 보내. 아무 일 없을 거야. 그렇게 제 몸도 지탱하지 못하는 사람이 오히려 아무 사고도 일으키지 않는 법이지. 자네 부인한테는, 홈즈와 같이 있다고 쪽지를 적어 마부에게 부탁하여 전하도록 하게. 밖에서 기다려. 5분쯤 후에 나갈 테니."

셜록 홈즈가 나에게 무언가를 청할 때는 언제나 자신만만하고 여유 있는 태도로 단정적으로 말해서 나는 거절하지 못했다. 그러나 오늘 밤은 싫지 않았다. 휘트니를 마차에 태워 돌려보내기만 하면 그것으로 내 임무는 완수한 셈이 된다. 그리고 내 친구와 함께 어울려서 그에게는 일상적인 평범한 일이겠지만 나에게는 불가사의한 모험에 참가할 수 있게 된다면 이보다 더 멋진 일은 없을 것이다. 나는 2, 3분 만에 편지를 쓰고 휘트니의 계산을 마친 뒤, 그를 마차에 밀어 넣고는 그 마차가 어둠 속으로 사라져 가는 모습을 지켜보았다. 이윽고 노인이 아편굴에서 나왔다. 셜록 홈즈와 나는 거리를 걷기 시작했다. 그는 두 블록 정도는 허리를 굽히고 비실비실 걸었다. 그리고 나서 재빨리 주위를 둘러보고는 몸을 똑바로 세우더니 껄껄 웃었다.

"왓슨. 자네는 내가 코카인 주사로는 성이 차지 않아서 아편까지 시작…… 아니, 그 외에 자네의 의학적 견지에서 보아 한심스러운 여러 악습에 빠지고 있다고 생각하겠지?"

"그런 곳에서 자네를 만나 깜짝 놀랐어."

"나도 마찬가지야."

"나는 친구를 찾으러 갔지만, 자네는……"

"나는 적을 찾으러 갔었어."

"적?"

"그래. 숙명의 원수라고나 할까. 아니, 나의 먹이가 되어야 할 놈이라고 말하는 게 옳겠군. 왓슨, 간단히 말하면, 나는 정말 놀랄 만한 사건을 조사하기 시작했어. 전에도 자주 그렇게 했지만, 그런 곳의 마약 환자들이 횡설수설 지껄이는 말에서 단서를 잡을 수 있을지도 모른다고 생각해서 거기에 가 본 거야. 물론 거기서 내 정체가 드러나면 나는 1시간도 버티지 못하고 목숨을 잃겠지. 전에도 그곳을 이용한 적이 있어서, 그 집의 경영자인 마도로스 출신 인도인은 복수를 하려고 벼르고 있으니까. 그 집의 뒤꼍 쪽, 폴 하역장 가까운 곳에 비밀 문이 있는데, 그 문에 입이 있다면, 달이 없는 날 밤에 무엇이 운반되어 나갔는지 그 기괴한 이야기를 들을 수 있겠지."

"뭐라고? 설마 시체를 말하는 건 아니겠지?"

"바로 시체야, 왓슨. 그 아편굴에서 사람이 하나씩 살해될 때마다 1,000파운드씩 받는다면 큰부자가 될 거야. 그곳은 강가의 아편굴 가운데서 가장 더럽고 저주받은 곳이야. 그러므로 네빌 세인트클레어도 그 집에 들어갔다가 살아 나오지 못하는 게 아닌가 하고 근심하는 거라네. 그런데 이 근처에 마차가 기다리고 있을 텐데."

홈즈는 입에 두 손가락을 대고 휘익 날카롭게 휘파람을 불었다. 그러자 멀리서 대답이라도 하듯 같은 휘파람 소리가 들려오는가 싶더니 바퀴소리와 말발굽 소리를 울리면서 마차 한 대가 다가왔다.

"어떤가, 왓슨?" 홈즈가 말했다. 어둠 속에서 등이 높은 독 카트(이륜마차)가 나타났는데, 그 양쪽 등불에서 두 줄기 노란 불빛이 흘러나왔다.

"같이 가겠나?"

"도움이 된다면."

"믿을 수 있는 친구는 언제나 도움이 되지. 게다가 나의 기록

담당이기도 하니 더욱 그렇지. 지금 가려고 하는 시더스 저택에 방을 하나 마련해 놓았는데, 거기 마침 침대가 둘 있어."

"시더스 저택?"

"세인트클레어 씨의 집이야. 이번 조사 기간 동안 나는 그곳에서 머물고 있어."

"장소는?"

"켄트 주의 리 부근이야. 여기서 7마일쯤 될까."

"대체 무슨 일인지 전혀 알 수가 없군."

"물론 그렇겠지. 그러나 곧 알게 돼. 어서 타. 존, 그만 돌아가도 좋아. 여기 반 크라운 있네. 그리고 내일 낮 11시쯤에 또 부탁해. 고삐를 이리 주게. 수고했네."

홈즈가 말에 채찍을 가하자 마차는 어둡고 쓸쓸한 거리를 힘차게 달렸다. 그런데 앞으로 나아감에 따라 길 폭이 점점 넓어지더니, 이윽고 난간이 있는 커다란 다리가 나타났다. 강물은 아주 천천히 흐르고 있었다. 다리를 건너자 또다시 벽돌과 모르타르의 건물들이 조용히 잠들어 있는 거리가 나왔다. 야경을 도는 경관의 규칙적인 무거운 구두 소리, 술 취한 사람들의 노랫소리와 고함소리만이 이따금 주위의 정적을 깨뜨릴 뿐이었다. 하늘에는 구름이 해초처럼 떠 있고, 구름 사이로 별이 몇 개 반짝이고 있었다. 홈즈는 말이 없다. 턱을 가슴에 묻고 깊은 생각에 잠긴 모습으로 고삐를 쥐고 있다. 옆에 나란히 앉아 있는 나는, 그로 하여금 이토록 심혈을 기울이게 하는 이번 사건이 도대체 어떤 건지 궁금해서 견딜 수 없었지만, 깊이 생각하고 있는 그의 모습에서 어떤 엄숙함이 느껴져 입을 열 수 없었다. 어느덧 몇 마일을 달려 마차가 교외 별장 지대 초입에 들어섰을 때 그는 갑자기 몸을 움직였다. 자기가 지금 하고 있는 모든 행동에 충분한 자신이 섰다는 듯 어깨를 으쓱거리면서 파이프에 불을 붙였다.

"왓슨, 자네는 침묵이라는 훌륭한 천품을 갖고 있어. 그래서 자네는 내 친구가 될 수 있는 거야. 사실 나는 이야기를 하고 싶을 때 말상대가 되어 주는 친구가 있다는 것이 얼마나 고마운지 몰라.

왜냐하면 내가 생각하는 것이 별로 유쾌한 것은 아니니까. 오늘 밤도 나는 그 집에서 마중을 나오는 다정하고 사랑스런 부인에게 뭐라고 말해야 좋을지 모르겠어."

"자네가 무슨 말을 하는지 전혀 모르겠어."

"리에 도착하기까지 사건의 대강을 이야기할 시간은 있겠지. 이번 사건은 싱겁도록 간단해 보이지만, 어디서부터 손을 대야 할지 지금까지도 나는 감을 못 잡고 있어. 사건은 실처럼 얽혀 있는데, 나는 그 실이 어디가 처음인지 최초의 단서조차 얻지 못했어. 그럼 왓슨, 지금부터 사건의 줄거리를 알기 쉽게 종합하여 이야기하지. 그렇게 하면 내가 전혀 생각하지 못했던 것이 자네의 머리에 번득여 빛이 보일지도 모르니까."

"이야기해 봐."

"몇 년 전, 정확하게 말하면 1884년 5월인데 네빌 세인트클레어라는 돈이 많아 보이는 신사가 리에 나타나 커다란 빌라를 사서 정원을 아름답게 꾸미는 등 호화로운 생활을 시작했어. 그리고 이웃 사람들과 교제를 하여 1887년에 근처 양조자의 딸과 결혼, 지금은 두 아이가 있어. 세인트클레어는 일정한 직업은 없지만, 회사 몇 군데와 관계를 맺고 있어서, 매일 아침 규칙적으로 런던으로 출근했다가 오후 5시 14분 캐논발 기차로 돌아오는 것이 일과야. 서른일곱 살이고 품행도 좋아. 다정한 남편, 애정이 깊은 아버지일 뿐 아니라, 어떤 사람을 상대해도 곧 호감을 주지. 덧붙여 내가 아는 바를 말한다면, 현재 빚이 88파운드 10실링 있고, 한편 캐피탈 앤 카운티 은행에 220파운드의 예금이 있으니, 금전 문제로 고민하고 있다고는 생각되지 않아.

지난 월요일에 네빌 세인트클레어는 평소보다 약간 일찍 런던에 갔는데, 집을 나갈 때, 그날 두 가지 중요한 일을 마쳐야 한다는 것과 그 일이 끝나면 아이에게 집짓기 놀이 나무 한 상자를 선물로 사다 주겠다고 말했다는 거야. 그런데 공교롭게도 그가 집을 나간 후 곧 전보 한 통이 도착했는데 내용은, 부인 앞으로 오기로 되어 있는 중요한 소포가 애버딘 선박 회사 사무실에 도착해 있으니 와서 수령해 가라는 것이었다고 해. 런던 지리에 밝은 사람이라면 다 알 테지만, 그 선박 회사가 있는 곳은 오늘 밤에 자네와 만난 어퍼스완덤 길에서 갈라지는 프레스노 가에 있어. 세인트클레어 부인은 점심식사를 끝내고 시내로 가서, 가게 몇 군데를 들러 쇼핑한 다음 사무실로 가서 소포를 찾아 갖고는 정거장으로 돌아가기 위해 스완덤 길을 걸어갔어. 그때가 4시 35분이었다는 거야. 여기까지는 알겠지?"

"그래."

"자네도 기억하겠지만, 지난 월요일은 굉장히 무더웠어. 부인은 그런 곳을 걸어가기가 싫어서 마차라도 있었으면 하고 앞뒤를 둘러보며 천천히 걸었지. 이렇게 스완덤 길을 걷고 있는데, 갑자기 외치는 소리가 들려 자연히 고개가 그쪽으로 돌아갔지. 순간 온몸이 굳어질 정도로 놀랐어. 왜냐하면 바로 눈앞의 3층 창문에서 남편이 내려다보며 손을 흔드는 듯이 보였던 거야. 창문이 열려 있어서 남편의 얼굴이 뚜렷하게 보였는데, 나중에 말한 바에 의하면 그 얼굴은 분명 공포에 떨고 있는 표정이었다는 거야. 그는 미친 듯이 손을 흔들더니 갑자기 무서운 힘으로 뒤에서 낚아챈 것처럼 사라졌어. 다만 그때 여자의 직감으로 이상하다고 느낀 것이 하나 있지. 그것은 집에서 나갈 때 입었던 검은 코트는 그대로였지만 어찌된 일인지 칼라도 넥타이도 없었다는 거야.

뭔지는 모르지만 남편이 크게 잘못 되었다고 생각한 세인트클레어 부인은 돌계단을 뛰어 내려와—그 집이 바로 오늘 밤에 자네와 만난 그 아편굴이었네—바깥의 방을 지나 3층으로 통하는 계단을 올라가려 했지. 그런데 거기에 아까 이야기한 인도의 무뢰한이 계단 입구에서 덴마크인 부하와 함께 그녀를 바깥의 큰길로 밀어냈어. 부인은 형용할 수도 없는, 미칠 것만 같은 의혹과 공포에 휩싸여서 길을 달려가다가, 프레스노 가에서 운 좋게도 경감이 인솔하는 순경을 몇 명 만났지. 그들은 순찰을 도는 순경이었어. 경감과 두 순경은 그녀와 함께 아편굴에 가서 한사코 가

로막는 주인을 떠밀고 세인트클레어가 창문 밖으로 모습을 보였던 방으로 뛰어들어갔지. 하지만 아무도 없었어. 그곳에는 단지 흉하게 생긴 앉은뱅이가 하나 있을 뿐이었지. 이 앉은뱅이는 인도인과 똑같이 오늘 오후에는 바깥방에 아무도 들어오지 않았다고 주장했어. 그들이 너무나 강력하게 잡아떼는 바람에 경감도 혹시 세인트클레어 부인이 착각한 것이 아닌가 하고 마음이 흔들리고 있었지. 그 순간 부인은 소나무로 만든 작은 상자 하나가 테이블 위에 놓여 있는 것을 발견하고는 소리를 지르며 달려가서는 뚜껑을 열었지. 그러자 상자 안에서 어린이 집짓기 놀이 나무조각들이 와르르 쏟아져 나왔던 거야. 그것은 세인트클레어가 아침에 나갈 때 선물로 사 오겠다고 말한 물건이었어.

이 발견도 있고 또 앉은뱅이의 얼굴에 역력히 낭패의 빛이 떠오르는 모습을 본 경감은 사건이 꽤 까다롭다고 생각했어. 그래서 각 방을 모두 철저히 수색했는데 방마다 범죄의 흔적이 눈에 띄었어. 바깥방은 가구는 허술했으나 거실로 사용되고 있고, 안에 작은 침실이 있는데 그 방의 창문으로는 하역장 뒤쪽이 내려다보였어. 하역장과 침실 창문 사이에는 좁고 긴 공터가 있고 썰물 때는 물이 빠지지만 밀물 때는 적어도 4피트 반쯤 물이 차오르는 모양이야. 창문은 위로 밀어 올리는 식인데 자세히 조사해 보니, 창틀에 피가 묻어 있고 방바닥 판자에도 여기저기 핏자국이 있었지. 다음에 방의 커튼 뒤를 살펴보니, 그곳에 세인트클레어의 옷이 상의만 빼고 고스란히 다 싸여 있는 거야. 구두, 양말, 모자, 시계에 이르기까지 뭐 한 가지 빠진 것 없이. 그러나 발견된 옷가지에서는 세인트클레어가 폭행을 당했다고 생각할 만한 흔적은 전혀 없었어. 물론 달리 출입구가 없으니 사라졌다면 그 창문을 통해서일 수밖에 없겠지. 그러나 창틀에 피가 묻어 있을 정도라면 비록 도망쳐서 밑의 강을 헤엄쳐 건너려 해도, 범행이 있던 시각이 마침 만조 시에 해당되므로 도저히 살아날 가망은 없다고 봐야 해.

 다음엔, 사건에 직접 관계가 있다고 생각되는 악당들에 대해 생각해 볼까. 먼저, 인도인은 흉악하기 이를 데 없는 전과자로 알려져 있으나 세인트클레어 부인의 진술에 따르면, 부인의 남편이 창문에 나타난 몇 초 후 벌써 계단 입구에 나와 있었으니 이 범죄에서는 그다지 중요한 역할은 하지 않았을 거야. 그는 이 사건에 대해 아무 것도 모른다고 주장하며 방에 세들어 있는 앉은뱅이 휴 분의 행위에 대해서도 아는 게 없을 뿐 아니라, 행방불명된 신사의 옷이 그 방에서 나온 이유에 대해서도 알지 못한다고 했어.

이상이 인도인에 관한 대강의 이야기지. 다음은 아편굴 3층에 사는 앉은뱅이인데, 이 사람은 네빌 세인트클레어의 마지막 모습을 보았을 것이 틀림없어. 이름은 휴 분인데 그 추한 얼굴은 그 일대 시내를 오가는 사람들에게 잘 알려져 있어. 경찰의 눈을 피하기 위해 표면적으로는 성냥 장사를 한다고 하지만 본업은 거지야. 자네도 알고 있겠지만, 스레드니들 가를 조금 가면 왼쪽에 담 모퉁이가 있어. 그곳이 이 앉은뱅이가 구걸하는 장소인데, 보도에 앉아 무릎 위에 성냥 몇 통을 놓고 성냥팔이 시늉을 하고 있지. 그런데 그 모습이 너무 처량해서 무릎 앞에 놓은 기름때 묻은 가죽 모자에 한 푼 두 푼 동정의 비가 내린다네. 나는 이 사건과 관련해서 그와 친구가 된다는 생각은 해 보지도 않았지만, 전에도 두세 번 그의 얼굴을 본 적이 있어서 알고는 있지. 그런데 성냥 몇 통 놓고 그저 쭈그려 앉아 있는 것인데도 돈벌이가 잘 돼. 얼굴 생김새가 지독해서 길 가는 사람들의 눈에 띄지 않을 수 없지. 헝클어진 오렌지색 머리, 창백한 얼굴에는 무시무시한 상처가 나 있고, 거기다 윗입술의 끝이 위로 치켜 올라갔고 턱은 불도그처럼 생겼지. 그리고 섬뜩하도록 날카로운 검은 눈은 머리카락의 색과 묘하게 대조를 이루고 있어. 이런 것이 보통 거지와는 다른 유별난 특징이지. 한데 그는 머리도 좋아서 행인들이 조롱하면 재미있게 받아넘기기도 해. 그는 아편굴에 살고 있어서 우리가 수색하고 있는 세인트클레어를 마지막 본 남자로 지목되고 있어."

"그러나 그는 장애인이야! 한창 원기 왕성한 남자를 상대로 그런 장애인이 뭘 할 수 있지?"

"아니, 장애인이지만 절룩거리며 걸을 수 있어. 다리만 나쁠 뿐이지 영양상태도 불량하지 않아 힘깨나 쓸 수 있을 것 같은 남자야. 자네는 의사니까 잘 알 테지만, 한쪽 다리가 불구면 그 대신 몸의 다른 부분이 그것을 보충하는 수단으로 특별히 강해지는 수가 있어."

"그건 그렇다 치고 다음을 계속하게."

"세인트클레어 부인이 창문의 피를 보고 기절했기 때문에, 경찰은 부인이 있다고 해서 수사에 큰 도움이 되는 것도 아니므로 그녀를 마차에 태워 집으로 보냈어. 나중에 이 사건을 담당한 바튼 경감이 집 안을 철저하게 조사했는데, 단서가 될 만한 것은 하나도 나오지 않았어. 나는 앉은뱅이 휴 분을 그 자리에서 체포하지 않은 것이 큰 실책이었다고 생각해. 불과 몇 분이기는 하지만 그동안 그를 자유롭게 해주었으니, 한패인 인도인과 말을 맞출 기회를 준 셈이지. 그러나 실패만 한 것은 아니었어. 앉은뱅이를 체포하여 신체검사를 했는데, 그가 범죄를 저질렀다는 증거를 찾아내지 못했어. 셔츠의 소매 끝에 피가 묻어 있긴 했지만, 그는 약지 손톱 근처에 있는 상처를 보이면서 거기서 나온 피가 자기도 모르는 사이에 묻은 모양이라는 주장과 함께 창문의 피도 자기가 창가에 갔을 때 떨어진 피라고 우기고 있어. 그리고 네빌 세인트클레어라는 사람은 본 적도 없다고 완강히 부인했어. 그의 옷이 자기 방에서 발견되기는 했지만 그 일에 대해서는 경찰이 모르는 것과 마찬가지로 자기도 모른다고 딱 잡아떼는 거야. 세인트클레어 부인이 창문에서 남편의 모습을 보았다고 말했다는데, 미쳤거나 꿈이라도 꾼 모양이라고 일축했어. 그리고 소리소리 지르면서 저항했지만 결국 경찰에 연행되었지. 경찰은 썰물이 되면 혹시 단서가 될 만한 것이 발견될지도 모른다 싶어 그 집에 머물러 있었어.

기다린 보람이 있어서 단서가 나오긴 나왔는데, 바닥의 진흙 속에 있지 않을까 기대했던 것은 나오지 않았어. 물이 빠지면서 나타난 것은, 세인트클레어의 시체가 아니라 상의뿐이었지. 게다가 그 주머니에 무엇이 들어 있었을 것 같은가?"

"상상도 할 수 없군."

"그렇겠지. 아마 도저히 모를 거야. 어쨌든 주머니라고 생긴 곳에서는 어느 곳에서나 1펜스와 반 펜스짜리 동전이 나왔어. 1펜스 동전이 421개, 반 펜스 동전이 270개나 되었다네. 이러니 상의가 물결에 떠내려가지 않고 가라앉을 만도 하지. 그러나 시체는 경우가 달라. 하역장과 아편굴의 사이에는 조수가 빠질 때 대단한 힘으로 물이 흐르기 때문에, 무거운 상의만 남고 시체는 알몸이 되어 강의 한복판으로 흘러갔다는 추리를 해 볼 수 있어."

"그러나 상의 말고 다른 것은 방에서 고스란히 발견되었다고 하지 않았나. 그렇다면 시체에 상의만 입혔을까?"

"그렇지는 않아. 하지만 사태를 이해할 수 있을 정도로 설명할 수는 있어. 휴 분이 네빌 세인트클레어를 창문에서 떠밀어 떨어뜨렸다 해도 현장을 본 사람은 아무도 없을 거야. 그리고 어떻게 했을까? 맨 먼저 머리에 떠오른 것은, 증거가 되는 옷을 처분해야 하겠지. 그는 상의를 집어 들고 창문에서 그것을 버리려고 했는데, 던진다 해도 그것은 가라앉지 않고 떠내려간다고 생각했을 거야. 우물쭈물할 시간이 없었지. 부인이 계단을 올라오려고 아래층에서 옥신각신하는 소리도 들려오고, 게다가 그때 이미 경찰이 달려왔다는 것을 인도인에게서 들었을지도 몰라. 어쨌든 촌각을 다투는 순간이었을 거야. 그는 비밀 장소로 달려가 그동안 구걸해서 모았던 동전을 닥치는 대로 상의 주머니에 넣어 옷을 무겁게 만들었어. 그것을 창문에서 던지고 다시 다른 옷도 같은 방법으로 처분하려는데 벌써 계단을 올라오는 발소리가 들리고 경찰이 방에 나타나자, 어쩔 수 없이 허겁지겁 창문을 닫을 수밖에 없었지."

"그런 추측도 가능하군."

"달리 좋은 설명도 없으니까. 당분간 이것을 가설로 해 두지. 앞에서도 말했듯이, 휴 분은 체포되어 경찰에 끌려갔는데, 지금까지 그의 경력 중에서 그에게 불리한 점은 좀처럼 나타나지 않고 있어. 오랜 세월 구걸은 해 왔을망정, 얌전한 남자여서 나쁜 짓은 하지 않았던 것 같아. 현재까지 알려진 것은 이 정도이고, 앞으로 해결해야 할 문제는…… 네빌 세인트클레어는 대체 아편굴에는 왜 갔을까? 거기서 어떤 일을 겪은 건가? 지금 어디에 있는가? 휴 분은 그의 실종과 어떤 관계를 갖고 있나? 등등이지만, 이 중에서 단서가 잡힌 것은 한 가지도 없어. 내 경험에 비추어 말하면, 언뜻 간단한 사건처럼 보이지만 이토록 어려운 사건은 처음이야."

셜록 홈즈가 이런 기괴한 사건 이야기를 하는 동안에도 마차는 대도시의 교외를 쉼 없이 달려, 듬성듬성 있는 집들을 뒤로하고 양쪽에 산울타리가 있는 시골길로 들어서고 있었다. 그리고 그의 이야기가 거의 끝났을 때에는 창문에서 아직 불빛이 새어 나오고 있는 두 마을을 양쪽에 둔 사잇길을 달리고 있었다.

"리 거리에 거의 다 온 것 같군. 마차로 잠깐 달려왔지만, 그 사이 세 주를 통과한 셈이지. 미들섹스에서 출발하여 서리 주의 일부를 지나 켄트에 닿았어. 저기 나무 사이로 불빛이 보이지? 저것이 시더스 저택이야. 아마 지금쯤 남편의 신상을 걱정하는 한 여성이 램프 옆에 앉아 기다리고 있겠지. 부인의 귀에는 우리가 타고 있는 마차의 말발굽 소리가 들릴 거야."

"이봐, 이번 사건은 왜 베이커 가에 앉아서 처리하지 않나?" 내가 물었다.

"이곳에 와서 조사해야 할 것들이 많기 때문이야. 세인트클레어 부인은 친절하게도 방 두 개를 자유롭게 쓰라고 제공했어. 뿐만 아니라 자네가 나의 친구이며 협력자라는 걸 알면 틀림없이 환영할 테니 안심하게. 그러나 왓슨. 나는 그 부인이 기대하는 좋은 소식을 갖고 가는 것이 아니어서 마음이 괴로워. 자, 도착했어. 워, 워어."

마차는 정원에 에워싸인 커다란 별장 앞에서 멎었다. 마부가 달려와 말의 콧등을 눌렀다. 나는 마차에서 내려 홈즈를 따라 현관 쪽으로 난 꾸불꾸불한 좁은 자갈길을 걸어갔다. 현관에 가까워지자 안에서 문이 열리며, 목과 소매에 연한 핑크 색의 얇고 부드러운 장식이 달린 가벼운 비단 모슬린 옷을 입은 자그마한 금발 부인이 나타났다. 그 부인의 윤곽은 등 뒤 실내에서 새어 나오는 불빛에 의해 드러났는데, 한 손은 문에 얹고 다른 한 손은 무척 기다렸다는 듯 약간 들고 있었다. 몸을 앞으로 굽혀 얼굴을 내밀었는데, 눈은 반짝이고 입은 약간 벌려 있었다. 그것은 영락없이 근심으로 애태우고 있는 여인의 그림 같은 모습이었다.

"어머!" 그녀는 홈즈가 혼자가 아닌 것을 보고 남편이 돌아온 줄로 오해했는지 환성을 올렸는데, 그 환성은 곧 실망의 신음소리로 변했다.

"좋은 소식은 없나요?"

"없습니다."

"그렇다면 나쁜 소식이라도?"

"그것도 없습니다."

"나쁜 소식이 없는 것만도 하느님께 감사해야겠어요. 들어오세요. 이렇게 늦도록 애를 써 주시니, 피곤하시죠?"

"이 사람은 제 친구 왓슨 의사입니다. 지금까지 나는 이 친구한테서 많은 도움을 받았습니다. 이번에도 우연히 이 친구를 만나 남편에 대한 수사에 도움을 받게 되었습니다."

"잘 오셨어요. 매사에 부족한 점이 정말 많겠지만, 이처럼 뜻밖의 변을 당해 경황이 너무 없어서 그러니, 그 점은 이해해 주세요."

"부인, 나는 군대 경험이 있으니 염려하지 마세요. 설령 그렇지 않다 해도 그렇게 죄송해하실 필요는 없습니다. 나는 다만 부인을 위해, 또 이 친구를 위해 조금이라도 도움이 될 수 있다면 그것으로 만족합니다."

"그럼, 셜록 홈즈 씨. 몇 가지 여쭈어 보아도 될까요. 솔직하게 대답해 주세요."

부인은 테이블 위에 냉육 등 야식 준비가 되어 있는 밝은 식당으로 우리를 안내하고 나서 물었다.

"좋습니다. 부인."

"제 감정 같은 것은 개의치 마세요. 저는 히스테리도 부리지 않을 거고, 기절하는 일도 없을 겁니다. 당신의 솔직한 의견을 들려주세요."

"어떤 점에 대해서 말입니까?"

"당신은 진심으로 네빌이 아직도 살아 있다고 믿고 계세요?"

이런 질문을 받자 셜록 홈즈는 곤혹스러운 표정이 되었다.

"제발 진심을 말씀해 주세요!" 부인은 난로 옆의 카펫 위에 서서, 등의자에 앉아 있는 홈즈를 진지하게 내려다보면서 거듭 말

했다.

"그렇다면 부인, 솔직하게 대답하지요. 그럴 가능성은 희박하다고 생각합니다."

"죽었다고 생각하는군요."

"그렇습니다."

"살해되었을까요?"

"꼭 그렇다고는 단언할 수 없지만, 그럴 수도 있다는 가정을 배제할 수는 없습니다."

"언제 그렇게 되었을까요?"

"월요일이 아닌가 합니다."

"그렇다면 홈즈 씨, 오늘 남편으로부터 이런 편지가 왔는데, 어찌 된 일인지 설명이 가능할까요?"

셜록 홈즈는 감전이라도 된 듯이 의자에서 벌떡 일어났다.

"뭐라고요?"

"네, 오늘이에요." 부인은 작은 종이쪽지를 들어 보이면서 미소지었다.

"봐도 괜찮겠습니까?"

"네."

홈즈는 부인의 손에서 빼앗듯이 그 쪽지를 받아 테이블 위에 펼쳐 놓고 구겨진 주름을 편 다음 램프를 당겨 열심히 들여다보았다. 나도 의자에서 일어나 그의 어깨 너머로 보았다. 봉투는 아주 값싼 저급 제품이었는데, 그레이브센드 우체국 소인이 찍혔고, 날짜는 오늘 아니, 자정이 벌써 지났으니 어제라는 표현이 정확할 것이다.

"형편없는 글씨군. 부인, 이 봉투의 글씨는 남편의 필적이 아니지요?"

"네, 그러나 속의 편지는 남편 글씨입니다."

"누군가 이 봉투에 주소를 쓸 때 쓰다 말고 다른 사람에게 물어 봤군요."

"어떻게 그걸 아시나요?"

"보세요. 부인의 이름은 완전히 검은 잉크 색 그대로입니다. 그것은 잉크가 저절로 말랐기 때문입니다. 하지만 주소는 회색에 가깝지요? 이것은 압지를 사용했다는 증거입니다. 만일 단숨에 쓴 것이라면, 압지로 눌렀다 해도 이름 부분만 더 검을 리는 없습니다. 그 남자는 이름을 쓴 다음 주소를 쓰기 위해 잠시 펜을 놓은 겁니다. 즉, 그 남자는 주소를 몰랐다는 해석이 가능합니다. 이건 물론 사소한 문제지만 사소한 것일수록 많은 암시를 내포하고 있습니다. 그럼, 편지를 볼까요. 어, 이 편지에는 다른 물건이 동봉되어 있었군요."

"네, 반지가 들어 있었어요. 그이의 이름이 새겨진 반지입니다."

"그리고 이건 분명히 남편의 필적이겠지요?"

"남편의 필적의 하나입니다."

"하나? 무슨 뜻입니까?"

"급히 썼을 때의 필적이에요. 평소의 필적과는 차이가 많지만, 나는 잘 압니다."

아무 것도 걱정할 것 없소. 곧 모든 것이 잘 될 거요. 예기치 않은 차질이 생겨 시간이 좀 걸릴 거요. 잠시만 참고 기다리시오.

― 네빌

"책의 면지를 뜯어서 거기에 연필로 썼어. 흥, 오늘 그레이브 센드에서 엄지가 더러운 남자가 부쳤군. 저런! 그는 씹는담배를 질겅거리면서 혀로 침을 칠해 봉함을 한 듯해. 부인, 그런데도 이것이 남편의 편지가 분명하다는 겁니까?"

"네, 그이의 글씨가 틀림없어요."

"그렇다면 남편은 오늘 그레이브센드에 있었다는 얘기가 되는군요. 자, 부인, 약간 희망을 가질 수 있게 되었습니다. 그렇다고 위험이 사라졌다고는 할 수 없지만."

"하지만 홈즈 씨, 그이는 틀림없이 살아 있을 거예요."

"이 편지가 우리를 속이기 위해 교묘하게 쓰여진 가짜 편지가 아니라면 말입니다. 특히, 반지 따위에 안심을 해서는 안 됩니다. 남이 뽑아서 부친 것인지도 모르니까요."

"아니요. 그럴 리가 없어요. 이 편지는 그이가 직접 쓴 거에요."

"월요일에 쓴 것을 오늘 부쳤는지도 모르지요."

"그럴 수도 있겠군요."

"그렇다면, 그 사이에 여러 가지 일이 일어났다고 생각해 볼 수도 있습니다."

"어머나, 불길한 말은 하지 마세요. 나는 남편이 아무 일 없다고 믿고 있습니다. 우리 사이에는 아주 강하게 통하는 게 있어서, 남편의 신상에 무슨 일이 있으면 즉시 느낄 수 있어요. 그날만 하더라도 남편은 아침에 침실에서 가벼운 상처를 입었는데, 그때 아래층 식당에 있던 나는 무슨 일이 일어났구나 하는 육감이 들어 즉시 위층으로 올라갔어요. 그런 사소한 일에도 느낌이 있었는데, 만일 그이가 죽기라도 했다면 왜 느끼지 못하겠습니까."

"저는 여러 가지 경험을 해 왔기 때문에, 분석적인 추리에 의한 결론보다 오히려 여성의 직관이 훨씬 정확한 경우가 있다는 걸 모르지는 않습니다. 부인은 이 편지가 부인의 확신을 뒷받침하는 매우 유력한 증거가 된다고 믿는다 그 말씀이군요. 그럼, 만일 남편이 살아 계시고 편지까지 쓸 수 있는 정도라면, 왜 부인에게 돌아오지 않는 걸까요?"

"이상해요. 도저히 이해할 수 없어요."

"다시 월요일 이야기로 돌아갑니다만, 그날 아침에 집을 나가실 때 아무 말씀도 없었지요?"

"네."

"그리고 부인은 스완덤 길에서 남편의 얼굴을 보고 놀라셨지요?"

"네, 몹시."

"창문은 열려 있었습니까?"

"네."

"그럼, 남편은 부인을 부르려고 마음만 먹는다면 부를 수 있었군요."

"그렇게 생각해요."

"그때 의미를 알 수 없는 묘한 소리를 질렀다고 말씀하셨는데."

"네."

"구원을 청하는 외침이라고 생각하셨습니까?"

"네, 손을 흔들었거든요."

"하지만 생각을 조금만 바꿔 본다면, 그것은 놀라서 지른 소리라고 볼 수는 없을까요? 생각지도 않은 부인의 모습을 보고 놀란 나머지 두 손을 들었다고요."

"있을 수 있는 일이지요."

"그리고 그는 뒤에서 누군가에게 끌려간 것처럼 보였다고 하셨지요?"

"네, 눈 깜짝할 사이에 그이가 사라졌기 때문에……."

"자기 스스로 급히 피했다고도 생각할 수 있습니다. 그때 창문으로 다른 사람은 보이지 않았나요?"

"보이지는 않았지만 그 무서운 앉은뱅이가 그곳에 있었다고 자백했고, 인도 사람은 계단 입구에 서 있었어요."

"그렇게 말씀하셨지요. 부인이 보신 바로는, 남편의 옷은 여느 때와 같았습니까?"

"칼라와 넥타이가 없었고, 목이 훤히 드러나 있는 것을 분명히 봤어요."

"남편은 지금까지 스완덤 길에 대해 말씀하신 적이 있었습니까?"

"아뇨, 한 번도."

"아편을 한 것 같은 모습은 보지 못했습니까?"

"네."

"고맙습니다. 세인트클레어 부인. 대강 이런 것들이 제가 꼭 짚고 넘어가고 싶었던 중요한 문제였습니다. 그럼 이제는 야식이나 들고 쉬기로 하겠습니다. 내일은 아주 바빠질 것 같군요."

세인트클레어 부인이 마련해 준 방은 크고 쾌적했으며 침대가 둘 있었다. 나는 그 하룻밤 동안 몹시 지쳐 있었기 때문에 즉시 시트 속으로 기어들었다. 하지만 셜록 홈즈는 해결되지 않는 문제가 마음에 계속 걸려 있으면 며칠씩이나 아니, 몇 주라도 쉬지 않고 그 문제를 생각하고 또 생각한다. 사실의 순서를 바꿔 보기도 하고 모든 각도에서 숙고해 보기도 하여 마침내 규명하거나, 아니면 자료가 부족한 부분을 스스로 이해할 때까지 무서운 노력을 기울인다. 그날 밤도 그가 밤을 샐 각오를 하고 있다는 것을 알았다. 코트와 조끼를 벗고 그 위에 큰 파란 가운을 걸치고는, 침대에서 베개를 가져오고 소파와 안락의자에서 쿠션을 모았다. 그리고 그것들로 동양식 긴 의자를 만들어 그 위에 책상다리로 앉고 무릎 앞에 1온스들이 독한 섀그담배와 성냥갑을 놓았다. 램프의 희미한 불빛 속에서 애용하는 브라이어 파이프를 입에 문 그는 멍청히 천장의 한 구석에 시선을 고정시킨 채 푸른

연기를 뿜어 올리고 있었다. 말도 없고 움직이지도 않았으며, 불빛에 비친 그의 얼굴은 독수리처럼 날카롭게 긴장되어 있었다. 내가 잠들 무렵에 그는 그와 같은 모습으로 앉아 있었는데, 갑자기 큰 소리가 나서 잠에서 깨어나 여름의 아침 해가 온 방 안에 비쳐드는 것을 보았을 때에도 그는 그 모습으로 있었다. 여전히 파이프를 입에 물고 있어 방 안은 담배 연기가 자욱했다. 지난밤에 본 담배 무더기는 바닥이 나 있었다.

"왓슨, 일어났나?"

"응."

"아침에 한 바퀴 돌까?"

"물론."

"그럼 옷을 입어. 아직 아무도 일어나지 않았지만, 마부가 자는 곳을 알고 있으니까 마차는 금방 끌어 낼 수 있어."

그는 기분이 좋은지 얼굴에는 웃음이 떠오르고 눈에서는 광채가 빛나, 간밤에 그토록 시무룩하게 생각에 잠겼던 남자라고는 생각되지 않을 정도였다.

옷을 갈아입으면서 시계를 보니 아무도 일어나지 않을 만도 했다. 4시 25분이었다. 내가 준비를 마치기가 무섭게 홈즈는 벌써 돌아와서 마부가 마차에 말을 매고 있다고 말했다.

"나의 사소한 이론을 시험해 보고 싶어." 그는 구두를 신으며 말했다.

"왓슨, 자네는 지금 유럽 제일의 멍청이를 앞에 두고 있어. 나는 여기서 런던 한복판에 있는 채링크로스 역까지 발길로 채여 간대도 마땅해. 그러나 이제 비로소 사건을 결말지을 열쇠를 발견한 것 같아."

"그건 어디 있었지?" 내가 웃으며 물었다.

"욕실에 있었어. 아냐, 농담이 아니야." 그는 어처구니없다는 얼굴이 된 나를 보고 계속 말했다.

"아까 욕실에 갔을 때 갖고 왔지. 지금 이 글래드스톤 가방에 넣어 두었는데 그것이 과연 열쇠 구멍에 꼭 들어맞는지 어떤지는 실제 끼워 봐야 알겠어. 자, 떠나세."

되도록 발소리를 내지 않고 계단을 내려가 아침 해가 빛나고 있는 집 밖에 나가 보니 문 앞에 마차가 기다리고 있었고, 옷도 미처 제대로 갖춰 입지 못한 마부가 앞에 서 있었다. 부랴부랴 마차에 올라타고는 런던 거리를 속력을 내어 달렸다. 도중에 수도의 시장으로 야채를 싣고 가는 농가의 수레 몇 대를 지나쳤지만, 길 양쪽에 별장이 늘어선 거리는 마치 꿈속처럼 정적 속에 잠겨 있었다.

"어떤 점에서 이번 사건은 꽤 이색적이야. 고백하지만, 나는 진짜 두더지처럼 장님이었어. 그러나 뒤늦게라도 안 것은 전혀 모르는 것보다는 조금 나은 거지."

런던 시내에 들어가 템스 강의 서리 주 쪽의 여러 거리를 지날 때 비로소 일찍 일어난 사람들의 잠이 덜 깬 얼굴이 창문에 비치고 있었다. 워털루 다리 길을 지나 웰링턴 가를 곧장 달려 오른쪽으로 돌면 보 가다. 셜록 홈즈는 중앙 경찰재판소에도 얼굴이 알려져 있는 듯 우리가 도착하자 수위실에 있던 두 경관이 즉시 경례했고, 한 사람이 말고삐를 잡고 있는 동안 또 한 사람은 우리를 안으로 안내했다.

"누가 있습니까?"

"브랫스트리트 경감입니다."

"아. 브랫스트리트, 안녕하십니까?" 마침 그때 키가 큰 뚱뚱한 경감이 끝이 뾰족한 모자를 쓰고 늑골 장식이 있는 제복 차림으로 돌바닥 복도를 걸어왔다.

"브랫스트리트, 잠깐 할 말이 있는데."

"좋습니다, 홈즈 씨. 내 방으로 갑시다."

그곳은 사무실처럼 꾸며진 작은 방으로 책상 위에 커다란 장부가 있고 벽에는 전화기가 달려 있었다. 경감은 자기 자리에 앉았다.

"무슨 일입니까, 홈즈 씨?"

"거지 휴 분의 일로 왔습니다. 리의 네빌 세인트클레어 실종

사건 용의자로 기소되어 있는 사람 말입니다."

"네. 아직도 조사할 것이 있어서 그는 다시 구속되어 수감돼 있습니다."

"그런 줄 알고 왔습니다. 아직 여기 있습니까?"

"구치소에 있습니다."

"얌전히 있습니까?"

"네, 말썽은 부리지 않아요. 그러나 지저분한 놈이더군요."

"지저분합니까?"

"말할 수 없이 지저분해요. 손만은 어떻게 해서 겨우 씻게 했지만, 얼굴은 검기가 갱 속의 광부는 저리 가라더군요. 조사가 끝나고 형량이 결정되면 규칙대로 구치소 내의 욕탕에 처넣어 줄 겁니다. 어쨌든 직접 가서 보시면 내 말이 거짓이 아니라는 걸 알게 될 겁니다."

"꼭 만나 보고 싶습니다."

"당신이? 그야 뭐 어렵지 않습니다. 안내하지요. 가방은 여기에 두고 가셔도 됩니다."

"아니오, 갖고 가겠습니다."

"그럼 이리 오세요."

경감을 따라 복도를 지나 빗장이 걸린 문을 열고 나선계단을 내려가자 양쪽에 문이 있는 회반죽을 바른 복도가 나왔다.

"오른쪽 세 번째입니다. 여기입니다."

그리고 문의 위쪽에 붙어 있는 널빤지로 된 작은 창문을 열고 안을 들여다보았다.

"지금 자고 있어요." 그가 말했다.

"잘 보일 겁니다."

우리 두 사람은 격자 가까이 눈을 가져갔다. 거지는 얼굴을 이쪽으로 향하고 누워 무거운 숨을 느리게 내쉬면서 깊이 잠들어 있었다. 보통 키의 남자인데 그야말로 거지 직업에 어울리는 누더기 옷을 입고 있었고, 너덜너덜하게 터진 상의 사이로 색이 있는 셔츠가 보였다. 경감이 말했듯이 무척이나 더러운 거지로, 얼굴에 두껍게 낀 때로도 섬뜩한 추악함을 감추지는 못했다. 눈에서 턱까지 굵은 지렁이가 꿈틀거리는 듯한 오래되어 보이는 상처가 있고, 그 상처로 인해 입술의 한쪽이 말려 올라가 이 세 개가 당장이라도 물어뜯으려고 덤빌 듯이 튀어나와 있다. 또한 헝클어진 붉은 머리가 이마에서 눈언저리까지 늘어져 있다.

"참 잘생겼지요?" 경감이 말했다.

"이건 씻어 줘야 하겠군. 이럴 줄 알고 내가 미리 도구를 갖고 왔지요."

홈즈가 여행 가방을 열자 놀랍게도 가방에서 커다란 목욕용 스펀지가 나왔다.

"헤헤! 당신은 이상한 취미가 있군요." 경감이 웃었다.

"미안하지만 그 문을 소리 나지 않게 가만히 열어 주세요. 여러분이 보는 앞에서 저 사람을 훨씬 품위 있는 남자로 바꾸어 놓고 싶습니다."

"나는 잘 모르겠군요." 경감이 말했다.

"이렇게 더러운 거지는 보 경찰 구치소의 명예에 맞지 않으니까요."

그가 열쇠를 꺼내 살며시 문을 열자, 우리는 소리 내지 않고 안으로 들어갈 수 있었다. 거지는 몸을 약간 뒤척였으나 다시 그대로 깊은 잠에 떨어졌다. 홈즈는 물통에 스펀지를 집어 넣어 잔뜩 물을 먹이더니, 잠자고 있는 남자의 얼굴을 가로 세로로 두 번 힘차게 문질렀다.

"여러분, 켄트 주 리의 네빌 세인트클레어 씨를 소개합니다."

나는 지금까지 그런 광경은 본 적이 없다. 잠들어 있는 남자의 얼굴은 스펀지에 의해 나무껍질 벗겨지듯이 씻겼다. 피부의 누추한 갈색은 사라지고 얼굴에 비스듬히 뻗어 있던 징그러운 상처도, 흉물스럽게 비웃는 듯이 비틀어진 입술도 모두 사라졌다. 한 번 잡아당기자 헝클어진 붉은 머리는 훌렁 벗겨지고, 거기 침대에는 머리가 검고 피부가 매끄러우며 창백하고 슬픈 듯한, 품위 있는 얼굴의 남자가 일어나 앉았다. 그는 눈을 비비면서 잠결에 얼떨떨한 표정으로 주위를 둘러보았다. 그러다가 곧 정체가 드러난 것을 깨닫고는 악 하고 소리를 지르면서 베개에 얼굴을 묻고 엎드렸다.

"아니, 이럴 수가 있나! 이건 실종된 사람이 아닌가. 사진에서 본 그대로야." 경감이 소리쳤다.

죄수는 자포자기한 인간의 무분별한 태도로 덤벼들었다.

"그렇다 해도, 내가 무슨 죄를 졌다고 끌고 온 거요?"

"네빌 세인트클레어 씨 살해…… 어허, 이런 어처구니없는 일이. 자살 미수죄라는 것이 있는가. 그렇지 않다면 기소할 수 없지. 나는 27년이나 경찰에서 밥을 먹고 있지만, 이런 경우는 처음이오."

"내가 네빌 세인트클레어라면, 범죄가 전혀 성립되지 않으니

구류는 불법이오."

"맞소. 범죄가 되지 않소. 그러나 당신은 정말 덜 떨어진 사람이오." 홈즈가 말했다.

"부인을 믿었다면 이런 결과는 생기지 않았을 거요."

"문제는 아내가 아닙니다. 아이들입니다. 어떤 일이 있더라도, 이런 아버지를 가졌다는 것이 알려져 아이들 마음에 부끄러움을 심어 주고 싶지 않았습니다. 그러나 이제는 정체가 드러났어! 어쩌면 좋지?"

셜록 홈즈는 그와 나란히 침대에 앉아 다정스럽게 어깨를 두드렸다.

"이 문제의 흑백을 밝히는 일을 법에 맡기면, 물론 이 비밀이 세상에 공개되지 않을 수 없겠지요. 하지만 당신이 어떤 위법행위도 하지 않았다는 것을 경찰당국이 인정하기만 하면, 이 사실이 신문에 발표될 염려는 없다고 생각합니다. 브랫스트리트 경감이 당신의 진술을 받아 담당 상관에게 그것을 제출하겠지요. 그러면 사건은 법정까지 가지 않아도 될 겁니다."

"고맙습니다." 그는 감동해서 울음을 터뜨렸다.

"부끄럽기 짝이 없는 나의 비밀이 가문을 더럽히고 아이들에게까지 수치를 안겨 줄 정도라면, 나는 차라리 감옥에 들어가는 편이 낫습니다. 아니, 사형도 마다하지 않겠습니다. 나는 지금 처음으로 당신들에게 내 신상 이야기를 하는 겁니다.

아버지는 체스터필드에서 교장을 하셨기 때문에, 나는 그곳에서 좋은 교육을 받았습니다. 젊은 시절부터 여러 곳을 여행했고, 연극배우도 한 적이 있지요. 나중에는 런던의 어느 석간지 기자가 되었습니다. 그런데 어느 날, 편집장이 런던에 있는 거지들의 실상을 소재로 하여 연재 기사를 싣고 싶다고 하기에 나는 자청해서 그 일을 맡았지요. 그리고 그때부터 이상야릇한 모험생활이 시작되었습니다. 왜냐하면 나 스스로 거지가 되지 않고서는 생생한 취재가 불가능했기 때문입니다. 무대생활을 할 때 나는 모든 분장기술을 배웠는데, 그것이 매우 능숙해서 분장실에서도 꽤 유명했지요. 그래서 당장 이 특기를 이용했습니다. 얼굴의 피부색을 고치고, 되도록 처량하게 보이도록 하기 위해 커다란 상처를 만들었고, 피부색과 같은 반창고로 입술 한쪽을 위로 당겼습니다. 그러고는 붉은 가발을 쓰고 거지에 어울리는 누더기 옷을 입었지요. 번화한 거리로 나가 구걸 장소를 만들고, 성냥팔이를 겸해서 거지 행세를 했습니다. 일곱 시간 구걸하고 저녁때 돌아와서 보니, 글쎄 얻은 돈이 26실링 4펜스나 되더군요.

나는 이 경험을 살려서 기사를 쓴 다음 한동안 그 일을 잊고 있었는데, 그 후 친구의 부탁으로 어음에 이서를 했다가 불운하게도 25파운드의 지급명령을 받았지요. 돈을 어떻게 마련할까 고심하던 중 문득 취재할 당시가 생각났습니다. 그래서 나는 채권자에게 간청하여 지불 날짜를 2주일 연기하고, 회사에서는 휴가를 얻었습니다. 그리고는 변장을 하고 시내에 나가 구걸을 시작했습니다. 결국 열흘 동안에 필요한 돈을 전부 모아 빚을 깨끗이 청산했지요.

그렇게 되고 보니, 그때까지 일주일에 고작 2파운드쯤 받고 아등바등하는 직장으로 돌아가기가 망설여졌습니다. 왜냐하면 얼굴에 약간 흙칠을 하고 길바닥에 모자를 놓고 그냥 앉아 있기만 해도 일주일 급여를 하루에 벌 수 있다는 사실을 알았기 때문이지요. 그 뒤 오랫동안 마음의 긍지와 돈과의 싸움이 계속되다가 마침내 돈 쪽이 승리를 거두어, 나는 기자라는 직업을 버리고 매일 거지 일터로 나가게 되었습니다. 그리하여 처량한 얼굴로 웅크리고 앉아 행인들이 동정하여 던져 주는 동전으로 주머니가 제법 불룩해졌습니다. 그 비밀을 알고 있는 사람은, 중간 숙소로 이용하고 있던 스완덤 길의 아편굴 주인뿐이었지요. 그곳에서 아침마다 새까맣게 때에 전 거지 차림으로 변장하고 나갔다가, 밤이 되면 말쑥한 도시인으로 바뀌는 것이었죠. 인도인 주인에게는 사례비로 넉넉하게 돈을 쥐어 주었기 때문에, 그의 입에서 비밀이 새어 나갈 염려는 없었습니다.

순식간에 저금이 늘어 갔습니다. 1년에 700파운드, 이 금액은 런던 거리에서 구걸하는 거지라고 해서 누구나 다 벌 수 있는 금액은 결코 아닙니다. 그러나 제 평균 수입은 그것을 웃돌았습니다. 저에게는 메이크업이란 특수기술이 있고, 행인이 농담을 걸어오면 적절하게 응답해 줄 수 있는 재능도 있기 때문이겠지요. 그 응답 기술은 경험을 쌓을수록 더욱 능란해져서, 요즘에는 시내의 명물이 되었습니다. 아침부터 밤까지 은화도 섞인 동전의 비가 쏟아져, 벌이가 2파운드 이하로 내려가는 날은 재수 없는 날일 정도였습니다.

돈이 모이자 이번에는 야심이 생겨서 시골에다 집도 사고 드디어 결혼까지 했지만, 제 진짜 직업을 아는 사람은 아무도 없었습니다. 제가 런던의 한복판에서 장사를 하고 있다는 것은 알고 있었지만, 그것이 어떤 장사인지는 알지 못했습니다.

지난 월요일, 나는 하루 일을 마치고 아편굴 3층에서 옷을 갈아입다가 문득 창밖을 내다보았는데, 아내가 큰길에 서서 나를 빤히 올려다보고 있지 뭡니까. 그렇게 놀라고 당황한 적은 없었지요. 나도 모르는 사이에 소리를 지르고 팔로 얼굴을 가렸습니다. 그리고 곧바로 비밀을 다 알고 있는 인도인에게 허둥지둥 달려가, 누가 와도 3층 방에는 절대로 들여보내지 말라고 당부했습니다. 아래층에서 아내의 목소리가 들려오기는 했지만, 올라온 것 같지는 않았습니다. 나는 부랴부랴 거지의 누더기 옷으로 갈아입은 다음, 분장을 하고 가발을 썼지요. 아내의 눈으로도 알아보지 못할 정도로 완전한 변장이었습니다. 그러나 그때, 곧 경찰이 들이닥칠 것이고 가택 수색을 받을 거라는 사실을 깨달았지요. 가장 마음에 걸린 것은 바로 방에 있는 옷이었습니다. 나는 급히 창문을 열었는데, 너무 거칠게 열었기 때문에 그날 아침 침실에서 다친 손가락의 상처가 또 터지고 말았습니다. 나는 윗도리를 집어 들었지요. 주머니에는 구걸해서 모아 둔 돈이 들어 있는 가죽 주머니와 아무렇게나 넣어 둔 동전이 가득 들어 있었습니다. 창문 밖으로 던지자 상의는 금세 템스 강에 가라앉았습니다. 다른 옷도 던지려고 했는데, 그때 경찰이 우르르 계단을 올라왔습니다. 사실 나는 이제 됐다 하고 안도의 숨을 내쉬었지요. 왜냐하면 나는 네빌 세인트클레어로 탄로난 것이 아니라, 그를 살해한 자로서 체포되었기 때문입니다.

이제 더 설명할 사실이 없어요. 나는 끝까지 변장한 모습으로 버틸 작정이었으므로 얼굴 씻는 걸 완강히 거부했습니다. 다만 아내가 몹시 걱정할 것이 염려되어 감시하는 경관의 눈을 피해 아내에게 걱정하지 말라고 몇 자 쓰고 반지를 뽑아 편지에 동봉, 인도인에게 몰래 주고는 부쳐 달라고 당부했지요."

"그 편지는 어제 부인에게 배달되었습니다."

"오! 아내에게는 정말 끔찍한 일주일이었을 겁니다."

"그 후 인도인은 우리 경찰에서 계속 엄중하게 감시했습니다. 그러므로 그 사람은 편지를 부칠 기회가 없었을 거요. 때문에 단골로 오는 마도로스나 다른 누구에게 부탁했을 테지만, 부탁 받은 남자는 그걸 깜빡 잊었을 겁니다."

"사실 그렇소. 틀림없습니다. 그런데 당신은 지금까지 구걸을 하다가 처벌을 받은 적은 없었습니까?"

"몇 번 있었습니다. 그러나 과태료 따위는 문제가 되지 않았지요."

"어쨌든 앞으로는 절대로 이런 짓을 하지 말아야 합니다. 경찰에서 이 사건을 덮어 주기를 원한다면 휴 분이 세상에 다시 나타나서는 안 되오."

"인간으로서 더 이상 할 수 없는 맹세로 약속하겠습니다."

"그렇다면 이 사건은 앞으로 더 이상 추궁하지 않겠어요. 하지만 만일 언제고 다시 그 추잡한 짓을 되풀이한다면, 그때는 용서 없이 모든 걸 공표하겠소. 홈즈 씨, 이로써 이번 사건도 진상이 밝혀지게 되었는데, 모두 당신 덕분입니다. 그런데 어떻게 해서 확증을 얻었는지, 그것을 알고 싶군요."

"베개 다섯 개 위에 앉아서 담배 1온스를 다 태운 끝에 확신을 얻었습니다. 왓슨, 이제부터 베이커 가로 달려가면 아침식사에 늦지 않겠지."

실버 블레이즈

1890년 9월 25일(목)~9월 30일(화)

Silver Blaze

"왓슨, 나는 가야겠어."

어느 날 아침, 함께 식탁에 앉은 홈즈가 말했다.

"가다니, 어디로?"

"다트무어의 킹즈 파이랜드."

나는 놀라지 않았다. 아니, 오히려 영국 전체를 떠들썩하게 만든 이 이상한 사건에 그가 아직 뛰어들지 않았다는 것이 훨씬 이상했다. 홈즈는 어제 하루 종일 어깨를 늘어뜨리고 미간을 찌푸린 채 방 안을 왔다 갔다 하며 가장 독한 검은 담배만 파이프에 계속 갈아 채울 뿐, 내가 무엇을 물어도 도무지 귀를 기울이지 않았다. 또한 여러 신문이 간행되기가 바쁘게 배달되었지만 잠깐 훑어보고는 방구석에 던졌다. 그러나 나는 그가 아무 말이 없어도 무엇을 생각하는지 알 수 있었다. 지금 그의 추리능력에 도

전할 수 있는 문제는 웨섹스 컵 레이스에 나갈 인기 말의 기괴한 실종과 그 조련사가 살해된 사건뿐이었다. 그래서 그가 갑자기 사건현장에 가겠다는 말을 해도, 그것은 내가 이미 예상하고 기대했던 일이기도 했다.

"방해가 안 된다면 나도 가고 싶은데." 내가 말했다.

"왓슨, 자네가 함께 가면 매우 도움이 되지. 자네에게도 공연한 시간낭비는 되지 않을 거야. 어쩌면 이것은 전례가 없는 아주 독특한 사건이 될 거야. 지금 패딩턴 역에 가면 기차를 탈 수 있어. 자세한 것은 차안에서 이야기하지. 미안하지만 자네의 그 성능 좋은 쌍안경을 꼭 갖고 가게."

1시간 후, 나는 익세터[6]를 향해 달리는 기차의 일등칸에 자리 잡고 있었다. 귀 덮개가 달린 여행 모자가 윤곽이 뚜렷하고 진지한 셜록 홈즈의 얼굴을 한층 돋보이게 했다. 홈즈는 패딩턴에서 산 신문들을 모두 훑어보고 있었다. 레딩을 훨씬 지났을 무렵, 마지막 신문을 좌석 밑에 밀어 넣은 그는 나에게 담배 케이스를 내밀었다.

"순조롭게 달리고 있군. 시속 53마일 반이야." 그는 창밖을

---

6) 데번셔의 수도

내다본 뒤 시계를 언뜻 보면서 말했다.

"4분의 1마일 표식이 보이지 않았는데." 내가 말했다.

"나 역시 못 봤어. 하지만 이 선로의 전주는 60야드마다 서 있기 때문에 계산은 아주 간단해. 그런데 존 스트레이커 살해와 실버 블레이즈 실종사건에 대해서는 이미 알고 있을 테지."

"〈텔레그래프〉와 〈크로니클〉의 기사를 봤어."

"이 사건은 새로운 증거를 찾기보다 이미 알려져 있는 자료를 취사선택하고 거기에 추리 솜씨를 발휘해야 할 사건이지. 이것은 아주 이상하고 완벽한 데다가 많은 사람들에게 중대한 관계가 있는 사건이기 때문에, 추측과 억측 그리고 가설이 난무해 많은 곤란을 겪고 있어. 우선 여러 가지 견해나 보도에서 절대적으로 확실한 사실의 골격을 끌어 내야 해. 그리고 그 견고한 토대 위에서 어떠한 추론을 끌어 내고, 사건 전체의 수수께끼를 풀 열쇠를 찾는 것이 우리의 일이지. 나는 화요일 밤에 말 주인 로스 대령과 이 사건을 담당하고 있는 그레고리 경감한테서 협력을 의뢰한다는 전보를 받았어."

"화요일 밤이라고! 지금은 목요일 아침이야. 어째서 어제 가지 않았나?" 내가 소리를 질렀다.

"내 실수야, 왓슨. 이 정도의 실수는 자네의 회상록에 나를 알고 평가하는 사람들이 알고 있는 것보다 훨씬 많이 실려 있지. 사실 나는 영국 최고의 명마를 다트무어 북부처럼 인구가 적은 지방에서 그다지 오래 숨겨 둘 수 없다고 생각했어. 그래서 어제는 하루 종일 말이 발견되고, 존 스트레이커를 죽인 것도 그 말 도둑의 범행이라는 보도가 들어오기를 이제나저제나 하고 기다리고 있었지. 그런데 피츠로이 심슨이 붙잡혔을 뿐, 오늘 아침까지 아무 진전이 없어서 드디어 내가 나설 때가 왔다고 생각했어. 그렇지만 어제 하루를 헛되이 보냈다고는 생각하지 않아."

"그럼, 줄거리가 갖추어졌단 말이지?"

"적어도 주요한 사실은 파악했어. 그 얘기를 하지. 사건의 상황을 확실히 하려면 남에게 들려주는 것이 제일이거든. 그리고 출발점부터 제대로 알아야 자네도 도움을 줄 수 있지."

나는 좌석 쿠션에 기댄 채 담배를 피우며 홈즈의 이야기를 들었다. 홈즈는 중요한 사항을 말할 때면 하듯이, 가늘고 긴 집게손가락으로 왼쪽 손바닥을 두드리며 우리들을 여행하게 만든 사건의 개략을 이야기했다.

"실버 블레이즈는 아이소노미의 혈통을 이은 말로, 유명한 조상 못지않게 빛나는 기록을 갖고 있어. 지금 다섯 살이지만 출주 때마다 주인 로스 대령에게 상금을 안겨 주었지. 이번 사건이 일어났을 때도 웨섹스 컵 레이스의 우승 후보로서 걸린 비율은

3대 1이었지.

그러나 이 실버 블레이즈는 경마 팬 사이에서는 최고의 인기마로 아직 한 번도 그들의 기대를 뒤엎은 일이 없기 때문에 그렇게 낮은 비율이어도 막대한 돈이 걸려 있어. 따라서 다음 화요일 레이스에 실버 블레이즈가 나가지 못한다면, 아주 커다란 이익을 얻는 사람이 상당히 있을 거라는 사실은 명백해.

물론 이 사실은 대령의 마구간이 있는 킹즈 파이랜드에서는 모두 잘 알고 있고, 이 인기마를 보호하기 위하여 온갖 조치가 취해졌지. 조교 존 스트레이커는 기수 출신으로 체중이 무거워지기 전까지는 로스 대령의 기수를 했어. 그는 기수로서 5년, 조교로서 7년이나 대령에게 종사했고, 언제나 열심히 정직하게 일했지.

마구간은 말이 네 마리뿐인 조그만 규모로, 스트레이커 밑에는 젊은 사람 세 명이 있을 뿐이야. 그중 한 명은 매일 밤 마구간에서 보초를 서고 나머지 두 사람은 마구간 2층에서 잠을 잤어. 세 명 모두 착실한 젊은이 같아. 존 스트레이커는 결혼했기 때문에 마구간에서 200야드쯤 떨어진 작은 집에 살고 있어. 아이는 없고 가정부 한 명을 고용해서 편안하게 살고 있었지. 이 부근은 아주 쓸쓸한 곳이지만 반 마일 정도 떨어진 북쪽에 다트무어의 신선한 공기를 맛보고 싶어하는 사람들이나, 요양하는 병자들을 위해 태비스탁의 어떤 건축업자가 지은 작은 별장들이 있어. 태비스탁은 서쪽으로 2마일 지점에 있지만, 황야 너머로 역시 2마일쯤 떨어져서 킹즈 파인랜드보다 조금 더 큰 메이플턴의 조교장이 있지. 이것은 백워터 경의 소유로, 사이러스 브라운이 관리하고 있어. 그 밖의 방향은 어느 쪽이나 전부 완전한 황야로 방랑하는 집시가 약간 살고 있을 뿐이야. 이것이 월요일 밤 사건이 일어났을 때의 대체적인 상황이야.

그날 밤 마부들은 평소와 마찬가지로 말을 운동시키고 물을 준 다음 9시에 마구간의 문단속을 했어. 젊은이 세 명 중 두 명은 조교의 집에 가서 저녁을 먹었고, 네드 헌터만 마구간을 지키기 위해 남아 있었지. 9시 조금 지나서 하녀 이디스 백스터가 저녁 식사로 양고기 카레 요리를 만들어 마구간에 가져왔어. 마실 것은 곁들여 있지 않았지. 왜냐하면 마구간에 수도가 있었고, 일할 때는 물 이외는 아무 것도 마셔서는 안 된다는 규칙이 있기 때문이야. 아주 어두운 밤이었고 황야를 지나가야 했기 때문에 하녀는 랜턴을 손에 들고 있었지.

이디스 백스터가 마구간에 30야드쯤 다가가자 어둠 속에서 갑자기 한 남자가 나타나더니 그녀를 불러 세웠지. 랜턴의 노란 빛 원 속으로 걸어 들어오는 남자는 회색 트위드 소재의 옷을 입고, 나사 모자를 쓴 신사였어. 목이 긴 구두를 신고, 손잡이가 둥근 굵은 지팡이를 갖고 있었지. 하지만 하녀가 깜짝 놀란 것은 그의 얼굴이 이상할 정도로 창백하고, 신경질적인 모습을 했다는 점이었네. 나이는 서른을 조금 넘은 정도로 보였지.

'여기는 어디요? 황야에서 노숙하려는데, 당신의 랜턴 불빛이 보였소.' 남자가 물었지.

'여기는 킹즈 파이랜드 마구간 옆입니다.' 그녀가 대답했어.

'오, 정말이오! 운이 좋군! 과연, 마구간에는 마부가 매일 밤 숙직하는가? 당신은 저녁식사를 가져가는 참이군. 새 옷을 한 벌 장만할 수 있는 기회가 있는데, 어때? 설마 거드름을 피우며

싫다고 하지는 않겠지?'

남자는 조끼 주머니에서 접힌 하얀 종이를 꺼냈어.

'부탁이야, 이것을 오늘 밤 그 마부에게 전해 줘. 그렇게 하면 최고급 드레스를 살 수 있게 해 주지.'

하녀는 남자의 태도에 기분이 나빠져서, 옆을 빠져 나가 언제나 식사를 넣어 주는 마구간의 창문으로 달려갔지. 헌터는 창을 열고 작은 탁자 앞에 앉아 있었어. 이디스가 방금 있었던 일을 이야기하려고 하자 낯선 남자가 다시 나타났지.

'좋은 밤이군요.' 남자는 창안을 들여다보며 말했지. '사실은 당신에게 이야기하고 싶은 것이 있어서……'

남자가 말했을 때, 손에 쥐고 있는 작은 종이 꾸러미의 끝이 언뜻 보였다고 하녀는 나중에 증언했어.

'무슨 일이지요?' 헌터가 물었지.

'돈을 벌 수 있는 일이지. 여기에는 웨섹스 컵 레이스에 나갈 말이 두 마리가 있을 거야. 실버 블레이즈와 베이야드 말이오. 어때, 확실한 정보를 하나 제공해 주지 않겠나? 결코 손해는 되지 않게 할 테니 말이야. 들리는 말에 의하면, 부담 중량의 핸디를 생각하면 베이야드는 실버 블레이즈에 5펄롱에서 100야드의 차이가 나기 때문에 마주들은 모두 베이야드에 걸었다고 하는데 그게 정말인가?'

'뭐야, 당신도 염탐꾼이군! 당신 같은 사람들을 킹즈 파이랜드에선 어떻게 취급하는지 보여 주지.'

마부는 벌떡 일어나더니 개를 풀어놓으러 마구간으로 달려갔지. 하녀는 집 쪽으로 뛰어 도망갔지만, 뛰면서 돌아보니 남자가 창문으로 몸을 반쯤 들이밀고 있었다고 했어. 그렇지만 헌터가 개를 데리고 뛰어나왔을 때는 남자가 이미 없어진 후였지. 마구간 주위를 다 찾아보았지만 그는 아무 데도 없었지."

"잠깐!" 나는 홈즈의 말을 막으며 물었다. "마부는 개를 데리러 나가면서 마구간 문에 자물쇠를 채우지 않았었나?"

"훌륭해, 왓슨. 정말 훌륭한 질문이야! 그 점은 나도 아주 중요하다고 생각해서 어제 다트무어에게 특별 전보로 문의했어. 마부는 마구간을 나올 때 자물쇠를 채웠다는 거야. 그리고 창문도 사람이 들어갈 만큼 크지는 않다고 해.

헌터는 동료 마부가 식사를 끝내고 돌아오기를 기다렸고, 마침내 동료가 오자 그 일을 조교에게 보고했지. 스트레이커는 이야기를 듣고 흥분했지만, 그 일이 어떤 일인지는 몰랐던 모양이야. 그러나 막연히 불안을 느꼈는지, 밤 1시에 스트레이커 부인이 잠이 깨어서 보니 그가 옷을 입고 있더라는 거야. 무슨 일이냐고 부인이 물었더니, 말이 걱정돼서 잠이 오지 않아 마구간까지 가 봐야겠다고 대답했다는군. 비가 창문을 때리는 소리가 들려서 부인이 집에 있으라고 했지만, 부인의 애원에도 아랑곳없이 그는 막무가내로 큰 비옷을 걸치고 나갔어.

스트레이커 부인은 이튿날 아침 7시에 잠이 깼는데, 남편은 그때까지도 돌아와 있지 않았어. 부인은 서둘러 옷을 입고 하녀를 불러서 마구간으로 갔어. 문이 활짝 열려 있었고, 안에는 헌터가 의자에 웅크린 채 잠들어 있고, 실버 블레이즈의 마구간은 텅 비었을 뿐 아니라 남편도 보이지 않았어.

  부인은 마구간 창고 2층의 여물 써는 방에서 자고 있던 두 젊은이들을 흔들어 깨웠지. 둘 다 정신없이 곯아떨어지는 편이라 밤새 아무 소리도 듣지 못했다고 했어. 헌터는 무엇인가 강력한 약을 먹었는지 정신을 차리지 못하고 횡설수설해서 약 기운이 떨어질 때까지 그냥 재우기로 했어. 두 마부와 두 여자는 스트레이커와 실버 블레이즈를 찾으러 뛰어나갔지. 그때까지 그들은 조교가 말을 운동시키기 위해서 아침 일찍 데리고 나갔을 거라는 희망을 걸었지. 하지만 황야를 훤히 내려다볼 수 있는 언덕에 올라가 보아도 실버 블레이즈의 흔적은 보이지 않았고, 그들은 점점 불길한 예감에 휩싸였어.

  그러다 그들은 마구간에서 4분의 1마일쯤 떨어진 바늘금작화 덤불에서 존 스트레이커의 비옷이 너풀거리는 것을 보았어. 그 바로 앞에 둥글게 움푹 꺼진 곳이 있는데 그 밑바닥에서 불운한 조교의 시체가 발견되었어. 머리는 무거운 흉기로 맞았는지 박살이 나 있고, 허벅지에는 아주 날카로운 칼에 찔린 길고 가는 상처가 있었지. 하지만 스트레이커도 가해자들에게 몹시 저항한 듯, 오른손에는 칼자루까지 흠뻑 피가 묻은 작은 나이프를 쥐고 있고, 왼손에는 빨간색과 검은 색이 섞인 스카프 타이를 움켜쥐고 있었지. 전날 밤 마구간에 온 낯선 남자가 매고 있었던 거라

고 하녀가 증언했어.

혼수상태에서 깨어난 헌터도 스카프 타이의 소유자에 대해 하녀와 똑같은 증언을 했어. 그는 또 그때 창밖에 있던 그 이상한 남자가 양고기 카레 요리에 약을 섞어 자기를 잠들게 한 게 틀림없다고 강력히 주장했지.

살인현장의 진흙구렁에는 말 발자국이 많이 남아 있어 격투하는 동안 말이 그곳에 있었던 게 틀림없지만, 지금까지 그 말은 행방불명이야. 막대한 상금이 걸려 있어 다트무어 일대의 집시들이 눈을 번득이고 있지만, 지금까지 아무 것도 알려진 게 없어. 그리고 마부 헌터가 먹다 남은 저녁식사를 분석해 보았더니 아편 분말이 다량 검출되었지. 다만 같은 날 밤 같은 음식을 먹은 다른 사람들은 아무런 이상이 없었어.

이상이 사건의 개략적인 내용이야. 이번에는 경찰의 수사상황을 간단히 설명하지.

사건을 담당한 그레고리 경감은 아주 유능한 경관이야. 조금만 더 상상력을 발휘한다면 이 분야에서 상당히 출세할 수 있는 사람이지. 그는 현장에 도착하자 곧 혐의가 다분한 그 남자를 찾아서 구속했어. 그 부근에서는 잘 알려져 있는 사람이라 찾아내는 데 어려움은 없었지. 피츠로이 심슨은 태생도 좋고 교육도 잘 받았지만, 경마로 재산을 날리고 지금은 런던의 스포츠클럽에서 작은 사설 마권판매소를 운영하며 살고 있는 것 같아. 그의 도박 장부를 조사해 보았더니, 실버 블레이즈와 우승을 다투는 말에 5,000파운드나 걸었더군.

체포된 심슨은 자신이 다트무어에 온 목적은, 킹즈 파이랜드에 있는 두 마리의 말과 메이플턴 마구간에서 사이러스 브라운이 관리하는 두 번째로 인기 있는 데스보로에 관한 정보를 얻기 위해서라고 자백했어. 그리고 아까 말했듯이 전날 밤의 행동에 대해서는 부정하지 않았지만, 나쁜 뜻이 있어서 그런 것이 아니라 직접 정보를 얻고 싶었을 뿐이라고 주장했지. 그러나 스카프 타이를 보여주었더니 얼굴빛이 바뀌었고, 어떻게 해서 그것이 피해자의 손에 있었는지 한마디 변명도 하지 못했어. 옷이 젖어 있는 것은 전날 밤에 비가 올 때 집 밖에 있었다는 사실을 말해 주고, 그의 야자나무 지팡이는 손잡이에 납이 들어있어서, 그것으로 몇 번 때리면 조교의 두개골을 부술 수 있는 무서운 흉기가 되지.

그런데 스트레이커가 들고 있던 나이프가 그처럼 피투성이가 되어 있는 것을 보면, 적어도 가해자가 부상을 당했을 텐데, 심슨의 몸에는 아무런 상처도 없었어. 이것으로 사건의 개요는 다 설명한 셈이야. 왓슨, 단서가 될 만한 생각을 말해 주면 매우 고맙겠네."

홈즈의 명쾌한 설명에 나는 열심히 귀를 기울이고 있었다. 대강의 사실은 이미 알고 있었지만, 어느 사실이 어느 정도 중요한지, 서로 어떻게 관계되고 있는지는 잘 몰랐다.

"스트레이커의 허벅다리 상처는 머리를 얻어맞고 경련하듯 몸부림치다가 자신의 나이프에 찔렸다고 생각할 수 있지 않을까?" 내가 말했다.

"충분히 있을 수 있는 일이야. 정말 그럴지도 몰라. 그렇다면 심슨에게 유리한 재료가 하나 없어지는 셈이야." 홈즈가 대답했다.

"경찰은 대체 어떤 가설을 세우고 있는지 도무지 모르겠군."

"글쎄, 우리의 생각과는 상당히 다를 거야. 아마도 경찰의 생각은 이럴 거야. 피츠로이 심슨은 보초를 서는 마부에게 약을 먹여 재우고, 어떻게 해서 손에 넣은 열쇠로 마구간 문을 열고, 명백히 유괴할 목적으로 말을 끌어 냈다, 고삐가 없어진 건 심슨이 말에 맸기 때문일 것이다. 그리고 마구간의 문을 열어 놓은 채 말을 황야 쪽으로 몰고 가다가 그곳에서 조교를 만났다. 또는 추적을 당했다. 당연히 격투가 벌어지고 심슨은 굵은 지팡이로 조교의 머리를 때려 골이 터져 나오게 했지만, 나이프를 든 스트레이커로부터는 조그만 상처 하나 얻지 않았다. 그리고 말은 심슨이 비밀장소에 숨겼거나 또는 격투하는 사이에 달아나서 지금쯤 황야의 어딘가를 헤매고 있을지도 모른다. 경찰의 생각은 대개 이럴 거야. 그다지 설득력은 없지만 다른 해석은 더 설득력이 없어. 어쨌든 현장에 도착하는 대로 조사해 봐야겠어. 그때까지는 나도 더 이상 앞으로 진전할 수 없어."

태비스탁의 마을에 도착했을 때는 이미 저녁때였다. 광막한 다트무어 황야 한가운데, 방패의 중앙돌기처럼 오도카니 존재하는 작은 마을이었다. 역에는 두 신사가 마중 나와 있었다. 한 사람은 키가 크고 피부가 하얀데 사자 같은 머리털에 턱수염을 길렀고, 기묘하게 사람을 쏘는 듯한 밝고 파란 눈을 갖고 있었다.

또 한 사람은 작은 몸집에 동작이 민첩하고 프록코트에 목이 긴 구두를 신은 단정한 차림으로, 짧은 턱수염은 손질이 잘되어 있었고 외눈안경을 끼고 있었다. 전자는 영국 경찰계에서 이름을 날리기 시작한 그레고리 경감이고, 후자는 경마계에서 유명한 로스 대령이었다.

"홈즈 씨, 당신이 오셔서 기쁩니다." 대령이 말했다. "여기 계신 경감님이 생각할 수 있는 방법은 이미 다 해 보았지만, 저로서는 불쌍한 스트레이커의 원수도 갚고 말도 찾기 위해서 모든 수단을 동원하고 싶습니다."

"그 뒤에 새로운 발견이라도 있었습니까?" 홈즈가 물었다.

"유감이지만 거의 진척이 없습니다." 경감이 대답했다. "밖에 마차가 준비되어 있습니다. 어두워지기 전에 현장을 보고 싶어 하실 것 같으니 이야기는 마차 안에서 하겠습니다."

1분 뒤, 우리들은 쾌적한 사륜마차에 자리를 잡고 데번셔의 색다르고 고풍스러운 거리를 달리고 있었다. 그레고리 경감은 사건에 대한 생각으로 머리가 꽉 차 있는지 거의 혼자서 말을 이어 갔으며, 홈즈는 때때로 그것에 질문이나 감탄사를 던졌다. 로스 대령은 모자를 눈언저리까지 눌러쓰고 팔짱을 낀 채 몸을 뒤로 젖히고 있었고, 나는 두 사람의 대화를 흥미롭게 듣고 있었다. 그레고리 경감은 자기의 견해를 늘어놓았는데, 그것은 거의 전부 기차 안에서 홈즈가 예상했던 것과 일치했다.

"피츠로이 심슨은 모든 상황이 매우 불리한 셈이지요." 경감이 말했다. "저는 그가 범인이 틀림없다고 믿고 있습니다. 다만 증거는 상황 증거뿐이기 때문에 무엇인가 새로운 사실이 나타나기만 하면 언제라도 뒤집힐 수 있다는 것도 알고 있습니다."

"스트레이커의 나이프에 대한 생각은?"

"쓰러질 때 자기가 상처를 낸 것이라는 결론에 도달했습니다."

"왓슨도 오는 도중에 같은 말을 했습니다. 만약 그렇다면 심슨에게 불리한 재료가 하나 늘어나는 셈이군요."

"그렇습니다. 심슨은 나이프도 갖고 있지 않았고 상처 하나 없었소. 그에게 불리하게 작용하는 증거들은 하나같이 아주 확실한 것들입니다. 첫째, 실버 블레이즈의 실종은 그에게 큰 이해가 걸려 있습니다. 마부에게 약을 먹인 혐의도 짙고, 큰비가 내리는 동안 집 밖에 있었던 것도 틀림없습니다. 그리고 흉기가 되는 무거운 지팡이를 갖고 있었고, 피해자의 손에 그의 스카프 타이가 쥐어져 있었습니다. 이만한 증거가 있으면 배심원도 충분히 이해시킬 수 있을 겁니다."

홈즈는 고개를 가로저었다. "유능한 변호사의 손에 걸리면 그만한 증거는 금방 박살나고 말지요. 심슨은 왜 일부러 마구간에서 말을 끌어 냈을까요? 상처를 내는 것이 목적이라면 왜 그 장소에서 하지 않았을까요? 열쇠는 그의 소지품에서 발견되었습니까? 분말 아편은 어느 약국에서 구입했습니까? 그리고 첫째, 이 고장 지리에 어두운 심슨이 그런 유명한 말을 어디에 숨길 수 있을까요? 마부에게 건네주라고 하녀에게 부탁한 종이쪽지에 대해서 심슨은 뭐라고 했습니까?"

"10파운드짜리 지폐라고 했어요. 분명히 지갑 속에 한 장 있었지요. 하지만 당신이 지금 지적한 다른 의문점은 그다지 결정적인 것이 못됩니다. 심슨은 이 고장 지리에 어두운 사람이 아닙니다. 태비스탁에는 여름에 두 번 머문 적이 있어요. 아편은 아마 런던에서 구입했고, 열쇠는 어딘가에 버렸을 겁니다. 말은 황야의 우묵한 곳이나 폐갱에 쓰러져 있을지도 모릅니다."

"스카프 타이에 대해서는 뭐라고 변명했습니까?"

"자기 것은 틀림없지만 어딘가에서 분실한 거라고 하더군요. 그러나 심슨이 말을 마구간에서 끌어 낸 이유로 생각되는 새로운 사실이 하나 나타났습니다."

홈즈는 귀를 곤두세웠다.

"월요일 밤, 살인현장에서 1마일도 떨어지지 않은 장소에서 집시 무리가 야영을 했습니다. 집시들은 화요일에는 그곳을 떠났지요. 따라서 심슨과 집시들 사이에 어떤 약속이 있었다면, 심슨이 말을 끌고 가는 도중에 스트레이커에게 쫓겼고, 말은 지금 집시들의 손에 있다고 생각됩니다."

"확실히 불가능한 일은 아니지요."

"지금 집시들의 행방을 찾아 황야를 수색 중입니다. 그리고 태비스탁과 그 주변 10마일 이내의 마구간과 오두막을 남김없이 조사했습니다."

"바로 근처에 다른 조교 마구간이 있지요?"

"그렇습니다. 이것도 그냥 넘겨서는 안 됩니다. 거기에 있는 데스보로라는 말은 둘째가는 인기 경주마이므로, 실버 블레이즈의 실종에는 커다란 이해관계가 있을 겁니다. 조교 사이러스 브라운은 이번 레이스에 거액의 돈을 걸었고, 죽은 스트레이커와는 그다지 사이가 좋지 않았습니다. 하지만 마구간을 조사해도 그 남자를 사건에 결부시킬 만한 단서는 발견되지 않았습니다."

"심슨과 메이플턴 마구간을 연결시키는 것은?"

"전혀 없습니다."

홈즈는 좌석에 등을 기대었고, 이야기는 그걸로 끝이 났다. 몇 분 뒤 마차는 도로를 따라 지어진 추녀가 있는 아담한 크기의 붉은 벽돌 건물 앞에 멎었다. 조교용 소목장의 맞은편에는 지붕이 회색인 긴 별동의 마구간이 보였다. 그것 이외에는 어느 쪽을 보아도 말라죽은 황갈색 양치류로 덮인 황야가 밋밋한 기복을 이루면서 지평선까지 뻗쳤고, 눈을 가로막은 것이라고는 태비스탁의 교회의 뾰족탑과 서쪽으로 옹기종기 모여 있는 메이플턴 마구간의 건물뿐이었다. 우리들은 모두 마차에서 내렸지만, 홈즈는 아직 좌석에 기댄 채 하늘을 똑바로 보며 사색에 몰두했다. 내가 팔을 흔들자 그제야 제정신이 드는지 마차에서 내렸다.

"실례했습니다." 놀란 눈으로 응시하는 로스 대령을 향해 홈즈가 말했다. "백일몽을 보았습니다."

그러나 그의 눈은 이상한 빛을 띠고, 흥분을 억누르는 모습이 엿보였다. 홈즈의 성격을 잘 알고 있는 나는 이것으로 그가 단서를 얻었다는 사실을 알았다. 그런데 어떻게 얻었는가는 짐작도

할 수 없었다.

"홈즈 씨, 바로 범행현장으로 가시겠습니까?" 그레고리 경감이 말했다.

"아니, 그 전에 여기서 몇 가지 묻고 싶습니다. 스트레이커의 시체는 이곳에 운반해 놓았겠지요?"

"네, 2층에 있습니다. 내일 검시가 있기 때문에."

"로스 대령, 스트레이커는 댁에서 오랫동안 일했지요?"

"네, 언제나 열심히 일해 주었습니다."

"경감 님, 스트레이커의 주머니에 있던 소지품은 이미 조사했겠지요?"

"물건들을 방에 모아 놓았으니 원하시면 보십시오."

"꼭 보고 싶군요."

우리들은 현관을 지나 중앙의 테이블을 둘러싸고 앉았다. 경감은 네모난 작은 양철 상자를 열고 물건들을 우리들 앞에 늘어놓았다. 베스타스 성냥 한 갑, 2인치쯤 되는 동물기름 초, 'A.D.P.' 표가 새겨진 브라이어 파이프, 길게 썬 캐번디시 담배를 반 온스 담은 물개 가죽 담배쌈지, 금 사슬이 달린 은시계, 소블린(1파운드) 금화 다섯 개, 알루미늄 필통, 쪽지 몇 장, 그리고 '런던 와이스 회사'라는 상표가 박힌 볼이 상당히 좁고 날카로우면서 접히지 않는 날이 달린 상아 손잡이 나이프.

"이것은 몹시 색다른 나이프로군." 홈즈는 나이프를 들고 차분히 조사하면서 말했다. "핏자국이 묻어 있는 것을 보니 죽은 사람이 들고 있었던 거라고 생각되는데. 왓슨, 이 나이프는 아무래도 자네 분야인 것 같아."

"이것은 의사들이 백내장 메스라고 부르는 거야."

"그럴 거라고 생각했어. 아주 복잡한 수술을 위해 만들어진 정교한 칼날이야. 난폭한 일을 하러 나간 남자가 이런 것을 갖고 있었다는 게 이상하군. 접어서 주머니에 넣을 수 있는 것도 아닌데."

"칼끝에 꼽는 코르크가 시체 옆에 떨어져 있었습니다." 경감이 말했다. "부인의 이야기로는 며칠 전부터 화장대 위에 있던 이 나이프를, 스트레이커가 방을 나설 때 갖고 나갔다고 합니다. 확실히 무기로서는 빈약하지만, 당시에는 이것밖에 적당한 것이 없었던 것이겠지요?"

"그럴지도 모르지요. 이 메모는 무엇입니까?"

"세 장은 건초 상인의 계산서로 지불이 끝난 걸로 되어 있습니다. 하나는 로스 대령의 지시 편지입니다. 나머지 한 장은 런던 본드 가에 있는 마담 르줄리에의 의상실에서 윌리엄 다비셔 앞으로 발행한 37파운드 15실링의 청구서입니다. 스트레이커 부인의 이야기로는 다비셔는 남편의 친구인데, 이곳에도 때때로 다비셔 앞으로 편지가 왔었다고 합니다."

"다비셔 부인은 꽤 사치스러운 여자인 듯싶군." 홈즈는 청구서를 보며 말했다. "옷 한 벌에 22기니[7]라니, 엄청난 값이야. 그러나 여기서는 이제 조사할 것도 없을 것 같으니 범행현장으로 가 봅시다."

우리들이 거실에서 나가자, 복도에서 기다리고 있던 부인이 한 걸음 앞으로 나오며 그레고리 경감의 팔을 잡았다. 파리한 얼굴은 진지한 표정이었고, 이 사건에 대한 공포가 역력히 새겨져 있었다.

"저, 잡았나요? 발견했어요?" 부인이 헐떡이듯이 말했다.

"아뇨, 아직 못 잡았습니다, 부인. 그러나 런던에서 홈즈 씨가 응원을 오셨으니, 모두 힘껏 해 볼 작정입니다."

"부인, 언젠가 플리머스[8]에서 가든파티 때 뵌 걸로 압니다만." 홈즈가 말했다.

"아니오, 아마 착각하셨겠죠."

"아, 그렇습니까? 확실히 뵈었다고 생각되는데. 비둘기 색 비

---

7) 1기니는 21실링.
8) 영국 데번셔의 항구 도시. 1620년 필그림 파더즈는 이곳을 출발하여 미국으로 향함.

단 드레스에 타조 깃털 장식을 달고 계셨지요."

"저는 그런 드레스는 없어요."

"그렇다면 제가 착각했군요."

홈즈는 사과하고 경감을 따라서 밖으로 나갔다. 황야를 조금 지나자 시체가 발견된 저지대에 이르렀다. 저지대의 가장자리에는 스트레이커의 외투가 걸려 있었다고 하는 바늘금작화 덤불이 있었다.

"분명히 그날 밤은 바람이 없었군요." 홈즈가 말했다.

"네. 하지만 비가 많이 내렸어요."

"그러면 외투는 바람에 의해 바늘금작화 위로 날려간 것이 아니라 누군가 갖다 놓은 것이겠군요."

"그렇습니다. 관목 위에 얹혀 있었습니다."

"그거 재미있군. 그런데 땅이 몹시 짓밟혀 있는데 월요일 밤 이후 여러 사람이 걸어 다녔습니까?"

"아닙니다. 그 옆에 매트를 하나 깔고 모두들 그 위에 있기로 했지요."

"정말 잘했습니다."

"이 가방에 스트레이커가 신고 있던 장화, 피츠로이 심슨의 구두, 그리고 실버 블레이즈가 떨어뜨린 발굽 쇠가 들어 있습니다."

"정말 잘했습니다, 경감."

홈즈는 가방을 받더니 낮은 지대로 내려가서 매트를 그곳 복판으로 당겨 내렸다. 그리고 그 위에다 배를 깔고 두 손으로 턱을 괴고서 눈앞의 짓밟힌 진흙을 주의 깊게 살폈다.

"아니! 이게 뭐지?" 갑자기 홈즈가 외쳤다.

그것은 온통 진흙이 묻어 언뜻 보면 작은 나뭇조각 같지만, 실은 반쯤 타다 남은 밀초 성냥개비였다.

"어째서 그걸 못 봤을까?" 경감은 당황하는 눈치였다.

"진흙에 파묻혀 있어 보이지 않았던 거지요. 나는 이것을 찾으려고 했기 때문에 눈에 띈 것입니다."

"네? 그것을 찾을 생각이었다고요?"

"있을 거라고 생각했지요." 홈즈는 가방에서 구두를 꺼내, 진흙 위 발자국에 하나하나 맞추어 보았다. 그리고 움푹한 부분의 가장자리로 기어 올라와서 양치류며 관목 사이를 기어다녔다.

"다른 곳에는 발자국이 없을 텐데요. 사방 100야드의 지면은 제가 꼼꼼히 조사했습니다." 경감이 말했다.

"당신이 그렇게 말하니 더 수색하는 실례를 범하지 않기로 하겠습니다. 그러나 어두워지기 전에 황야를 산책하면서 지리를 확인하고 내일 조사를 준비하고자 합니다. 그리고 이 말굽 쇠는 행운의 부적으로 제가 간직하겠습니다." 홈즈가 일어나면서 말했다.

홈즈의 너무나 차분한 수사에 아까부터 짜증스러운 기색을 보이는 로스 대령이 시계를 보며 말했다.

"경감님, 슬슬 돌아갈까요? 여러 가지 의논하고 싶은 일이 있습니다. 특히 세상에 대한 의무로, 이번 레이스의 출마표에서 실버 블레이즈의 이름을 빼야하는 것이 아닌가 하는 생각이 들어서요."

"그럴 필요는 없습니다." 홈즈가 힘주어 말했다. "그대로 두

셔도 괜찮습니다. 제가 책임지겠습니다."

대령은 머리를 숙였다. "그렇게 말씀하시니 고맙습니다. 그럼 스트레이커의 집에서 기다리고 있을 테니 산책이 끝나는 대로 들러 주십시오. 함께 태비스탁에 갑시다."

대령과 경감은 떠났고, 홈즈와 나는 황야를 천천히 걸었다. 태양은 메이플턴 마구간 저편으로 지고 있어 완만하게 비탈을 이룬 황야는 금빛으로 물들었고, 군데군데 말라죽은 양치류며 가시나무가 저녁 햇빛을 받아 불타는 듯이 빛나고 있었다. 그러나 이 찬란한 광경도 깊은 사색에 잠겨 있는 나의 친구에게는 부질없는 것에 지나지 않았다.

"이렇게 하지, 왓슨." 마침내 홈즈가 말했다. "존 스트레이커를 누가 죽였느냐 하는 문제는 잠시 접어 두고, 먼저 말을 찾는 데 전념해. 만약 말이 두 사람이 싸우는 도중이나 혹은 그 후에 도망갔다면, 도대체 어디로 갔을까? 말은 군거성이 매우 강한 동물이지. 한 마리만 풀어놓으면 본능적으로 킹즈 파이랜드 마구간으로 돌아가거나 메이플턴 마구간으로 갔을 거야. 황야를 헤매고 있을 리가 없어. 만약 그렇다면 벌써 누군가가 발견했겠지. 그리고 집시가 말을 가져갔다고 생각할 수도 없어. 집시들은 경찰과 만나는 것을 아주 싫어하기 때문에 문제가 있다고 들으면 반드시 그곳을 철수해. 그리고 이런 명마는 팔 수도 없어. 말을 데리고 간다는 건 위험만 커질 뿐이지, 아무런 이익도 되지 않아."

"그럼, 말은 어디에 있지?"

"지금 말한 대로 킹즈 파이랜드로 돌아갔거나 메이플턴으로 갔을 거야. 그런데 킹즈파이랜드에는 없으니까 메이플턴에 있을 거야. 어쨌든 이 가설에 따라 행동하고 결과를 보기로 하지. 경감이 말했듯이 이 근처 황야는 땅이 아주 단단하고 메말라 있어. 그러나 메이플턴 쪽으로 갈수록 낮아져서 저기 저곳만 하더라도 꽤 멀리까지 움푹한 것이 보이지? 저 움푹한 곳이 월요일 밤에는 비가 와서 질척질척 했을 게 틀림없어. 만일 우리의 가정이 옳다면 말은 저기를 지나갔을 테니 반드시 저기 말굽자국이 남아 있어야만 해."

이런 이야기를 하는 사이에도 우리는 줄곧 걸었는데, 몇 분 후에 문제의 움푹한 곳에 이르렀다. 홈즈의 지시에 따라 나는 낮은 지대의 가장자리를 오른쪽으로 내려갔고, 홈즈는 왼쪽으로 갔다. 쉰 걸음도 가기 전에 홈즈가 큰 소리로 불러서 돌아보았더니 오라는 손짓을 했다. 가서 보니 부드러운 흙 위에 말굽자국이 선명하게 남아 있었다. 홈즈가 주머니에서 발굽 쇠를 꺼내 맞추어 보았는데, 딱 들어맞았다.

"어때? 상상력의 가치를 알겠지?" 홈즈가 말했다. "그레고리 경감은 이 상상력이 부족해. 우리는 우선 무엇이 일어났는가를 상상하고 그 가설에 따라 행동해 그것이 맞는 것을 확인했지. 자, 계속 가 볼까."

우리는 축축한 저지대를 지나 메말라서 단단한 풀밭을 4분의 1마일쯤 걸었다. 다시 움푹 들어간 곳이 보이고 그곳에서 또 말굽자국을 발견했다. 그리고 나서 반 마일쯤은 아무 것도 없었지만, 메이플턴 마구간 가까운 곳에서 다시 말굽자국을 발견했다. 먼저 발견한 쪽은 홈즈였는데, 얼굴에 자랑스러운 빛을 띠고 가리켰다. 말굽자국과 나란히 사람 발자국이 나 있었던 것이다.

"지금까지는 말굽자국뿐이었는데!" 내가 외쳤다.

"그래. 지금까지는 말굽자국뿐이었어. 아니, 이건 뭐지?"

사람과 말의 발자국은 갑자기 방향을 바꾸어 킹즈 파이랜드 마구간 쪽으로 향했다. 홈즈는 휘파람을 불고 우리는 그 발자국을 따라 걸었다. 그의 눈은 주로 발자국을 보고 있었는데, 문득 옆을 본 나는 놀랍게도 약간 떨어진 곳에 같은 발자국이 또다시 메이플턴 마구간 쪽으로 향하고 있는 것을 보았다.

"잘했어, 왓슨!" 내가 발견한 것을 알려주자 홈즈가 말했다.

"덕분에 헛걸음을 하지 않아도 되겠어. 이대로 따라 가면 한참 걷다가 다시 돌아올 거야. 자, 돌아 나온 이 발자국을 따라가 보자고."

많이 걸을 필요는 없었다. 발자국은 메이플턴 마구간의 문으로 통하는 아스팔트 도로 앞에서 사라졌다. 우리가 문에 다가가자 마부 한 명이 뛰어나왔다.

"여기는 아무나 오는 곳이 아니오." 마부가 말했다.

"아니, 좀 물어 볼 일이 있어서……." 홈즈는 엄지와 집게손가락을 조끼 주머니에 찌르면서 말했다. "주인 사이러스 브라운 씨를 만나려고 하는데, 내일 아침 5시에 찾아뵈면 너무 이를까?"

"괜찮고말고요. 주인님은 언제나 제일 먼저 일어나시니까요. 아, 주인님이 오시네요. 직접 물어 보시는 게 좋을 거예요. 아니, 안됩니다! 당신에게서 돈을 받는 것을 주인이 보면 목이 달아나죠. 나중에……."

셜록 홈즈가 조끼 주머니에서 꺼낸 반 크라운 은화를 집어넣자, 사납게 생기고 나이 든 남자가 사냥용 채찍을 휘두르며 문에서 성큼성큼 걸어 나왔다.

"왜 그래, 도슨?" 그가 외쳤다. "잡담은 안 돼! 일을 해, 일을! 그런데 당신들은 무슨 일로 왔소?"

"당신과 10분쯤 이야기하고 싶은데요." 홈즈는 무척 부드럽게 말했다.

"당신들을 상대할 틈은 없소. 여기는 낯선 사람이 오는 곳이 아니니, 얼른 돌아가시오. 돌아가지 않으면 개를 풀어놓겠소."

홈즈는 몸을 앞으로 숙이고 조교 브라운의 귀에다 뭐라고 속삭였다. 그러자 그는 움찔하며 관자놀이까지 시뻘게졌다.

 "거짓말이오! 그건 터무니없는 거짓말이오!" 조교는 고함을 질렀다.

 "좋아! 여기서 큰 소리로 얘기할까, 아니면 집 안에 들어가서 얘기할까?"

 "아니, 괜찮다면 들어오시오."

홈즈는 싱긋 웃었다. "왓슨, 몇 분이면 끝나니 여기서 기다려. 자, 브라운 씨, 당신의 뜻에 따르지요."

20분쯤 지나서 홈즈와 브라운이 나왔을 때는 석양의 붉은 빛은 완전히 사라지고 어둠이 그 자리를 차지하고 있었다. 그 20분 사이에 사이러스 브라운의 변화는 엄청났다. 얼굴은 창백했고 이마에는 구슬땀이 맺혔으며 와들와들 떨리는 손에 들고 있는 사냥 채찍은 바람에 흔들리는 작은 나뭇가지처럼 보였다. 교만하고 난폭한 태도는 사라지고 주인 앞에 나선 개처럼 홈즈의 곁에서 얌전히 굴었다.

"지시대로 하겠습니다, 꼭 하겠습니다." 조교가 말했다.

"조금도 차질이 없도록 하세요."

홈즈는 브라운을 훑어보면서 말했다. 브라운은 상대의 눈에서 위협을 느끼고 벌벌 떨었다.

"네, 결코 차질이 없도록 하겠습니다. 반드시 데리고 가겠습니다. 그리고 그것은 어떻게 할까요? 처음부터 바꾸어 둘까요?"

홈즈는 잠시 생각에 잠겼다가 갑자기 소리 내 웃었다.

"아니, 그럴 필요는 없소. 그것은 나중에 편지로 연락하지. 이제는 잔재주를 부려서는 안 돼. 그러다가는……."

"아뇨, 저를 믿으셔도 됩니다."

"그날은 당신의 것처럼 하지 않으면 곤란하오."

"틀림없이 하겠습니다."

"좋소, 믿기로 하지. 그럼, 내일 편지로 연락하겠소."

홈즈는 브라운이 떨리는 손으로 악수를 청하는 것을 무시하고 몸을 돌렸다. 우리는 킹즈 파이랜드 마구간으로 향했다.

"조교 사이러스 브라운처럼 교만하고 겁 많고 비열하고 못된 조건이 골고루 갖추어진 사람은 처음이야." 황야를 걸으면서 홈즈가 말했다.

"그럼, 말은 그가 갖고 있단 말인가?"

"처음에는 이러쿵저러쿵하면서 속이려고 하기에 그날 아침 그의 행동을 정확하게 말했더니, 내가 현장을 목격한 것으로 생각한 모양이야. 물론 자네도 알았겠지만 그 발자국은 앞이 기묘하게 각이 져 있었는데 그의 구두에 꼭 맞았어. 그리고 또 남의 밑에서 일하는 사람이 이렇듯 엄청난 짓을 저지르지 못하지. 그래서 나는 그에게 이야기했지. 자네는 평소처럼 아침에 제일 먼저 일어나 처음 보는 말이 황야를 어슬렁거리는 것을 보았지. 나가 보았더니 놀랍게도 실버 블레이즈가 아닌가? 이름의 유래인 하얀 이마를 보면 틀림없지. 자신이 큰돈을 건 말을 이길지도 모르는 유일한 강적이 갑자기 손에 들어온 것을 알고 깜짝 놀랐어. 처음에는 킹즈 파이랜드 마구간에 데리고 가려고 했지만, 문득 악마의 속삭임이 들려와 레이스가 끝날 때까지 숨겨 두면 좋을 거라고 마음먹고, 메이플턴 마구간으로 데리고 가서 숨긴 것이지. 이렇게 자세하게 말하자 그도 마침내 두 손을 들고, 어떻게 하면 처벌을 피할 수 있는지 걱정하더군."

"하지만 그 마구간도 수색했을 텐데?"

"그 같은 구렁이면 방법은 얼마든지 있는 법이야."

"그렇다고 해도 이대로 브라운에게 말을 맡겨 두어도 괜찮을까? 말에게 상처를 조금만 입혀도 큰돈이 들어올지도 모르는데."

"걱정할 것 없어. 브라운은 그 말을 보물처럼 소중히 대할 테니. 죄를 경감시켜 달라고 부탁하려면 말을 무사히 돌려주는 수밖에 없다는 사실을 잘 알고 있어."

"로스 대령은 자비를 베풀 사람으로는 보이지 않던데."

"로스 대령이 결정할 일이 아니야. 나는 내 생각대로 일을 진행하고 대령에게는 적당히 말할 거야. 그 점이 경찰 공무원이 아닌 내가 갖고 있는 장점이지. 자네가 눈치챘는지 모르지만 대령이 나를 대하는 태도는 조금 거만했어. 그래서 조금 놀려 줄 생각이네. 말에 대해서는 대령에게 아무 말도 하지 마."

"알았어. 허락이 있을 때까지 잠자코 있겠어."

"물론 이런 것은 누가 존 스트레이커를 죽였는가 하는 문제에 비하면 아주 사소한 일이지."

"그럼, 이번에는 그 문제에 전념할 작정인가?"

"아니, 우리는 오늘 밤 기차로 런던에 돌아가."

홈즈의 말에 나는 깜짝 놀랐다. 데번셔에 와서 아직 몇 시간밖에 지나지 않았고, 첫 시작부터 이만큼 빛나는 성공을 거둔 수사를 중단하는 것은 나로서는 이해가 가지 않았다. 스트레이커의 집에 도착할 때까지 홈즈는 더 이상 한 마디도 하지 않았다. 대령과 경감은 거실에서 우리를 기다리고 있었다.

"왓슨과 저는 오늘 밤 급행 기차로 런던에 돌아갑니다." 홈즈가 말했다. "덕분에 다트무어 황야의 멋진 공기를 맛볼 수 있었습니다."

경감은 눈을 크게 뜨고 놀랐고, 대령은 입술을 일그러뜨리고 냉소했다.

"그럼 스트레이커를 죽인 범인체포는 단념한 거군요." 대령이 말했다.

홈즈는 어깨를 으쓱했다. "분명히 아직 중요한 문제가 남아 있습니다. 그러나 화요일 레이스에 당신 말이 출주하는 것은 틀림없으니 기수를 준비하세요. 그리고 존 스트레이커의 사진을 한 장 가져가고 싶군요."

경감은 봉투에서 사진 한 장을 꺼내 홈즈에게 주었다.

"그레고리 경감은 내가 필요한 것을 모두 준비해 주는군요.

그런데 잠시 여기에서 기다리세요. 하녀에게 몇 가지 질문할 게 있습니다"

"저 런던의 탐정은 기대 밖이군요." 홈즈가 나가자 로스 대령이 노골적으로 말했다. "그가 오고 나서 진척된 것이 하나도 없지 않습니까."

"적어도 당신 말이 레이스에 나간다는 보증만은 얻었지 않나요?" 내가 말했다.

"분명히 보증은 했지만" 로스 대령은 어깨를 으쓱했다. "그것보다는 말을 빨리 찾고 싶소."

내가 친구를 변호하려고 하는데 홈즈가 돌아왔다.

"여러분, 태비스탁으로 가지요."

우리들이 마차에 타는 동안, 젊은 마부가 문을 잡고 있었다. 홈즈는 갑자기 어떤 생각이 난 듯이 몸을 앞으로 내밀고 마부의 소매를 잡아당겼다.

"목장에 양이 있는 것 같은데, 누가 돌보지?"

"제가 합니다."

"최근 양에게 이상한 일은 없었나?"

"아, 대단치는 않지만 세 마리가 다리를 절어요."

홈즈는 크게 만족한 기색을 띠고 킬킬 웃으면서 두 손을 비볐다.

"광맥을 찾았어, 왓슨, 광맥을 찾았어." 홈즈는 내 팔을 움켜

잡으면서 말했다.

"그레고리 경감, 양들의 기묘한 전염병에 주의하세요. 자, 마부, 출발합시다!"

로스 대령은 홈즈를 무시하는 듯한 태도였지만, 경감은 무언가 생각난 듯 얼굴색이 변했다.

"중요한 사실로 생각합니까?" 경감이 질문했다.

"아주 중요한 사실이지요."

"그 밖에 주의할 점은 없을까요?"

"그날 밤 개의 이상한 행동입니다."

"그날 밤 개는 아무 짓도 하지 않았습니다."

"그것이 이상합니다." 셜록 홈즈가 말했다.

나흘 후, 홈즈와 나는 웨섹스 컵 레이스를 보기 위해 원체스터로 가는 기차를 탔다. 약속대로 로스 대령이 역 앞에서 기다리고 있었고, 우리들은 대령의 사륜마차로 시 변두리에 있는 경마장으로 향했다. 대령은 어두운 표정이었고 태도는 서먹서먹했다.

"내 말은 보이지 않는군요." 대령이 말했다.

"보면 금방 아시겠죠?"

홈즈가 묻자 대령은 화를 냈다.

"내가 경마계에 입문한 지 20년이나 되지만, 그런 바보 같은 질문을 받기는 처음입니다. 그 흰 이마와 오른쪽 앞다리의 반점을 보면 어린아이라도 실버 블레이즈라고 알 수 있지요."

"내기는 어떤 상태입니까?"

"그 점이 이상합니다. 어제는 15대 1이었는데 점점 형편이 나빠져 지금은 3대 1도 어렵지 않을까 합니다."

"음! 뭔가 냄새 맡은 녀석이 있군. 틀림없어."

마차가 정면 스탠드 가까운 특별석에 멎었을 때, 나는 출마표를 올려다봤다. 다음과 같이 쓰여 있었다.

-웨섹스 플레이트-

말 한 마리당 출주 등록금 50소브린. 4, 5세 말 출주.

1착 상금 1,000소브린, 2착 300파운드. 3착 200파운드. 새 코스(1마일 5펄롱)

1 히스 뉴턴의 니그로(빨간 모자, 시나몬 재킷)

2 워드로 대령의 퓨질리스트(분홍 모자, 파랑과 검은 재킷)

3 백워터 경의 데즈보로(노란 모자, 노란 슬리브)

4 로스 대령의 실버 블레이즈(검은 모자, 빨간 재킷)

5 발모럴 공작의 아이리스(노랑과 검은 줄무늬)

6 싱글포드 경의 래스퍼(자주색 모자, 검은 슬리브)

"나는 당신의 얘기에 희망을 걸고, 또 다른 말의 출장을 취소했습니다." 대령은 말을 마치고는 이내 깜짝 놀라 더욱 큰 소리로 말했다.

"아니, 이게 어떻게 된 거야? 실버 블레이즈가 우승 후보라고?"

"실버 블레이즈에 5대 4." 도박사의 고함소리가 들렸다.

"실버 블레이즈에게 5대 4. 데즈보로에게는 15대 5! 우승 후보는 5대4!"

"출마표가 나와 있어요. 모두 여섯 마리입니다." 내가 소리쳤다.

"모두 여섯 마리! 그럼, 내 말도 나오나!" 대령은 흥분해서 외쳤다. "하지만 검은 모자에 빨간 재킷의 기수는 아직도 나타나지 않았어."

"현재 다섯 마리가 지나갔을 뿐입니다. 이번 것이 틀림없을 겁니다."

내가 이렇게 말했을 때 늠름한 밤색 말이 계량소에서 나와, 로스 대령의 색으로 알려진 검은 모자와 빨간 재킷을 입은 기수를 태우고 우리들 앞을 천천히 달려 지나갔다.

"저것은 내 말이 아냐!" 로스 대령이 외쳤다. "이마가 하얗지 않아. 홈즈 씨, 당신은 도대체 무슨 일을 한 거요?"

"어쨌든 레이스를 보기로 합시다."

홈즈는 조용히 나의 쌍안경을 집어 들고 관람에 몰두했다. "좋아! 훌륭한 스타트야!" 그가 갑자기 외쳤다. "왔다! 코너를 돌았어!"

말이 직선 코스로 들어오자, 마차에서 레이스의 모습이 잘 보였다. 여섯 마리의 말은 카펫 한 장으로 가릴 수 있을 만큼 서로 가까이 있었지만, 도중까지 메이플턴 마구간의 데즈보로가 선두를 지켰다. 그러나 우리들 앞에 이를 무렵에는 데즈보로의 힘이 빠지며 속력이 줄어들었고, 결국 로스 대령의 말이 성큼 앞으로 나서며 넉넉하게 6마신 차이로 골인했다. 발모럴 공작의 아이리스가 훨씬 뒤떨어져 3착이었다.

"어쨌든 이겼다!" 대령은 한 손으로 눈 위를 쓰다듬으며 숨을 몰아쉬고 말했다. "그러나 솔직히 말해서 뭔가 뭔지 도무지 모르겠소. 홈즈 씨, 이제는 웬만큼 하시고 가르쳐 주셔도 좋지 않습니까?"

"좋습니다. 대령. 모두 말씀 드리지요. 자, 저리로 가서 말을 봅시다. 봐요, 저기 있습니다." 마주와 그 일행만 출입할 수 있는 계량소로 들어가면서 홈즈는 말을 이었다.

"이 말의 얼굴과 발을 알코올로 씻어 주면 곧 실버 블레이즈라는 것을 알게 됩니다."

"뭐라고!"

"어떤 사기꾼의 손에 들어가 있던 것을 찾아내, 오늘 찾았을 때의 모습으로 달리게 했던 것입니다."

"정말 놀랐소. 말은 상태가 아주 좋은 모양입니다. 지금까지 보지 못했을 정도의 상태입니다. 당신의 능력을 의심한 점에 대해 뭐라고 사과의 말을 해야 좋을지 모르겠군요. 이렇게 말을 되찾아 주셨으니, 이제는 존 스트레이커를 죽인 범인만 잡아 주시면 더 고맙겠습니다."

"벌써 잡았습니다." 홈즈는 시치미를 떼고 말했다.

대령도 나도 깜짝 놀라서 그의 얼굴을 말끄러미 쳐다봤다.

"잡았다니! 그럼, 그는 어디에 있지요?"

"여기에 있습니다."

"여기에? 도대체 어디에 말입니까?"

"지금 우리와 함께 있어요."

대령은 얼굴을 붉히면서 화를 냈다.

"홈즈 씨, 당신의 은혜를 입은 점은 충분히 인정하지만, 지금 한 말은 농담이나 모욕밖에 안 된다고 생각합니다."

셜록 홈즈는 소리 내 웃었다. "대령, 당신을 범인이라고 말하지는 않았습니다. 범인은 바로 당신 뒤에 서 있습니다!"

홈즈는 앞으로 나오며 실버 블레이즈의 매끈한 목에 손을 갖다 댔다.

"말이!" 대령과 나는 동시에 외쳤다.

"그렇습니다. 범인은 바로 말입니다. 그리고 말을 위해 변호한다면 이것은 완전히 정당방위로, 존 스테레이커는 당신의 신뢰에 전혀 어울리지 않는 남자였습니다. 그런데 벨이 울리는군요. 나는 다음 레이스에 돈을 조금 걸었으니 자세한 설명은 나중에 하지요."

그날 밤 우리는 특별객차 한구석에 자리를 잡고 런던으로 돌아갔는데, 나와 마찬가지로 로스 대령도 이 여행을 아주 짧게 느겼으리라 생각한다. 왜냐하면 홈즈가 월요일 밤 다트무어의 마구간에서 일어난 사건의 진상과 그가 그것을 어떻게 해결했는가를 상세히 이야기했기 때문이다.

"사실" 홈즈가 말했다. "내가 신문기사를 근거로 처음에 한 추리는 완전히 틀렸어요. 바른 단서가 있는데도, 여러 가지 다른 사항들 때문에 진짜 의미를 놓쳤던 거죠. 나는 피츠로이 심슨이 진범이라고 확신하고서 데번셔에 갔어요. 물론 증거가 아직 완전하지 않은 것은 알았습니다.

양고기 카레 요리의 그 중요한 의미에 생각이 미쳤던 것은, 마차가 스트레이커의 집 앞에 도착할 때였어요. 모두 마차에서 내렸는데도, 나만 멍하니 앉아 있었던 것을 기억하시죠? 나는 그때 어째서 이렇게 분명한 단서를 놓쳤을까, 하고 놀라고 있던 참이었지요."

"솔직히 말해서 저는 아직도 그 중요한 의미가 뭔지 모르겠는데요." 대령이 말했다.

"그것이 내 추리 사슬의 첫째 고리가 되었던 겁니다. 분말 아편은 결코 맛이 없는 게 아닙니다. 고약한 맛은 아니지만, 아편이라는 걸 금방 알 수 있는 독특한 맛이 있지요. 만약 보통 요리에 섞으면 누구라도 금방 알아차리고 먹지 않을 겁니다. 카레는 바로 이 맛을 없애는 수단이었지요. 그런데 조교의 가족이 마침 그날 밤에 카레 요리를 먹도록 만드는 것은 피츠로이 심슨은 할 수 없습니다. 그리고 아편 맛을 없애는 요리가 나온 밤에, 우연히 그가 아편 분말을 갖고 왔다는 것도 너무나 괴상한 우연의 일치라고밖에 할 수 없습니다. 그러한 일은 생각할 수 없지요. 따라서 심슨은 이 사건에서 제외되고 우리들의 관심은 그날 밤의 요리로 양고기 카레 요리를 택할 수 있는 두 사람, 즉 스트레이커 부부에게로 향해지게 되죠. 같은 요리를 먹은 다른 사람들은 아무 이상이 없었기 때문에, 아편은 보초를 서는 마부 몫으로 담은 접시에 넣었다고 생각됩니다. 그럼, 하녀가 눈치채지 못하게 하고 그 접시에 접근할 수 있었던 것은 두 사람 중 어느 쪽이었을까요?

이 문제를 풀기 전에, 나는 그날 밤 개가 짖지 않았다는 사실의 그 중요한 의미에 생각이 미쳤습니다. 하나의 올바른 추리는 이어서 두 번째, 세 번째 추리로 이어지기 마련입니다. 심슨의 일을 통해서 마구간에 개가 있다는 사실을 알았습니다. 그런데 밤에 누군가 들어와서 말을 끌어 냈는데도, 2층에 있는 두 마부가 잠을 깰 정도로는 개가 짖지 않았지요. 분명히 밤중의 방문자는 개가 잘 알고 있는 인물이었던 겁니다.

그래서 나는 존 스트레이커가 한밤에 마구간에 가서 실버 블레이즈를 끌어 낸 것이라고 거의 확신했습니다. 대체 무엇 때문에? 물론 좋지 않은 목적을 위해서였죠. 그렇지 않다면 자기 마부를 약으로 잠재울 리가 없지요. 그러나 확실한 이유는 아직 알 수 없었습니다. 조교가 대리인을 사용해 자신의 말의 대항마에 돈을 걸고, 자기 말이 이기지 않도록 공작을 하여 큰돈을 버는 사례는 지금까지 얼마든지 있었습니다. 기수에게 일부러 고삐를 당기게 하는 일도 있지요. 좀 더 확실하고 복잡한 방법을 사용할 수도 있습니다. 이번에는 어떤 수법일까? 스트레이커의 주머니에서 나온 물건들을 조사하면 그것을 알 수 있습니다.

그리고 생각한 대로였습니다. 죽은 스트레이커의 손에 있었던 이상한 나이프를 기억하시죠? 보통 사람이 그런 나이프를 무기로 선택할 리가 없습니다. 그것은 왓슨이 말했던 대로 아주 정밀한 외과수술에 사용하는 나이프입니다. 그리고 그날 밤도, 그야말로 정밀한 수술을 하기 위해 준비되었던 것입니다. 로스 대령, 경마에 대해서 경험이 풍부한 당신이라면 잘 알겠지요. 말의 뒷다리 무릎의 힘줄에, 표면에는 아무 흔적도 남기지 않고 피하수술을 통해 작은 상처를 내는 것은 가능합니다. 이와 같은 상처를 입은 말은 가볍게 다리를 절지만, 조교들은 근육이 뒤틀렸거나 가벼운 류머티즘에 걸린 것으로 알지, 부정이 행해졌다고는 결코 생각하지 못하죠."

"악당 같으니! 비열한 놈!" 대령이 외쳤다.

"존 스트레이커가 말을 황야로 끌고 간 이유도 이것으로 설명이 됩니다. 말은 아주 민감한 동물이기 때문에 나이프 끝으로 살짝 건드리기만 해도 잠에 곯아떨어진 사람이라도 깨울 정도로 소란을 피울 것입니다. 때문에 아무도 없는 황야로 데려가 수술하는 일이 반드시 필요했던 거지요."

"나는 아무 것도 몰랐어!" 대령이 소리쳤다. "그래서 초도 필요했고, 성냥을 켜기도 했군."

"그렇습니다. 그런데 그의 소지품을 조사해 보고 다행히도 범행 방법뿐만 아니라 동기까지 알 수 있었습니다. 세상물정에 밝은 대령이라면 잘 아시겠지만, 다른 사람의 청구서를 주머니에 넣고 다니는 사람은 결코 없습니다. 대개는 자기의 청구서를 처리하는 것만으로도 벅찰 것입니다. 나는 곧 스트레이커가 어디에 여자를 두고 이중생활을 하고 있다고 판단했습니다. 청구서의 내용을 보면 여자, 그것도 사치스러운 여자가 관계된 것이 분명합니다. 당신이 고용인에게 아무리 후하게 대우해 준다 해도 자기 부인에게 20기니짜리 옷을 사 줄 수 있을 만큼 여유롭다고는 생각되지 않습니다. 또한 스트레이커 부인에게 드레스에 대해 물어 보았더니 역시 부인이 산 것이 아니었습니다. 나는 스트레이커의 사진을 들고 그 의상실에 가면 다비서라는 수수께끼 인물의 정체를 알 수 있다고 생각했습니다.

그 다음은 간단합니다. 스트레이커는 불빛이 사람 눈에 띄지 않도록 움푹한 곳으로 말을 데려갔습니다. 도중에 심슨이 도망가다가 떨어뜨린 스카프 타이를 주웠지요. 아마 말의 발을 묶는 데 사용할 생각이었겠죠. 움푹한 곳에 들어가자 스트레이커는 곧 말의 뒤로 돌아가 성냥을 그었습니다. 그런데 갑작스런 빛에 놀란 말은 동물적 본능으로 자기에게 위해를 가하려는 것을 알고 갑자기 뒷발을 차올렸죠. 이때 말굽 쇠가 스트레이커의 이마에 정통으로 맞았던 겁니다. 당시에 비가 왔지만 스트레이커는 세밀한 작업을 하기 위해 외투를 벗고 있었기에 쓰러질 때에 쥐고 있던 나이프로 허벅다리를 베었던 것입니다. 이걸로 분명해졌겠지요?"

"놀랍군!" 대령이 소리쳤다. "정말 놀라워. 마치 현장에서 본 것 같아!"

"사실을 말하면 마지막 행위는 대담하기 짝이 없는 것이었습니다. 스트레이커와 같이 약삭빠른 남자가 말 다리의 힘줄을 끊는 어려운 일을 연습도 하지 않고 할 리가 없다고 생각했지요. 그럼, 어떻게 연습했을까? 그렇게 생각하던 중 양이 보였고, 마부에게 물어 보았더니 놀랍게도 내 추측대로였습니다."

"덕분에 모든 것이 뚜렷해졌습니다, 홈즈 씨."

"런던에 돌아가 의상실에 가 보았더니 스트레이커는, 값비싼 드레스를 갖고 싶어하는 사치스러운 아내를 가진 다비셔라는 남자였습니다. 스트레이커는 이 여자 때문에 빚에 쪼들리게 되어 이번 사건을 저지른 것입니다."

"한 가지 궁금한 게 있습니다. 말은 어디에 있었습니까?" 대령이 말했다.

"아, 말이요? 말은 그곳에서 도망쳤고, 근처에 있는 사람이 돌보고 있었지요. 그 점에 대해서는 너그럽게 보아주셔야 합니다. 아, 벌써 클래팜 정선이군요. 빅토리아 역까지 이제 10분도 걸리지 않을 겁니다. 대령, 괜찮다면 저의 집에서 시가라도 피우시겠습니까? 다른 질문이 있다면 무엇이든 기꺼이 대답해 드리겠습니다."

등이 굽은 남자

1889년 9월 11일(수)~9월 12일(목)

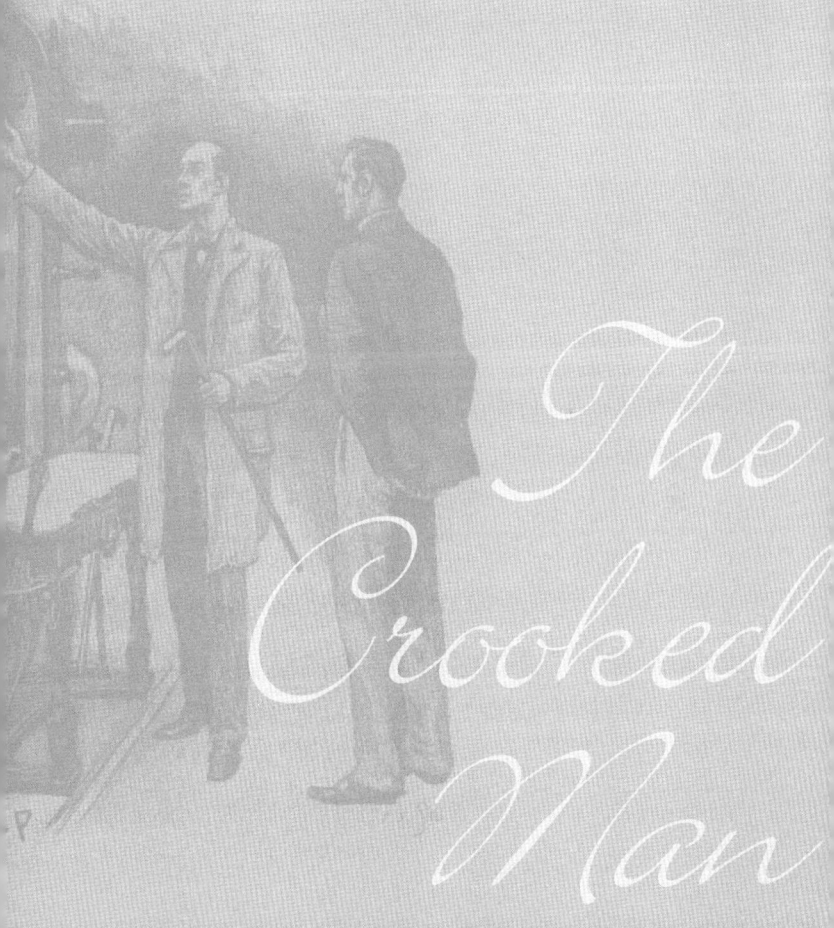

The Crooked Man

내가 결혼하고 몇 달이 지났을 때의 일이다. 어느 여름 날, 나는 벽난로 앞에서 파이프 담배를 물고 소설책을 앞에 놓고 꾸벅꾸벅 졸고 있었다. 그날 나는 유달리 피곤했다. 아내는 2층 침실에서 이미 잠이 들었고, 하인들이 현관문 잠그는 소리를 들은 지 꽤 지났으니 하인들도 모두 잠자리에 들었을 시각이다.

자리에서 일어나 파이프의 재를 떨고 있는데, 벨소리가 들렸다.

시계를 보니 11시 45분이었다. 이런 시간에 손님이 올 리는 없었다. 그렇다면 환자가 분명한데, 환자라면 오늘 밤은 잠자기 글렀다는 생각이 들었다. 나는 인상을 찌푸린 채 현관으로 나가 문을 열었다. 그런데 놀랍게도 현관 계단에 서 있는 사람은 바로 셜록 홈즈였다.

"왓슨, 자는 것을 깨운 건 아니지?"

"이게 웬일이야? 어서 들어오게."

"자네 얼굴을 보니 환자가 아니어서 다행이라는 표정이군 그래. 아니, 결혼하기 전에 피우던 아카디아 혼합 담배를 아직도 피우나? 자네 코트에 솜털 같은 담뱃재가 묻어 있는 걸 보니 그렇구먼. 이거 누가 봐도 자네가 왕년에 군인이었다는 사실을 금방 눈치채겠는 걸. 그렇게 옷소매에 손수건을 끼고 다니면 군인이었다는 사실을 숨기기 힘들 거야. 그건 그렇고 오늘 밤 여기서 자고 가도 되겠나?"

"물론이지."

"손님용 방이 있다고 했지? 모자걸이에 신사용 모자가 하나도 없는 걸 보니 지금 자네 집에는 남자 손님이 없군 그래."

"자네가 묵는다면 언제든 환영이야."

"고마워. 오늘 밤에 손님용 방에서 신세 좀 지겠어. 아니, 최근에 수리 기사가 왔었군! 그건 집 어딘가가 고장 났었다는 얘긴데, 배수관이 막힌 건 아니겠지?"

"아니, 가스관이 고장 났었어."

"그래? 지금 불빛이 비치고 있는 리놀륨 바닥에 징이 두 개 박힌 장화 자국이 있어서 수리 기사가 왔었다는 사실을 알았네. 아니, 식사는 됐어. 워털루 역에서 먹었거든. 괜찮다면 파이프

담배나 좀 주게."

나는 홈즈에게 담배를 내밀었다. 홈즈는 내 맞은편 의자에 앉아서 잠시 아무 말 없이 담배를 피웠다. 중요한 일이 아니라면 홈즈가 이런 시간에 찾아올 리가 없다는 사실을 잘 알기에 나는 그가 입을 열 때까지 가만히 앉아서 기다렸다.

"자네 요즘 환자 진료하느라 아주 바쁜 모양이야." 홈즈는 날카로운 눈빛으로 나를 보며 입을 열었다.

"맞아, 정신없이 바빠. 답답한 소리로 들리겠지만 내가 바쁘다는 걸 어떻게 알았지? 나는 도무지 모르겠군."

홈즈는 껄껄 웃었다.

"왓슨, 자네 습관을 아주 잘 알고 있으니 가능한 일이지. 자네는 가까운 거리를 왕진할 때는 걸어서 가지만 갈 곳이 많을 때에는 이륜마차를 타고 가지 않나? 자네 신발을 보니 사용한 흔적이 있긴 한데 그렇게 더럽지는 않거든. 그러니 요새 자네가 이륜마차를 타고 다닐 정도로 매우 바쁘다는 사실을 추론할 수 있네."

"훌륭해!"

"이것은 기초적인 추리지. 추리의 기본이 되는 사소한 점을 놓친 사람은 이런 추론을 들으면 뭐 대단한 추리를 한 것처럼 생각하기 쉽지만 듣고 보면 별로 놀랄 일도 아니지 않나. 자네가 쓴 이야기도 마찬가지야. 자네는 사건의 실마리가 되는 결정적인 사항을 끝까지 독자들에게 알려주지 않다가, 마지막에서야 그 사실을 밝혀 독자들을 깜짝 놀라게 하고 싶어하지. 하지만 그렇게 되면 완전히 싸구려 추리소설이 되고 말지. 그런데 내가 지금 그런 독자처럼 어리둥절한 처지에 놓여 있어. 복잡하고 알 수 없는 사건을 맡았거든. 해결의 실마리가 될 만한 단서는 몇 개 찾았는데, 문제는 사건 해결에 꼭 필요한 결정적인 단서를 아직 찾지 못했어. 하지만 반드시 그 단서를 찾아 내고 말겠어, 왓슨. 반드시!"

홈즈의 마른 볼이 붉게 물들면서 두 눈이 번쩍였다. 순간 홈즈의 날카롭고 열정적인 성격을 가리고 있던 베일이 벗겨지는가 싶더니 이내 다시 베일에 덮이고 말았다. 그 순간이 지나자 홈즈의 얼굴은 사람이라기보다는 기계에 가까워 미국인디언 같은 차가운 상태로 돌아갔다.

"이 사건에는 여러 가지 흥미로운 점이 있어." 홈즈가 말했다.

"아주 흥미로운 사건이지. 이미 조사는 시작됐고 해결의 실마리도 어느 정도 찾은 상태야. 자네만 괜찮다면 도움을 청하고 싶은데 어때?"

"나야 영광이지."

"내일 앨더숏까지 함께 갈 수 있어?"

"물론이지. 환자는 잭슨[9]이 대신 맡아 줄 거야."

"잘됐군. 워털루 역에서 11시 10분에 출발했으면 하는데.[10]"

"그럼 아직 여유가 있군."

"만약 피곤하지 않다면 어떤 사건인지, 수사가 어느 정도 진행되었는지 들어 보겠나?"

"홈즈, 자네가 오기 전까지는 피곤했는데, 지금은 잠이 싹 달아났어."

---

9) 왓슨이 두 번째 결혼 후 개업했을 때, 이웃에서 도와주는 의사의 이름은 《보스콤 계곡》에 나오는 앤스트루더이다. 아마 이 의사의 풀 네임은 잭슨 앤스트루더일 것이다.

10) 11시 10분 발 앨더숏 방면으로 가는 기차는 없으니, 홈즈와 왓슨은 11시 50분 기차에 탔을 것이다.

"그럼 중요한 점을 빼먹지 않는 선에서 이야기를 최대한 간략하게 설명하지. 아마 자네도 신문에서 이 사건에 대해 읽었을 거야. 내가 조사 중인 사건은 앨더숏에 주둔하고 있는 로열 맬로즈[11] 연대의 바클리 대령 사망사건이야. 물론 살인사건으로 추정하고 있어."

"그런 기사는 읽은 적이 없는데."

"아직까지는 지방 언론에서만 보도하고 있어. 사건 발생도 겨우 이틀 전이거든. 자네도 영국군 내에서 가장 유명한 아일랜드 연대 중의 하나인 로열 맬로우즈에 대해 들어 봤을 거야. 크리미아 전쟁과 인도폭동 때 맹활약했고, 그 이후에도 놀라운 업적들을 세운 연대지. 지난 월요일 저녁까지 그 연대를 지휘한 사람은 노련한 고참 대령 제임스 바클리였어. 그는 평범한 병사로 군 생활을 시작해서 인도폭동 때 수훈을 세워 장교로 임명되었어. 그러다 자신이 병사로 지냈던 연대의 지휘관 자리에까지 오른 인물이지.

바클리 대령은 하사관 시절에 낸시 드보이라는 여성과 결혼했는데, 낸시의 아버지는 바클리와 같은 연대의 군기 호위 하사관

---

11) 미국 판에서는 로열 먼스터즈로 되어 있는데 이것이 바른 명칭이다.

으로 바클리의 상사였지. 젊은 부부가 군인 동료들 사회에서 생활하기가 조금은 어색했을 텐데 두 사람 모두 그런 상황에 빨리 적응했던 모양이야. 낸시는 연대 안의 다른 부인들 사이에서 인기가 좋았고, 바클리도 동료들 사이에서 인기가 좋았지. 거기다 바클리 부인의 미모가 뛰어나서, 결혼한 지 30년이 지난 지금도 거리에서 사람들의 눈길을 받을 정도라고 해.

바클리 대령은 행복한 가정을 꾸려 나갔어. 나에게 사건 조사를 부탁한 머피 소령은 두 사람이 싸우는 걸 한 번도 본 적이 없다고 했어. 머피 소령의 말로는 부인이 바클리 대령을 사랑하는 것보다 대령이 부인을 훨씬 더 사랑했다고 하더군. 하루라도 부인이 없으면 상당히 불안해했다니까. 바클리 부인도 남편에게 헌신적이고 충실했지만, 남편의 사랑에 비하면 부인의 사랑과 헌신은 아무 것도 아니었다는 거야. 어쨌든 두 사람은 연대 안에서 아주 이상적인 중년부부로 손꼽힐 만큼 행복해 보였기 때문에, 이어 발생한 끔찍한 사건에 주변 사람들은 아주 놀라고 있어.

그런데 바클리 대령의 성격에 좀 특이한 면이 있었다고 하더군. 평소에는 쾌활하고 성격 좋은 노련한 군인인데, 이따금 상당히 위험할 정도로 폭력적이고 무서운 사람으로 돌변한다는 거야. 물론 아내에게 성질을 부리거나 지독하게 행동한 적은 한 번도 없었다고 해.

또 하나, 머피 소령뿐 아니라 내가 면담했던 다섯 명의 장교 중 세 사람이 지적한 사항인데, 바클리 대령이 가끔씩 이상할 정도로 병적인 우울증에 빠졌다는 점이야. 머피 소령이 그러는데 다 같이 테이블에 모여 앉아서 신나게 웃으며 장난을 치다가도 갑자기 우울증에 빠지면 순식간에 그의 입에서 말과 미소가 사라졌다는 거야.

일단 우울증에 빠지면 며칠을 그런 우울증 상태에서 지냈다고 하더군. 이 두 가지가 동료 장교들이 말한 바클리 대령의 성격상 특징이지. 특히 갑자기 우울증에 빠졌을 때는 날이 어두워진 이후에 혼자 남는 걸 굉장히 싫어했다고 해. 어느 모로 보나 군인 중의 군인인 그가 이런 어린 아이 같은 면을 보였다는 것 자체가 많은 사람들 입에 오르내릴 만한 소문거리였겠지.

로열 맬로우즈 연대의 제1대대, 즉 예전의 제117연대를 말하는데 이 연대가 앨더숏에 주둔한 지는 몇 년 되었다고 해. 결혼한 장교들은 막사가 아닌 영외에서 거주하는데, 바클리 대령은 북쪽 막사에서 반 마일 정도 떨어진 라차인 빌라에서 살고 있지. 그 빌라는 정원으로 둘러싸여 있지만, 빌라 서쪽만은 도로와의 거리가 30야드도 되지 않을 만큼 도로 쪽에 붙어 있어. 라차인에 사는 사람은 대령 부부와 마부 한 명, 그리고 하녀 두 명이 전부야. 바클리 대령 부부는 아이가 없고 그곳에 손님이 찾아오는 경우도 드물었다니까 라차인에서 생활하는 사람은 이 다섯 명이 전부라고 할 수 있지.

그럼 지난 월요일 저녁 9시에서 10시 사이에 라차인에서 생긴 사건에 대해 설명하겠네.

로마 가톨릭 교회 신자였던 바클리 부인은 '세인트 조지 협회' 결성에 아주 열성적이었다고 해. 세인트 조지 협회는 와트 스트리트 교회와 연계해서 가난한 사람들에게 헌옷을 나누어 줄 목적으로 설립을 추진 중에 있는 단체야. 이 협회 설립을 위한 모임이 그날 밤 8시에 있었지. 바클리 부인은 이 모임에 참석하기 위해 서둘러 저녁식사를 마쳤어. 부인은 집을 나서기 전에 평소 하던 대로 바클리 대령에게 곧 돌아오겠다는 인사를 하고 외출했지. 부인이 대령에게 인사하는 소리를 분명히 들었다고 마부가 증언했어. 그리고는 부인은 옆 빌라에 사는 젊은 모리슨 양과 함께 그 모임에 갔지. 약 40분 정도 모임을 가진 뒤 바클리 부인은 모리슨 양을 집 문 앞까지 바래다주고 9시 15분쯤에 집으로 돌아왔어.

라차인 빌라에는 모닝 룸이라는 방이 있는데, 그 방에는 도로 방향으로 커다란 유리문이 있어서 바깥 잔디밭에서 그 유리문을 통해 방으로 들어갈 수 있게 되어 있지. 유리문과 연결된 잔디밭과 도로 사이는 30야드쯤 되고, 잔디밭과 도로 사이에는 간단한 철 난간만 설치되어 있지.

바클리 부인은 그날 밤 대문이 아니라 바로 이 유리문을 통해서 집으로 들어왔어. 밤에는 그 방을 사용하는 사람이 없으니까 블라인드도 내려져 있지 않은 상태였겠지. 그래서 바클리 부인은 그 방으로 들어와 직접 램프에 불을 켠 뒤 종을 울려서 하녀 제인 스튜어트에게 차 한 잔을 가져다 달라고 했어. 부인이 그 방을 통해 집으로 들어와 차를 가져오라고 시킨 건 그때가 처음이었다고 해. 어쨌든 아내가 돌아왔다는 소리를 듣고 주방에 있던 대령이 아내를 보러 그 방으로 들어갔어. 대령이 현관의 거실을 지나 그 방으로 들어가는 걸 목격했다고 마부가 증언했지. 그런데 대령은 그 방을 살아서 나오지 못했어.

어쨌든 대령이 그 방에 들어간 뒤 10분쯤 지났을 때 하녀가 차를 갖고 그 방으로 갔어. 그런데 방 문 가까이 다가갔을 때 주인 부부가 심하게 다투는 소리가 들려 하녀는 깜짝 놀랐지. 문을 두드렸지만 아무 대답도 들을 수 없었고, 손잡이를 돌려 보았더니 안으로 잠겨 있어서 열 수도 없는 상태였어. 겁에 질린 하녀는 주방으로 달려가서 요리하던 하녀에게 이 사실을 알렸지. 마부와 두 명의 하녀가 모두 방으로 달려갔는데, 그때까지도 계속 소리 높여 싸우는 주인 부부의 목소리가 들렸다는 거야. 세 사람의 증언에서 일치하는 내용은 안에서 싸우는 목소리의 주인공은 분명

주인 부부였고, 두 사람 이외의 목소리는 듣지 못했다는 점이지.

그러다 바클리 대령의 목소리가 잦아드는가 싶더니 갑자기 대령의 목소리가 들리지 않았다는 거야. 반면에 부인의 목소리는 점점 더 커지고 거칠어졌다는군. 부인은 특히 '당신은 비겁해요!'라는 말을 여러 번 반복해서 소리쳤다고 해. 그리고 '이젠 어떻게 할 거예요? 어떻게 할 거냐고요? 이젠 내 삶을 돌려줘요! 더 이상 당신과 한집에서 살고 싶지 않아요! 당신은 비겁해요, 비겁한 사람!'이라는 내용의 말을 했다는 거야. 그러다 갑자기 남자의 고함소리가 들렸고, 쾅 하는 소리와 함께 날카롭게 소리치는 여자의 소리가 들렸다고 해.

순간 끔찍한 사고가 생겼다고 판단한 마부는 몸으로 문을 밀기 시작했지. 문을 열기 위해 계속 미는 동안에도 방에서는 부인의 비명 소리가 끊이지 않았어. 하지만 마부는 문을 부수고 들어가지 못했지. 하녀 두 사람은 두려움에 사로잡혀 있어서 마부를 도와줄 수 있는 상태가 아니었다고 해.

그때 마부는 잔디밭 쪽으로 난 유리문을 통해 방으로 들어갈 수 있다는 점을 떠올렸지. 그래서 재빨리 현관문을 통해 잔디밭으로 달려갔어. 두 쪽의 유리문 중 한 쪽이 열려 있었다고 증언했는데, 여름이었으니 당연히 문을 열어 두었겠지. 어쨌든 그는 열린 문을 통해 방으로 들어갔어. 마부가 들어가자 바클리 부인은 소리치던 것을 멈추고 갑자기 소파에 쓰러져 의식을 잃었다는 거야. 마부 또한 당황해 허둥대다가 발이 안락의자에 걸려 벽난로 쪽으로 넘어졌는데, 넘어지고 보니 난로 앞에 세워진 철제 울타리 옆에 대령이 피범벅이 된 채로 쓰러져 죽어 있었다는군.

마부의 머릿속에 제일 먼저 떠오른 생각은 대령은 이미 죽었다는 것과 방문을 열어야겠다는 것이었지. 하지만 방문을 열려고 했을 때 예상치 못한 일이 생겼어. 방문을 잠근 열쇠가 열쇠고리에 꽂혀 있지 않았다는 거야. 열쇠가 없으니 방문을 열 수 있었겠나. 거기다 방 어디를 찾아보아도 열쇠를 찾을 수 없었다는군.

그래서 마부는 다시 유리문으로 나와서 경찰에 신고한 뒤 병원에 구조 요청을 하고 다시 문제의 그 방으로 돌아왔지. 경찰이 도착한 뒤 강력한 살인용의자로 주목받고 있는 부인은 의식을 잃은 상태로 부인의 침실로 옮겨졌어. 그때까지도 부인은 의식을 잃은 상태였어. 대령의 시신은 소파 위로 옮겨졌고 끔찍한 살인 현장에 대한 정밀 조사가 시작되었지.

대령의 시신을 조사했을 때 머리 뒷부분에 2인치쯤 되는 상처가 발견되었지. 그 정도의 상처를 내려면 묵직한 흉기를 거세게 휘둘러 내리쳐야 가능해. 그 흉기가 무엇이냐는 문제는 어렵지 않게 밝혀졌어. 시체가 있던 마룻바닥 근처에서 두꺼운 나무 방망이가 발견됐거든. 손잡이가 뼈로 만들어진 특이한 방망이였지. 대령은 자신이 참전한 여러 나라에서 다양한 무기와 흉기를 수집했다고 해. 경찰에서는 대령을 살해한 그 방망이가 대령이 기념품으로 모은 흉기 중 하나라고 추정하고 있지. 하인들은 그 방망이를 처음 본다고 했지만, 그 집에는 진귀한 물건이 워낙 많기 때문에 못보고 지나쳤을 가능성도 있어. 이 밖에는 경찰 조사 중 그 방에서 별다른 중요한 단서를 발견하지는 못했어. 한 가지 알 수 없는 사실은 바클리 부인이나 죽은 대령에게서 열쇠가 발견되지 않았다는 점이야. 또 방을 아무리 구석구석 찾아보아도 방 열쇠를 발견하지 못했어. 결국 그 방문은 앨더숏의 열쇠기술자를 불러서 열어야 했지.

왓슨, 여기까지가 사건의 요점이야. 나는 다음 날인 화요일 아침에 머피 소령의 부탁을 받고 앨더숏으로 찾아가 경찰수사를 돕기 시작했어. 여기까지만 들어도 상당히 흥미로운 사건이라고 생각되지 않나? 나도 그랬어. 하지만 직접 현장에 가서 살펴보니 생각했던 것보다 사건이 훨씬 복잡하고 특이하다는 걸 알게 되었어.

나는 사건현장인 그 방을 살펴보기 전에 하인들을 상대로 조사를 했지. 이미 들은 내용 이상은 캐낼 수 없었지만, 하녀 제인 스튜어트 덕분에 몇 가지 흥미로운 사실들을 알 수 있었어. 자네도 기억하겠지만, 제인은 주인 부부가 싸우는 소리를 들은 뒤 아래층으로 내려가서 다른 하인들을 불렀다고 했거든. 우선, 다른 하인들을 부르러 가기 전에 제인은 주인 부부의 목소리가 너무 작아서 다투는 내용을 거의 알아들을 수 없다고 했어. 즉, 대화 내용을 알아들어서가 아니라 두 사람의 목소리 톤을 듣고 주인 부부가 싸우고 있다는 판단을 내렸다는 거야. 하지만 내가 자꾸 캐묻자 제인은 부인의 말에서 데이빗이라는 이름을 두 번 들었다고 했어. 이 말은 두 사람이 갑자기 싸우게 된 원인을 규명할 수 있는 결정적인 실마리가 될 수 있어. 알다시피 대령의 이름은 제임스가 아닌가.

이 사건에서 하인들과 경찰 모두가 잊을 수 없다고 한 점이 하나 있어. 그건 죽은 대령의 일그러진 얼굴이지. 하인들과 경찰의 증언에 따르면, '얼마나 끔찍한 공포와 두려움을 느꼈으면 저런 표정을 하고 죽었을까'하는 생각이 드는 표정이었다는 거야. 대령의 죽은 표정을 슬쩍 보기만 해도 기절할 사람이 여럿 될 거라는 말도 하더군. 그만큼 소름끼치는 표정을 하고 있었다는 말이겠지. 그 말은 대령이 죽기 직전에 자신의 죽음을 예견하고 죽음에 대한 공포가 극에 달했을 때 사망했다는 뜻이야.

경찰에서는 부인이 대령을 살해했다고 보기 때문에 대령이 흉기에 가격당하기 전에 죽음을 직감하고 그런 끔찍한 표정을 하고 죽은 게 아닌가 생각하고 있어. 만약 이런 추측이 맞는다면, 내려치는 흉기를 피하려고 몸을 뒤로 돌리다가 뒷머리에 흉기를 맞고 사망했다는 설명도 가능해. 문제는 바클리 부인이 전혀 증언을 할 수 없다는 거야. 급성뇌염으로 인한 일시적인 정신이상 증세를 보이고 있어서 아무 증언도 할 수 없는 상태거든.

경찰로부터 들은 바로는, 사건 당일 밤 바클리 부인과 함께 외출한 모리슨 양은 부인이 귀가해서 갑자기 기분이 상하거나 화가 날 만한 일은 전혀 없었다고 증언했다고 해.

왓슨, 나는 파이프 담배를 피우면서 사건 해결에 결정적으로 중요한 단서와 그렇지 않은 단서를 구분해서 전체적으로 종합해 보았어. 말할 것도 없이 가장 특이하고 이해할 수 없는 점은 방문 열쇠가 흔적도 없이 사라졌다는 사실이지. 아무리 방을 샅샅이 뒤지고 찾아보아도 열쇠는 발견되지 않았거든. 바클리 부인이나 죽은 대령의 몸에도 열쇠가 없었어. 그렇다면 누군가 그 열쇠를 가져갔다는 뜻이 아니겠나? 제삼자가 그 방에 들어온 게 확실해. 제삼자가 들어왔다면 그는 유리문을 통해서 그 방으로 들어갔을 거야. 그래서 그 방과 잔디밭을 자세히 살펴보면 제삼자가 남긴 흔적을 찾을 수 있다는 생각을 하게 됐지.

왓슨, 자네는 내 조사방식을 잘 알지? 그렇게 내 방식대로 철저하게 조사한 결과, 제삼자의 흔적을 찾긴 찾았어. 하지만 전혀 예상치 못한 결과를 얻었어. 우선 그 방에 들어왔던 제삼자는 남자였어. 그는 길가 도로에서 잔디밭을 지나 그 방으로 들어갔어. 나는 선명하게 남아 있는 그 남자의 신발 자국 다섯 개를 확인했지. 첫 번째는 길가에서, 두 번째는 낮은 담을 넘어 들어오려고 한 지점에서, 세 번째와 네 번째는 잔디밭에서, 그리고 나머지는 열린 창문 앞에 놓인 더러운 발판에서 찾았어. 비록 희미하기는 하지만 발자국임을 확인했어. 발뒤꿈치보다 발가락 부분이 더 깊게 패인 사실로 미루어 볼 때, 그 남자는 잔디밭을 성급하게 가로질러 지나간 게 분명해. 제삼자가 있었다는 사실도 놀라웠지만, 나를 더 놀라게 한 점은 제3의 남자가 혼자 온 게 아니라는 사실이었지."

"그럼 누구를 데리고 왔었던 건가?"

홈즈는 주머니에서 커다란 종이를 꺼냈다. 그리곤 무릎 위에 조심스럽게 펼쳤다.

"이게 뭐로 보이나, 왓슨?"

종이에는 작은 동물의 발자국이 그려져 있었다. 선명하게 그려진 발자국 다섯 개를 자세히 살펴보니 발톱이 길다는 사실을 알 수 있었다. 또 전체 발자국의 크기가 디저트 스푼 정도로 작은 편이었다.

"개 발자국 아닌가?" 내가 물었다.

"개가 커튼을 타고 올라간다는 말을 들어 본 적이 있나? 나는 이 녀석이 커튼을 타고 올라간 흔적을 찾아냈어."

"그럼 원숭이인가?"

"원숭이 발자국처럼 보이지는 않는데."

"그렇다면 도대체 뭐야?"

"개도 원숭이도 아니야. 우리에게 친숙한 동물은 아닌 듯싶어. 발자국 크기와 모양으로 한 번 추정해 볼까. 여기 네 발자국은 이 짐승이 움직이지 않고 서 있을 때의 모양을 그린 거야. 앞발자국에서 뒤 발자국까지의 길이가 15인치 정도? 그 이상은 안 되는 것 같지? 이 크기를 몸통의 크기로 잡고, 거기에 목과 머리

길이를 더해 봐. 그럼 전체 몸길이가 커 봤자 2피트도 넘지 않을 듯싶어. 꼬리가 있다면 좀 길어질 수도 있겠지. 하지만 다른 측면에서도 생각해 볼 수 있어. 이 동물은 움직이는 짐승이고, 짐승의 몸길이는 걷고 있을 때 발자국 사이의 거리를 통해서 추측하면 알아낼 수 있지. 그런데 걷고 있을 때 걸음마다 3인치의 간격이 생기고 있어. 그렇다면 몸은 길지만 다리는 매우 짧은 짐승이지. 또 놈은 주변에 털을 하나도 남기지 않았어. 어쨌든 대강의 모습은 지금 내가 말한 대로일 테고, 커튼을 기어 올라갈 수 있는 육식성 동물이야."

"육식성이라는 건 어떻게 알았나?"

"커튼을 기어 올라갔다는 사실에서 알았네. 창문에 카나리아 새장이 걸려 있었거든. 그 카나리아를 잡아먹으려고 기어오른 것으로 보여."

"결론적으로 도대체 어떤 동물인가?"

"내가 그놈이 뭔지 알고 있다면 사건해결이 훨씬 수월할 텐데 말이야. 어쨌든 전체적인 특징으로 볼 때 족제비나 흰 담비 종류가 아닌가 싶네. 물론 내가 봤던 족제비나 흰 담비는 이보다 몸집이 더 작았지만."

"그것이 사건과 어떤 관계가 있지?"

"나도 그걸 모르겠어. 하지만 일단은 많은 정보를 입수했다는 사실에 만족해야지. 우선 어떤 남자가 도로에 서서 바클리 부부가 싸우는 모습을 지켜봤어. 창문 블라인드가 올라가 있었으니 방 안이 환하게 보였겠지. 그리고 그 남자는 잔디밭을 지나 방으로 들어갔어. 물론 알 수 없는 어떤 짐승을 데리고 말이지. 또 그 남자가 대령을 때렸든지, 아니면 대령이 그 남자를 보고 겁에 질려 뒤로 넘어져 벽난로 모서리에 머리를 부딪쳤든지 둘 중 하나 때문에 뒷머리에 상처가 생겼지. 마지막으로 그 남자가 방 문 열쇠를 갖고 떠났다는 사실까지. 여기까지가 내가 입수한 모든 단서야."

"자네가 모은 단서를 듣고 나니, 듣기 전보다 오히려 머리가 더 복잡해지는군."

"그렇지. 정보를 모으다 보니 처음에 생각한 것보다 더 복잡하고 알 수 없게 되었어. 아무래도 다른 관점에서 사건에 접근해야 될 듯싶어. 이런, 왓슨, 내가 자네를 너무 늦게까지 붙잡아두었군. 나머지 이야기는 내일 앨더숏으로 가면서 하지."

"생각은 고맙지만, 이야기를 여기서 그치면 궁금해서 잠을 못 잘 것 같은데."

"그러면 계속해 볼까. 바클리 부인이 저녁 7시 30분에 집을 나섰던 그때까지는 남편과 아무런 문제가 없었다는 건 확실해. 대단한 애정 표현은 하지 않았지만 마부의 증언에 의하면, 부인이 떠나기 전에 대령과 정답게 인사를 나누었다고 하니까 말일세.

그런데 부인은 집에 돌아왔을 때 대문을 통해 거실로 들어가지 않고 그 방으로 들어갔어. 그건 남편과 마주치고 싶지 않았다는 걸 뜻하지. 또 감정적으로 격분한 여자들이 보통 그렇듯이 하녀에게 차를 가져오라고 시켰어. 그리고 남편이 방에 들어오자 마침내 격한 싸움을 벌였지. 분명 7시 30분에서 9시 사이에 남편에 대한 감정을 완전히 뒤바꾸어 놓을 만한 어떤 사건이 있었던 거야. 하지만 그 시간 내내 부인과 함께 있었던 모리슨 양은 아무 일도 없었다고 말했거든. 그래서 나는 모리슨 양이 뭔가 숨기고 있다는 결론을 내렸지.

처음에는 모리슨 양과 바클리 대령이 불륜 관계였는데, 모리슨 양이 그 사실을 부인에게 털어놓아서 부인이 대령에게 화가 났던 게 아닌가 하고 의심했지. 만약 그랬다면 화가 난 부인은 집에 돌아와서 당연히 대령과 싸움을 벌였을 테고, 모리슨 양도 그 사실을 경찰에 알리고 싶지 않아서 아무 일 없었다고 증언했을 수도 있지. 게다가 하인들이 부부가 싸울 때 들었다는 내용과도 대체적으로 맞아떨어지고 말이야.

문제는 부인이 '데이빗'이라는 이름을 들먹였다는 점과 누구나 알고 있듯이 대령이 아내를 끔찍이 사랑했다는 사실, 그리고 정체를 알 수 없는 남자의 등장과 함께 벌어진 비극적인 살인이지. 모리슨 양과 대령이 불륜 관계였다는 추측은 이런 사실과 전혀 맞아떨어지지 않거든.

간단하게 결론 내리기는 어려웠지만 전체적인 정황을 종합했을 때, 대령과 모리슨 양은 어떤 관계도 아니라는 쪽으로 생각이 기울었지. 하지만 왜 바클리 부인이 갑자기 남편에 대해 나쁜 감정을 품게 되었는지에 대한 열쇠는 모리슨 양이 쥐고 있다는 생각만큼은 변함이 없었어. 그래서 나는 모리슨 양을 찾아갔지. 그리고 그녀에게 뭔가 결정적인 실마리를 쥐고 있음을 확실히 알고 있다고 말했어. 또 이 사건이 명백하게 해결되지 않는 한 친구인 바클리 부인은 살인혐의로 재판에 회부되리라는 말도 덧붙였지.

겉보기에 모리슨 양은 가냘프고 수줍음 많은 금발 아가씨였지만, 상황을 정확하게 판단할 만큼 지각 있는 여자였어. 내 말을 듣고는 잠시 혼자 생각에 잠기더군. 그러다가 결심한 듯 내 쪽으로 몸을 돌려 예상 외의 결정적인 증언을 했지. 자네를 위해서 최대한 짧게 요점만 말하지. 모리슨 양의 증언은 대략 이런 내용이야.

'바클리 부인에게 비밀을 반드시 지키겠다고 약속했어요. 약속은 약속이니까 지켜야 한다고 생각해서 경찰에는 말하지 않았어요. 하지만 지금 부인이 살인혐의를 받고 있는 데다 불행하게도 급성 뇌염으로 부인이 직접 진실을 밝힐 수 없는 상황이라면 어쩔 수 없이 약속을 깨뜨려야 되겠군요. 약속을 어겨야만 부인을 도울 수 있다면 제가 말해야겠지요. 그럼, 월요일 저녁에 있었던 일을 사실대로 말씀드릴게요.

부인과 제가 와트 스트리트 협회에서 집으로 온 때가 저녁 9시 15분쯤이었어요. 집에 돌아오려면 허드슨 가를 지나야 했어요. 허드슨 가는 사람이 없어서 고요하고 어두웠는데, 왼쪽 길가에 등불 하나가 켜져 있었습니다. 저희가 켜져 있는 등불 곁으로 지나갈 때 한 남자가 우리 쪽으로 다가왔어요. 그 남자는 등이 심하게 굽었고 한쪽 어깨에는 상자를 메고 있었어요. 남자는 굽은 등에 머리를 깊이 숙이고 무릎을 굽힌 채 걷고 있었어요. 우리가 그 남자 곁을 지나칠 때였습니다. 남자가 고개를 들었는데, 환한 등불 아래에서 우리 얼굴을 보고는 갑자기 걸음을 멈추고 괴상한 목소리로 '낸시!' 하고 소리쳤어요.

그 소리에 남자의 얼굴을 본 바클리 부인은 순식간에 죽은 사람의 얼굴처럼 낯빛이 창백해졌어요. 제가 붙잡았기에 망정이지 부인은 거의 쓰러질 뻔했지요. 제가 경찰을 부르려는데, 뜻밖에도 부인이 그 남자에게 부드럽게 말해서 저는 깜짝 놀랐어요.

'난 당신이 30년 전에 죽은 줄 알았어요, 헨리.' 부인은 떨리는 목소리로 말했습니다.

'그랬었지.' 남자는 외모만큼이나 끔찍한 목소리로 대답했어요. 남자의 얼굴은 소름끼칠 정도로 무서웠어요. 어찌나 무섭던지 남자의 반짝이던 눈이 꿈에 나타날 정도였으니까요. 머리카락과 수염에는 흰털이 섞여 있었고 얼굴은 시든 사과처럼 주름투성이였어요.

　부인은 저에게 '이 분과 이야기하고 싶은데 조금 앞서 가시겠어요? 걱정할 건 없어요.'
라고 말했어요. 부인은 태연한 듯 말하려고 애썼지만,

얼굴이 창백했고 입술을 떨면서 말도 잘 하지 못했습니다.

저는 부인의 말대로 조금 떨어져 있었고, 두 사람은 잠시 이야기를 나눴어요. 잠시 후 부인이 저에게 다가왔을 때 부인의 눈에는 노기가 서려 있었어요. 다시 집을 향해 출발할 때 돌아보니, 남자는 밝은 등불 아래서 화가 난 듯 주먹을 휘두르고 있더군요. 집에 도착할 때까지 아무 말도 하지 않던 부인은 저희 집 앞에 도착하자 제 손을 잡고 아무에게도 그날 있었던 일을 말하지 말라고 부탁했어요.

'아까 그 남자는 예전에 알던 사람일 뿐이에요.' 라고만 했어요.

그래서 저는 부인께 말하지 않겠다고 약속한 뒤 키스하고 집으로 들어왔어요. 그 후로 부인을 만나지 못했습니다. 이게 그날 밤 있었던 일의 전부입니다. 제가 경찰에 이 사실을 말하지 않은 이유는 부인이 처한 상황을 몰랐기 때문이에요. 제가 말씀드린 내용이 부인에게 조금이나마 도움이 되었으면 좋겠어요.'

왓슨, 여기까지가 모리슨 양 이야기야. 자네도 그렇게 느꼈겠지만, 모리슨 양의 이야기를 듣고 나니 어두운 밤에 광명이 비치는 것 같았지. 전에는 도무지 알 수 없었던 일들이 한 번에 제자리에 딱딱 들어맞게 되었으니까. 그리고 전체적인 사건의 윤곽도 마침내 잡을 수 있었어.

그리고 수사의 다음 단계로 바클리 부인을 그토록 놀라게 한 문제의 남자를 찾아 나섰지. 그 남자가 아직도 앨더숏에 있다면 찾는 게 어렵지 않을 테니까. 앨더숏은 주민이 많지 않은 곳이어서 그렇게 외모가 특이한 사람은 금방 사람들의 시선을 받게 마련이거든. 나는 아침부터 저녁까지 그 남자를 찾아다녔지. 바로 오늘 저녁까지 말일세.

왓슨. 나는 마침내 그 남자를 찾았어. 남자의 이름은 헨리 우드이고 전날 밤 부인과 마주쳤던 그 거리에 있는 하숙집에 살고 있었지. 그 하숙집에 머문 지는 닷새밖에 되지 않았더군.

나는 그 하숙집 주인에게 선거인 명단을 작성하는 직원처럼 행세하면서 그 남자에 대한 흥미로운 사실을 알았어. 아주머니 말에 의하면, 헨리 우드의 직업은 마술사라고 하더군. 밤이 되면 군인들을 상대로 장사를 하는 가게를 돌아다니면서 마술 공연을 해서 먹고산다는 거야. 헨리 우드는 상자 안에 어떤 동물을 담아서 데리고 다니는데, 아주머니는 그렇게 이상하게 생긴 동물은 본 적이 없다고 말하더군. 아주 끔찍하게 생긴 동물 같아. 아주머니는 헨리 우드가 마술을 할 때 그 동물을 사용하는 것 같다고 했어.

주인아주머니는 그 남자가 살아 있는 것 자체가 기적이라는 말도 했지. 몸이 보통 뒤틀린 게 아니라더군. 게다가 가끔씩 알 수 없는 외국어로 말한 적도 있다고 해. 또 지난 이틀 동안 그 남자가 자기 방에서 신음소리를 내며 통곡하는 소리를 들었다고 했어. 방세는 잘 지불하고 있는데 그가 지불한 돈이 가짜 같다는 말도 하면서 남자가 줬다는 동전을 나에게 보여주더군. 살펴보니 그 동전은 인도 루피 은화였어.

자, 여기까지 들었으니 왓슨 자네도 사건이 대충 어떻게 돌아가는지, 왜 내가 자네의 도움을 필요로 하는지 눈치챘겠지? 두 여자와 헤어진 뒤 헨리 우드가 멀찍감치 떨어져서 바클리 부인을 뒤쫓아 간 게 확실해. 그리고 창밖에서 바클리 부부가 싸우는 모습을 지켜본 것도 확실하고. 그래서 그가 방 안으로 들어갔겠지. 물론 알 수 없는 동물이 든 상자를 가지고 말이야. 여기까지는 확실해. 문제는 그 방에서 어떤 일이 있었는지 명확하게 밝혀 줄 유일한 사람이 그 남자라는 점이지."

"자네는 그 사람을 만날 생각인가?"

"그럼. 증인을 동반하고 증언을 받아야지."

"나더러 증인이 되어 달라는 말이군."

"자네가 동의한다면. 만약 그 사람이 사건을 확실히 밝혀 준다면 문제는 완전히 해결되지만, 그렇지 않고 거절한다면 강제 소환하는 수밖에 없겠지."

"하지만 그가 하숙집을 떠났으면 어떡하지?"

"도망치지 못하도록 내가 조치했어. 베이커 가 소년들 중 한

명에게 그 사람 곁을 떠나지 말고 감시하라고 일러두었지. 내일 허드슨 가에 가면 그를 만날 수 있을 거야. 그보다 왓슨, 더 이상 자네를 붙잡고 있다가는 잠을 못 자게 한 혐의로 내가 소환당할 수도 있겠어. 이제 그만 잘까."

다음 날 정오에 우리는 비극적인 사건현장에 도착했다. 홈즈의 안내로 나는 곧장 허드슨 가로 향했다. 홈즈는 침착한 것처럼 행동했지만, 나는 홈즈가 흥분을 애써 억누르고 있음을 한눈에 알아보았다. 사실 나 역시 홈즈와 이런 사건을 맡아 풀어 가는 과정에서 마치 지적인 도박을 하는 것 같은 짜릿한 전율을 느끼고 있었다.

"여기가 허드슨 가야." 홈즈는 평범한 2층 벽돌집들이 늘어서 있는 짧은 도로를 돌자 말했다. "아, 저기 내가 일을 맡긴 심슨이 있군. 심슨의 보고부터 들어야겠어."

좁은 거리에서 한 부랑소년이 우리에게 달려오며 소리쳤다.

"그는 집에 있어요. 홈즈 선생님."

"잘했어, 심슨!" 홈즈는 만족한 듯 소년의 등을 토닥여 주었다.

"왓슨, 이리 와. 여기가 그의 하숙집이야."

홈즈는 먼저 중요한 일로 당신을 찾아왔으니 잠시 후 만나자는 내용의 쪽지를 그에게 보냈다. 잠시 후 우리는 따뜻한 날씨에도 불구하고 난로 앞에 쭈그리고 앉아 있는 그를 만날 수 있었다. 가뜩이나 작은 그의 방은 불이 피워져 있어서 마치 오븐 속처럼 후끈거렸다. 그 남자는 몸을 웅크린 채 의자에 앉아 있었는데, 어찌나 등이 굽고 몸이 뒤틀려 있는지 말로 형용할 수 없을 정도였다. 하지만 그의 얼굴을 보니, 한때는 꽤 미남이라는 소리를 들었을 거라는 생각이 들었다.

누런빛을 띠고 있는 그의 눈에는 의심이 가득했다. 그는 우리를 수상쩍은 듯 바라보면서 자리에서 일어나지도 않고 아무 말

도 하지 않은 채 옆에 있는 의자 둘을 가리켰다.

"헨리 우드 씨, 전에 인도에 계셨었죠? 저희는 바클리 대령의 사망 사건 때문에 찾아왔습니다." 홈즈가 부드럽게 먼저 말을 걸었다.

"제가 아는 게 뭐가 있다고 그러십니까?"

"확실히 해야 할 부분이 있어서 그렇습니다. 아시겠지만, 이 문제가 잘 해결되지 않으면 당신의 옛 친구 바클리 부인은 살인 혐의를 받고 재판에 회부될지도 모릅니다."

이 소리에 그 남자는 화들짝 놀랐다. 그리고는 미친 듯이 소리쳤다.

"도대체 당신들은 누굽니까? 왜 나에게 찾아와서 이러는 거죠? 그런데 지금 한 말이 사실입니까?"

"경찰은 의식이 회복되는 대로 부인을 체포할 것입니다."

"이럴 수가! 당신들은 경찰입니까?"

"아닙니다."

"그럼 이 사건이 당신들과 무슨 상관이 있습니까?"

"정의로운 사회를 만드는 건 모든 시민이 앞장서서 해야 할 일이 아닙니까?"

"확실히 말하는데 부인은 죄가 없습니다."

"그럼 당신에게 죄가 있나요?"

"아니, 저도 아닙니다."

"그럼 누가 바클리 대령을 죽였습니까?"

"하느님이 놈의 목숨을 가져간 겁니다. 하지만 이것만은 알아두세요. 내가 놈의 머리를 내리쳤다고 해도, 물론 그러고 싶었지만, 그건 놈이 받아야 할 벌을 받은 겁니다. 만약 그가 양심의 가책을 느껴 스스로 죽지 않았다면 내가 나서서 그를 때려눕혔을 겁니다. 내게 사실을 들으러 오신 것 같은데 말 못할 이유도 없지요. 나야 부끄러울 것이 하나도 없으니까요.

비록 지금의 저는 등이 낙타처럼 휘고 갈비뼈는 뒤틀려 있는 흉측한 모습이지만, 한때는 117보병연대에서 제일 잘생기고 멋진 헨리 우드 상병으로 통했습니다. 우리 군대는 인도에 주둔했는데, 당시 우리 병영은 버티라는 곳에 있었죠. 엊그제 죽은 바클리 대령은 저와 같은 연대 소속으로 당시에 하사관이었습니다. 그리고 우리 연대에서 가장 아름다웠던 낸시 드보이는 우리 연대의 군기 호위 하사관의 딸이었지요. 내 평생 낸시보다 아름다운 여자는 한 번도 만나지 못했습니다.

저와 또 다른 군인이 낸시를 사랑했는데, 그녀는 그중에서 저를 사랑했습니다. 지금 난로 앞에 쭈그리고 있는 제 모습만 보신다면 아마도 낸시가 저를 사랑했다는 말을 믿지 못하시겠지요. 하지만 당시 저는 잘생긴 호남이었고, 그녀와 사랑에 빠졌습니다.

그러나 우리의 사랑에도 불구하고, 낸시의 아버지는 바클리와 딸을 결혼시키려고 했습니다. 나는 젊은 혈기만 있는 보잘것없는 청년이었지만, 바클리는 교육도 많이 받았고 능력을 인정받은 유망한 군인이었으니까요. 그렇지만 저는 낸시가 저를 좋아하기 때문에 언젠가 그녀와 결혼하리라 생각하고 있었습니다. 그런데 그때 인도 폭동이 일어나 인도 전역이 지옥과 같은 아수라장이 되었습니다.

우리 연대는 버티에 갇히고 말았는데, 버티에 갇힌 군대의 반 정도는 우리 포병대였고, 나머지 반은 시크교도로 구성된 중대였습니다. 그리고 군인이 아닌 수많은 영국의 민간인들과 아녀자들도 함께 버티에 갇혀 있었지요. 당시 우리를 포위하고 있던 1만 명이나 되는 반란군들은 미친 개떼처럼 몰려와 우리를 잡아먹을 듯이 포위망을 좁혀 왔습니다. 그렇게 2주가 지나자 마실 물마저 떨어졌고, 계속 진군을 하던 닐 장군[12]과의 교신까지도 불투명해진 최악의 상황에 몰리고 말았습니다.

---

12) 제임스 조지 스미스 닐. 1810년~1857년

아녀자들과 함께 적진을 뚫고 돌파한다는 것은 무리였기 때문에, 닐 장군의 부대가 반란군의 포위망을 뚫고 우리를 구해 주기만 기다릴 수밖에 없었습니다. 상황이 그렇다 보니, 저는 닐 장군에게 사람을 보내 우리의 어려움을 알리고 빨리 지원군을 보내 달라는 요청을 해야 한다고 제의하면서, 제가 그 역할을 자청했습니다. 그렇게 해서 저는 주변 지리에 밝은 바클리와 함께 의논해서 반란군을 뚫고 닐 장군에게까지 갈 수 있는 안전한 길을 정했습니다. 그날 밤 저는 1천 명의 목숨이 걸린 중요한 사명을 안고 길을 떠났지만, 한밤중에 담을 넘을 때는 단 한 사람, 낸시를 위해 이 사명을 완수한다는 생각만 하고 있었습니다.

저는 메마른 수로를 통해 빠져나갈 계획이었습니다. 그렇게 하면 적군의 보초에게 들키지 않고 빠져나갈 수 있었기 때문입니다. 그런데 수로의 모퉁이를 기어서 돌 때 갑자기 적병 여섯 명과 마주쳤습니다. 이들은 어둠을 틈타 수로 모퉁이에서 저를 기다리고 있었던 겁니다. 저는 순식간에 이들이 퍼붓는 주먹과 몽둥이세례를 받아야 했지요. 하지만 그들의 주먹과 발길로 머리를 얻어 차이는 것보다 더 깊이 마음의 상처를 준 건 그들이 하는 대화였습니다. 놀랍게도 제가 빠져 나갈 안전한 통로를 정해준 동료, 바로 바클리가 원주민 하인을 시켜서 저를 고의로 적군의 손에 넘겼다는 사실을 알게 된 겁니다.

 더 이상의 자세한 설명은 필요 없을 겁니다. 제임스 바클리가 어떤 사람인지 아셨을 테니까요. 다음 날 버티는 닐 장군의 도움으로 구원되었지만, 저는 후퇴하는 반란군의 포로로 끌려갔습니다. 이후 제가 백인의 얼굴을 본 건 아주 오랜 시간이 흐른 뒤였습니다. 그동안 모진 고문을 당했고 도망치려다 다시 붙잡혀서 또 고문을 당해야 했습니다. 지금 제 모습이 이렇게 된 까닭은 다 그때의 고문 때문입니다.

 반란군의 일부가 네팔로 도주하면서 저를 데리고 갔는데, 그 후 저는 다르질링[13]에 도착했지요. 그곳 언덕에 사는 원주민들이 저를 붙잡고 있던 반란군을 죽였고, 저는 다시 그 원주민들의 노예가 되었지만 도망치게 되었습니다. 하지만 남쪽으로는 도망할 수 없어서 할 수 없이 북쪽으로 도주했고, 마침내 아프가니스탄에 들어갔습니다. 그곳에서 몇 년 동안 방랑생활을 하다가 펀자브로 돌아왔는데, 그때 펀자브 원주민들과 섞여 살면서 배운 마술 덕분에 지금까지 먹고살고 있습니다.

이런 끔찍한 모습이 된 이상 영국으로 돌아가 옛 동료들을 만나도 아무 소용이 없다고 생각했습니다. 복수하고 싶은 마음도 있었지만, 그 역시 아무 소용이 없다고 생각했지요. 낸시와 다른 전우들에게 지팡이를 짚고 짐승 같이 기어다니는 제 모습을 보여주느니 차라리 제가 반듯한 허리를 가진 용감한 군인으로 죽었다고 생각하게 하는 편이 낫다고 생각한 겁니다.

모두들 제가 죽었다고 생각했고, 저 역시 그렇게 생각해 주길 바랐습니다. 우연히 바클리가 낸시와 결혼했다는 소식과 연대에서 승진을 거듭했다는 소식을 들었지만 진상을 밝히겠다는 생각

---

13) 다르질링은 본래 시킴국(國)의 영토였으나 1833년 영국이 획득하여 부근 일대에 차를 재배하기 시작하면서부터 발전하였다.

은 하지 않았습니다.

 그러나 나이가 들면 고향이 그리운 법이지요. 저는 몇 년 동안 밝고 푸른 영국의 들판과 산울타리 생각이 끊이지 않았습니다. 그래서 죽기 전에 고향에 가야겠다는 결심을 했지요. 저는 영국까지 올 수 있는 교통비를 모아 이곳에 도착했습니다. 전직 군인이었기에 군인들의 생활방식이나 군인들이 좋아하는 오락이 무엇인지 잘 알고 있었던 저는 이곳에서 병영을 돌면서 마술을 보여주며 근근이 살고 있습니다."

 "안타까운 이야기군요. 저는 엊그제 당신이 바클리 부인과 만났다는 사실을 알고 있습니다. 두 분이 서로를 알아보았다고 하더군요. 제가 알아본 바에 의하면, 헤어진 뒤에 당신은 부인의 집까지 뒤따라가서 바클리 부부가 싸우는 장면을 유리창으로 엿보았습니다. 말할 것도 없이 부인은 당신에게 가한 남편의 행위를 맹렬히 비난했을 테지요. 이를 본 당신은 감정이 복받쳐 잔디밭을 지나 부부가 싸우고 있는 방으로 뛰어들어갔습니다. 그렇죠?"

 "그렇습니다. 바클리는 나를 보자마자 기겁을 해서 넘어졌고 넘어질 때 난로 망에 뒤통수를 부딪쳐 죽었습니다. 하지만 놈은 머리가 부딪치기 전에 이미 죽어 있었습니다. 죽은 놈의 얼굴만 봐도 확실히 알 수 있지요. 나를 보자마자 양심의 가책이 총알처럼 놈의 심장을 파고들었던 겁니다."

"그 후에 어떻게 되었습니까?"

"낸시가 기절했어요. 나는 재빨리 낸시의 손에 들린 열쇠를 들었지요. 방문을 열고 밖에 있는 사람들에게 도움을 청할 생각이었습니다. 그러다 그냥 이대로 두고 떠나는 편이 낫겠다는 생각이 들었어요. 상황이 저에게 매우 불리했으니까요. 게다가 경찰서에 가면 과거의 비밀이 모두 벗겨질 텐데 그것도 싫었어요. 그래서 급하게 서두르다가 열쇠를 그만 제 주머니에 넣었습니다. 거기다 테디가 커튼을 기어오르는 바람에 테디를 끌어내리느라 지팡이를 뒤에 남겨 둔 것도 잊었지요. 저는 테디를 다시 상자에 넣고 얼른 그곳을 빠져 나왔습니다."

"테디는 어떤 동물입니까?" 홈즈가 물었다.

그 남자는 상체를 구부려서 방구석에 있는 작은 상자를 끌어당겼다. 순간 상자 안에서 붉은 갈색의 예쁜 동물이 튀어나왔다. 그 동물은 크기가 작고 털이 보드라웠는데, 다리는 흰 담비와 비슷했고 얇고 긴 코에 새빨간 눈을 갖고 있었다. 나는 그렇게 예쁜 눈을 가진 동물은 처음 보았다.

"저건 몽구스가 아닌가!" 나는 동물을 보자마자 소리쳤다.

"몽구스라고 부르기도 하고 이크뉴몽이라고 부르기도 합니다. 뱀잡이라는 뜻이지요. 실제로 테디는 코브라 귀신입니다. 얼마나 빨리 잡는지 몰라요. 저는 독니를 뺀 코브라 한 마리와 함께 매일 밤 군인들을 상대로 하는 가게를 돌아다니며 돈을 법니다. 테디가 코브라를 잡는 묘기는 군인들에게 인기가 많거든요. 제게 더 궁금한 점이 있으신가요?"

"만약 바클리 부인이 살인 혐의를 벗지 못하면 당신의 증언이 다시 필요할지도 모릅니다."

"그럼 제가 직접 경찰에 가겠습니다."

"그런 경우만 아니라면 비겁한 짓을 하긴 했지만 이미 죽은 사람의 추문을 들추어 낼 필요는 없다고 생각됩니다. 최소한 당신은 그가 지난 30년 동안 자신의 잘못된 행동에 대해 양심의 가책을 느꼈다는 사실을 알게 되지 않았습니까? 아, 저기 길 건너편에 머피 소령이 보이는군요. 그럼 그만 인사를 드려야겠습니다. 머피 소령에게 어제 이후로 새로 들어온 소식이 있는지 물어봐야겠군요."

우리는 소령이 길모퉁이를 돌기 전에 그를 만날 수 있었다.

"홈즈 씨," 소령이 우리를 보며 말했다. "이번 사건이 시시하게 끝났다는 사실을 들으셨습니까? 살인 사건이 아니랍니다."

"그래요?"

"수사가 종료되었습니다. 의료진들이 검시한 결과 사인이 뇌졸중이라고 합니다. 살인사건이 아니라니 정말 싱겁게 끝나지 않았습니까?"

"정말 별 사건도 아닌데 공연히 난리만 피웠군요." 홈즈는 웃으며 말했다. "왓슨, 이제 돌아가지. 더 이상 앨더숏에 머무를 필요가 없어."

"한 가지 이해할 수 없는 문제가 있어." 나는 역으로 걸어가면서 홈즈에게 물었다. "죽은 대령의 이름은 제임스이고, 제삼자의 이름은 헨리로 밝혀졌어. 그렇다면 도대체 데이빗은 누구지?"

"사건의 전체적인 흐름을 생각하면 해답이 나오게 되어 있네.

자네는 이야기를 풀어서 설명하는 걸 좋아하니 풀어서 설명하지. 데이빗이라는 말이 나온 건 부인이 남편을 비난하다가 나온 말이야."

"비난하다가 나온 말이 데이빗이라고?"

"성경에 나오는 데이빗[14]을 빗대어 한 말일 거야. 데이빗 왕도 실수를 할 때가 있지 않았나. 바클리 대령이 한 것과 똑같은 짓을 다윗 왕도 한 적이 있었지. 자네도 다윗 왕이 우리아의 아내 밧세바를 취하고 싶어서 우리아를 일부러 전쟁터로 보내 죽게 한 성경 이야기를 기억하지? 내 성경 지식이 짧아서 정확하게 기억나지는 않지만, 아마 사무엘 전서인가 후서에 그 이야기가 나올 거야."

---

14) 구약 성경에 나오는 다윗 왕의 영어식 발음이 데이빗.

외로운 사이클리스트

1895년 4월 13일(토)~4월 20일(토)

The Solitary Cyclist

　1894년부터 1901년까지 셜록 홈즈는 매우 바쁜 나날을 보냈다. 이 8년 동안 홈즈는 여러 가지 대형 사건들을 맡아서 모두 큰 무리 없이 해결해 냈다. 그 밖에도 수백 건에 이르는 개인 의뢰 사건들이 홈즈의 손을 거쳐 갔다. 그중에는 매우 복잡하고 괴상한 사건들도 있었지만, 홈즈의 눈부신 활약 덕분에 대부분의 사건들이 의혹을 벗게 되었다. 이처럼 8년 동안 몇 가지 피할 수 없었던 실수를 제외하고 홈즈는 놀라울 정도의 많은 사건들을 해결했다. 나는 그 사건 기록들을 빠짐없이 정리해 두었다. 그중에는 내가 참여했던 사건들도 많기 때문에 독자들에게 들려 줄 사건을 고르기란 쉽지 않다. 그러나 나는 언제나 잔혹한 범죄를 다뤄서 독자들의 흥미를 끌어 내기보다는, 극적이고 교묘한 방식으로 해결된 사건들을 골라 소개한다는 원칙을 지켜 왔다.

외로운 사이클리스트

그런 의미에서 먼저 '외로운 사이클리스트'와 관련된 챌링턴의 바이올렛 스미스의 이야기와 우리의 수사 과정, 그리고 예기치 않았던 비극적인 결말에 관해 여러분에게 들려주고 싶다. 홈즈의 유명세에 크게 보탬이 된 건 아니지만, 이 사건에는 내가 글로 옮기기 위해 오랫동안 모아 온 사건 기록들과 구별되는 몇 가지 두드러진 특징들이 있다.

1895년의 사건일지를 살펴보니, 우리가 4월 23일 토요일에 바이올렛 스미스와 첫 대면을 한 걸로 기록되어 있다. 그 무렵 홈즈는 백만장자 담배 사업가 존 빈센트 하든을 괴롭히던 기묘한 사건을 해결하는 데 매달려 있었다. 그 문제가 상당히 어렵고 까다로웠기 때문에 홈즈는 바이올렛 스미스의 방문을 별로 달가워하지 않았다. 홈즈는 무엇보다 정확하게 일을 해결하고 생각에 완전히 집중하는 것을 중요하게 여겼기 때문에 무언가가 주의를 흩뜨려 놓으면 몹시 짜증스러워했다. 하지만 천성이 매정하지 못해서 이 아름답고 키가 크며 여왕 같은 품위가 흐르는 젊은 여성의 청을 거절하기란 사실 불가능했다.

그녀는 늦은 저녁 시간에 베이커 가에 있는 홈즈의 집으로 찾아와 도움을 요청했다. 그는 해결해야 할 사건이 산더미처럼 쌓여서 좀처럼 시간을 낼 수 없었지만, 그녀는 홈즈에게 자신의 애기를 꼭 들려주겠다고 단단히 결심을 하고 온 모양이었다. 그녀는 홈즈를 만날 때까지 한 발짝도 움직이지 않을 태세로 서서 기다리고 있었다. 마침내 홈즈가 체념한 듯이 다소 피곤한 미소를 띠며 그녀에게 자리를 권한 뒤, 무슨 문제 때문에 우리를 찾아왔는지 물었다.

"최소한 건강상의 문제는 아니겠군요." 홈즈가 날카로운 시선으로 그녀를 보며 말했다. "그렇게 열심히 자전거를 타려면 많은 힘이 필요할 테니까요."

그녀는 놀라서 엉겁결에 자신의 신발을 내려다보았다. 페달 모서리에 긁혀서 그런지 신발 밑창 한쪽이 약간 닳아 있었다.

"네, 저는 자전거를 많이 타는 편이에요. 그리고 오늘 당신을 찾아오게 된 것도 자전거와 어느 정도 관계가 있어요."

그러자 홈즈는 갑자기 그녀의 손을 잡더니 마치 과학자가 표본을 살피듯이 자세히 들여다보았다.

"미안합니다. 제 직업의 성격상 저도 모르게 실례를 했군요." 홈즈가 그녀의 손을 내려놓으며 말했다. "저는 당신을 타이피스트라고 생각했습니다. 하지만 제 생각이 틀린 것 같군요. 당신의 손은 분명 악기를 다루는 사람의 손입니다. 왓슨, 여기 손가락 끝이 납작해진 게 보이지? 이건 타이피스트와 음악가에게 공통적으로 나타나는 현상이야. 그런데 아가씨 얼굴에는 음악적 감

성이 풍부하군요."

그녀가 불빛 쪽으로 천천히 고개를 돌렸다.

"타이피스트에게서는 그런 감성을 찾아볼 수 없습니다. 그래서 저는 당신을 음악가라고 생각하는데 어떻습니까?"

"홈즈 씨, 당신 말이 맞아요. 저는 음악을 가르치고 있어요."

"혈색이 건강한 걸 보니 시골에서 사는군요."

"네. 서리 주 변두리에 있는 파넘 근처에 살고 있어요."

"아름다운 고장이지요. 개인적으로는 재미있는 기억이 많은 곳이랍니다. 왓슨, 그 근처에서 위조범 아치 스탬포드를 잡았던 일 기억하지? 그런데 바이올렛 양, 파넘에서 무슨 일이 있었던 겁니까?"

그러자 그녀는 매우 또렷한 말투와 침착한 태도로 다음과 같은 이야기를 했다.

"저의 아버지 성함은 제임스 스미스로 오래 전에 돌아가셨어요. 한때는 오래된 왕실 극장의 오케스트라 지휘자셨죠. 아버지가 돌아가시자 어머니와 저는 의지할 친척 하나 없는 외로운 처지가 되었습니다. 랠프 스미스라는 삼촌이 한 분 계시는데, 그분마저도 25년에 아프리카로 떠나셔서는 지금까지 소식을 알 길이 없어요. 아버지가 돌아가셨을 때 저희는 몹시 가난했어요. 그런데 어느 날 〈타임스〉에 어머니와 저의 행방을 찾는 광고가 실렸다는 얘길 들었어요. 누군가 우리에게 유산을 남겼을지도 모른다는 생각에 어머니와 저는 큰 기대감에 부풀었지요. 그래서 광고를 낸 변호사를 찾아갔습니다. 그곳에서 우리는 아프리카에서 귀국했다는 캐러더스 씨와 우들리 씨를 만났어요. 그분들은 삼촌의 친구라고 소개하면서 삼촌이 몇 달 전에 요하네스버그에서 돌아가셨다는 소식을 전해 주었어요. 빈털터리였던 삼촌은 우리들을 찾아서 돌봐 주라는 유언을 남기고 돌아가셨다고 했습니다. 살아생전에 한 번도 우리를 찾지 않았던 삼촌께서 죽는 순간에 왜 갑자기 그런 부탁을 했는지 처음에는 이해하기 어렵더군요. 캐러더스 씨는 삼촌이 아버지의 사망소식을 듣고는 어머니와 저를 돌봐야 할 책임을 느꼈다고 했어요."

"잠깐, 그 사람들을 만난 게 언제였습니까?"

"작년 12월이었어요. 그러니까 넉 달 전이죠."

"알겠습니다. 계속하세요."

"우들리 씨는 아주 기분 나쁘게 생긴 사람이었어요. 천박하고 자만심에 찬 표정에 붉은 콧수염을 기르고, 머리는 이마 양쪽으로 기름을 잔뜩 발라 넘겼더군요. 그는 계속 저를 쳐다봤는데, 제가 그런 사람을 알게 된다면 시릴이 몹시 싫어할 거라는 생각이 들었어요."

"시릴은 아가씨의 애인인가요?" 홈즈가 부드럽게 웃으며 말했다.

"네. 시릴 모튼은 전기기사예요. 우리는 올 여름에 결혼할 계획이랍니다. 어머나, 어쩌다가 시릴 얘기를 하게 됐죠? 아무튼 제가 하고 싶은 말은 우들리 씨가 아주 불쾌한 사람이라는 거예요. 하지만 우들리 씨보다 나이가 더 많은 캐러더스 씨는 괜찮은 분이었죠. 피부가 검고 혈색이 좋지 않았지만 깔끔하게 면도를 해서 말쑥해 보였어요. 수다스럽지 않고 예의도 바르며 유쾌한 분이었죠.

그는 아버지가 어떻게 돌아가셨는지 물었고, 우리가 매우 가난하다는 사실을 알고는 열 살 된 자기 딸에게 피아노를 가르쳐 주면 어떻겠냐고 했어요. 제가 어머니를 혼자 남겨 둘 수 없다고 말하자, 그는 매주 토요일마다 집으로 보내 어머니를 만나게 해 주겠다는 조건과 함께 1년에 100파운드씩 지급하겠다고 제안했어요. 정말 더할 나위 없이 좋은 조건이지요.

저는 그의 제안을 받아들였고, 파넘에서 6마일 떨어진 칠턴 농장으로 가게 되었습니다. 캐러더스 씨는 독신이었기 때문에 나이 든 가정부가 집안일을 돌보고 있었어요. 모두들 그녀를 딕슨 부인이라고 불렀는데 아주 공손한 분이셨죠. 아이는 귀엽고 수업에도 열심이었어요. 캐러더스 씨는 매우 친절하게 대해 주셨고, 저처럼 음악을 좋아했기 때문에 서로 부딪치는 일 없이 아주 즐겁게 지냈답니다. 그리고 저는 토요일마다 어머니를 만나러 파넘에 갔어요.

하지만 우들리 씨가 나타나면서 저의 즐거움도 사라졌죠. 그는 캐러더스 씨 집에서 1주일 동안 묵었는데, 제게는 그 기간이 마치 석 달처럼 느껴졌어요. 그는 몹시 불쾌하고 남들에게 혐오감을 주는 사람이었어요. 저는 그가 너무도 싫었어요. 그 사람은 재산을 자랑하면서 자기와 결혼하면 런던에서 가장 좋은 다이아몬드를 사 주겠다고 했어요. 제가 계속 그 말을 무시하자 어느 날 저녁 식사를 마치고 나오는 저를 붙잡고는 키스해 주지 않으면 놓아주지 않겠다고 위협했어요. 너무 세게 붙잡는 바람에 도저히 빠져 나올 수 없었죠. 그때 마침 캐러더스 씨가 들어와서 그를 강제로 떼어 놓았어요. 화가 난 우들리 씨는 캐러더스 씨에게 덤벼들어 때려눕히고는 얼굴에 상처까지 냈답니다. 그 일로 우들리 씨는 돌아가게 됐지요. 다음 날 캐러더스 씨는 저에게 사과하면서 다시는 그런 모욕을 당하는 일이 없을 거라고 말했어요. 그날 이후로 우들리 씨는 다시 찾아오지 않았지요.

홈즈 씨, 지금부터 제가 당신을 찾아와 조언을 구하게 된 이유를 말씀드릴게요. 저는 매주 토요일 아침에 자전거를 타고 파넘 역까지 갑니다. 그래야 집으로 가는 12시 22분 기차를 탈 수 있거든요. 칠턴 농장에서 역까지 가는 길은 인적이 드물어요. 특히 챌링턴 황야와 챌링턴 저택이 자리 잡은 숲 사이에 1마일쯤 이어져 있는 길은 더욱 그렇답니다. 너무도 한적해서 크룩스베리 힐 근처에 있는 큰길로 나오기 전까지는 길에서 마차나 농부를 보는 일이 거의 없어요. 2주 전에 그곳을 지나가다가 우연히 뒤를 돌아보았어요. 그런데 200야드쯤 떨어진 곳에서 한 남자가 자전거를 타고 따라오고 있지 뭐예요. 중년남자였는데 짧은 검은색 턱수염을 기르고 있었어요. 파넘 역에 도착하기 전에 한 번 더 뒤를 돌아보았는데, 어디로 갔는지 남자는 보이지 않더군요.

저는 대수롭지 않게 생각하고 곧 잊었어요. 그런데 월요일에 그 길을 따라 되돌아가다가 같은 장소에서 그 남자를 또 만났어요. 놀라움은 거기서 끝나지 않았답니다. 그 다음 주 토요일과 월요일에도 그 남자는 같은 장소에서 자전거를 타고 저를 뒤따라왔어요. 그 남자는 언제나 일정한 거리를 두고 따라왔지만, 저에게 해를 끼칠 생각은 없어 보였어요. 어쨌든 매우 이상한 일이었죠. 캐러더스 씨에게 그 일을 말했더니, 말과 마차를 준비해 줄 테니

앞으로 그 길을 지나갈 때는 절대 혼자서 가지 말라고 당부하더군요.

말과 마차는 이번 주부터 올 예정이었는데, 이런저런 이유로 도착이 늦어져서 결국 저는 전처럼 자전거를 타고 파넘 역까지 가야 했어요. 그게 바로 오늘 아침의 일이었죠. 챌링턴 황야에 들어섰을 때 뒤를 돌아보았더니 아니나다를까 그 남자가 제 뒤를 또 따라오고 있었어요. 그 남자와의 거리가 꽤 멀었기 때문에 얼굴을 알아 볼 수는 없었지만 모르는 사람이 분명했어요. 어두운 색 양복을 입고 모자를 쓰고 있었어요. 얼굴에서 또렷이 보이는 부분은 검은 턱수염뿐이었어요. 오늘은 별로 놀라지 않았고, 오히려 호기심이 생겨서 그가 누구인지 왜 저를 쫓아오는지 물어 보기로 마음먹었지요. 제가 속력을 늦추면 그 남자도 페달을 천천히 밟고, 제가 갑자기 멈추면 따라서 멈추더군요. 그래서 다른 방법을 쓰기로 했어요. 저는 급한 커브 길에서 속력을 내어 달리다가 모퉁이를 돌자마자 자전거를 멈추고 그 남자를 기다렸습니다. 저는 그가 모퉁이에서 튀어나와 속력 때문에 멈추지 못하고 제 옆을 지나칠 거라고 생각했어요. 하지만 남자는 끝내 나타나지 않았어요. 저는 모퉁이 근처로 되돌아갔습니다. 그곳에서는 길 저편 1마일까지 내다볼 수 있는데 남자는 온데간데없었어요. 놀라운 건 샛길 하나 없는 곳에서 도대체 어디로 사라졌느야 하는 거였죠."

홈즈는 손바닥을 비비며 재미있다는 듯이 싱글거렸다.

"단순한 일이 아닌 것 같군요. 모퉁이를 돌고 나서 남자가 사라졌다는 걸 발견할 때까지 시간이 얼마나 걸렸죠?"

"2, 3분 정도였어요."

"그렇다면 오던 길로 도망가지는 않았을 겁니다. 샛길 같은 건 전혀 없다고 했지요?"

"네."

"그러면 길 양쪽에 있는 숲 어딘가에 숨었겠군요."

"한쪽은 황야라 숨을 곳이 없어요. 만약 그쪽에 숨었다면 제 눈에 보였겠죠."

"맞습니다. 황야에는 숨을 곳이 없으니까 길 옆에 있는 챌링턴 저택 쪽으로 갔겠지요. 그 밖에 다른 일은 없었나요?"

"그게 전부예요. 홈즈 씨, 저는 너무 당황해서 당신을 만나 조언을 구해야만 마음을 놓을 수 있을 듯싶었어요."

홈즈는 아무 말 없이 한동안 생각에 잠겼다.

"약혼자는 지금 어디에 있습니까?"

"코벤트리에 있는 미들랜드 전기 회사에서 일하고 있어요."

"만약 약혼자였다면 그런 식으로 나타나서 놀라게 하지는 않았겠죠?"

"홈즈 씨, 제 약혼자는 그럴 사람이 아니에요."

"전에 당신에게 청혼했던 사람들이 있었습니까?"

"시릴을 알기 전에 몇 명 있었어요."

"지금은 어떤가요?"

"그 기분 나쁜 우들리 씨뿐이에요. 저를 좋아하는 사람이라고 여겨야 할지 모르겠지만요."

"다른 사람은 없습니까?"

홈즈의 질문에 그녀는 약간 난처한 표정을 지었다.

"그 사람이 누구죠?"

"그냥 제 추측일 뿐이지만 가끔 캐러더스 씨가 제게 지나칠 정도로 관심을 보이더군요. 그분도 제가 눈치채고 있다는 걸 아는 듯해요. 저녁마다 반주를 하며 함께 노래를 부르지만, 제게 관심이 있다는 말은 한 번도 하지 않았어요. 그분은 정말 예의 바른 분이니까요. 하지만 여자에게는 직감이라는 게 있어서 말하지 않아도 느낄 수 있죠."

"그랬군요. 캐러더스 씨는 뭐 하는 분입니까?" 홈즈가 심각한 표정으로 물었다.

"재산이 많은 분이에요."

"그런데 마차나 말이 없다는 말입니까?"

"네. 하지만 꽤 부자라고 들었어요. 1주일에 두세 번 시내에 나가시죠. 남아프리카 금광 주식에 큰 관심을 갖고 계시거든요."

"새로운 일이 생기면 저에게 알려 주시겠습니까? 지금 매우 바쁘지만, 이 사건을 조사할 수 있도록 시간을 내 보겠습니다. 그동안 무슨 일이 있으면 단독으로 행동하지 말고 제게 미리 알려 주세요. 그럼, 조심해서 가세요. 조만간 좋은 소식을 알려 주시기 바랍니다."

바이올렛 양이 돌아 간 후에 홈즈가 파이프에 불을 붙이며 말했다.

"저런 미인에게 청혼자가 줄을 잇는다는 건 당연하지. 한적한 시골길을 자전거로 쫓아오다니 말없이 그녀를 짝사랑하는 사람일 거야. 그런데 왓슨, 사랑 때문에 그런 일을 벌였다고 하기에는 좀 이상한 구석이 있지 않나?"

"왜 같은 지점에서만 나타날까?"

"맞아. 우선 챌링턴 저택에 누가 사는지 알아보고 캐러더스와 우들리가 어떤 사이인지 조사해 봐야겠어. 두 사람이 너무 다른 것 같지 않나? 어째서 둘 다 랠프 스미스의 친척을 그렇게 열심히 찾았을까? 의심스러운 점은 그뿐만이 아니야. 가정교사에게 보통의 두 배가 넘는 급여를 주면서 마차가 없다는 게 이상하지 않나? 역에서 6마일이나 떨어진 곳에 살면서 정말 이상해, 왓슨."

"그곳에 가 볼 생각인가?"

"아니. 이번에는 자네 혼자 다녀 와. 누가 유치한 계획을 꾸미는 걸지도 모르니까. 나는 중요한 일이 많아서 시간을 낼 수 없어. 월요일 아침 일찍 파넘으로 가게. 그리고 챌링턴 황야 근처에 숨어서 그 남자가 나타나는지 잘 지켜봐. 어떻게 행동해야 하는지는 자네 판단에 맡기겠어. 그러고 나서 챌링턴 저택에 누가 사는지 조사해서 내게 알려주면 돼. 왓슨, 사건을 해결할 만한 확실한 단서를 찾기 전까지는 섣부르게 판단하지 않도록 해."

바이올렛 스미스가 월요일에 워털루 역에서 9시 50분에 출발하는 기차로 돌아가겠다고 했으므로 나는 조금 일찍 서둘러서 9시 13분 기차를 탔다. 파넘 역에서 챌링턴 황야를 찾아가는 건 어렵지 않았다. 바이올렛이 말했던 장소는 금방 눈에 띄었는데 한쪽에 황야가 펼쳐져 있고 다른 한쪽에는 키 큰 나무들이 흩어져 있는 정원을 오래된 나무 울타리가 둘러싸고 있었다. 길가에 이끼 낀 돌문이 있고, 양쪽 기둥 위에는 틀을 짜서 만든 집안의 문장이 놓여 있었다. 마차가 들어갈 수 있는 가운데 문 말고도 울타리에 군데군데 뚫린 곳이 있어서 그곳으로 사람들이 드나드는 듯했다. 길가에서는 챌링턴 저택이 보이지 않았지만, 저택 주변은 몹시 어둡고 대부분이 허물어져 가고 있었다. 황야에는 가시금작화 꽃들이 만발해서 밝은 봄 햇살 아래 아름답게 빛나고 있었다.

나는 저택 출입구와 그 양쪽으로 이어져 있는 길을 한눈에 볼 수 있는 곳을 찾아서 제일 가까운 가시덤불 뒤에 몸을 숨겼다. 그때까지만 해도 길에는 아무도 없었는데, 숨어서 기다린 지 얼마 되지 않아 내가 왔던 길 맞은편에서 한 남자가 자전거를 타고 나타났다. 그는 어두운 색 양복 차림에 검은 턱수염을 기르고 있었다. 챌링턴 저택에 다다르자 그는 자전거에서 내려 울타리 틈새로 들어가더니 곧 사라졌다.

　15분쯤 지나자 두 번째 자전거가 나타났다. 이번에는 역에서 돌아오는 바이올렛 스미스의 자전거였다. 그녀는 챌링턴 저택 울타리 근처에 이르자 무언가를 찾는 것처럼 두리번거리며 지나갔다. 잠시 후 울타리 안에서 남자가 나오더니 자전거를 타고 그녀를 쫓아가기 시작했다. 멀리서 보니 작은 점 두 개가 달려가는 것처럼 보였다. 바이올렛은 품위 있는 태도로 허리를 똑바로 펴고 자전거를 타는 반면, 뒤에 있는 남자는 이상하게도 남의 눈을 피하려는 사람처럼 손잡이 위로 몸을 바짝 구부리고 있었다. 그녀는 뒤를 돌아보더니 속도를 늦췄다. 그러자 그도 자전거를 천천히 몰기 시작했다. 그녀가 자전거를 세우자 그도 곧바로 멈춰섰다. 둘 사이의 거리는 200야드쯤 떨어져 있었다. 그 순간 어디서 그런 용기가 났는지 바이올렛이 재빠르게 자전거를 돌려서 그 남자를 향해 돌진하기 시작했다. 하지만 그 남자도 바이올렛

못지않게 날쌘 동작으로 자전거를 급히 돌려서 전속력으로 도망갔다. 이윽고 바이올렛이 돌아오는 모습이 보였다. 그녀는 조용히 뒤를 따라오는 남자에게 더 이상 관심을 두지 않겠다는 듯 도도하게 고개를 치켜들고 있었다. 그 남자도 다시 자전거를 돌려 일정한 거리를 두고 달리기 시작했다. 잠시 후 두 사람의 모습은 길모퉁이를 돌아 사라졌다.

나는 가시덤불 속에서 조금 더 기다려 보기로 했다. 그러자 곧 남자가 천천히 페달을 밟으며 돌아오는 모습이 보였다. 그는 저택 정문 앞에서 자전거를 세우고는 넥타이를 매만지느라 몇 분 동안 나무 사이에 서 있었다. 그리고는 다시 자전거에 올라 저택 안으로 이어지는 길을 따라 사라졌다. 나는 가시덤불 사이를 가로질러 뛰어가 나무 사이로 저택을 보았다. 멀리 굴뚝이 우뚝 솟은 오래된 회색 건물이 희미하게 보였다. 하지만 저택 안으로 이어진 차도에는 관목이 자라고 있어서 남자의 모습은 더 이상 보이지 않았다.

나는 상당한 성과를 얻었다는 생각에 의기양양해져서 파넘 역까지 걸어서 갔다. 그 지역 부동산업자는 챌링턴 저택에 대해 아는 바가 없다며 팰맬에 있는 유명한 회사를 알려 주었다. 나는 집에 돌아오는 길에 그 회사에 들러서 중개업자를 만났다.

"올 여름에 세를 내고 싶으신 건가요? 그렇다면 너무 늦었습니다. 그 저택은 한 달 전에 이미 계약이 끝났습니다."

"계약한 사람이 누군지 알 수 있을까요?"

"윌리엄슨 씨입니다. 정중한 중년 신사분이죠. 하지만 더 이상은 말씀 드리기 곤란합니다. 고객에 관한 사항을 함부로 알려 드려선 안 되니까요." 그는 예의 바른 태도로 그 이상의 답변을 거절했다.

그날 저녁, 나는 홈즈에게 낮에 있었던 일들을 전부 보고했다. 홈즈는 내 얘기가 끝날 때까지 진지한 표정으로 들었다. 하지만 내가 기대했던 칭찬은 들을 수 없었다. 그 대신 홈즈는 평소보다 더 심각한 표정으로 내가 어떤 실수를 했는지 하나하나 지적했다.

"왓슨, 자네는 숨을 장소를 잘못 택한 것 같아. 울타리에 숨었다면 그 사람을 더 자세히 볼 수 있었을 거야. 그런데 몇백 야드 떨어진 곳에서 본 걸 얘기하고 있으니 스미스 양의 진술과 다를 바가 없잖아. 그녀는 그 남자를 모른다고 했어. 나는 그녀의 말이 사실이라고 생각해. 그런데 왜 그 남자는 바이올렛이 자기의 얼굴을 볼 수 있을 만큼 가까이 오는 것을 그토록 두려워하는 걸까? 그 사람이 자전거 손잡이 위로 몸을 숙이고 있었다고 했지? 그건 얼굴을 보이고 싶지 않다는 뜻이야. 왓슨, 자네는 정말 큰 실수를 했어. 그가 저택 안으로 사라졌고, 자네는 그가 누군지 알아내고 싶었겠지. 아무리 그래도 런던 부동산 중개업자를 찾아가면 어떻게 하나!"

"그럼 어떻게 했어야 옳았다는 말인가?" 나는 약간 흥분해서 언성을 높이며 물었다.

"가장 가까운 술집으로 갔었어야지. 그런 곳에서는 소문을 들을 수 있으니까. 몇 분만 앉아 있으면 집주인 이름부터 주방에 있는 하녀 이름까지 전부 알아낼 수 있는데 말이야. 저택 주인이 윌리엄슨이라고 했지? 들어 본 적이 없는 이름이군. 중년 남자라면 젊은 여자의 자전거 추격을 따돌릴 만큼 빠른 속력으로 도망갈 수 없었겠지. 자네가 수고한 것에 비해 얻은 건 별로 없어. 그녀 말이 사실이었다는 것만 확인한 셈이지. 그녀의 말이 사실이라는 것과 그 남자와 챌링턴 저택 사이에 어떤 연관성이 있다는 건 나도 이미 알아. 그 점에 대해선 전혀 의심하지 않아. 그래, 윌리엄슨이 그 저택을 샀다고 했지? 하지만 그게 어떻다는 건가? 이런, 왓슨, 너무 침울해하지 마. 다음 토요일에는 조금 더 새로운 사실을 알아낼 수 있을 거야. 그동안 나는 할 일이 좀 있어."

다음 날 우리는 바이올렛 양이 보낸 편지를 받았다. 그녀는 내가 보았던 일들을 간략하고 정확하게 묘사해 놓았다. 그러나 정작 중요한 내용은 추신 란에 적혀 있었다.

홈즈 씨, 제 비밀을 지켜 주실 거라 믿고 말씀드립니다. 더 이상 이 집에 있기가 어려울 것 같습니다. 캐러더스 씨가 제게 청혼했어요. 저는 그의 감정이 정말 진실하고 확고하다는 것을 알고 있습니다. 하지만 청혼을 받고 바로 거절했어요. 그는 제 거절을 매우 심각하게 받아들였지만 점잖은 태도를 잃지 않았어요. 하지만 저는 이런 상황을 견디기 어렵습니다.

"그녀는 점점 더 곤란한 상황으로 빠져들고 있군." 홈즈는 편지를 읽고 나더니 생각에 잠긴 채 말했다. "처음에 생각했던 것보다 더 흥미롭고 복잡한 사건이야. 하지만 런던을 벗어나 조용하고 평온한 시골에 가 보는 것도 괜찮을 듯싶군. 오늘 오후에 내려가서 내 추리가 맞는지 확인하고 오겠네."

시골에서 조용히 하루를 보내고 싶다던 홈즈는 그날 밤 뜻밖의 일을 당하고 돌아왔다. 홈즈는 입술이 찢어지고 이마에 보랏빛 혹이 돋은 채로 밤늦게 하숙집에 도착했다. 하지만 얼굴에는 유쾌한 기운이 감돌고 있었다. 그는 자신이 겪은 일이 우스운지 내게 얘기를 하면서 배를 잡고 웃었다.

"나는 과격한 운동을 거의 안 해서 그런지 이런 일이 있으면 참 재미있어. 자네도 알다시피 내 권투 솜씨는 봐 줄만 하지 않나. 오늘 같은 날에는 정말 큰 도움이 되지. 권투를 배우지 않았다면 큰 낭패를 당했을 거야."

나는 너무도 궁금해서 무슨 일이 있었는지 얘기해 달라고 재촉했다.

"자네에게 말했던 대로 근처에 있는 술집을 찾아갔었네. 수상하게 보일까 봐 매우 신중하게 행동했지. 카운터 앞에 앉았더니 수다스러운 주인이 알고 싶은 얘기를 전부 들려주더군. 윌리엄슨은 하얗게 센 턱수염을 기르고 있는 자로, 하인 몇 명을 데리고 산다는군. 소문에는 그가 목사라는 얘기도 있고 지금은 아니라는 얘기도 있다고 했어. 그런데 그가 챌링턴 저택에 이사 오고 나서 몇 가지 사건이 있었다는 얘기를 듣고 나자 그가 목사가 아닐 거라는 생각이 들더군. 그래서 성직자 사무소에 알아 봤더니 그런 이름을 가진 목사는 없다고 했네. 그의 과거 경력도 전혀 찾을 수 없었어. 그리고 술집 주인이 저택에 주말마다 사람들이 찾아온다고 알려주더군.

'모두 기분 나쁜 사람들이죠. 특히 붉은 콧수염을 기른 자는 인상이 아주 안 좋아요. 우들리라는 작자인데 매일 저택에 드나든답니다.'

우리가 여기까지 얘기했을 때 갑자기 한 남자가 다가왔네. 그는 술을 마시면서 우리가 하는 얘기를 전부 들은 모양이었어.

'당신 누구야? 뭘 원하는 거지? 왜 그런 걸 묻지?'

확실히 부드러운 말투는 아니었어. 그러더니 비겁하게도 갑자기 주먹을 날리더군. 피할 사이도 없이 완전히 한방 맞고 말았네. 그 다음 몇 분간은 아주 재미있는 장면이 펼쳐졌지. 나는 그 건달 같은 놈을 왼손으로 세게 쳤지. 그것으로 싸움은 끝났어. 우들리는 마차에 실려 집으로 돌아갔고 나도 그길로 돌아온 거

야. 재미있는 여행이었지. 하지만 한 가지 고백할 게 있어. 나 역시 자네처럼 별 소득 없이 돌아왔네."

목요일에 우리는 또 한 통의 편지를 받았다.

홈즈 씨, 제가 캐러더스 씨 댁을 떠난다고 해도 놀라지 않으시겠죠. 아무리 보수가 많아도 이런 불편을 감수하면서까지 여기에 있을 수는 없어요. 이번 주 토요일에 집에 가서 다시는 돌아오지 않을 작정입니다. 캐러더스 씨가 길이 위험하다고 마차를 준비해 주셨기 때문에 이제는 그 남자를 두려워하지 않아도 된답니다.

제가 이 집을 떠나는 이유는 단지 캐러더스 씨와의 불편한 관계 때문만은 아니에요. 그 기분 나쁜 우들리 씨가 다시 나타났기 때문이기도 합니다. 그를 볼 때마다 소름이 끼쳐요. 무슨 사고라도 당했는지 볼썽사나운 모습을 하고 있어서 전보다 더 무서워 보이더군요. 창밖으로 그가 오는 것을 봤지만 다행히 저와 마주치지는 않았어요. 그는 캐러더스 씨와 한참 얘기를 나누고 돌아갔는데 캐러더스 씨의 표정이 몹시 불안해 보였어요. 우들리 씨는 이 근처에 묵고 있는 듯합니다. 오늘 아침에 관목숲 사이에서 돌아다니는 걸 보았거든요. 정말 사나운 동물이라도 풀어놔야 마음이 놓일 것 같아요. 제가 그를 얼마나 끔찍하게 싫어하고 무서워하는지 아시겠죠? 캐러더스 씨는 어떻게 그런 사람과 어울릴 수 있는지 모르겠어요. 하지만 이번 토요일만 지나면 모든 문제에서 벗어

날 수 있겠지요.

"왓슨, 내 생각이 맞는 것 같아." 홈즈가 진지한 얼굴로 말했다. "이 여자 주변에 깊은 음모가 도사리고 있어. 토요일에 그녀가 마지막으로 그 길을 통과할 때 아무도 그녀를 해치지 못하도록 보호해야 해. 토요일에 나와 함께 내려가세. 분명 사건을 해결할 수 있을 거야."

솔직히 나는 이때까지 이 사건을 심각하게 생각하지 않았다. 위험하기보다는 우스꽝스럽고 기괴한 일처럼 보였기 때문이다. 한 남자가 숨어 있다가 아름다운 여자의 뒤를 쫓아가는 것은 이상한 일이 아니다. 그는 용기가 없어 말을 걸지도 못했고 그녀가 다가가자 심지어 도망치기까지 했다. 그는 바이올렛 양을 공격할 만큼 무서운 사람은 아닌 듯싶었다. 악당 같은 우들리는 좀 다르긴 하지만, 그녀를 괴롭힌 건 딱 한 번뿐이고 캐러더스 씨 집에 왔을 때도 그녀에게 아무런 피해를 주지 않고 돌아갔다. 자전거를 탄 남자는 주말마다 챌링턴 저택을 찾는다는 패거리 중의 한 사람이 분명했다. 하지만 그가 누구인지, 그녀에게 뭘 원하는지는 아직 알 수 없었다. 그러나 출발하기 전에 홈즈가 심각한 표정으로 권총을 손질하는 모습을 보았을 때 이 괴상한 일들 너머에 어떤 비극이 도사리고 있다는 생각이 서서히 마음을 내리누르기 시작했다.

간밤에 비가 내려서 그런지 아침 공기가 더없이 상쾌했다. 관목으로 뒤덮인 시골길에는 가시금작화들이 햇빛에 반짝이며 일렁였다. 런던의 어둡고 칙칙한 회색 건물에 지쳐 있던 우리에게 시골풍경은 더할 나위 없이 아름답게 보였다. 홈즈와 나는 모래가 많은 널찍한 길을 따라 걸었다. 신선한 공기를 마시고 새들의 경쾌한 지저귐을 들으며 봄기운을 한껏 느꼈다. 크룩스베리 힐에 다다르자 오래된 떡갈나무 사이로 음침한 분위기의 챌링턴 저택이 보였다. 저택은 주변을 둘러싼 떡갈나무보다 더 오래된 듯했다. 홈즈는 갈색 황야와 이제 막 움트기 시작한 숲 사이로 길고 구불구불하게 이어진 길을 가리켰다. 길은 불그스레한 노란빛을 띠고 있었다. 멀리서 조그만 점 하나가 나타나더니 우리 쪽으로 달려오는 것이 보였다. 홈즈가 다급하게 소리쳤다.

"계산에 따르면 30분쯤 여유가 있어야 하는데! 만약 스미스가 탄 마차라면 그녀는 평소보다 일찍 기차를 타러 나온 게 분명해. 왓슨, 우리가 도착하기 전에 그녀가 먼저 챌링턴 저택을 지나갈 거 같아."

언덕을 넘어섰을 때 마차는 보이지 않았다. 나는 늘 앉아만 있어서 그런지 좀처럼 빨리 달릴 수 없었다. 반면 운동으로 단련된 홈즈는 전혀 힘들어하지 않았고, 어느새 나는 홈즈보다 뒤처지게 되었다. 나보다 200야드 정도 앞서서 마치 용수철처럼 튀어 달려가던 그가 갑자기 걸음을 멈췄다. 그리고는 낭패와 안타까움이 뒤섞인 얼굴로 앞쪽을 가리켰다. 아까 보았던 마차가 길모퉁이를 돌아 우리 쪽으로 오고 있었다. 그런데 마차는 비어 있었고 말은 고삐를 땅에 질질 끌며 천천히 달리고 있었다.

"왓슨, 너무 늦었어. 너무 늦었다고!" 내가 숨을 헐떡거리며 달려가자 홈즈가 소리쳤다. "어리석게도 그녀가 더 일찍 기차를 타리란 생각을 못했어. 왓슨, 이건 유괴사건이야. 어쩌면 살인사건이 될지도 몰라. 무슨

외로운 사이클리스트

일이 일어날지 몰라. 길을 막고 마차를 세워. 좋아! 자, 마차에 타게. 실수를 했지만 어쨌든 빨리 수습을 해야지."

우리는 마차에 올랐다. 홈즈가 말을 돌려 채찍으로 내리치자 말은 왔던 길로 힘차게 달려나갔다. 모퉁이를 돌자 황야와 챌링턴 저택 사이로 이어진 길이 눈앞에 펼쳐졌다. 나는 홈즈의 팔을 꽉 잡으며 외쳤다.

"그 남자야!"

자전거를 탄 남자가 우리 쪽으로 달려오는 모습이 보였다. 그는 고개를 숙이고 있는 힘을 다해 자전거 페달을 밟으며 달리기 선수처럼 빠르게 달리고 있었다. 그런데 그가 갑자기 고개를 들더니 우리를 발견하고는 자전거를 세웠다. 창백해진 얼굴 때문에 검은 턱수염이 더욱 두드러져 보였다. 눈빛은 열병에 걸린 사람처럼 번뜩였다. 그는 마차와 우리를 번갈아 보면서 점점 놀라는 표정을 지었다.

"멈춰!" 그가 자전거를 끌어다가 길을 막으며 소리쳤다. "이 마차 어디에서 난 거요? 이봐, 세우라고 했잖소!" 그가 허리춤에서 권총을 꺼내며 외쳤다. "멈춰! 그렇지 않으면 말에게 총을 쏘겠소."

그러자 홈즈는 고삐를 잡아당기고 마차에서 뛰어내렸다.

"우리가 찾던 사람이군. 바이올렛 스미스는 어디 있소?" 홈즈는 빠르고 분명한 말투로 물었다.

"그건 내가 물어 보고 싶은 말이오. 당신이 그녀의 마차를 끌고 왔잖소. 대체 그녀는 어디에 있는 거요?"

"길에서 이 이륜마차를 보았소. 하지만 마차 안에는 아무도 없었소. 우리는 그 아가씨를 구하러 가는 길이오."

'아, 이럴 수가! 이제 어떻게 해야 한단 말인가!" 남자는 절망적인 목소리로 외쳤다. "그들이 바이올렛을 잡아간 거요. 그 비열한 우들리와 불량배 같은 놈이 그녀를 데리고 있을 거요. 자, 어서 따라오시오. 당신들이 정말 바이올렛의 친구라면 나를 도와야 해요. 내가 챌링턴 숲의 싸늘한 시체가 된다 할지라도 그녀를 꼭 구하겠소."

그는 권총을 들고 울타리 틈새로 미친 듯이 달려갔다. 홈즈가 그의 뒤를 따랐고 나도 길가에 말을 남겨 두고 그들을 쫓아갔다.

"그들은 이 길로 지나갔소." 그가 진흙길 위에 흩어진 발자국들을 가리키며 말했다.

"잠깐, 멈춰요! 덤불 속에 누가 있어요!"

가죽 끈과 각반을 찬 마부 행색의 열일곱 살쯤 되어 보이는 소년이 무릎을 구부린 채 쓰러져 있었다. 머리에 심한 부상을 입었고 의식이 없는 상태였지만 숨을 쉬고 있었다. 상처를 대충 살펴보니 뼈에는 손상이 없는 듯했다.

"마부 피터예요." 그가 안타깝게 소리쳤다. "이 애가 마차를 몰았어요. 그 잔인한 놈들이 이 아이를 끌어내려서 마구 때린 겁니다. 생명에는 지장이 없는 것 같으니 일단 여기에 두고 갑시다. 지금으로선 별 도리가 없어요. 바이올렛에게 무슨 일이 생기기 전에 어서 구해야 해요!"

우리는 나무 사이로 구불구불하게 난 길을 따라 정신없이 달려 내려갔다. 저택을 둘러싼 관목숲에 이르자 홈즈가 멈춰 섰다.

"집으로 가지는 않았을 겁니다. 여기 월계수 덤불 왼쪽에 발자국이 있소. 이쪽이오."

그때 앞쪽에 있는 무성한 덤불숲 사이에서 여자의 날카로운 비명 소리가 들려왔다. 목소리는 두려움으로 떨리고 있었다. 그러더니 갑자기 뭔가로 입을 틀어막은 것처럼 비명 소리가 중간에 뚝 끊겨 버렸다.

"이쪽이오! 그들은 볼링장에 있소!" 남자가 덤불 속으로 뛰어들면서 외쳤다.

"이, 비열한 놈들! 자, 나를 따라오시오! 너무 늦었을지도 몰라요!"

달려가던 우리의 눈앞에 갑자기 오래된 나무로 둘러싸인 아름다운 잔디밭이 나타났다. 잔디밭 한쪽에 있는 커다란 떡갈나무 아래에 세 사람의 모습이 보였다. 바이올렛 스미스의 입에는 손수건이 둘러져 있었는데 의식을 잃었는지 축 늘어진 채 움직이지 않았다. 그녀의 반대편에는 냉혹하고 잔인해 보이는 얼굴에 붉은 콧수염을 기른 젊은 남자가 서 있었다. 각반을 찬 다리를 넓게 벌린 채, 한 손은 허리에 대고 한 손에는 채찍을 들고 있는 폼이 영락없이 승리를 확신하고 우쭐거리는 악당처럼 보였다. 그 둘 사이에는 회색 수염을 기른 중년 남자가 양복 위에 흰 가운을 입고 서 있었다. 우리가 도착했을 때 그는 기도서를 주머니에 집어넣고 축하의 의미로 그 사악한 신랑의 등을 가볍게 두드리고 있었다. 지금 막 결혼식을 마친 모양이었다.

"늦었어! 벌써 결혼식이 끝났어!" 나는 숨을 헐떡이며 외쳤다.

"어서 따라와요!" 남자는 잔디밭을 가로질러 뛰어갔다. 홈즈와 나도 그를 따라 뛰었다. 우리가 가까이 다가갔을 때 바이올렛 스미스는 나무에 기댄 채 비틀거리고 있었다. 한때 목사였다는 윌리엄슨은 조롱하는 몸짓으로 우리에게 고개를 숙이며 인사했다. 우들리는 무자비한 목소리로 소리치면서 한 걸음 다가오더니 거만한 태도로 웃어 댔다.

"밥, 턱수염은 이제 그만 떼어 버리지. 나는 네가 누군지 잘 알고 있으니 말이야. 마침 적당한 때에 나타났군 그래. 자네와 친구들에게 우들리 부인을 소개하지."

우리와 함께 온 남자의 대답은 뜻밖이었다. 그가 검은 턱수염

을 떼어 내자 깨끗이 면도를 한 긴 얼굴이 드러났다. 그가 권총을 들어 우들리를 겨누자 우들리도 채찍을 위협적으로 흔들면서 그에게 다가섰다.

"그래, 나는 밥 캐러더스다. 교수형을 당하는 한이 있더라도 저 아가씨를 지킬 테다. 그녀를 괴롭히면 가만두지 않겠다고 했던 말 잊었나? 이제 내가 한 말을 지킬 때가 온 거야."

"이젠 늦었어. 벌써 내 아내가 됐으니까."

"천만의 말씀! 곧 우들리의 미망인이 될 거야."

　권총에서 탕 하는 소리가 들리더니 우들리의 양복 조끼 앞부분에서 피가 뿜어져 나왔다. 우들리는 괴성을 지르며 한 바퀴 빙그르 돌고는 그대로 쓰러졌다. 섬뜩한 붉은 얼굴이 창백해지면서 얼룩덜룩하게 변했다. 그러자 흰 가운을 입은 중년남자가 이제껏 들어 본 적이 없는 심한 욕설을 마구 내뱉으며 권총을 꺼냈다. 하지만 권총을 들어올리기도 전에 그는 홈즈의 권총에 얻어맞고 고꾸라졌다.

　"이것으로 됐소." 홈즈가 침착하게 말했다. "그 총 내려놓으시지! 왓슨, 그 총을 집어서 그자의 머리를 겨누게! 그래, 고마워. 그리고 캐러더스, 당신 총도 이리 주시오. 더 이상 총을 쏘면 안 되니 말이오. 어서, 총을 주시오!"

"대체 당신은 누구요?"

"셜록 홈즈요."

"이런!"

"내 이름을 들어 본 적이 있소? 그럼, 경찰이 도착할 때까지 내가 대신 이곳에 있겠소. 이봐, 여기야!"

그는 잔디밭 한쪽에서 겁에 질린 채 나타난 마부 소년을 불렀다. "이리 와. 이 편지를 파넘으로 가져가라. 조금이라도 지체하면 안 돼." 그는 수첩을 찢어 짤막하게 편지를 썼다. "이걸 파넘 경찰서장에게 전해라. 당신들은 경찰이 올 때까지 여기 꼼짝 말고 있어야 하오."

홈즈의 당당하고 위엄 있는 태도가 비극적인 사건 현장을 압도했으므로 모두 그의 말에 순순히 따랐다. 윌리엄슨과 캐러더스는 부상당한 우들리를 저택으로 옮겼고, 나는 겁에 질린 바이올렛 양을 부축했다. 우들리를 침대에 눕힌 다음 나는 홈즈의 요청으로 그를 진찰했다. 홈즈는 나머지 두 사람과 함께 태피스트리로 장식한 식당에 앉아 있었다. 나는 그에게 진찰 결과를 알려 주었다.

"생명에는 지장이 없어."

"뭐라고?" 캐러더스가 벌떡 일어나면서 소리쳤다. "위층에 가서 그를 없애고 오겠소! 당신들은 천사 같은 바이올렛이 사나운 잭 우들리에게 평생 매여 사는 걸 두고 보겠다는 말이오?"

"그런 걱정은 하지 않아도 좋소. 두 가지 이유 때문에 바이올렛 양은 그의 아내가 될 수 없소. 우선, 윌리엄슨에게는 결혼식을 주관할 권한이 없소."

"나는 목사로 임명받은 몸이야!" 홈즈의 말에 윌리엄슨이 험상궂은 얼굴로 소리쳤다.

"그러고 나서 성직을 박탈당했지."

"한번 목사가 되면 영원히 목사로 남는 거야!"

"그렇게 생각하지 않소. 자격증은 갖고 있소?"

"목사에게는 결혼식을 주관할 자격증이 주어지지. 자격증은 지금 내 주머니에 들어 있어."

"속임수를 써서 얻어 냈잖소. 어쨌든 강제 결혼은 효력이 없을 뿐더러 중대한 범죄행위요. 경찰이 오면 당신도 곧 알게 되겠지. 적어도 10년 이상은 감옥에서 지낼 각오를 하는 게 좋을 거요. 캐러더스 씨, 당신도 권총을 사용하지 말아야 했소."

"홈즈 씨, 당신 말이 맞아요. 하지만 그녀를 보호해야 한다는 생각에 지나치게 방어한 거요. 홈즈 씨, 나는 그녀를 사랑합니다. 이번에야말로 사랑이 무엇인지 진심으로 깨달았습니다. 하지만 그녀가 남아프리카에서 제일 잔인하고 악랄하기로 이름난 우들리의 손에 넘어간다고 생각하니 견딜 수 없었소. 킴벌리에서 요하네스버그까지 우들리의 이름은 공포의 대상으로 알려져 있습니다. 홈즈 씨, 저는 그녀가 우리 집에서 일하기 시작했을 때부터 그녀가 이 길을 지날 때마다 자전거를 타고 뒤를 쫓았습니다. 이 저택에 우들리가 들른다는 사실을 알았기 때문에 그녀가 해를 당하지 않도록 지키려 했던 겁니다. 그녀가 저를 알아볼 수 없도록 언제나 같은 거리를 유지하고 턱수염까지 붙였소. 그녀는 착하고 쾌활한 아가씨로, 제가 시골길 주변에서 그녀의 뒤를 쫓았다는 사실을 아는 날에는 당장 떠나려고 했을 겁니다."

"왜 위험하다고 알리지 않았소?"

"그랬다면 저를 떠났을 테니까요. 그녀를 보낼 수는 없었습니다. 그녀가 저를 사랑하지 않는다 해도 집안에서 그녀의 아름다운 모습을 보고 그녀의 목소리를 듣는 것이 제게 큰 기쁨이 되었으니까요."

"캐러더스 씨, 그걸 사랑이라고 하는 거요? 내가 보기에는 당신의 이기심일 뿐인 것 같은데." 보다 못한 내가 한마디 쏘아붙였다.

"어쩌면 그 두 가지 이유가 다 맞을지도 모르지요. 어쨌든 저는 그녀를 보낼 수 없었어요. 게다가 그녀에게 돌봐 줄 사람이 필요하다는 걸 모두 알고 있었지요. 그때 마침 이 전보가 도착한 겁니다. 그래서 그들이 곧 행동을 개시할 거라는 걸 알게 된 거지요."

"무슨 전보였소?"

캐러더스는 주머니에서 전보 한 장을 꺼냈다.

"이겁니다."

전보 내용은 아주 간단했다.

노인이 죽었다.

"흠! 이제 어떻게 된 일인지 알 것 같군. 당신이 말한 대로 이 전보 때문에 바이올렛이 위험해진 거군. 그럼 이제 당신이 한 번 말해 보시오."

흰 가운을 입은 타락한 목사는 심한 욕설을 퍼부었다.

"밥 캐러더스, 네가 우리를 배신한다면 잭 우들리와 똑같은 꼴로 만들어 주지. 그 여자에 대해 네가 무슨 말을 지껄이든 상관없어. 하지만 이 보잘것없는 경찰에게 네 친구들을 밀고하면 그날이 네 인생 최악의 날이 될 거야!"

"목사님, 그렇게 흥분할 필요는 없을 텐데요." 홈즈가 담배에 불을 붙이며 말했다. "사건의 진상은 이미 밝혀졌소. 다만 개인적인 호기심 때문에 자세한 얘기를 묻고 있는 거요. 말하기 곤란하다면 내가 대신 얘기할 테니 당신들의 비밀과 다른 부분이 있는지 들어 보시오. 우선, 윌리엄슨과 캐러더스 씨, 우들리 세 사람은 뭔가 일을 꾸미려고 아프리카에서 왔소."

"허튼 소리 하지 마!" 윌리엄슨이 소리쳤다. "두 달 전까지 나는 두 사람을 알지도 못했어. 내 평생 아프리카 근처에도 못 가봤단 말이야! 어때, 내 말이 맞는지 틀린지 파이프에 넣어서 불이라도 붙여 보지 그래? 이 건방진 놈!"

"저 사람 말이 맞습니다." 캐러더스가 말했다.

"좋소, 그렇다면 당신과 우들리만 아프리카에서 왔고 이 목사는 런던 출신이란 말이군요. 당신들은 아프리카에서 랠프 스미스를 만났고, 그가 오래 살지 못할 거라는 사실을 알아차렸소. 그리고 재산이 모두 조카에게 넘어간다는 사실도 알게 됐소. 그렇지 않소?"

캐러더스는 고개를 끄덕이고 윌리엄슨은 대답 대신 욕을 했다.

"당신들은 그녀가 아주 가까운 혈육이기 때문에 스미스 씨가 유언장을 남기지 않을 거란 사실을 알고 있었소."

"그는 유언장을 읽거나 쓸 수도 없을 만큼 위독했어요." 캐러더스가 말했다.

"그래서 당신들은 런던에 와서 그녀를 찾기 시작한 거요. 둘

중에 한 사람이 그녀와 결혼하고 나머지 한 사람에게도 재산을 나눠주기로 한 거지. 어떤 이유에선지 당신들은 우들리를 남편감으로 결정했소. 왜 그렇게 된 거요?"

"런던으로 오는 배 위에서 카드를 했는데 그가 이겼소."

"그렇군. 당신은 그녀를 고용했고 우들리는 청혼을 했소. 그녀는 술에 취해 난폭하게 대하는 우들리의 청혼을 무시했지요. 그런데 당신은 그녀를 사랑하게 되자 우들리와의 약속을 깨고 싶었던 겁니다. 저 악당이 바이올렛 스미스를 차지한다는 생각을 하니까 견딜 수 없어진 거요."

"그렇소! 그 생각만 하면 참을 수 없었소!"

"그리고 두 사람 사이에 싸움이 있었지요. 그는 당신을 화가 난 채로 내버려 두고 혼자서 일을 진행했소."

"이봐, 윌리엄슨. 홈즈 씨는 모든 걸 알고 있어! 더 이상 숨길 수 없어!" 캐러더스는 씁쓸하게 웃으며 말했다.

"그렇소. 우리는 싸웠고 실력은 비슷했지만 어쨌든 그가 이겼소. 그리고 우들리는 얼마 동안 나타나지 않았지요. 그동안 이 가짜 목사를 데려다 놓았더군요. 나는 그녀가 역으로 가는 도중 지나게 되는 길목 근처에서 그들이 함께 묵고 있다는 걸 알았소. 그때부터 불안한 느낌이 들어서 항상 그녀를 지켜보았습니다. 나는 그들이 무슨 일을 꾸미는지 궁금했기 때문에 가끔씩 저택을 살펴보곤 했소. 이틀 전에 우들리가 전보를 갖고 찾아 왔소. 랠프 스미스가 죽었다는 소식이었지요. 그가 대가를 주면 만족하겠냐고 묻기에 그럴 수 없다고 했소. 그랬더니 스미스 양을 양보할 테니 자기에게 재산을 달라고 하더군요. 나는 기꺼이 그러겠다고 했지만 그녀는 청혼을 받아들이지 않았소. 우들리가 제게 그러더군요. '우선 강제로 결혼을 하라고. 결혼하고 한두 주가 지나면 그녀도 좀 달라질 거야.' 하지만 난 그런 방법으로 그녀를 차지하고 싶지 않았소. 그러자 그는 본색을 드러내더니 욕을 퍼부으며 그녀와 결혼하겠다는 말을 남기고 가 버렸소. 그녀가 이번 주 토요일에 떠난다고 하기에 마차를 준비해 두었지만 아무래도 마음이 놓이지 않아 자전거로 뒤따라간 거요. 그런데 그녀가 너무 일찍 출발했고 내가 따라잡기도 전에 사건이 일어나고 말았죠. 당신들이 빈 마차를 몰고 오는 것을 본 순간 그녀에게 무슨 일이 일어났다는 걸 직감했소."

홈즈는 자리에서 일어나 담배꽁초를 벽난로 속에 던져 넣었다.

"왓슨, 내가 너무 둔했어. 자전거를 탄 남자가 관목 숲에서 넥타이를 매만지는 것 같았다는 말이 결정적인 단서가 될 수 있었는데 말이야. 하지만 이 특이하고 중대한 사건을 해결해서 기쁘군. 저기 경관 세 명과 마부가 함께 걸어오는군. 저 아이와 우들리 모두 큰 부상을 면해서 정말 다행이야. 왓슨, 자네는 여기에

남아서 스미스 양을 돌봐 주겠나? 완전히 나으면 우리가 직접 어머니에게 데려다 주겠다는 말도 전하게. 그래도 차도가 없으면 미들랜드에 있는 애인에게 전보를 쳤다고 알려 주게. 아마 금방 자리를 털고 일어날 거야. 그리고 캐러더스 씨, 당신은 그들의 범죄를 막기 위해 최선을 다했소. 여기 내 명함을 드릴 테니 재판에서 내 증언이 필요하면 연락하시오. 아마 도움이 될 겁니다."

여러분도 알다시피 쉴 새 없이 일이 밀려들었기 때문에 이 글을 마무리하고 독자들에게 자세한 결말을 알려 주는 데 꽤 많은 시간이 걸려야 했다. 사건이 꼬리를 물고 이어졌다. 그 가운데 중대한 사건이 하나 있어서, 바쁜 일정을 쪼개어 의뢰인들을 여러 명 만나야 했다. 하지만 사건 기록 아래에 적어 둔 글을 참고하여 결론을 맺고자 한다.

바이올렛 스미스는 엄청난 유산을 물려받았고, 지금은 웨스트민스터의 유명한 모튼 앤 케네디 전기회사의 부사장 시릴 모튼의 부인이 되었다. 윌리엄슨과 우들리는 유괴 및 폭력행위로 각각 7년과 10년형을 선고받았다. 캐러더스 씨에 대해 기록해 놓은 것은 없지만, 우들리가 너무도 악명이 높았기 때문에 캐러더스 씨는 상대적으로 가벼운 형을 선고받았을 것이다. 아마 몇 달 동안의 형기를 마치고 지금은 어딘가에서 자유롭게 살고 있지 않을까?

---

15) 《외로운 사이클리스트》의 원고는 8절판 베럼지 연습장 2권에 약 7,000단어로 쓰여 있고, 군데군데 정정된 곳이 있다. 1922년 1월 26일에 뉴욕 경매에 나와 120달러에 낙찰되었다. 그 후 1925년 1월 28일, 런던에서 《수도원학교》《춤추는 인형》 원고와 같이 경매에 나와 66파운드에 낙찰되었다. 그리고 다시 1927년 4월 26일 뉴욕 경매에서 160달러에 낙찰되었다. 현재 소재지는 알려져 있지 않다.

여섯 개의 나폴레옹

1900년 6월 8일(금)~6월 10일(일)

The Six Napoleons

The Six Napoleons

　스코틀랜드 야드의 레스트레이드가 저녁 무렵 우리를 찾아오는 것은 흔히 있는 일이었고, 홈즈는 언제나 그의 방문을 반겼다. 경찰본부에서 어떤 사건들을 수사하고 있는지 알 수 있기 때문이었다. 레스트레이드가 전하는 새 소식에 대한 보답으로 홈즈는 그의 이야기를 항상 경청할 자세가 되어 있었다. 홈즈는 현재 수사 중인 범죄사건의 상세한 내용을 주의 깊게 들으면서, 때로는 직접 사건에 나서지 않고도 자신의 풍부한 지식과 경험에서 비롯된 사건의 실마리나 사건을 바라보는 새로운 시각을 레스트레이드에게 제공하기도 했다.

　그날 저녁 레스트레이드는 날씨와 신문 기사들에 관해 이야기하다가 갑자기 말을 멈추고는 조심스럽게 담배를 파이프에 채워 넣었다. 홈즈는 그 모습을 날카롭게 주시했다.

"특별한 일이라도 있나요?"

"아뇨. 홈즈 씨. 그다지 특별한 사건은 없습니다."

"어서 말해 보세요."

레스트레이드는 웃었다.

"제 생각을 감춰 봐야 소용없겠군요. 너무 엉뚱하고 사소한 사건이라서 홈즈 씨를 귀찮게 하는 건 아닐까 망설였습니다. 그런데 한편으로는 정말 이상한 사건입니다. 홈즈 씨는 평범치 않은 사건에 관심이 많으니 흥미를 느낄 것 같군요. 그런데 제 생각에 이번 경우는 경찰보다 왓슨 씨가 다루셔야 할 사건인 듯합니다."

"질병과 관계가 있나요?" 내가 물었다.

"일종의 광기지요. 정신병치고는 아주 이상합니다. 요즘 세상에 나폴레옹 석고상을 모두 부수고 다닐 만큼 나폴레옹을 미워하는 사람이 있을까요? 전혀 생각지도 못하겠지요."

"내가 맡을 사건은 아니군." 홈즈는 의자에 깊숙이 앉으며 말했다.

"그렇습니다. 내 말이 그 말입니다. 그런데 이 정신병자가 다른 사람의 석고상을 훔치면서까지 나폴레옹 흉상을 부숴 대니 이렇게 되면 의사가 아니라 경찰이 담당해야 할 도난사건이 되는 거죠."

홈즈는 다시 똑바로 일어나 앉았다. "남의 석고상까지 훔친다고! 이거 재미있는 걸. 좀 더 자세히 얘기해 보세요."

레스트레이드는 수첩을 꺼내 보면서 사건에 대해 알려 주었다.

"처음으로 신고가 들어온 것은 나흘 전이었습니다. 케닝턴 가에 있는 모스 허드슨 미술상점으로부터 도난신고가 들어왔습니다. 주인이 잠깐 가게를 비운 사이에 안에서 뭔가 깨지는 소리가 났답니다. 주인이 급히 달려가 보니, 계산대 위 선반에 다른 조각상들과 같이 진열되어 있던 나폴레옹 흉상 하나가 바닥에 떨어져 산산조각이 나 있었다고 합니다. 주인은 재빨리 밖으로 달려나갔고, 지나가던 사람들이 가게에서 어떤 남자가 뛰어나오는 모습을 봤다고 했답니다. 그러나 그 수상한 남자는 이미 사라진 뒤였고, 그가 누군지 알 도리가 전혀 없었죠. 그저 가끔씩 발생하는 불량배들의 정신 나간 소행이라고 생각해서 주인은 경관에게 신고했답니다. 부서진 석고상 가격이라고 해봐야 고작 몇 실링에 불과했고 사건을 수사하자니 정황이 너무 유치해 보여 수사는 진행하지 않았습니다.

그런데 두 번째 사건은 좀 심각했습니다. 바로 어제 저녁에 발생한 일입니다. 이번 사건 역시 케닝턴 가에 있는 유명한 병원에서 발생했습니다. 병원은 모스 허드슨 상점에서 몇백 야드 떨어진 거리에 있지요. 배니콧 의사가 운영하는 진료소인데, 그는 템스 강 남쪽에서 제일 큰 진료소도 운영하고 있답니다. 케닝턴에 살면서 주로 그곳에서 진료를 하고 있긴 한데, 2마일 떨어진 로어 브릭스턴 거리에도 외과 진료소와 약국을 갖고 있습니다. 배니콧 의사는 나폴레옹의 열렬한 추종자라서 집에 나폴레옹에 관한 책과 그림, 기념품을 많이 갖고 있답니다. 그런데 얼마 전에 그는 모스 허드슨 상점에서 프랑스 조각가 드빈느가 제작한 유명한 나폴레옹 흉상 모조품 두 개를 샀답니다. 그중 하나는 케닝턴 가에 있는 집 복도에 장식해 두고, 나머지 하나는 로어 브릭스턴에 있는 외과 진료소 진열대에 두었지요. 그런데 이 의사는 오늘 아침 출근하려고 일어났을 때 간밤에 자기 집이 털렸다는 사실을 알고 깜짝 놀랐습니다. 더욱 놀라운 사실은 도둑맞은 물건은 복도에 있던 나폴레옹 석고상 하나뿐이었답니다. 사라진 나폴레옹은 바깥 정원 벽에 세게 부딪쳐 역시 산산조각 난 상태로 발견되었다고 합니다."

홈즈가 손바닥을 마주 대고 비비며 말했다. "정말 특이한 사건이군."

"홈즈 씨가 흥미를 느낄 만한 사건이라고 생각했죠. 그런데 아직 제 얘기는 다 끝나지 않았습니다. 의사는 낮 12시에 수술이 잡혀 있어서 케닝턴 가의 진료소로 갔는데 또 한 번 놀랄 만한 일이 벌어진 겁니다. 진료소 창문이 열려 있었고, 누군가 밤사이에 다른 나폴레옹 석고상을 깨부수어서 그 조각들이 진찰실 전

체에 흩어져 있었던 겁니다. 마치 망치로 부순 듯 아주 가루가 되었더군요. 경찰로서는 이 세 사건 모두 범죄자의 소행인지, 아니면 미치광이의 소행인지 단서를 잡지 못하고 있습니다. 사건의 내용은 이게 전부입니다."

"흉악한 범죄는 아니지만 특이한 사건이군." 홈즈가 말했다.

"배니콧 의사 집에 있던 석고상과 모스 허드슨 상점의 석고상이 모두 같은 틀에서 나온 건가요?"

"네, 같은 틀로 제작한 석고상입니다."

"그렇다면 단순히 나폴레옹을 미워하는 자의 소행이라고만 볼 수는 없겠군. 런던에 있는 나폴레옹 석고상만 해도 수백 개는 넘을 텐데, 우연히 같은 틀로 만든 것을 세 개나 훔쳐서 부쉈다는 건 있을 수 없지요."

"글쎄요. 그 말도 일리가 있군요." 레스트레이드가 대답했다.

"그런데 런던 지역에서 석고상을 파는 곳은 모스 허드슨 상점밖에 없고 부서진 석고상 세 개는 몇 년 동안 계속 상점에 있던 겁니다. 말씀하신 대로 런던에 있는 나폴레옹 석고상은 수백 개나 되겠지만, 이 근처에 있는 건 그 부서진 석고상 세 개뿐일 수도 있습니다. 그러니 이 동네에 사는 미치광이라면 당연히 가까이 있는 석고상부터 찾았겠지요. 어떻게 생각하십니까? 왓슨 씨?"

"편집광의 증세는 매우 다양합니다." 내가 대답했다. "현대 프랑스 심리학자들이 고정관념이라고 부르는 증상이 있습니다. 다른 말로 강박증이라고 하지요. 이 강박증은 성격장애를 일으키고 모든 행동 양식에서 편집광적인 증세를 보이지요. 나폴레옹에 지나치게 심취했거나 전쟁을 겪으면서 얻은 정신적인 상처가 가족 대대로 영향을 미친다면 그런 고정관념이 나타날 수 있습니다. 강박증의 영향으로 정신 나간 미치광이 짓을 하게 되는 겁니다."

"왓슨, 이번 일은 강박증과는 관련이 없어." 홈즈가 고개를 저으며 반박했다. "아무리 심한 강박증 증세를 보이더라도 석고상이 어디 있는지 정확히 알아낼 수 있는 미치광이는 없어."

"그럼, 자네 생각은 어때?"

"섣불리 추측할 수는 없네. 다만 이 미치광이의 소행에는 어떤 규칙이 있어. 한 예로, 배니콧 의사 집의 복도에서 큰 소리를 내면 사람들이 잠에서 깨리라는 점을 예상하고 범인은 일단 밖으로 석고상을 들고 나가 정원에서 부쉈지. 반면 사람들이 잠에서 깰 위험이 적은 외과 진료소에서는 그 자리에서 바로 석고상을 깼지. 매우 평범해 보이는 범죄 사건도 절대로 사소한 사실을 놓쳐서는 안 돼. 왓슨, 애버네티 가족 사건을 기억하나? 아주 더운 날, 버터 속에 파슬리 가루가 녹아 들어간 깊이를 주목해서 사건을 해결했었지? 그러니 석고상 세 개가 모두 같은 틀에서 만들어진 것이라는 점을 지나쳐서는 안 되지. 레스트레이드, 이 신기한 사건에 어떤 새로운 상황이 발생할 경우 즉시 내게 알려 주면 고맙겠군요."

홈즈가 알려 달라고 부탁한 새로운 상황은 생각보다 빨리, 그리고 예상보다 비참한 형태로 발생했다. 다음 날 아침 잠자리에서 막 일어난 나는 누군가 방문을 두드리는 소리를 들었다. 방문을 열자 한 손에 전보를 든 홈즈가 들어오더니 전보를 소리 내어 읽었다.

켄싱턴 피트 가 131번지로 속히 오십시오.

– 레스트레이드

"무슨 일이지?" 내가 물었다.

"모르겠어. 전혀 다른 사건일 수도 있겠지. 나는 석고상 사건이라고 짐작해. 나폴레옹 미치광이가 이번에는 런던 다른 지역에서 사건을 일으킨 모양이야. 왓슨, 테이블 위에 커피가 남아있군. 그런데 지금 마차가 현관에서 대기하고 있어."

우리는 30분 만에 피트 가에 도착했다. 시끌벅적한 런던 변화가에서 조금 벗어난 한적한 주택가였다. 피트 가 131번지는 밋밋한 건물 앞면에 그럭저럭 볼만은하지만 꾸밈새는 전혀 없는 집들이 늘어선 골목이었다. 길을 따라 올라가자 어떤 집 앞에 구경꾼들이 잔뜩 몰려 있었다. 홈즈가 나직이 휘파람을 불었다.

"오호, 최소한 살인 미수 사건은 일어났나 보군. 전보 배달 소년까지 멈춰서 구경할 정도니 말이야. 사람들이 잔뜩 구부리고 목을 빼고 구경하는 걸 보니 폭력의 조짐이 엿보여. 왓슨, 이게 뭐지? 맨 위 계단은 물로 씻었고 나머지는 말라 있군. 발자국은 많이 남아 있을 거야. 아, 저기에 레스트레이드가 있으니 무슨 일인지 곧 알게 되겠지."

경감은 매우 침울한 얼굴로 우리를 맞았다. 거실로 들어가자 가운을 입은 나이 든 남자가 불안하고 초조한 기색이 역력한 얼굴로 안절부절못한 채 방 안을 돌아다니고 있었다. 이 집의 주인 호레이스 하커로, 센트럴 프레스의 기자라고 레스트레이드가 우리에게 소개했다.

"또 나폴레옹 석고상입니다." 레스트레이드가 설명했다. "어젯밤 흥미를 가지시는 듯 보여서 여기로 와 달라고 전보를 쳤습니다. 그런데 이번에는 사건이 훨씬 더 심각해졌습니다."

"어떻게 심각해졌습니까?"

"살인사건입니다. 호레이스 하커 씨, 이분들에게 무슨 일이 생겼는지 정확히 설명해 주시겠습니까?"

플란넬 가운을 입은 호레이스 하커가 우울한 얼굴로 우리를 보았다.

"아시다시피 제 직업은 기자입니다. 평생 다른 사람들의 사건을 전달하는 일을 해 왔지, 정작 제가 직접 사건의 소재가 되리라고는 생각도 못했습니다. 막상 제게 이런 일이 닥치니 너무나 당황스럽고 혼란스러워 어디서부터 어떻게 말을 꺼내야 할지 모르겠군요. 제가 기자로서 이 자리에 취재하러 왔다면, 발생한 사건을 상세히 기록한 다음 2단 기사를 석간신문에 냈을 겁니다. 그런데 처지가 바뀌어 반대로 제가 여기 이렇게 앉아서 당한 사건을 거듭 말하다 보니, 정작 저는 언제 이 사건을 신문 기사로 쓸 수 있을지 걱정입니다. 존함은 많이 들었습니다. 셜록 홈즈 씨, 이 사건을 해결해 주신다면 제가 고생스럽게 설명하는 보람이 있겠네요."

홈즈는 자리에 앉아 그의 말을 경청했다.

"넉 달 전 제가 산 나폴레옹 흉상 때문인 것 같습니다. 석고상은 하이 가 역 근처에 있는 하딩 형제 상점에서 싸게 샀습니다. 저는 보통 밤에 기사를 쓰기 때문에 종종 새벽까지 2층에 있는 서재에서 일을 하곤 합니다. 오늘도 마찬가지로 작업을 하고 있었는데, 아마 새벽 3시쯤이었을 겁니다. 아래층에서 무슨 소리가 들리더군요. 그래서 가만히 귀를 기울여 보았는데 다시 아무 소리도 들리지 않았습니다. 저는 밖에서 나는 소리라고 생각했죠. 그런데 5분쯤 지나자 갑자기 너무나 끔직한 비명소리가 들렸습니다. 정말 태어나서 처음 듣는 가장 끔찍한 소리였습니다. 평생 동안 절대로 잊지 못할 겁니다. 전 몇 분 동안 꼼짝도 못하고 공포로 얼어붙어 있었지요. 그런 다음 석탄을 젓는 부지깽이를 쥐고 아래층으로 내려가 살펴봤지요. 그러다가 이 방에 들어왔는데 창문이 활짝 열려 있었어요. 선반에 있던 나폴레옹 석고상이 사라졌더군요. 도둑이 왜 이런 물건을 훔쳐 갈까 라는 생각이 스쳤습니다. 가치 없는 모조품에 지나지 않으니까 말이죠.

보시면 아시겠지만, 창문을 통해 나가면 현관 계단으로 훌쩍 한걸음에 닿을 수 있습니다. 석고상을 훔쳐 간 놈도 그렇게 한 것이 분명합니다. 그런데 현관문을 열고 캄캄한 밖으로 나가다가 저는 뭔가에 걸려 넘어질 뻔했습니다. 누군가 누워 있지 뭡니까. 저는 급히 안으로 들어가 등불을 갖고 다시 나왔습니다. 불을 비추어 보니 웬 남자가 죽어 있었습니다. 목에는 칼에 베인 상처가 깊이 나 있고, 주위는 온통 피바다였습니다. 얼굴은 위로 향한 채 한쪽 무릎이 세워져 있었습니다. 입은 커다랗게 벌린 채였습니다. 그 광경은 평생 악몽이 되어 되살아날 겁니다. 전 방범용 호루라기를 불고는 정신을 잃었지요. 깨어나 보니 경찰이 복도에 저를 데려다 놓았더군요."

"살해된 사람은 누구입니까?" 홈즈가 물었다.

"전혀 알 수가 없습니다." 레스트레이드가 말했다. "시체 안치소에 가면 볼 수 있지만 죽은 남자 신원에 대한 단서는 아직 찾지 못했습니다. 얼굴이 햇볕에 그을려 거무스름했고, 키가 크고 체격이 좋으며 30대라는 것 외에는 밝혀진 바가 없어요. 남루한 옷차림이었지만 노동자 같진 않습니다. 뿔 자루가 달린 칼이 온통 피투성이인 바닥에 떨어져 있었는데 살인에 사용된 흉기인지 아니면 죽은 남자의 것인지는 모르겠습니다. 입고 있는 옷에도 이름이 새겨져 있지 않았고, 주머니에는 사과 한 개, 실 꾸러미, 런던 지도, 그리고 사진 한 장 이외에는 아무것도 발견되지 않았습니다. 이것이 주머니에서 나온 사진입니다."

그것은 작은 카메라로 찍은 스냅사진이었다. 사진에 있는 사람은 원숭이처럼 눈썹이 짙고, 턱이 앞으로 튀어나왔고, 몹시 교활해 보였다.

"석고상은 어떻게 되었지요?" 조심스럽게 사진을 관찰하던 홈즈가 물었다.

"홈즈 씨가 도착하기 바로 전에 발견되었습니다. 캠든 하우스가에 있는 빈집 정원에서 발견되었습니다. 역시 산산조각이 난 상태로 말이죠. 지금 가려던 참이었습니다. 같이 가시겠습니까?"

"물론이지요. 꼭 봐야합니다." 홈즈는 카펫과 창문을 점검했다. "범인은 다리가 아주 길고 운동신경이 뛰어난 게 분명합니다. 저쪽에서 여기 창문으로 올라가다 자칫 잘못하면 지하실까지 굴러 떨어지겠는걸요. 게다가 여기 서서 창틀을 짚고 창문을 열다니, 보통 사람이라면 엄두도 없는 일입니다. 하지만 밖으로 나갈 때는 그렇게 어렵지는 않겠군요. 하커 씨도 부서진 흉상을 보러 가시겠습니까?"

절망적인 표정을 짓고 있던 하커 기자는 꼼짝 않고 의자에 걸터앉았다.

"이번 사건을 기사로 써야겠습니다. 물론 오늘 석간 초판에 상세한 기사가 실렸겠지만. 이렇게 재수가 없다니. 돈캐스터 스탠드 붕괴사건을 기억하시나요? 전 그때 현장에 있던 유일한 기자였습니다. 그런데 전 그 사건을 기사로 쓰지 못한 유일한 사람입니다. 손이 너무 떨려서 도저히 기사를 쓸 수 없더군요. 그런데 이제는 내 집 현관에서 일어난 살인 사건 기사조차 제일 늦게 쓰는 꼴이 되었군요."

하커 기자가 펜으로 사각사각 종이를 긁는 소리를 들으면서 우리는 밖으로 나왔다.

범인이 석고상을 부순 장소는 호레이스 하커의 집에서 몇백 야드 떨어진 곳이었다. 나폴레옹 석고상이 부서져 조각난 모습을 처음으로 확인해 보니, 확실히 누군가 나폴레옹을 광적으로 증오하는 것이 분명했다. 석고상 파편들은 잔디밭 여기저기에 흩어져 있었다. 홈즈는 파편 조각을 몇 개 주워서 찬찬히 살펴보았다. 홈즈의 신중한 태도를 보고 나는 그가 어떤 단서를 잡았다는 사실을 알 수 있었다.

"어떻습니까?" 레스트레이드가 물었다.

홈즈는 모르겠다는 듯 어깨를 으쓱했다.

"아직 갈 길이 멉니다." 홈즈가 대답했다. "하지만 음, 뭔가 단서가 있군요. 사소한 석고상이지만 범인이 보기에는 매우 값나가는 석고상인가 봅니다. 한 인간의 목숨보다 더 비싼 석고상이군요. 이 점을 놓치면 안 되지요. 또 다른 단서는 범인이 석고상을 집 안에서 부수지 않았고, 집 밖에 나오자마자 부수지도 않았다는 점입니다. 범인의 목적은 단순히 석고상을 부수는 것이 아니었습니다."

"그 죽은 남자와 마주치는 바람에 깜짝 놀라 허둥댄 게 아닐까요? 무슨 일을 하고 있었는지도 잊어버릴 정도로 말입니다."

"글쎄요, 그럴지도 모르죠. 하지만 이 집의 위치에 주목할 필요가 있습니다. 경감, 석고상을 부순 그 정원을 주의 깊게 살펴봐야 해요."

레스트레이드는 영문을 모르겠다는 듯이 홈즈를 보았다.

"이건 사람이 살지 않는 빈집입니다. 정원에서 석고상을 부수어도 들킬 염려가 없다는 점을 알고 있었던 겁니다."

"그래요. 하지만 굳이 여기까지 오지 않아도 도중에 빈집은 하나 더 있어요. 왜 거기서 석고상을 부수지 않았을까요? 오히려 여기까지 들고 오는 도중에 사람에게 발각될 확률이 더 높을 텐데요?"

"아, 글쎄요, 정말 모르겠군요." 레스트레이드가 말했다.

홈즈는 머리 위에 있는 가로등을 가리켰다.

"자기가 하는 일을 보려고 했던 거지요. 저기는 어두워서 볼 수 없으니까요. 그래서 여기까지 들고 왔던 겁니다."

"세상에! 정말 그렇군요." 레스트레이드가 말했다. "그러고 보니 배니콧 의사의 석고상도 불빛에서 멀지 않은 곳에서 발견

되었습니다. 그러면 홈즈 씨. 이제 어떤 일을 해야 하죠?"

"우선 이 점을 잘 기억해야지요. 나중에 또 다른 단서가 발견될 수도 있습니다. 레스트레이드, 앞으로의 수사방침이 어떻게 됩니까?"

"제 생각에는 살해당한 사람의 신원을 파악하는 일이 가장 급선무일 것 같습니다. 별로 어려움은 없을 겁니다. 죽은 사람이 누구고 그 주변 인물들을 파악하면 간밤의 피트 가에서 일어난 살인사건 수사가 잘 진행될 테지요. 그리고 누구를 만나 현관 앞에서 살해당했는지도 밝혀 내야지요. 안 그렇습니까? 홈즈 씨?"

"물론입니다. 그런데 제 계획은 좀 다릅니다."

"무슨 계획을 갖고 계신데요?"

"아, 경감이 내 계획에 따를 필요는 없습니다. 당신은 당신이 생각하는 대로 하고 나는 내 생각대로 하지요. 나중에 서로 비교해 보고 부족한 부분은 보충하도록 하죠."

"좋습니다." 레스트레이드가 대답했다.

"피트 가로 돌아갈 예정이라면 호레이스 하커 씨를 만나겠군요. 만나서 어젯밤 사건의 범인은 나폴레옹을 증오하는 미치광이의 소행이 확실하다는 제 생각을 하커 씨에게 말해 주겠습니까? 하커 씨가 쓰는 기사에 도움이 될 겁니다."

레스트레이드는 홈즈를 물끄러미 쳐다보았다. "정말 그렇게 생각합니까? 방금 전 얘기와는 다른데요."

홈즈는 미소를 지었다. "나폴레옹 석고상을 부순 범인이 정신이상자라고 생각하냐고요? 사실 전 아니라고 생각합니다. 하지만 호레이스 하커 기자에게도 〈센트럴 프레스〉 구독자에게도 이쪽이 재미있을 것은 틀림없습니다. 왓슨, 오늘은 할 일이 많고 또 복잡할 것 같군. 레스트레이드, 베이커 가에서 오늘 저녁 6시에 만나죠. 그때까지 죽은 사람의 옷 주머니에서 발견된 남자 사진은 내가 갖고 있겠습니다. 내 추측이 맞다면 오늘 밤 해야 할 일에 도움이 될 것 같거든요. 그럼 나중에 봅시다. 행운을 빌어요!"

홈즈와 나는 하이 가까지 걸어갔다. 우리는 나폴레옹 석고상을 판매한 하딩 형제 상점에서 발걸음을 멈추었다. 젊은 직원이 주인 하딩 씨는 볼일이 있어 나갔고, 오후나 돼야 돌아온다고 말했다. 그 직원이 여기서 일한 지 얼마 되지 않은 까닭에 우리는 아무 정보도 얻을 수 없었다. 홈즈의 얼굴에 실망감과 곤혹스러운 표정이 떠올랐다.

"이런, 이런. 우리 힘으로는 어쩔 수 없겠군, 왓슨." 마침내 홈즈가 한마디 했다. "하딩 씨가 오후에나 온다니 그때 다시 와야겠어. 자네도 눈치챘겠지만 지금 나는 이 석고상들이 어디서 나온 건지 알아보려는 거야. 누군가 찾아다니면서 깨부술 정도로 석고상에 특별한 점이 있는지 알아봐야 하지 않겠나? 뭔가 단서가 될 만한 것을 찾으려면 미술상 모스 허드슨 씨를 만나야겠어. 케닝턴 가였지?"

우리는 마차를 타고 한 시간 정도 달려가 모스 허드슨 미술상점에 도착했다. 모스 허드슨은 작고 다부진 몸집을 가진 사람으로, 불그스름한 얼굴에 성질이 급했다.

"예, 바로 이 계산대였습니다. 도대체 우리가 왜 세금을 내는지 모르겠군요. 수상한 사람이 마음대로 들어와 남의 물건을 깨부수는데 경찰은 가만히 있다니요. 맞습니다, 배니콧 의사에게 그 석고상을 두 개 팔았습니다. 무정부주의자 짓이 틀림없어요. 부끄러운 줄 모르는 놈들 같으니! 제 생각은 그렇습니다. 싸움질이나 일삼는 무정부주의자가 아니라면 누가 석고상을 부수겠습니까? 공화주의자 빨갱이 놈들 짓일 겁니다. 이렇게 불러도

싼 놈들입니다. 누구에게서 그 석고상을 샀냐고요? 그게 무슨 상관이 있습니까? 뭐, 정 알고 싶다면 말하지요. 스테프니의 처치 가에 있는 겔더 상회에서 샀습니다. 겔더 상회는 업계에서는 잘 알려진 도매상입니다. 20년 가까이 미술품을 팔고 있으니까요. 몇 개나 샀냐고요? 세 개 샀지요. 하나 둘 셋. 맞습니다. 두 개는 배니콧 의사에게 팔았고 나머지 하나는 대낮에 바로 내 가게에서 부서지고 말았답니다. 사진 속의 남자요? 모르겠는데요. 앗, 아뇨, 압니다. 알아요. 베포군요. 이탈리아 사람입니다. 조각하는 사람이었는데 손재주가 좋았지요. 조각도 하고 액자도 만들고 그런 일을 잘했지요. 지난 주에 그만둔 뒤로는 소식이 없어요. 여기서 일하는 동안 그다지 이상한 점은 발견하지 못했는데요. 베포가 그만두고 이틀 후에 제 석고상이 박살났어요."

미술 상점을 나와서 홈즈가 한마디 했다.

"모스 허드슨 씨에게서 알아낼 수 있는 것은 이게 전부인 듯 하군. 결국 사진 속의 인물이 베포라는 사실을 알아냈어. 케닝턴과 켄싱턴을 10마일이나 달려온 보람이 있군. 왓슨, 이제 스테프니에 있다는 겔더 상회로 가야해. 나폴레옹 석고상들은 모두 겔더 상회에서 판 것들이야. 그러니 겔더 상회에서 사건에 대한 단서를 얻을 수 있겠지?"

우리는 차례로 유행의 런던, 호텔의 런던, 극장의 런던, 문학의 런던, 상업의 런던, 해운의 런던을 지나 템스 강변에 위치한 스테프니의 주택가에 도착했다. 거리는 지저분하고 악취가 풍겼다. 이곳은 유럽 각지로부터 가난한 사람들이 몰려드는 동네였다.

겔더 상회의 넓은 앞마당에는 조각품들이 여기저기 놓여 있었고, 안에서는 50명 정도 되는 기술자들이 조각을 하거나 틀을 뜨고 있었다. 겔더 상회 주인은 몸집이 큰 금발의 독일 사람이었다. 그는 공손히 우리를 맞이했고, 홈즈의 질문에 조리 있게 대답했다. 그는 매출 장부를 뒤적이더니 그 석고상은 프랑스 조각가 드빈느가 만든 나폴레옹 대리석 조각의 복제품으로 모두 100개나 된다고 했다. 그러나 모스 허드슨 가게에 도매로 넘긴 석고상 세 개는 1년 전에 만든 것으로, 그 당시에 똑같은 흉상 여섯 개를 만들었으며 나머지 세 개는 하딩 형제 상점에 팔았다고 했다. 따라서 지금까지 같은 틀에서 떠낸 나폴레옹 석고상 수백 개와 다른 점이 있을 까닭이 없는데, 특별히 그 여섯 개만 골라 부술 이유가 없다면서 주인은 말도 안 되는 소리라고 웃었다. 석고상의 도매가격은 6실링이지만 소매점에서는 12실링 남짓 받는다고 했다. 좌우로 나뉜 틀 두 개에서 떠낸 석고상을 각각 마주 합치면 나폴레옹 석고상 하나가 완성된다고 주인이 설명했다. 보통 이곳에서 일하는 이탈리아 기술자들이 그 일을 하는데 완

성된 석고상은 테이블 위에 놓고 건조시킨 다음 보관한다고 했다. 주인은 여기까지 이야기했다.

그런데 홈즈가 사진을 보여주자 주인은 깜짝 놀랐다. 그는 화가 나서 얼굴빛이 변하더니 눈썹을 위로 치켜떴고, 파란 눈동자가 번뜩였다.

"이런, 나쁜 놈!" 주인이 씹어뱉듯 말했다. "예, 압니다. 알고말고요. 우리 상점은 남에게 흉잡힐 일은 전혀 한 적이 없고 신용이 좋은 편입니다. 그런데 딱 한 번 이놈 때문에 경찰에 불려 간 일이 있었지요. 1년이 조금 넘은 일입니다. 이놈이 거리에서 어떤 이탈리아인을 칼로 찌르고는 도망쳐 여기 공장 작업실로 숨어들어오는 바람에 쫓아오던 경찰이 체포해 붙잡아 갔어요. 그놈 이름이 베포였죠. 성은 모릅니다. 인상이 안 좋은 사람을 고용한 탓이죠. 하지만 일은 참 잘했어요. 직원들 중에서 최고였습니다."

"그 사람은 어떻게 되었나요?"

"사형을 당하지는 않았어요. 1년형을 받았지요. 지금쯤 감옥에서 나왔을 겁니다. 하지만 감히 이 근처에는 얼씬도 못할 걸요. 베포의 사촌이 여기서 일하는데 지금 베포가 어디 있는지 알 겁니다."

"아니오, 아뇨." 홈즈가 거절했다. "사촌에게는 아무 말도 하지 마세요. 부탁합니다. 아주 중요한 사건이라서 수사를 진행하면 할수록 문제가 더욱 심각해지는 것 같군요. 판매 장부를 보니 석고상을 판 날짜가 작년 6월 3일이던데, 베포가 체포된 날이 언제인지 기억나시나요?"

"급여장부를 보면 대충 알 수 있을 겁니다." 주인이 장부를 넘기더니 곧 찾아 내 알려주었다. "아, 5월 20일에 마지막 급여를 주었네요."

"감사합니다." 홈즈가 대답했다. "더 이상 귀한 시간을 뺏지 않겠습니다. 협조해 주셔서 감사합니다."

홈즈는 자신이 찾아왔다는 사실을 아무에게도 말하지 말라고 지배인에게 거듭 당부하고 발길을 돌렸다.

식당에서 서둘러 늦은 점심을 먹고 나자 저녁이 다 되었다. 식당 입구에 놓인 신문 1면에 '켄싱턴 살인사건. 정신병자의 소행'이라는 제목이 보였다. 호레이스 하커가 자신이 설명했던 사건 내용을 그대로 기사에 실었던 것이다. 2단 기사는 사람들의 이목을 끌도록 요란스럽게 꾸며져 있었다. 홈즈는 식사 도중 양념병에 신문을 기대 세워 놓고 기사를 읽으면서 한두 번 킬킬거렸다.

"좋아, 재미있군. 왓슨, 한번 들어 보게."

이번 사건에 대해 다양한 결론들이 나오지 않은 것은 실로 다행스러운 일이다. 스코틀랜드 야드의 노련한 레스트레이드 경감과 유명한 셜록 홈즈 탐정은 비극적인 살인으로 막을 내린 이번 사건이 미리 계획된 치밀한 범죄가 아닌 우발적인 광기에서 비롯된 것이라고 동일한 결론을 내렸다. 정신 이상을 제외하면 이 같은 범죄의 동기를 설명할 수 있는 길은 전혀 없다.

"흠, 왓슨, 신문이란 잘만 이용하면 가장 훌륭한 도구가 될 수 있지. 식사를 다 끝냈으면 이제 켄싱턴 가로 돌아가서 하딩 형제 상점 주인을 만나러 가 볼까?"

하딩 형제 화방 주인 하딩 씨는 기세 좋고 활달하며 단정한 차림인데다가 똑똑하고 말솜씨도 뛰어났다.

"그 사건이라면 오늘 석간신문을 읽어서 알고 있습니다. 하커 씨는 우리 가게 손님인데, 나폴레옹 흉상을 몇 달 전에 팔았어요. 스테프니 구에 있는 겔더 상회에서 똑같은 석고상으로 세 개를 사들였는데 지금은 모두 팔렸습니다. 누가 사 갔냐고요? 잠시 기다리세요. 장부를 보면 금방 알 수 있으니까요. 아, 여기 있군요. 하커 씨, 치즈윅, 레버넘 베일 가의 레버넘 별장의 조시아 브라운 씨, 그리고 레딩 시 로어 그로브 가에 사는 샌드퍼드 씨가 사 갔네요. 아뇨. 이 사진의 남자는 잘 모르겠는데요. 이렇게 못생긴 얼굴은 언뜻 봐도 쉽게 잊혀지지 않겠군요. 이탈리아인 직원들 말입니까? 예. 있습니다. 점원하고 청소부 중에 몇 명 있어요. 장부를 볼 마음만 있다면 이 따위 장부는 아무라도 살짝 훔쳐볼 수 있지요. 그다지 신중하게 보관할 만한 물건은 아니니까요. 거참, 아주 이상한 사건이네요. 더 물어 보실 게 있으시면 말씀하세요."

하딩의 이야기를 들으면서 홈즈는 수첩에 몇 가지를 기록했다. 자신의 생각대로 일이 풀려 가는 것이 확실했다. 홈즈의 표정이 매우 만족스러워 보였기 때문이다. 그러나 홈즈는 더 이상 묻지 않고 서둘러 베이커 가로 돌아왔다. 레스트레이드와 만나기로 한 시간에 늦을 것 같았기 때문이었다. 아니나다를까 집에 도착하니 레스트레이드는 기다리다 지쳐서 방 안을 초조하게 서성이고 있었다. 하루 종일 사건을 추적한 성과가 헛되지 않았음이 경감의 표정에 드러나 있었다.

"어떤가요? 좋은 소식 있습니까, 홈즈 씨?" 경감이 물었다.

"정말 바쁜 하루였지만 확실히 시간 낭비는 아니었습니다. 하딩 형제 상점과 모스 허드슨 상점, 그리고 흉상을 만드는 공장에 가서 그 나폴레옹 흉상이 어디로 팔렸는지 알아보았습니다."

"흉상 말입니까?" 레스트레이드는 의외라는 듯 말했다. "글쎄요. 홈즈 씨는 나름대로 조사를 한 것 같은데, 그 방법에 특별히 반대하는 것은 아닙니다만. 전 살해당한 피해자의 신원에 대해서 알아보았습니다."

"아, 그랬습니까?"

"그리고 범행동기도 알아냈습니다."

"훌륭합니다."

"새프론 힐과 이탈리아인 지구를 전문적으로 담당하는 경감이 있거든요. 나도 죽은 사람이 남쪽 출신이라고 짐작은 했습니다. 목에 가톨릭 십자가를 걸고 있는 것과 얼굴이 검게 탄 것을 보았으니까요. 이탈리아인 전담 힐 경감은 시체를 보자마자 누군지 알아보더군요. 나폴리 태생의 피에트로 베누치인데 런던에서도 손꼽히는 살인자라고 합니다. 게다가 조직의 명령에 복종하지 않는 부하는 무조건 죽인다는 유명한 비밀조직인 마피아의 단원이랍니다. 대강 짐작이 가지요, 홈즈 씨? 주머니 속 사진의 남자는 아마 피에트로를 죽인 범인으로 역시 같은 이탈리아 사람이고 마피아 단원 같습니다. 범인이 뭔가 조직의 규칙을 어겼기 때문에 피에트로가 미행을 했던 겁니다. 엉뚱한 사람을 칼로 찌르는 일이 없도록 사진을 갖고 다닌 것이겠지요. 그러던 중, 범인이 하커 씨 집을 나올 때 밖에서 기다리고 있던 피에트로가 나타나 칼을 들고 위협하자 서로 격투를 벌인 끝에 범인이 피에트로를 죽인 듯싶습니다. 결국 자신이 목숨을 잃게 된 거죠. 셜록 홈즈 씨."

"훌륭합니다! 레스트레이드, 훌륭해요!" 홈즈가 박수를 보냈다. "그런데 부서진 석고상에 관한 조사는 하지 않았나요?"

"또 흉상 얘기입니까? 석고상 도난사건이 머리에서 떠나질 않나 보네요. 그건 시시한 절도죄에 불과해요. 하찮은 도둑놈을 붙잡아 봐야 겨우 6개월 형에 지나지 않습니다. 중요한 것은 살인 사건이란 말입니다. 수사가 진행되는 상황을 보니 사건의 단서들은 모두 파악된 상태입니다."

"그럼 앞으로 어떻게 할 생각입니까?"

"간단하지요. 힐 경감과 함께 이탈리아인 거리로 가서 그 사진의 남자를 찾을 겁니다. 찾아서 살인범으로 체포해야지요. 홈즈 씨, 같이 가시겠습니까?"

"사양하겠습니다. 그보다 더 쉽게 범인을 체포할 수 있는 방법이 있을 듯합니다. 상황에 따라 달라지겠지만, 제 생각에 성공 확률은 정확히 50퍼센트입니다. 오늘 밤에 당신이 우리와 함께 간다면 제가 그 범인을 잡아 드리지요."

"이탈리아인 거리에 말입니까?"

"아니오, 치즈윅입니다. 범인은 이탈리아인 거리가 아니라 치즈윅에 있을 가능성이 높습니다. 오늘 밤에는 우리와 함께 치즈윅을 조사하고, 이탈리아인 거리는 내일 함께 가는 것이 어떻습니까? 사실 거기는 내일 가도 별일 없을 겁니다. 몇 시간 잠을 자두는 게 좋겠군요. 늦게 출발할 예정이어서요. 아마 오늘 밤 11시쯤에 출발하면 내일 아침까지는 돌아올 수 있을 겁니다. 왓슨, 메신저 보이를 불러줘. 지금 당장 보내야 할 중요한 편지가 있거든."

레스트레이드와 내가 안락의자에서 쉬는 동안 홈즈는 지난 신문들을 정리해 둔 2층 골방에서 뭔가를 찾아보더니 의기양양한 표정을 지으면서 내려왔다. 그러나 홈즈는 지난 신문에서 무엇을 찾아냈는지에 대해서는 아무 말도 하지 않았다. 나는 지금까지 홈즈가 이 사건을 조사한 경위와 그 방법을 차근차근 되짚어

보았다. 그러나 홈즈가 어떤 생각을 갖고 있는지는 알 수 없었다. 다만 한 가지 확실한 점은 나머지 두 개의 석고상을 범인이 노리고 있다는 사실을 홈즈는 예상하고 있다는 것이었다. 그 석고상 두 개 중 하나가 바로 치즈윅에 있었다. 우리가 치즈윅으로 가는 이유는 두말할 필요도 없이 흉상을 훔치러 오는 범인을 현장에서 잡기 위해서였다.

나는 홈즈의 치밀함에 경탄을 금치 못했다. 하커 기자로 하여금 일부러 석간신문에 홈즈 자신의 생각과 반대내용의 기사를 싣게 하여 범인이 마음 놓고 다음 목표물을 향하도록 유도한 것이다. 나는 홈즈의 권유에 따라 옷 속에 리볼버를 집어넣었고, 홈즈는 자신이 제일 아끼는 납이 든 사냥용 채찍을 무기 삼아 손에 들었다.

11시 정각에 예약된 사륜마차가 도착했다. 우리들은 해머스미스 다리에서 마차를 세우고 마부에게 기다려 달라고 한 다음, 홈즈를 따라 걸어가다 외딴 주택가에 도착했다. 그리고는 문기둥에 '래버넘 빌라'라고 쓰여 있는 집에서 멈춰 섰다. 집 안에 있는 사람들은 전부 잠자리에 들었는지 불이 모두 꺼져 있었다. 다만 현관 복도 위의 유리창에서 희미한 빛이 새어 나와 정원을 흐릿하게 비추고 있었다. 정원 나무 울타리 그늘이 드리워진 안쪽이 특히 어두웠으므로 우리들은 그곳에 쭈그려 앉아 몸을 숨겼다.

"꽤 오랫동안 기다려야 할 거야. 무엇보다도 비가 오지 않아서 다행이군." 맑은 밤하늘에 총총 떠 있는 별을 보며 홈즈가 낮은 목소리로 속삭였다. "시간을 때우려고 담배를 피워서도 절대 안 돼. 하지만 이렇게 고생한 보람이 분명히 있을 거야. 확률은 50퍼센트지."

그러나 우리들의 잠복은 홈즈가 생각한 것처럼 그리 오래 지속되지 않았다. 아무 소리도 나지 않았지만, 정원 문이 열리고 검은 그림자가 원숭이처럼 날쌘 동작으로 정원에 난 오솔길로 뛰어들었다. 검은 그림자는 유리문에서 새어 나오는 빛에 잠시 모습을 드러냈으나 곧 어둠 속으로 사라졌다. 시간이 얼마나 흘렀을까, 숨을 멈추고 기다리고 있는데 끼익 하는 희미한 소리가 들렸다. 창문을 억지로 여는 소리였다. 소리가 멈추고 다시 시간이 흘렀다. 검은 그림자가 집 안으로 들어간 모양이었다. 안에서 밝은 랜턴 불빛이 보였다. 조금 뒤, 불빛이 방 안의 이곳저곳을 비추는 모습이 보였다. 찾는 물건이 그 방에 없는 듯했다. 불빛이 다시 여기저기를 비추었다.

"창문 밑으로 갑시다. 기다리고 있다가 저놈이 나오면 체포하도록 하죠." 레스트레이드가 속삭였다.

그러나 우리가 미처 창가로 가기도 전에 수상한 남자가 창문을 통해 밖으로 나왔다. 그 남자가 흐릿한 불빛 아래를 지나가자 뭔가 하얀 물건을 옆구리에 들고 있는 것이 보였다. 그는 조심스럽게 주위를 살폈다. 인적이 없음에 안심한 듯 남자는 등을 돌리고는 들고 있던 물건을 내려놓았다. 다음 순간 쾅 하는 소리가 들리더니 곧이어 후드득 석고 조각이 떨어지는 소리가 이어졌다. 그 남자는 이 일에 너무나 열중한 나머지 우리가 풀밭을 살금살금 다가가는 것을 눈치채지 못했다. 홈즈가 바람처럼 빠른

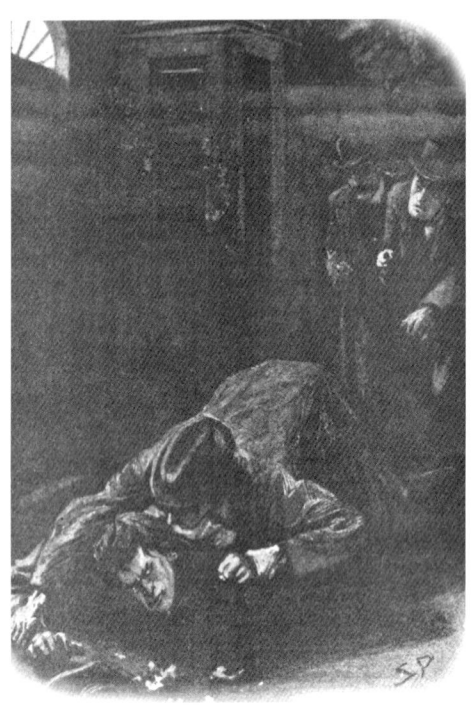

동작으로 그의 뒤에서 덮쳤다. 거의 동시에 나와 레스트레이드가 달려들어 그의 팔을 한쪽씩 잡았다. 찰칵 소리와 함께 수갑이 채워졌다. 그 남자를 돌려세우자 음흉한 눈으로 우리를 무섭게 노려보았다. 그는 몸을 마구 뒤틀며 자신이 잡혔다는 사실에 분노를 터트렸다. 바로 사진 속에 있던 그 남자였다.

그러나 홈즈는 정작 체포한 범인은 거들떠보지도 않고, 문가에 쪼그리고 앉아서 부서진 석고 조각을 조심스럽게 살펴보고 있었다. 그것은 나폴레옹 석고상이었다. 지금까지 보았던 것과 같은 모양으로 산산조각 난 파편에 불과했다. 아무리 살펴본들 별다른 점 없는 석고 조각일 뿐이었다. 홈즈가 석고 조각을 하나하나 불빛에 비추며 조사하고 있는데, 눈앞이 환해지면서 현관문이 열리고 뚱뚱한 집주인이 셔츠와

바지차림으로 나타났다.

"조시아 브라운 씨?"

"그렇습니다. 셜록 홈즈 씨군요. 메신저를 통해 보낸 전갈을 받고, 말씀하신 그대로 했습니다. 문단속을 철저히 하고 안에서 기다렸지요. 이렇게 도둑을 잡은 걸 보니 정말 다행입니다. 세 분 모두 잠깐 들어오셔서 차라도 한잔 드시지요."

그러나 레스트레이드가 범인을 한시라도 빨리 안전한 곳으로 데려가고 싶어했기 때문에 우리는 대기 중이던 마차를 타고 런던으로 돌아왔다.

체포된 범인은 한마디도 하지 않았다. 텁수룩하게 자란 긴 앞머리에 숨겨진 눈으로 우리를 쏘아보기만 했다. 내 몸이 가까이 닿자 그는 내 손을 물려고 덤벼들었다. 홈즈와 나는 범인의 몸수색 결과가 나오기까지 경찰서에서 한참을 기다렸다. 그러나 범인의 몸에서 나온 것이라곤 몇 실링의 돈과 최근에 피가 묻은 것으로 보이는 자루가 달린 긴 칼집뿐이었다.

"어차피 소지품 따위는 상관없습니다." 헤어질 때 레스트레이드가 말했다. "힐 경감에게 물어 보면 신원을 금방 파악할 수 있으니까요. 역시 제 말대로 마피아와 관계된 사건이 맞지요? 그건 그렇고 홈즈 씨, 이놈을 붙잡아 주셔서 정말 큰 신세를 졌습니다. 도대체 어떻게 알고 거기서 미리 범인을 기다리게 된 겁니까? 아무리 생각해 봐도 알 수가 없군요."

"오늘밤은 너무 늦었으니 설명은 다음에 하지요. 게다가 아직 마무리 지어야 할 일이 있어서 말이죠. 이 사건은 꼭 마무리할 만한 가치가 있습니다. 내일 저녁 6시에 한 번 더 저희 집에 오시면 아직 경감이 파악하지 못한 이 사건의 전체적인 윤곽을 알려드리겠습니다. 아마 범죄사에 보기 드문 특별한 사건이 될 겁니다. 왓슨, 나의 사건 해결을 자네의 연대기에 추가하도록 내가 허락한다면 자네는 이 나폴레옹 흉상의 기괴한 모험 이야기로 연대기에 생기를 불어넣게 될 걸세."

다음 날 저녁 우리가 다시 만났을 때, 레스트레이드는 범인의 신상에 대해 더욱 자세한 정보를 갖고 왔다. 이름은 우리가 알고 있는 대로 베포이고 성은 알지 못했다. 이탈리아 사람들 사이에서는 악명 높은 건달이었다. 원래는 솜씨 좋은 조각가로 정직하게 일해 돈을 벌었으나 나쁜 길로 빠져서 두 번이나 감옥신세를 진 경력이 있다. 한번은 사소한 절도죄였고, 또 한번은 겔더 상회 주인에게 들은 대로 같은 이탈리아인 동포를 찌른 죄로 교도소에 수감되었다. 영어는 상당히 잘하지만 석고상과 관련된 어떤 질문에도 절대 입을 열지 않아서 흉상을 부순 이유를 아직 알 수 없었다. 그러나 경찰은 이 남자가 겔더 상회의 공장에서 일한 적이 있으므로 그 흉상들을 직접 만든 장본인일지도 모른다고 추측했다. 홈즈는 대부분 다 알고 있는 사실이었지만 정중하게 경감의 설명을 들었다. 그러나 나는 홈즈가 딴 생각에 잠겨 있다는 것을 알 수 있었다. 누군가를 기다리는 듯 기대감과 초조감이 섞인 표정을 하고 있었기 때문이다. 드디어 홈즈가 의자에서 벌떡 일어났다. 두 눈이 반짝 하고 빛났다. 벨이 울리고 얼마 후, 계단을 올라오는 발소리가 들렸다. 곧이어 턱수염이 희끗희끗하고 얼굴이 붉은 남자가 방으로 들어왔다. 그는 오른손에 들고 있던 낡고 큼직한 가방을 테이블 위에 올려놓았다.

"셜록 홈즈 씨가 여기 계십니까?"

홈즈가 인사하면서 미소를 지어 보였다. "레딩 시에 사시는 샌드퍼드 씨지요?"

"예, 늦어서 죄송합니다. 기차가 연착하는 바람에요. 제가 가진 흉상에 대해서 편지를 쓰셨지요?"

"맞습니다."

"여기 편지를 갖고 왔습니다. 편지에 '당신이 가진 드빈느의 나폴레옹 조각 석고상 복제품을 사고 싶습니다. 석고상 값으로 10파운드를 드리겠습니다.'라고 하셨는데, 정말입니까?"

"그럼요."

"편지를 받고 아주 놀랐습니다. 제가 석고상을 갖고 있다는 사실을 어떻게 아셨나요?"

"물론 놀라셨겠지요. 하지만 간단합니다. 하딩 형제 상점 주인에게 물어 보았더니 샌드퍼드 씨가 마지막으로 사 갔다고 하더군요. 그래서 샌드퍼드 씨 주소를 알 수 있었습니다."

"아, 그랬군요. 주인이 석고상 가격이 얼마인지도 말하던가요?"

"아니오, 전 석고상 값은 모릅니다."

"그렇다면 미리 말을 해야겠군요. 거짓말을 하고 싶지는 않습니다. 전 부자는 아니지만 정직한 사람입니다. 이 석고상은 겨우 15실링을 주고 샀습니다. 이 사실을 미리 말해야 제 마음이 편해지겠습니다."

"아주 정직하신 분이군요. 샌드퍼드 씨. 하지만 약속한 대로 10파운드를 드리겠습니다."

"통이 크신 분이군요, 홈즈 씨. 부탁하신 대로 흉상을 갖고 왔습니다. 여기 있습니다."

그는 가방을 열었다. 가방에서 나온 석고상은 이제껏 보았던 것처럼 산산조각 난 것이 아닌 완전한 상태의 나폴레옹 흉상이었다.

홈즈는 주머니에서 종이를 꺼내더니 10파운드와 함께 테이블 위에 올려놓았다.

"이 종이에 서명 하시죠, 샌드퍼드 씨. 증인이 보는 앞에서 말입니다. 석고상에 대한 소유권 일체를 제게 넘긴다는 영수증입니다. 아시겠지만 전 확실한 것을 좋아합니다. 나중에 무슨 일이 생길지 모르니까요. 감사합니다. 샌드퍼드 씨. 여기 10파운드를 드리겠습니다. 예, 안녕히 가세요."

샌드퍼드 씨는 떠났다. 홈즈는 서랍에서 하얀 보자기를 꺼내 테이블 위에 깔고 방금 산 나폴레옹 흉상을 중앙에 올려놓았다. 그런데 우리의 눈을 의심할 만한 일이 벌어졌다. 홈즈가 석고상

한가운데를 사냥용 채찍으로 세게 내리친 것이다. 나폴레옹 석고상이 순식간에 부서지면서 하얀 석고 조각이 보자기 위로 우르르 떨어졌다. 홈즈는 조각 하나하나를 열심히 살펴보았다. 얼마 후, 홈즈가 의기양양하게 고함을 지르면서 조각 하나를 높이 쳐들었다. 조각 속에는 푸딩에 들어 있는 건포도 같은 검고 둥근 물체가 박혀 있었다.

"여러분! 보르지아 가문의 그 유명한 흑진주를 소개합니다!"

어안이 벙벙해진 레스트레이드와 나는 잠시 후 정신을 차리고 훌륭한 연극의 마지막 장면에 감동을 받은 관객처럼 반사적으로 박수를 보냈다. 홈즈의 창백한 뺨에 홍조가 살짝 스치고 지나갔다. 그리고 무대 위에서 관객의 찬사 어린 박수갈채를 받는 배우처럼 우리에게 정중히 고개 숙여 인사했다. 냉정한 탐정의 모습이 사라지고, 청중의 존경과 찬사에 감사하는 인간적인 모습이 나타난 것이다. 대중의 인기를 누리는 것을 경멸하는 홈즈였지만, 진심에서 우러난 찬사와 경탄에는 그도 보통 사람과 마찬가지로 자부심과 기쁨을 느꼈던 모양이다.

"자, 여러분! 세계에서 가장 유명한 진주입니다. 나는 운 좋게 귀납적 추리의 사슬을 연결한 덕분에, 데이커 호텔의 콜로나 공작의 침실에서 사라진 진주가 스테프니 겔더 상회의 나폴레옹 흉상 여섯 개 가운데 하나에 숨겨져 있다는 사실을 알아냈지요.

경감, 이 값비싼 보석이 도둑맞았을 때 영국 전체가 떠들썩했다는 사실을 기억합니까? 런던 경찰이 나섰지만 사건은 미궁에 빠진 채 해결되지 않았지요. 나 역시 흑진주 사건을 해결하려고 했지만, 어떤 단서도 발견할 수 없었습니다.

경찰은 콜로나 공작부인의 이탈리아인 하녀를 용의자로 지목하고는 런던에 그녀의 오빠가 있다는 사실까지는 밝혀냈지만, 둘 사이에 어떤 연락이 오고갔는지는 알아내지 못했지요. 그 하녀의 이름은 루크레티아 베누치입니다. 이틀 전 살해된 피에트로가 그녀의 오빠였다는 점은 의심의 여지가 없어요. 지난 신문에서 날짜를 조사했는데 진주가 분실된 것이, 베포가 어떤 폭력 사건—이들 흉상이 만들어진 그때, 겔더 상회의 공장에서 일어난 사건—으로 체포된 때로부터 정확하게 이틀 전이었다는 사실을 알게 되었죠. 이제 사건의 앞뒤가 연결되지요? 결국 베포가 이 진주를 갖고 있었던 거지요. 베포는 피에트로에게서 훔쳤거나 피에트로와 짜고 함께 진주를 훔쳤겠지요. 피에트로와 여동생 사이에서 중간 역할을 했을 수도 있고 말이죠.

하지만 이들 사이의 관계는 그다지 중요하지 않아요. 정말 중요한 점은 그가 분명히 진주를 갖고 있고, 그것도 몸에 지니고 있을 때 경찰에 쫓겼다는 것이지요. 그는 일을 하던 공장으로 도망갔지만, 몸수색으로 곧 발견될 이 엄청나게 비싼 진주를 어딘가에 숨겨야 했습니다. 그런데 그럴 만한 시간이 없었지요. 때마침 복도에는 여섯 개의 나폴레옹 상을 건조하는 중이었는데, 그중의 하나는 아직 굳지 않아 말랑말랑했지요. 솜씨 좋은 기술자 베포는 석고상에 작은 구멍을 뚫고 진주를 밀어넣은 다음 원래대로 매끈하게 다듬은 겁니다. 숨기기에 이보다 더 좋은 장소가 어디 있겠습니까? 누구도 절대 발견할 수 없는 비밀 장소지요.

그러나 베포가 교도소에 1년 수감되어 있는 사이 나폴레옹 흉상은 런던 시내 여기저기로 팔려 나갔지요. 여섯 개의 나폴레옹 흉상 중에서 어떤 나폴레옹에 진주가 들어 있는지는 베포 자신도 구분할 수 없었겠지요. 결국 여섯 개를 모두 부수고 찾아볼 수밖에 없었지요. 석고가 굳으면서 속에 있던 진주도 같이 굳어서 흔들어 보아도 알 수가 없었던 겁니다. 1년형을 마치고 출소한 베포는 끈질기고 집요하게 여섯 개의 사라진 나폴레옹 석고상 추적에 나섰고, 겔더 공장에서 일하는 사촌에게 부탁해서 여섯 개의 나폴레옹 석고상을 사간 소매상을 알아냈지요. 그리고 모스 허드슨 가게에 점원으로 취직해서 석고상 세 개가 팔려 간 곳을 조사했지요. 그러나 그 세 개의 나폴레옹에는 진주가 들어 있지 않았어요. 그래서 다음에는 하딩 형제 상점에서 일하는 이탈리아 사람에게 부탁해 나머지 세 개가 팔린 곳을 알아내도록 했지요. 그래서 처음에 간 곳이 하커 기자의 집이었어요. 한편

사라진 진주가 베포에게 있으리라 의심하고 뒤를 추적하던 피에트로가 결국 하커 씨 집에서 베포와 맞닥뜨리게 된 겁니다. 격투가 벌어지고 베포는 칼로 피에트로를 찔러 죽였지요."

"만약 두 명이 동업자였다면 왜 피에트로가 베포 사진을 갖고 다녔지?"

내가 물었다.

"그건 제삼자에게 사진을 보여주면서 이런 사람을 아느냐고 물어 보기 위해서였겠지. 어쨌든 베포가 피에트로를 죽인 후 진주를 찾는 일을 늦추기보다 오히려 서두를 것이라고 짐작했지. 경찰이 자기 비밀을 눈치챌까 두려워서 잡히기 전에 서두를 테니까. 사실 처음에는 난 베포가 찾는 물건이 진주라는 사실은 몰랐어. 그러나 그가 흉상을 몇 집이나 지나 가로등 불빛이 있는 정원에서 부수었기 때문에 어쨌든 그가 무언가 찾고 있다는 것만은 확신했지. 하커 씨의 나폴레옹 상이 세 개 중 하나였으니 확률은 정확히 내가 말한 대로, 즉 진주가 안에 들어 있을 가능성은 50퍼센트였지. 나머지 두 개 중 하나에 있다는 뜻인데, 그렇다면 베포는 당연히 가까운 런던 시내에 있는 석고상부터 훔치려고 했겠지. 그래서 나는 비극적인 살인 사건이 또 발생하는 것을 막기 위해서 브라운 씨에게 문단속을 단단히 하라고 전보를 보냈고, 베포가 나타나기를 기다린 거야. 그 결과는 알다시피 아주 만족스러웠고. 물론 그때는 이미 베포가 찾고 있는 물건이 보르지아의 흑진주라는 사실을 확실히 알고 있었네. 살해당한 남자의 이름으로 두 사건이 연결된 거지. 마지막으로 남은 석고상은 레딩 시에 있고, 이 마지막 석고상 속에 진주가 있다는 결론을 얻을 수 있었지. 그래서 나는 그 마지막 나폴레옹 석고상을 자네들이 보는 앞에서 레딩 시에 사는 샌드퍼드 씨로부터 구입했어. 보게, 저기에 흩어져 있는 게 그것이지."

우리는 잠시 동안 아무 말도 할 수 없었다.

"세상에!" 레스트레이드가 말했다. "홈즈 씨가 사건 해결하는 것을 수없이 보아 왔지만 이처럼 훌륭하게 해결한 경우는 처음 봤습니다. 스코틀랜드 야드에서 일한다 해도 질투할 사람은 아무도 없을 겁니다. 아, 그렇고말고요. 홈즈 씨가 정말 자랑스럽습니다. 제 말이 못미더우시면 내일 스코틀랜드 야드에 와 보십시오. 신참 순경부터 고참 형사까지 모두 당신과 악수하는 것을 큰 영광으로 여길 겁니다."

"고맙군요."

홈즈는 몸을 돌렸지만 평소와 달리 깊이 감동했다는 것을 나는 알 수 있었다. 얼마 후 홈즈는 평소처럼 냉정하고 차분한 사람으로 돌아와 있었다.

"왓슨, 이 진주를 금고에 넣어 줘. 그리고 콩크 싱글턴 문서위조 사건 서류를 좀 꺼내 주겠나? 안녕히 가시오. 레스트레이드. 문제가 생길 때 찾아오면 언제라도 기꺼이 사건 해결에 도움이 될 만한 힌트를 드리지요."

....
16) 보르지아의 흑진주는 결국 장물이다. 그것을 홈즈가 10실링을 주고 샀다고 해도 소유권을 주장할 수 없다. 홈즈는 이 진주를 콜로나 공작에게 돌려주었을까? 본문의 문장으로 보면 돌려줄 생각이 없는 것으로 보인다.
콩크 싱글톤 사건은 희곡판으로 1948년 미국추리작가협회의 에드거 상 수상 만찬회에서 연극으로 상연되었다. 셜록 홈즈는 클레이튼 로슨, 왓슨은 로렌스 G. 블록맨, 의뢰인은 존 딕슨 카가 연기했다.

브루스 파팅턴 설계도

1895년 11월 21일(목)~11월 23일(토)

The Bruce-Partington Plans

 1895년 11월 세 째 주, 짙은 안개가 런던 거리마다 자욱하게 드리워져 있었다. 월요일부터 목요일까지는 안개가 너무 심해서 베이커 가에 있는 우리 집 창문에서 맞은편에 있는 집들조차 분간할 수 없을 정도였다. 홈즈는 두꺼운 논문에 참조 표시를 하며 월요일 하루를 보냈고, 화요일과 수요일에는 최근에 관심을 가지기 시작한 중세 음악을 들으며 참을성 있게 안개가 걷히기를 기다렸다. 하지만 목요일에 아침식사를 마치고 창밖을 내다봤을 때도 거리는 여전히 짙은 안개로 가득했고, 유리창에는 물방울들이 맺혀 있었다. 홈즈는 성격이 급하고 활동적이어서 이 지루한 시간들을 견디기가 더 힘든 모양이었다. 그는 몹시 좀이 쑤시는지 무료해서 못 견디겠다는 표정으로 손톱을 물어뜯고 가구를 툭툭 치면서 초조하게 거실 안을 서성거렸다.

"왓슨, 신문에 재미있는 기사라도 났나?"

홈즈가 말하는 재미있는 기사란 범죄기사를 뜻한다. 신문에는 혁명, 전쟁 가능성, 임박한 정부 변화에 관한 기사들이 실려 있었지만, 홈즈가 관심을 가질 만한 내용들은 아니었다. 특이하거나 중대한 범죄 기사는 보이지 않았다. 홈즈는 한숨을 내쉬더니 다시 방 안에서 서성댔다.

"런던의 범인들은 분명 멍청한 녀석들일 거야." 홈즈는 시합에서 패한 선수처럼 볼멘소리로 말했다. "왓슨, 창밖을 봐. 사람들의 모습이 희미하게 보이다가 다시 안개 속으로 사라지지 않나. 도둑이나 살인자들이 정글 속의 호랑이처럼 마음놓고 어슬렁거리다가 먹이를 덮치기에 좋은 날이지. 희생자 외에는 아무에게도 들키지 않고 일을 해치울 수 있으니까."

"사소한 절도 사건들은 많았어."

홈즈는 가소롭다는 표정으로 코웃음을 쳤다.

"이 어두침침한 런던에서 시시한 도난 사건들만 일어나다니. 정말 어울리지 않는군. 내가 범죄자가 되지 않은 게 다행이야."

"정말 그래." 나는 그 말에 진심으로 동의했다.

"내가 브룩스나 우드하우스라고 가정해 봐. 아니면 누군가 나름대로의 이유를 갖고 내 목숨을 노린다고 해 보세. 내가 얼마나 오랫동안 그들의 추적을 피해 살아남을 수 있겠나? 나에게 만나자는 전갈을 보내고 거짓으로 약속을 하면 감쪽같이 속아 넘어갈 테고, 그러면 모든 게 끝나는 거야. 암살이 많은 남미 국가들이 런던처럼 안개가 심하지 않아서 다행이지. 아! 뭐가 왔나 보군. 지루했는데 마침 잘 됐군."

하녀가 전보를 한 통 건네주었다. 홈즈는 그것을 읽더니 웃음을 터뜨렸다.

"아니, 이게 웬일이지? 마이크로프트 형이 온다잖아!"

"그게 왜?"

"왓슨, 형이 여기 온다는 건 시내 전차[17]가 레일에서 탈선하는 것과 마찬가지야. 마이크로프트 형은 언제나 자기 노선을 따라 규칙적으로 움직이는 사람이야. 팰맬에 있는 하숙집과 디오게네스 클럽, 화이트 홀만 왔다 갔다 하지. 여기에 온 건 단 한 번뿐이었어. 그런데 대체 무슨 일 때문에 오는 걸까?"

"전보에 아무 얘기가 없나?"

홈즈가 전보를 건네주었다.

캐도건 웨스트 일로 만나고 싶다. 곧 간다.

― 마이크로프트

---

17) tram-car : 말이 끄는 것이 있었고 기관차가 끄는 것이 있었다.

"캐도건 웨스트? 들어 본 적이 있는 이름인데."

"나는 아무 것도 생각나지 않는데. 하지만 마이크로프트 형이 이렇게 갑자기 찾아오다니! 정말 해가 서쪽에서 뜰 일이야. 참, 형이 무슨 일을 하는지 자네도 알지?"

'그리스어 통역' 사건 때에 있었던 일을 나는 어렴풋이 기억해 냈다.

"영국 정부에서 일한다고 말하지 않았나?"

홈즈는 미소를 지었다.

"사실, 그때는 자네에 대해 잘 알지 못해서 자세히 얘기하지 않았어. 누구나 국가에 관한 중대한 일을 얘기할 땐 신중해지기 마련이지. 자네 말대로 형은 영국 정부에서 일하고 있네. 하지만 어떤 의미에서 볼 때 가끔은 형이 정부 그 자체라고 할 수 있지."

"뭐?"

"놀랄 줄 알았지. 형은 연봉 450파운드를 받는 하급 공무원에다 명예욕이나 출세욕도 없지만 나라에서 가장 중요한 사람이라고 할 수 있어."

"무슨 일을 하는데?"

"정부에서도 유례를 찾아볼 수 없는 자리에 있지. 형이 직접 만든 자리야. 그런 자리는 전에도 없었고 앞으로도 없을 걸세.

형은 논리적이고 명석한 사람이야. 형만큼 기억력이 뛰어난 사람은 아마 없을 거야. 내가 기억력을 이용해 범죄를 수사하는 것처럼, 형은 기억력으로 이 특별한 일을 수행해. 각 부서에서 결정된 사항들을 알려주면 형은 그 정보들을 분석해서 종합적인 결론을 내린다네. 말하자면 정보처리센터라고 할 수 있어. 다른 부서에도 그 분야의 전문가들이 있긴 하지만, 형은 여러 방면에 걸쳐 폭넓은 전문지식을 갖추고 있지.

어떤 장관이 해군, 인도, 캐나다와 금은화폐의 비율 문제[18]에 관한 정보를 알고 싶어한다고 가정해 보세. 일반적인 경우라면, 여러 부서에서 필요한 정보들을 따로따로 수집하겠지. 하지만 마이크로프트 형은 한 번에 모든 정보들을 종합해서 결론을 제시할 수 있어. 정부는 처음에는 형을 신속하고 편리한 수단 정도로 여겼지만, 지금은 매우 중요한 사람으로 인정하고 있지. 그 뛰어난 두뇌에 모든 것들이 차곡차곡 저장되어 있기 때문에 필요할 때마다 즉시 꺼내 쓸 수 있어. 형이 한 말에 따라 국가정책이 결정 된 적도 여러 번 있었어. 형은 일 이외에 다른 것은 생각

---

18) 법화로서의 금과 은의 비율. 당시 이 문제는 특히 미국에서 정치상의 중요한 논의거리였다.

하지 않는 사람이야. 내가 찾아가서 조언을 구할 때 잠깐 일을 놓고 나를 도와주긴 하지만 그것 또한 형에게는 일종의 두뇌훈련과 같은 거야. 그런 형이 여기에 온다니 도대체 무슨 일이지? 캐도건 웨스트는 누구고, 형과 어떤 관계가 있는 걸까?"

"아, 생각났어!" 나는 소파 위에 흩어져 있는 신문들을 뒤적이며 소리쳤다. "그래, 여기 그 사람에 대한 기사가 있어! 화요일 아침에 지하철에서 캐도건 웨스트라는 젊은이가 죽은 채로 발견됐다는 기사야."

홈즈는 담배 파이프를 물려다가 멈추고는 자세를 고쳐 앉았다.

"왓슨, 이건 중대한 사건이야. 형이 일을 제쳐두고 달려올 정도라면 일반적인 죽음이 아닌 거야. 형이 어떤 이유로 이 사건을 맡은 걸까? 내 기억으로는 별다른 특징이 없는 사건이었어. 그 젊은이는 기차에서 뛰어내려 자살한 게 분명해. 소지품도 그대로였고, 외부에서 폭력을 가한 흔적도 없었으니까. 그렇지 않나?"

"검시 결과 새로운 사실들이 많이 나타났다는군. 좀 더 자세히 살펴봐. 이건 확실히 특이한 사건이야."

"그래, 형이 저렇게 관심을 가지는 걸 보니 아주 특별한 사건인 듯싶어." 홈즈는 안락의자에 등을 바싹 붙여 앉았다. "왓슨, 그 사건에 대해 자세히 말해 봐."

"그 남자의 이름은 아서 캐도건 웨스트. 27세의 독신으로 울위치 군수공장 직원이었어."

"공무원이었군. 그 점에선 마이크로프트 형과 관련이 있군."

"그는 월요일 밤 울위치에서 갑자기 사라졌지. 그를 마지막으로 만난 사람은 약혼녀 바이올렛 웨스트버리인데, 그날 7시 30분쯤에 안개 속에서 갑자기 헤어졌다고 해. 싸운 것도 아닌데 왜 그런 식으로 갔는지 모르겠다고 하더군. 그리고 다음 날 메이슨이라는 철로정비공이 런던 지하철 노선에 있는 앨드게이트 역 근처에서 웨스트의 시체를 발견했어."

"그게 언제지?"

"화요일 아침 6시. 시체는 동쪽으로 향하는 왼쪽 선로 위에서 누운 상태로 발견되었어. 역이 있는 터널에서 가까운 지점이었다는군. 머리는 심하게 뭉개졌는데, 기차에서 떨어질 때 그렇게 된 거래. 누운 자세로 보아 기차에서 뛰어내린 게 분명하다고 그러더군. 누군가 근처에 있는 마을에서 시체를 옮겨 온 거라면 개찰구를 통과해야만 하는데, 거기에는 항상 역무원이 서 있기 때문에 그가 열차에서 뛰어내린 게 확실하다고 봐야겠지."

"맞아. 그건 분명해. 그 사람이 죽어 있었든 살아 있었든 간에, 기차에서 뛰어 내렸거나 아니면 누가 밀었거나 둘 중 하나겠지. 계속하게."

"시체가 발견된 곳 옆에 있는 선로는 서쪽에서 동쪽으로 가로지르고 있어. 그 선로에는 도심에서만 운행되는 기차들과 월레스덴 역과 도심에서 먼 환승역에서 출발하는 기차들이 다니지. 웨스트는 월요일 밤 늦게 이 선로를 지나는 기차에 타고 있었던 게 분명해. 그런데 어느 역에서 탔는지는 알아내지 못했다는군."

"차표를 보면 알 수 있지 않나?"

"주머니를 뒤져 봤지만 차표는 없었어."

"표가 없었다고! 저런! 왓슨, 정말 이상하군. 표가 없으면 플랫폼에 들어갈 수 없잖아. 그렇다면 그가 어느 역에서 탔는지 숨기기 위해 범인이 표를 빼낸 걸까? 충분히 그럴 수 있어. 아니면 기차 안에서 표를 잃어버렸을지도 모르고. 이것도 가능한 얘기지. 그런데 도난을 당한 흔적이 없다고 했지?"

"전혀 없었네. 여기 소지품 목록이 있어. 지갑에는 2파운드 15실링이 들어 있었어. 캐피탈 앤 카운티 은행의 울위치 지점 수표책도 한 권 있었고. 그걸로 신원을 알 수 있었다는군. 그리고 그날 밤에 입장할 수 있는 울위치 극장 특석표 두 장과 기술서류 한 뭉치도 발견되었어."

홈즈는 만족스럽다는 듯이 말했다.

"이제야 알겠어! 왓슨! 영국정부, 울위치 군수공장, 기술 서류들, 마이크로프트 형, 이 모두가 연관이 있을 거야. 형이 도착한 것 같으니 직접 확인해 보자고."

잠시 후에 키가 크고 풍채가 당당한 마이크로프트 홈즈가 방으로 들어왔다. 그의 체구는 크고 묵직해서 투박하고 둔한 느낌을 주었지만, 커다란 몸 위에 있는 얼굴은 위엄 있는 이마와 날카로운 회색 눈, 굳게 다문 입술 때문에 치밀한 인상을 풍기고 있었다. 그의 인상은 커다란 몸집보다도 더 강한 느낌을 주었다.

그리고 우리의 오랜 친구인 스코틀랜드 야드의 레스트레이드 경감이 뒤를 따라 들어왔다. 경감은 마른 몸집에 엄숙한 분위기

를 풍기고 있었다. 두 사람의 표정이 심상치 않은 걸로 보아 중대한 일이 있는 게 분명했다. 경감은 아무 말 없이 악수를 청했다. 마이크로프트 홈즈는 외투를 벗느라 애를 쓰고 나서 안락의자에 털썩 주저앉았다.

"셜록, 정말 까다로운 사건이야. 난 습관을 깨는 걸 몹시 싫어하지만 이번만큼은 모른 척하고 지나칠 수 없어. 지금 태국의 상황 때문에 자리를 뜨는 게 어려웠지만, 이번 사건이 너무 위급해서 어쩔 수 없었지. 총리가 그렇게 걱정하는 건 처음 봤어. 해군 본부는 마치 벌집을 뒤집어 놓은 것처럼 소란스러워. 그 사건에 관한 기사는 읽어 봤니?"

"지금 막 읽었어. 그 기술서류들이라는 게 뭐야?"

"아, 그게 중요해. 다행히 아직 외부에 알려지지 않았어. 만일 알려지면 언론이 들끓겠지. 그 불쌍한 젊은이의 주머니 속에 있던 서류들은 브루스 파팅턴 잠수함 설계도야."

마이크로프트 홈즈의 심각한 표정은 그것이 매우 중대한 문제라는 사실을 알려 주었다.

홈즈와 나는 그가 계속 얘기하기를 기다렸다.

"잠수함에 대한 얘기를 들어 봤겠지? 모두들 소문으로 들어 보기는 했을 거야."

"이름은 알고 있어."

"아무리 강조해도 지나치지 않을 만큼 중요한 문제야. 정부에서 일급기밀로 정하고 지금까지 철저하게 보안을 유지해 왔어[19]. 브루스 파팅턴 잠수함의 행동반경 안에서 적함의 군사행동은 불가능하다고 해도 좋을 정도야. 2년 전 극비로 국가예산에서 거액을 지출해 그 잠수함의 발명 특허권을 사들였어. 그래서 정부에서는 그 사실이 새나가지 않도록 모든 노력을 기울였지. 설계도는 30개의 독립된 특허권들로 이루어져 있는데, 모두 전체 작업에 필수적인 것들이야. 정부는 그 설계도를 군수품 창고 근처의 비밀사무소에 있는 정교한 금고에 보관해 두었지. 사무실 문과 창문에 도난방지 장치가 설치되어 있어서 설계도를 빼내는 건 불가능한 일이야. 해군의 건함 본부장이라도 그 설계도를 보려면 울위치에 있는 비밀사무소까지 가야 해. 그런데 런던 한복판에서 죽은 젊은이의 주머니에서 그 설계도가 나왔단 말이야. 이건 정말 있을 수 없는 일이지."

"그렇지만 서류를 다시 찾았잖아."

"아냐, 셜록. 모두 다 찾지는 못했어. 울위치에서 없어진 서류

---

19) 이 말은 바로 위의 '모두들 소문으로 들어보기는 했을 거야'라는 대사와 모순된다.

는 모두 열 장인데 캐도건 웨스트의 주머니에서 발견된 건 일곱 장뿐이었어. 가장 중요한 서류 석 장이 없어진 거야. 셜록, 자질구레한 범죄들은 신경 쓰지 말고 우리 일을 도와주도록 해. 자네는 이제부터 매우 중요한 국제적인 문제를 해결해야 하는 거야. 캐도건 웨스트가 왜 그 서류들을 갖고 있었는지, 나머지 서류들은 어디에 있는지, 그가 어떻게 죽었는지, 시체가 왜 선로 위에 있었는지, 어떻게 하면 범인을 잡을 수 있는지, 이 문제들을 풀어야 해. 나라를 위해 이 일을 맡아 줘."

"왜 직접 해결하지 않지? 형도 나만큼 알아낼 수 있잖아."

"그럴지도 모르지. 하지만 세부적인 자료를 수집하는 게 문제야. 네가 자료를 수집해 줘. 그러면 전문가로서 내 의견을 말하지. 난 여기저기 뛰어다니면서 차장들을 조사하거나 돋보기를 들여다보는 일에는 서투르니 말이야. 사건을 해결할 수 있는 사람은 너밖에 없어. 다음 서훈자 명단[20]에 너의 이름을 올리고 싶다면……."

그의 말에 홈즈는 웃으며 고개를 가로저었다.

"난 일이 좋아서 하는 것뿐이야. 하지만 이 일은 확실히 흥

---

20) 국가에 공헌한 사람들의 명단으로 국왕 탄생일이나 신년 등에 발표한다.

미로운 점이 있으니 기꺼이 도와 드리지. 좀 더 자세한 얘기를 해 줘."

"자세한 내용은 이 종이에 써 왔어. 도움을 얻을 수 있는 주소도 몇 개 적어 두었지. 서류 보관인은 정부에서 일하는 유명한 제임스 월터 경이야. 그는 경험이 많을 뿐 아니라 신사적인 분이라 유명 인사들의 초청을 많이 받아. 그리고 애국심이 남다르기 때문에 서류를 빼돌릴 만한 사람은 아니야. 금고열쇠는 모두 두 개인데, 그중 하나를 제임스 경이 갖고 있어. 월요일 업무시간 중에는 서류가 분명히 금고 안에 있었고, 제임스 경은 열쇠를 갖고 3시쯤 사무실에서 나와 런던으로 갔다고 했어. 그리고 사건이 일어난 날 밤에는 바클레이 광장에 있는 싱클레어 제독의 집에 있었다는군."

"그게 확실해?"

"그래. 동생인 밸런타인 월터 대령이 그가 울위치에서 출발했다는 걸 입증했고, 런던에 도착한 사실은 싱클레어 제독이 확인해 주었어. 그러니 제임스 경은 이 사건과 직접적인 관련이 없어 보여."

"또 누가 열쇠를 갖고 있지?"

"상급 사무관이자 설계사 시드니 존슨. 40대의 기혼으로 다섯 명의 자녀를 두고 있어. 말수가 적고 침울한 인상을 주는 사람이야. 근무성적은 아주 뛰어나더군. 동료들에게 인기는 없지만 일은 열심히 하는 모양이야. 그와 부인의 진술에 의하면, 그날 퇴근 후에 계속 집에 있었대. 열쇠는 항상 시곗줄에 걸어서 갖고 다닌다고 했어."

"캐도건 웨스트에 대해서도 말해 줘."

"그는 군수공장에서 10년 동안 근무했고 근무성적도 좋았어. 성격이 급하고 충동적인 면이 많은 걸로 유명하지만 정직하고 심성이 착했다는군. 그에 관해서 나쁜 얘기는 듣지 못했어. 사무실에서 시드니 존슨보다 지위가 한 단계 낮아. 캐도건은 업무상 매일 개인적으로 설계도를 볼 기회가 있었어. 사무실에서 서류를 취급하는 사람은 캐도건뿐이었지."

"그날 밤에는 누가 금고 문을 잠갔지?"

"상급 사무관 시드니 존슨 씨였지."

"그렇다면 하급 사무관 캐도건 웨스트가 서류를 빼낸 게 분명하군. 그에게서 서류가 발견되었으니까. 그렇지 않나?"

"그래, 셜록. 하지만 설명하기 어려운 점이 많아. 제일 궁금한 건 그가 왜 서류를 가져갔느냐 하는 점이야."

"그만한 가치가 있기 때문이겠지."

"그걸 넘기면 수천 파운드는 쉽게 벌겠지."

"서류를 갖고 런던에 갈 만한 다른 이유가 있을까?"

"그건 모르겠어."

"그러면 팔아넘길 목적으로 서류를 빼돌렸다고 가정해 볼게. 웨스트는 복사한 열쇠로 금고문을 열고 서류를 꺼냈을 거야."

"복사한 열쇠를 여러 개 갖고 있었겠지. 건물 출입문과 사무실 문도 열어야 했을 테니 말이야."

"그렇군. 그럼 열쇠를 여러 개 갖고 있었다고 가정해 보자고. 그는 서류를 런던으로 가져가서 그 내용을 팔아넘기고 다음 날 아침 사람들이 출근하기 전에 금고에 다시 넣어 두려고 했을 거야. 하지만 계획과는 달리 런던에서 그런 반역죄를 저지르다가 살해당한 거겠지."

"어떻게 살해당했다는 거지?"

"울위치로 돌아오는 길에 누군가 그를 살해한 다음 기차 밖으로 던진 게 아닐까?"

"시체는 앨드게이트에서 발견됐어. 그곳은 울위치로 가는 노선에 있는 런던 브리지 역에서 상당히 떨어진 지점이야."

"그가 런던 브리지를 지나친 것에 대해서는 여러 가지 정황을 생각해 볼 수 있어. 예를 들어 기차 안에서 누군가와 얘기하느라 정신이 없었다고 해. 그러다가 싸움이 벌어지고 격렬한 싸움 끝에 목숨을 잃을 수도 있지. 아니면 기차에서 내리다가 선로로 떨어져서 죽었을지도 몰라. 다른 사람이 기차 문을 닫았고, 짙은 안개 때문에 아무 것도 보이지 않았을 거야."

"지금 우리가 갖고 있는 정보로는 더 적절한 설명을 하기 어려워. 하지만 네가 더 생각해야 할 부분들이 있어. 캐도건 웨스트가 서류를 런던으로 가져가기로 작정했다고 가정해 보자. 그는 외국 스파이와 만날 약속을 했을 거고, 그 때문에 저녁시간을 비워 두었을 거야. 그런데 실제로는 극장표를 두 장 사서 약혼녀와 함께 극장으로 가다가 갑자기 사라졌어."

"눈가림을 하려고 그랬을 겁니다." 초조한 표정으로 앉아서 두 사람의 대화를 듣고 있던 레스트레이드가 말했다.

"정말 이상해. 그리고 또 다른 의문점이 있어. 그가 런던에 가서 외국 스파이를 만났다면 아침이 밝기 전에 서류를 다시 가져와야 했겠지. 그렇지 않으면 서류가 없어진 게 탄로가 날 테니까. 그가 처음에 가져간 서류는 열 장인데 나중에 주머니에서 나온 건 일곱 장뿐이었어. 그렇다면 나머지 세 장은 어떻게 된 걸까? 아무 조건 없이 순순히 내줄 리는 없었을 텐데. 그럼 받은 돈은 대체 어디에 있지? 주머니에 거액이 있을 거라고 생각했지만 그렇지 않았어."

"무슨 일이 있었는지 알겠어요. 그는 서류를 팔 목적으로 가져갔다가 흥정이 제대로 이루어지지 않자 그냥 집으로 돌아가려고 했던 겁니다. 그런데 스파이가 기차 안까지 따라와서 그를 살해하고 가장 중요한 서류만 훔쳐 간 거죠. 모든 게 맞아떨어지지 않습니까?" 레스트레이드가 말했다.

"그랬다면 왜 기차표를 갖고 있지 않았을까요?"

"표가 있으면 스파이의 집에서 가장 가까운 역이 어딘지 알려질 테니까 주머니에서 표를 꺼내 가져간 겁니다."

"레스트레이드, 훌륭합니다." 홈즈가 말했다. "앞뒤가 맞는 말이군요. 그 말이 맞는다면 이 사건은 끝난 거나 다름없습니다. 서류를 빼돌린 사람은 이미 죽었고, 브루스 파팅턴 잠수함 설계도는 다른 나라로 넘어갔을 테니까요. 우리가 할 일은 더 이상 아무 것도 없지요."

"셜록, 이렇게 손놓고 있으면 안 돼! 어서 움직여!" 마이크로프트가 자리에서 벌떡 일어나며 소리쳤다. "내 생각은 경감과 달라. 셜록, 네 능력을 발휘해 봐! 범죄현장에 가서 관련자들을 만나 하나도 남김없이 조사해! 국가를 위해 이보다 더 훌륭한 일을 할 수 있는 기회는 다시없을 거야."

"알았어." 홈즈가 어깨를 으쓱하며 대답했다. "왓슨, 같이 가세! 레스트레이드, 한두 시간만 내 주실 수 있겠습니까? 앨드게이트 역에 가서 조사를 해야겠습니다. 형, 조심해 가. 저녁 전에 결과를 알려 줄게. 하지만 너무 기대하지는 마."

한 시간 후, 홈즈와 레스트레이드, 그리고 나는 앨드게이트 역 바로 앞에 있는 터널에서 기차가 빠져 나오는 지점에 있는 철로 위에 서 있었다. 붉은 얼굴의 예의바른 신사가 철도회사를 대표해서 조사현장에 참석했다.

"이 지점에 시체가 있었습니다." 그는 선로에서 3피트 떨어진 곳을 가리켰다. "위에서 떨어지진 않았을 겁니다. 보시다시피 방어벽이 있으니까요. 결국 기차에서 떨어졌다는 얘기가 됩니다. 지금까지 저희가 조사한 바로는 그 기차가 월요일 자정쯤에 이곳을 지나간 것으로 추측됩니다."

"기차를 조사했을 때 폭을 휘두른 흔적은 없었습니까?"

"그런 건 없었습니다. 차표도 발견되지 않았어요."

"문이 열려 있던 흔적은 없었습니까?"

"없었습니다."

"오늘 아침에 새로운 증거를 찾았어요. 한 승객이 월요일 밤 11시 40분쯤 메트로폴리탄 선 일반기차를 타고 앨드게이트 역을 지나다가 기차가 역에 도착하기 바로 전에 무거운 물체가 쿵 하고 떨어지는 소리를 들었답니다. 아마 시체가 선로에 떨어지는 소리였을 겁니다. 하지만 안개가 너무 자욱해서 아무 것도 보이지 않았다고 합니다. 그래서 바로 신고하지 않았다는군요. 아니, 홈즈 씨, 무슨 문제라도 있습니까?"

홈즈는 몹시 긴장된 표정으로 서서 터널 밖으로 선로가 구부러져 나오는 지점을 뚫어지게 쳐다보고 있었다. 앨드게이트는 환승역이기 때문에 선로가 그물처럼 얽혀 있었다. 그는 열의와 호기심에 찬 눈빛으로 그 지점을 응시한 채 눈을 떼지  않았다. 그는 날카롭고 경계하는 듯한 표정을 하고 입술을 굳게 다물고 콧구멍을 가늘게 떨며, 집중하느라 눈썹을 잔뜩 찌푸리고 있었다. 홈즈의 그런 표정은 내게 전혀 낯선 것이 아니었다.

"포인트[21], 포인트야." 그가 중얼거렸다.

"포인트라뇨? 그게 뭡니까?"

....

21) 차량을 다른 선로로 이동시키기 위해 선로가 갈라지는 곳에 설치한 장치.

"이 같은 시스템에는 일반적으로 포인트가 그다지 많지 않죠?"

"네, 별로 없습니다."

"그리고 커브도 있군요. 포인트와 커브. 맞아, 바로 그거야!"

"홈즈 씨, 뭐라고 하시는 겁니까? 무슨 단서라도 알아낸 겁니까?"

"떠오르는 게 있어서요. 아직 확실한 건 아닙니다. 이 사건은 아주 흥미롭고 특별하군요. 그런데 왜 선로에 핏자국이 없습니까?"

"핏자국은 처음부터 거의 없었습니다."

"부상이 심했을 텐데요."

"뼈가 으스러졌지만 겉에는 큰 상처가 없었습니다."

"그래도 어느 정도는 피를 흘렸을 겁니다. 그날 밤안개 속으로 뭔가 떨어지는 소리를 들은 승객이 있다는데, 그 승객이 탔던 기차를 조사해 볼 수 있을까요?"

"홈즈 씨, 그건 어렵겠군요. 그 기차는 모두 분리되어 여러 기차에 연결됐으니까요."

"홈즈 씨, 모든 차량들을 꼼꼼히 조사했다고 장담할 수 있습니다. 제가 직접 살펴봤어요." 레스트레이드가 말했다.

내 친구의 단점 중 하나는 자기보다 머리가 둔한 사람을 참지 못한다는 것이다.

"그랬겠지요." 홈즈가 돌아서며 말했다. "하지만 제가 조사하고 싶었던 건 차량이 아닙니다. 왓슨, 이제 여기서 할 일은 끝났어. 레스트레이드, 더 이상 폐를 끼칠 일은 없을 겁니다. 울위치로 가서 수사를 해야 하니까요."

홈즈는 런던 브리지에서 마이크로프트에게 보낼 전보를 썼는데, 나에게 읽어 보라며 건네주었다. 전보는 다음과 같은 내용이었다.

> 단서를 몇 가지 찾았지만 아직 확실하지 않음. 지금까지 영국에 알려진 외국 스파이들이나 국제 스파이들의 이름과 주소를 베이커 가로 보내줘.
>
> – 셜록

"이걸 알아내면 도움이 될 거야, 왓슨." 울위치로 가는 기차 안에서 홈즈가 말했다. "마이크로프트 형 덕분에 정말 놀랄 만한 사건을 맡게 됐군."

홈즈의 열성적인 얼굴에는 여전히 팽팽한 긴장감이 감돌았다. 그의 표정을 보니 추리에 한층 활기를 불어넣을 새롭고 의미심장한 상황이 펼쳐지고 있다는 사실을 알 수 있었다. 개집에서 귀와 꼬리를 축 늘어뜨리고 빈둥거리는 폭스하운드가 먹잇감의 냄새를 맡고는 눈을 번뜩이며 근육에 잔뜩 힘을 주고 가슴 높이까지 뛰어오르는 개로 탈바꿈한 것처럼 홈즈 역시 아침과는 전혀 다른 모습이었다. 몇 시간 전만 해도 짙은 안개에 둘러싸인 집의 방 안에서 회색가운을 입고 맥 빠진 얼굴로 어슬렁거리더니 지금은 아주 다른 사람이 된 듯했다.

"단서는 여기 있어. 금방 알아차릴 수도 있었는데 어리석게 그 가능성들에 대해서는 생각하지 못했던 거야."

"나는 아직도 모르겠어."

"끝이 어떻게 될지는 나도 몰라. 하지만 사건을 해결할 수 있을 것 같군. 남자는 다른 곳에서 죽었고, 시체는 기차 지붕 위에 있었지."

"지붕이라니?"

"정말 놀라운 일 아닌가? 하지만 좀 더 생각해 보게. 포인트 위를 지나갈 때 기차는 덜컹거리며 흔들리게 되지. 그런데 시체가 바로 그 지점에서 발견되었다는 게 단순히 우연일까? 그 지점이라면 지붕에 있던 시체가 떨어질 수 있었겠지. 기차 안에 있는 사람은 포인트의 영향을 받지 않아. 어쨌든 시체는 지붕에서 떨어졌거나 아니면 아주 이상한 우연으로 그 자리에서 발견된 거겠지. 그리고 핏자국에 대해서도 생각해 봐. 다른 곳에서 살해된 후 옮겨졌다면 선로 위에 핏자국이 없는 게 당연하지. 이런 사실들은 모두 그 의미하는 바가 커. 한데 묶어서 생각하면 상당히 설득력이 있어."

"아, 차표도 그래!" 내가 소리쳤다.

"맞았어. 차표가 없는 이유에 대해서는 아무도 설명하지 못했어. 하지만 내 추리를 적용해 보면 간단하게 해결돼. 모든 게 들어맞아."

"그렇다 해도 웨스트가 왜 죽었는가 하는 수수께끼는 풀리지 않는군. 간단해지는 게 아니라 오히려 점점 더 희미해지는 것 같아."

"그럴지도 몰라." 그는 뭔가 생각하는 듯한 목소리로 말했다. 그리고는 기차가 울위치 역에 천천히 들어설 때까지 아무 말 없이 깊은 생각에 잠겨 있었다. 마차로 갈아타자 홈즈는 마이크로프트가 건네준 종이를 꺼냈다.

"오후에 잠시 들러야 할 곳이 있어. 제임스 월터 경부터 만나야 해."

그 유명한 공무원은 템스 강을 따라 쭉 뻗은 정원이 있는 커다란 저택에 살고 있었다. 우리가 도착했을 때 안개가 조금씩 걷히면서 안개 속으로 가느다랗고 엷은 햇살이 비치고 있었다. 벨을 울리자 집사가 문을 열었다.

"제임스 경을 만나러 오셨습니까?" 집사는 엄숙한 표정으로 말했다. "제임스 경은 오늘 아침에 돌아가셨습니다."

"이럴 수가!" 홈즈가 놀라서 소리쳤다. "어떻게 돌아가신 겁니까?"

"들어오셔서 제임스 경의 동생 밸런타인 대령을 만나 보십시오."

"그러는 게 좋겠군요."

우리는 집사의 안내를 받아 어두침침한 거실로 들어갔다. 잠시 후에 밝은 색 턱수염을 기른 키가 크고 잘생긴 50대 남자가 들어왔다. 제임스 경의 동생 밸런타인 대령이었다. 제정신이 아닌 듯 흐릿한 눈빛과 눈물로 얼룩진 볼, 헝클어진 머리카락이 이 집안에 들이닥친 갑작스런 불행을 말해 주는 듯했다. 그는 몹시 충격을 받았는지 분명하지 않은 발음으로 이야기를 꺼냈다.

"그 무서운 소문 때문이었습니다. 형은 명예를 굉장히 중요하게 생각하는 사람이었으니 그런 소문을 견디기 어려웠을 겁니다. 그 일로 마음이 몹시 상했던 것 같습니다. 언제나 자신이 담당한 부서가 능률이 뛰어나다는 것을 자랑스럽게 여겼으니까요. 하지만 형이 죽다니 믿을 수 없습니다."

"저희는 제임스 경에게서 사건에 도움이 될 만한 단서를 얻을 수 있을까 해서 찾아왔습니다만."

"그 사건은 다른 사람들과 마찬가지로 형에게도 수수께끼 같은 일이었어요. 형은 경찰조사에서 알고 있던 사실을 모두 얘기했습니다. 캐도건 웨스트가 범인이라고 믿었지요. 하지만 그 밖에 다른 건 전혀 모른다고 했습니다."

"그 사건에 대해 짐작 가는 것이라도 있습니까?"

"저도 신문에서 읽고 소문으로 들은 내용을 빼면 아는 게 없습니다. 무례하게 들릴지도 모르지만 이해해 주시기 바랍니다. 지금은 너무 경황이 없어서 길게 얘기할 수 없군요."

"정말 생각지도 않은 일이 일어났군." 홈즈가 다시 마차에 오르면서 말했다. "노환으로 죽은 건지 자살한 건지 궁금해. 만일 자살했다면 의무를 소홀히 했다는 자책감 때문에 그런 거겠지? 그 문제는 다음에 생각하도록 하지. 지금은 캐도건 웨스트의 집으로 가야 하니까."

교외에 있는 웨스트의 집은 작지만 손질이 잘 되어 있었고, 아들을 잃은 어머니가 혼자 살고 있었다. 나이든 부인은 너무나 깊은 슬픔에 잠겨 있어서 우리에게 도움이 될 만한 얘기를 들려줄 수 있는 상황이 아니었다. 부인 옆에는 얼굴이 하얀 아가씨가 서 있었다. 바이올렛 웨스트버리라고 이름을 밝힌 그녀는 웨스트의 약혼녀로, 사건이 일어나던 날 밤 마지막으로 그를 본 사람이 자신이라고 말했다.

"홈즈 씨, 정말 이해할 수 없어요. 그 사건이 있던 날부터 지금까지 밤낮으로 생각하고 또 생각했어요. 진실이 뭔지 정말 알고 싶어요. 아서는 누구보다도 성실하고 용감하며 애국심이 강했어요. 그는 자신에게 맡겨진 나라의 기밀을 파느니 차라리 오른손을 자르는 편이 낫다고 생각했을 거예요. 서류를 팔았다는 건 말도 안 됩니다. 그런 짓을 할 사람이 절대 아니에요. 그를 아는 사람이라면 누구나 저처럼 생각할 거예요."

"하지만 웨스트버리 양, 그가 범인이라는 증거가 있지 않습니까?"

"네, 그 부분에 대해서는 저도 아는 바가 없어요."

"돈이 궁하지 않았나요?"

"아니에요. 그는 검소했기 때문에 월급만으로도 충분히 생활할 수 있었어요. 저금한 돈도 몇백 파운드가 있어서 내년에 결혼식을 올리려고 했어요."

"약혼자의 마음이 흔들린다는 느낌은 없었습니까? 웨스트버리 양, 솔직하게 얘기해 주셔야 합니다."

홈즈는 그녀의 태도가 약간 달라지는 것을 눈치챈 모양이었다. 그녀는 얼굴을 붉힌 채 한동안 망설이더니 마침내 털어놓았다.

"네. 무슨 고민이 있는 것 같았어요."

"그게 언제부터였습니까?"

"아마 지난주부터 그랬을 거예요. 생각에 잠겨서 뭔가를 걱정하는 것 같았어요. 한번은 제가 다그치면서 물었더니 직장일 때문에 걱정이 있다고 했어요. '너무 중요한 문제라 당신한테도 말할 수 없어.'라는 말뿐이었어요. 그리고 더 이상은 얘기하지 않더군요."

홈즈는 심각한 표정으로 그녀의 말을 경청했다.

"웨스트버리 양, 계속하세요. 설사 그에게 불리한 말일지라도 숨기지 말고 말해야 합니다. 아무도 결과를 예측할 수 없으니까요."

"정말 더 이상은 할 말이 없어요. 제게 뭔가 말하려고 한 적이 한두 번 있었어요. 어느 날 저녁, 아주 중요한 비밀이라고 하면서 외국 스파이라면 거액을 주고서 그 비밀을 살 거라고 말했던 게 기억나요."

홈즈의 얼굴이 한층 더 심각해졌다.

"그 밖에 다른 말은 없었나요?"

"나라에서 그 문제를 너무 소홀하게 여긴다고 했어요. 나라를 팔아먹으려는 사람이 그 설계도를 쉽게 손에 넣을 수 있다고 하더군요."

"그런 말을 한 게 최근이었습니까?"

"네, 바로 얼마 전이었어요."

"마지막 날 밤에 무슨 일이 있었는지 얘기해 주세요."

"극장에 가는 길이었는데, 안개가 너무 심해서 마차를 타도 소용이 없었어요. 그래서 극장까지 걸어가기로 했는데 도중에 사무실 앞에 이르자 그 사람이 안개 속으로 뛰어들더니 그대로 사라졌어요."

"아무 말도 없었습니까?"

"저는 소리를 질렀지만, 그 뒤로 아무 소리도 들리지 않았어요. 거기서 한참을 기다렸지만 돌아오지 않았어요. 그래서 혼자 집까지 걸어갔지요. 다음 날 아침에 사람들이 조사하러 저를 찾아왔고, 12시쯤에 그 끔찍한 소식을 듣게 되었죠. 홈즈 씨! 제발 그이의 명예를 찾아 주세요. 그는 명예를 소중히 여기는 사람이었어요."

홈즈는 슬픈 얼굴로 고개를 가로저었다.

"왓슨, 가세. 다른 곳에서 단서를 찾아야 할 것 같군. 서류가 있던 사무실로 가 보세."

마차가 덜컹거리며 달리기 시작하자 홈즈가 말했다.

"이 젊은이에게는 혐의가 충분해. 조사를 할수록 혐의가 더 짙어지는 느낌이야. 결혼을 앞두고 있다는 사실도 범죄의 동기가 될 수 있어. 돈이 필요한 것도 당연하지. 약혼녀에게 그 비밀에 대해 얘기할 때부터 그의 머릿속은 돈에 대한 생각으로 가득

했겠지. 약혼녀에게 계획을 알려 주고 반역죄의 공범으로 끌어들일 생각이었을 거야. 아주 나쁜 일을 꾸미고 있었던 거지."

"하지만 웨스트버리 양의 말로는 그럴 사람이 아니라고 하지 않았나? 그리고 약혼녀를 길거리에 남겨 둔 채 그런 짓을 하러 뛰어갔다는 것도 이상해."

"맞아, 분명 이상한 점이 있어. 이건 한두 가지 의문점으로 판단할 수 있을 만큼 간단한 사건이 아니야."

사무실에 도착해서 홈즈가 명함을 내밀자 상급 사무관 시드니 존스가 우리를 정중하게 맞이했다. 그는 마르고 퉁명스런 얼굴에 안경을 낀 중년남자로 뺨이 푹 꺼진 데다 신경질적으로 손을 떨고 있었다.

"정말 안된 일이에요. 부장이 돌아가셨다는 얘기 들으셨어요?"

"지금 그 집에서 오는 길입니다."

"사무실이 엉망입니다. 부장과 캐도건 웨스트가 죽었고 서류는 사라졌습니다. 월요일 저녁에 퇴근할 때까지만 해도 아무 이상이 없었어요. 정말 생각하고 싶지도 않습니다. 웨스트가 그런 짓을 저지르다니!"

"그렇다면 웨스트가 범인이라는 말씀이시군요?"

"그렇게밖에 생각할 수 없군요. 하지만 제 자신처럼 그를 신뢰했던 건 사실입니다."

"월요일에는 사무실 문을 몇 시에 닫았습니까?"

"5시에 닫았습니다."

"직접 잠그셨나요?"

"항상 제가 마지막으로 퇴근합니다."

"설계도는 어디 있었죠?"

"금고에 있었습니다. 제가 서류를 그 안에 넣고 문을 잠갔어요."

"이 건물에 경비원이 있습니까?"

"네, 하지만 경비원은 여기뿐만 아니라 다른 부서들도 관리하고 있어요. 퇴역군인인데 아주 믿을 만한 분입니다. 그날 밤 아무 것도 못 봤다고 하더군요. 하긴 안개가 잔뜩 끼어 있었으니까요."

"캐도건 웨스트가 퇴근 후에 사무실에 침입할 생각이 있었다면 열쇠가 세 개가 필요했겠군요. 그래야 금고에서 서류를 꺼낼 수 있었겠죠."

"네, 출입문과 사무실, 금고열쇠가 필요하지요."

"열쇠를 가진 사람은 제임스 월터 경과 당신뿐이지요?"

"저는 금고 열쇠만 갖고 있습니다."

"제임스 경은 규칙적으로 생활하시는 분이었나요?"

"네, 그랬던 것 같아요. 항상 같은 고리에 열쇠 세 개를 끼워서 갖고 다녔으니까요. 사무실에서 열쇠고리를 들고 있는 걸 자주 보았습니다."

"런던에 갈 때도 열쇠고리를 가져갔겠지요?"

"그랬다고 했어요."

"당신도 열쇠를 항상 갖고 다닙니까?"

"네, 언제나 몸에 지니고 있어요."

"웨스트가 범인이라면 복사한 열쇠를 갖고 있었겠군요. 하지만 시체에서는 열쇠가 발견되지 않았습니다. 그리고 또 하나, 만일 그 서류를 팔 생각이었다면 원본을 훔치는 것보다 손으로 베끼는 편이 더 수월하지 않았을까요?"

"원본을 베끼려면 상당한 전문지식이 필요합니다."

"제임스 경과 당신, 웨스트 씨 모두 전문지식을 갖고 있지 않습니까?"

"그렇긴 하지만 홈즈 씨, 제발 이 일에 저를 끌어들이지 마세요. 웨스트의 시체에서 원본이 발견되었는데 저희를 의심해 봐야 아무 소용이 없지 않습니까?"

"안전하게 원본을 베낄 수 있는데도 위험을 무릅쓰면서까지 서류를 훔쳤다니 정말 이상하군요. 베낄 기회도 충분했을 텐데 말입니다."

"이상한 일이긴 하지만 훔친 건 사실이잖아요."

"조사하면 할수록 설명하기 어려운 일들뿐이군요. 현재 서류가 세 장 사라졌는데, 제가 듣기론 아주 중요한 서류들이라고 하더군요."

"네, 그래요."

"그 세 장만 있으면 나머지 일곱 장이 없어도 브루스 파팅턴 잠수함을 만들 수 있다는 뜻입니까?"

"해군본부에 그런 보고를 올린 적이 있습니다만, 오늘 설계도를 다시 살펴보니 꼭 그렇다고 할 수는 없더군요. 되찾은 서류들 가운데 자동조절 홈이 있는 이중밸브에 관한 서류가 있어요. 외국인들이 그 밸브를 발명하지 못한다면 잠수함을 만들 수 없습니다. 물론 그런 문제는 얼마 안 가서 결국에는 해결하겠지요."

"어쨌든 제일 중요한 서류들이 사라진 거지요?"

"그렇습니다."

"괜찮다면 건물 안을 보고 싶군요. 질문은 이걸로 충분합니다."

홈즈는 금고자물쇠와 사무실 문, 그리고 창문에 달린 덧문을 살펴보았다. 잔디밭으로 나오자 홈즈는 상당히 주의를 기울여 주변을 둘러보았다. 창밖에는 월계수 덤불이 있었는데 가지가 구부러지고 잘려 나간 곳이 여러 군데 있었다. 그는 돋보기를 꺼내 나뭇가지와 그 아래 땅바닥에 희미하게 남아 있는 발자국을 자세히 들여다보았다. 마지막으로 그는 상급 서기관에게 쇠 덧문을 닫아 달라고 부탁하고는 덧문을 가리키며 내게 말했다.

"덧문이 창틀에 꼭 맞지 않아서 밖에 있는 사람이 사무실 안에서 무슨 일이 일어나는지 엿볼 수 있군. 사흘 동안 엿보는 바람에 발자국이 모두 뭉개져서 중요한 단서가 될 수 있을지 모르겠어. 왓슨, 울위치에서는 알아낼 게 없어. 별로 수확이 없다는 말이지. 런던에 가서 조사하는 게 더 나을 것 같아."

뜻밖에도 우리는 울위치 역을 떠나기 전에 단서를 하나 더 찾을 수 있었다. 매표소 직원이 월요일 밤에 캐도건 웨스트를 보았다는 것이다.

"낯익은 얼굴이라 금방 알아보았지요. 8시 15분에 출발하는 런던 브리지 행 기차를 타고 런던으로 가더군요. 일행은 없었고 3등칸 표를 한 장 샀어요. 그는 흥분한 상태였고 몹시 불안해 보였어요. 몸을 심하게 떠는 바람에 거스름돈도 제대로 줍지 못했어요. 보다 못해서 제가 돈을 집어 드렸다니까요."

기차표를 보면서 추측해 보니, 웨스트가 7시 30분에 약혼녀를 내팽개치고 역으로 달려왔다면, 8시 15분에 출발하는 첫차를 탔을 가능성이 높았다.

"왓슨, 처음부터 다시 생각해 보세." 30분 동안 말없이 생각에 잠겨 있던 홈즈가 마침내 입을 열었다.

"우리가 함께 한 사건 중에서 이번만큼 까다로운 것도 없었을 거야. 새로운 사실을 알아내면 또 다른 문제가 버티고 있으니 말이야. 하지만 분명히 수사에 진전은 있었어. 울위치에서의 수사는 대체로 캐도건 웨스트에게 불리했지만 창문에서 발견한 흔적들로 미루어 그에게 유리한 가정들을 세워 볼 수 있지. 예를 들어 외국 스파이가 그에게 접근했다고 가정해 볼까. 아무에게도 말하지 않겠다고 약속했지만, 약혼녀에게 한 말을 보면 서류를 넘길 생각을 갖고 있었던 것 같아. 다음으로 약혼녀와 극장으로 가던 웨스트가 안개 속에서 그 스파이가 사무실 쪽으로 가는 모습을 언뜻 보았다고 가정해 보자고. 그는 충동적인 성격이라 곧바로 스파이의 뒤를 쫓아갔겠지. 그때 비로소 자신의 의무가 생각난 거야. 웨스트는 창밖에 숨어서 스파이가 금고에 있는 서류를 훔치는 것을 보고는 그 뒤를 따라갔어. 이런 식으로 생각해 보면 '도면을 베낄 수 있으면서도 왜 원본을 훔쳤을까?'라는 의문은 해결할 수 있지. 외부사람이었기 때문에 원본을 훔칠 수밖에 없었던 거야. 여기까지는 앞뒤가 잘 들어맞아."

"그 다음은 어떻게 된 건가?"

"그 다음이 문제야. 그런 상황이라면 도둑을 붙잡고 나서 바로 사람들에게 알리는 게 당연하지. 그런데 캐도건 웨스트는 그렇게 하지 않았어. 혹시 서류를 훔친 사람이 부장이 아니었을까? 그렇다면 웨스트의 행동이 이해가 가는데 말이야. 부장이 안개 속에서 웨스트의 추적을 따돌리자 부장을 앞질러서 런던에 있는 집으로 출발했던 게 아니었을까? 물론 웨스트가 부장의 집이 어딘지 안다는 가정 하에서 말이지. 아무런 설명도 없이 약혼녀를 안개 낀 거리에 세워 두고 사라진 걸 보면 상황이 아주 급했던 모양이야. 그 다음부터는 단서가 없어. 지금 세운 가정들과 주머니에 서류 일곱 장이 들어 있던 웨스트의 시체가 메트로폴리탄 선 기차 지붕 위에 있었다는 사실 사이에는 차이가 있어. 그래서 이제 반대방향에서 조사할 생각이야. 마이크로프트 형이 주소록을 보내 주면 그중에 용의자를 골라서 양방향으로 추적할 수 있을 거야."

베이커 가에 돌아와 보니 마이크로프트가 보낸 답장이 도착해 있었다. 정부의 문서 송달 담당이 속달로 배달한 것이다. 홈즈는 편지를 훑어보고 나서 내게 던져 주었다.

잔챙이들은 많지만 그런 일을 다루는 거물들은 아주 적어. 의심이 가는 사람은 세 사람이야.
아돌프 메이어 : 웨스트민스터 구 그레이트 조지 가 13
루이 라 로티에르 : 노팅 힐 캠든 맨션
휴고 오버슈타인 : 켄싱턴 구 콜필드 가든 13
휴고 오버슈타인은 월요일에 시내에 있었는데 지금은 없다는 보고가 들어왔어. 몇 가지 단서를 찾았다니 기쁘다. 내각은 네가 사건을 해결하기를 간절히 바라고 있어. 가장 높은 부서에서 긴급 대리인들을 파견했어. 필요한 것이 있으면 국가에서 모두 지원해 줄 거다.

– 마이크로프트

"여왕이 모든 말과 병사들을 내 준다고 해도 별로 쓸모가 없을 걸." 홈즈가 웃음 띤 얼굴로 말했다. 그는 커다란 런던 지도를 펼쳐 놓고 열심히 들여다보더니 이윽고 만족스러운 목소리로 탄성을 질렀다. "그래, 이제야 제대로 돌아가는 것 같군. 왓슨, 솔직히 말하면 우리가 결국 이 사건을 훌륭하게 해결할 거야." 그는 들뜬 표정으로 내 어깨를 툭 쳤다. "나는 이제 나가 봐야겠어. 미리 살펴보러 가는 거야. 자네처럼 믿을 만한 동료이자 전기 작가가 곁에 없다면 이처럼 중요한 일들을 해내지 못할 거야. 1시간 후에 돌아올 테니 자네는 여기 있어. 기다리기 지루하면 종이와 펜을 꺼내서 우리가 어떻게 나라를 구했는가에 대한 이야기를 써 봐."

홈즈는 아주 기쁘지 않는 한 엄격한 태도에서 크게 벗어나지 않는 사람이기 때문에, 그의 자신만만한 태도를 보고 나도 덩달아 기운이 났다. 나는 홈즈가 돌아오길 기다리며 긴 11월의 밤을 초조하게 보냈다. 9시가 조금 지나자 집배원이 찾아와 홈즈의 짧막한 편지를 전달했다.

켄싱턴 구 글로스터 가 골드니 식당에서 저녁식사 중. 지금 즉시 오게. 쇠 지렛대, 손전등, 끌, 권총을 가져오게.

— S. H.

선량한 시민이 그런 도구를 갖고 어둡고 안개에 싸인 밤거리를 돌아다닌다는 것은 아무래도 난처한 일이었다. 나는 그 장비들을 외투 안에 조심스럽게 감추고는 마차를 타고 홈즈가 알려준 식당으로 갔다. 홈즈는 화려한 이탈리아 식당 입구 가까이에 있는 둥근 탁자에 앉아 있었다.

"뭘 좀 먹었나? 그러면 커피와 큐라소[22]를 마시지. 이 식당에서 파는 시가를 한 대 피워 보게. 생각보다 독하지 않군. 부탁한 물품들은 가져왔지?"

"외투 안에 있어."

"잘했어. 내가 여기서 조사한 것과 앞으로 우리가 해야 할 일에 대해 간단히 말하지. 왓슨, 젊은이의 시체는 기차지붕에 있었던 게 틀림없어. 시체는 기차가 아니라 기차 지붕에서 떨어진 거야."

"혹시 육교에서 떨어진 건 아닐까?"

"그건 불가능해. 기차 지붕을 보면 약간 둥그스름하고 주변에는 난간이 없어. 그러니까 캐도건 웨스트의 시체는 틀림없이 그곳에 있었을 거야."

"어떻게 시체를 지붕 위에 올렸을까?"

"그게 문제야. 그런데 방법이 하나 있어. 지하철은 웨스트엔드의 어느 지점에 있는 터널에서 나와. 언젠가 지하철을 타고 그 옆을 지나친 적이 있는데 머리 위쪽으로 창문들이 보였던 게 어

---

22) 오렌지 향료가 든 술.

렴풋이 기억나. 기차가 그런 창문 아래서 멈춘다면 지붕 위에 시체를 얹는 건 별로 어렵지 않을 거야."

"글쎄, 불가능하게 보이는데."

"모든 가능성이 사라졌을 때는 옛날 격언을 따르는 게 좋아. 아무리 불가능해 보이는 것일지라도 마지막에 남은 것이 진실이라는 얘기 말일세. 지금까지 여러 가능성을 생각해 봤지만 딱 맞아떨어지는 건 없었어. 얼마 전에 런던을 떠났다는 그 국제스파이가 지하철 선로 옆에 있는 집에 살고 있더군. 자네가 갑작스런 내 행동에 놀라는 걸 보니 재미있네."

"그랬군."

"그래서 콜필드 가든 13에 사는 휴고 오버슈타인이 내 목표가 된 거지. 글로스터 가 역에서 역무원과 같이 선로를 따라가면서 살펴봤더니 콜필드 가든의 뒤 계단에 있는 창문들이 선로 방향으로 나 있었어. 그보다 더 중요한 사실은 다른 철도가 이곳에서 교차되기 때문에 기차가 그 지점을 지날 때 몇 분 동안 정차하는 일이 자주 있다는 거야."

"홈즈, 정말 훌륭해! 드디어 알아냈군!"

"지금까지는 그래. 진전이 있는 건 사실이지만 결승점까지는 아직 멀었어. 콜필드 가든 뒤편을 살피고 나서 건물 앞쪽으로 가 봤는데 놈은 이미 사라진 듯해. 상당히 큰 집이었는데 2층에는 가구가 없었어. 오버슈타인 집에는 하인이 한 명 있었는데, 그 하인도 비밀을 지키는 데 협조한 모양이야. 오버슈타인은 서류를 처분하기 위해서 대륙으로 건너간 거지. 달아나려는 게 아니었어. 체포당할 위험도 없고 나 같은 사람이 집 안을 수색하리라고는 전혀 생각지 못했을 테니까. 정확히 말해서 우리가 앞으로 할 일은 그의 집을 수색하는 거야."

"정식으로 수색영장을 발급받을 수 없을까?"

"증거가 거의 없어서 힘들 것 같아."

"그 집에 들어가서 뭘 하려고?"

"편지 같은 걸 찾아낼 수도 있어."

"홈즈, 그런 일은 정말 내키지가 않아."

"걱정 마, 왓슨. 자네는 길에서 망을 보면 돼. 집안 수색은 내가 할 테니. 지금은 사소한 일을 따질 때가 아니야. 형의 편지를 생각해 봐. 해군본부와 내각 그리고 여왕폐하까지도 결말을 애타게 기다리고 있다고 하잖아. 그러니 우리가 가야만 해."

나는 대답 대신 자리에서 일어났다.

"홈즈, 자네 말이 맞아. 우리가 가야 해."

그는 튀어오르듯 자리에서 일어나더니 내 손을 잡고 흔들었다.

"왓슨, 자네라면 피하지 않을 거라고 믿었어."

그의 눈빛은 이제까지 보지 못한 다정함으로 가득했다. 그러나 다음 순간 그는 평소와 다름없이 엄숙하고 사무적인 모습으로 되돌아갔다.

"그 집은 여기에서 반 마일 떨어진 곳에 있어. 하지만 서두를 필요는 없으니 그냥 걸어가세. 도구를 떨어뜨리지 않도록 조심해. 수상한 사람으로 의심받아 붙잡히기라도 하면 일이 복잡해지니까."

런던의 웨스트엔드에 있는 콜필드 가든은 빅토리아 중기의 건축물로 앞부분이 평평하고 기둥 장식이 있으며 현관 위에는 기둥으로 받친 지붕이 얹혀 있었다. 옆집에서는 아이들을 위한 파티가 열렸는지 유쾌하게 떠드는 목소리와 피아노 소리가 밤거리에 울려 퍼지고 있었다. 자욱한 안개가 드리워진 덕분에 우리는 사람들 눈에 띄지 않게 움직일 수 있었다. 홈즈는 랜턴을 켜서 묵직한 현관문을 비췄다.

"이거 쉽지 않겠는 걸. 빗장이 있는 데다가 자물쇠까지 채워 놓았어. 다른 쪽으로 들어가야겠군. 이러다가 경찰한테 들킬지도 모르니 저쪽 아치 밑에 있는 통로로 들어가세. 왓슨, 좀 도와줘."

잠시 후에 우리는 아래쪽에 있는 통로 안으로 들어갔다. 어두운 곳에 들어서자 위쪽 안개 속에서 경관의 발소리가 들려왔다. 발소리가 사라지자 홈즈는 아래쪽에 있는 문을 열기 시작했다. 몸을 구부리고 열심히 문을 따는가 싶더니 이윽고 날카로운 소리가 나면서 문이 열렸다. 우리는 문을 닫고 어두컴컴한 복도를 따라 안으로 들어갔다. 홈즈는 카펫이 깔려 있지 않은 곡선 모양의 계단 위를 앞장서서 올라갔다. 랜턴의 부채꼴처럼 보이는 노란 불빛이 낮은 창문을 비추고 있었다.

"왓슨, 다 온 것 같아. 여기가 틀림없어."

홈즈가 창문을 열자 기차가 어둠을 뚫고 빠른 속력으로 달려오는 것이 보였다. 낮고 거칠게 웅얼거리던 기차 소리는 점점 더 커지더니 동물이 으르렁거리는 것처럼 시끄럽게 울렸다. 홈즈는

랜턴으로 창문턱을 비추었다. 창문턱은 기차가 지나갈 때마다 생긴 그을음 때문에 까맣게 변해 있었는데 군데군데 그을음이 벗겨진 자국이 보였다.

"여기에 시체가 있었을 거야. 왓슨, 이게 뭐지? 핏자국이 틀림없지?" 홈즈는 창문 나무틀에 있는 얼룩들을 가리켰다. "계단 돌 위에도 있어. 이제 증거를 확보했으니 기차가 멈출 때까지 기다리기만 하면 돼."

기다리는 시간은 오래 걸리지 않았다. 얼마 후에 다음 기차가 터널 밖으로 빠져 나오는 모습이 보였다. 기차는 서서히 속력을 늦추더니 삐걱거리는 소리를 내며 바로 우리가 있는 창 아래쪽에서 멈췄다. 창틀에서 기차 지붕까지의 거리는 4피트밖에 되지 않았다. 홈즈가 조용히 창문을 닫으며 말했다.

"여기까지는 내 추리가 맞았군. 왓슨, 어떻게 생각하나?"

"아주 훌륭해! 이렇게 멋진 추리는 다시 보기 어려울 거야."

"그렇지 않아. 시체가 기차 지붕에 있었다는 것을 생각해 내는 것은 그리 어려운 게 아니야. 그런데 그 생각 때문에 나머지는 자연스럽게 알아낼 수 있었어. 이 사건은 국가적으로 큰 관심이 쏠려 있어서 그렇지, 사실 그렇게 대단한 건 아냐. 적어도 지금까지는 그래. 아직 어려운 일들이 남아 있지만 여기서 도움이 될 만한 단서들을 찾을 수 있을 거야."

브루스 파팅턴 설계도

우리는 주방에 있는 계단으로 올라가서 2층에 여러 개의 방이 붙어 있는 곳으로 들어갔다. 간소하게 꾸민 거실에는 흥미를 끌 만한 것이 별로 없었다. 침실도 마찬가지였다. 마지막으로 들어간 방에서 홈즈는 본격적인 수사를 시작했다. 책과 서류들이 널려 있는 걸로 보아 서재로 사용하는 듯했다. 홈즈는 재빠른 솜씨로 서랍과 식기장을 차례로 열어 내용물을 살펴보았다. 그러나 별다른 성과가 없었는지 엄숙한 표정이 좀처럼 사라지지 않았다. 한 시간이나 조사를 계속했지만 아무런 진전이 없었다.

"교활한 놈이라 흔적을 전혀 남기지 않았어. 범죄의 증거가 될 만한 건 모두 없앴군. 편지는 불태웠거나 갖고 갔겠지. 이게 우리의 마지막 희망이지."

그것은 책상에 세워 둔 작은 양철 금고였다. 홈즈가 끌로 금고 문을 비틀어 열었다. 그 안에 돌돌 말린 종이다발이 여러 개 들어 있었는데, 글자와 숫자 외에는 다른 설명이 없어서 어떤 문서인지 알 수 없었다. '수압'이라든가 '평방 인치당 압력'이라는 말이 되풀이되는 걸로 보아 잠수함과 관련된 서류인 듯했다. 홈즈는 초조한 얼굴로 문서를 던졌다. 이제 남은 것은 신문조각들을 넣어 둔 봉투뿐이었다. 홈즈는 봉투를 거꾸로 흔들어 책상 위에 내용물을 쏟아 놓았다. 그 순간 뭔가 알아낸 듯 홈즈의 얼굴이 밝아졌다.

"왓슨, 이게 뭔지 아나? 신문 광고를 이용한 연속 통신기록이야. 인쇄와 종이를 보니 〈데일리 텔리그래프〉의 개인광고란 같군. 이 광고는 지면 오른쪽 위의 끝부분에 실리지. 날짜가 없지만 여기 있는 신문조각들을 배열해 보면 내용을 알 수 있을 거야."

'연락을 기다리고 있다. 조건을 받아들이겠다. 명함의 주소로 자세한 내용을 알려 달라. 피에로'

다음 내용은 이렇다네.

'너무 복잡해서 설명하기 어렵다. 자세한 내용을 알아야 한다. 물건이 도착하면 현금을 주겠다. 피에로'

그 다음 내용.

'상황이 좋지 않다. 계약을 이행하지 않으면 제안한 내용을 취소해야 한다. 편지로 약속하자. 답변은 광고에서 확인하라. 피에로'

이게 마지막이야.

'월요일 밤 9시 이후. 노크 두 번. 우리 둘만 만난다. 의심하지 않아도 됨. 물건이 도착하면 현금으로 지불하겠다. 피에로'

왓슨, 기록은 이걸로 충분해. 이제 범인을 잡는 일만 남았군." 그는 손가락으로 책상을 톡톡 두드리며 생각에 잠겨 있다가 힘차게 일어나면서 말했다. "생각보다 쉬울 수도 있어. 여기서 더

할 일은 없을 것 같네. 왓슨, 마차를 타고 〈데일리 텔리그래프〉로 가서 오늘 일을 마무리하세."

다음 날 아침식사 후에 약속대로 마이크로프트 홈즈와 레스트레이드가 찾아왔다. 홈즈는 그들에게 어제 있었던 일을 들려주었다. 스파이의 집에 몰래 침입한 얘기가 나오자 레스트레이드는 고개를 설레설레 저었다.

"우리 경찰들은 그런 일은 할 수 없어요. 당신이 우리보다 좋은 성과를 올리는 게 이해가 가는군요. 하지만 이번 일은 너무 심한 것 같습니다. 그러다가 두 분 모두 곤란해질 수 있어요."

"아름다운 조국, 영국을 위해[23] 하는 일인 걸요. 그렇지 않나, 왓슨? 제단 위에 놓인 순교자처럼 말일세. 마이크로프트 형, 순교자라는 말을 어떻게 생각해?"

"셜록, 잘했어. 정말 훌륭해. 그런데 그 광고를 갖고 뭘 할 거지?"

홈즈는 책상 위에 있던 〈데일리 텔리그래프〉를 들었다.

"피에로가 오늘 낸 광고 봤어?"

---

23) 영국 해군이 건배할 때 하는 전통적인 말.

"뭐? 또 광고를 냈어?"
"그래, 이걸 봐."

오늘 밤. 같은 시간. 같은 장소. 노크 두 번. 몹시 중요함. 당신의 안전이 걸려 있다.

— 피에로

"굉장하군! 상대가 이 광고를 보고 나타난다면 범인을 잡는 건 시간문제군요." 레스트레이드가 흥분된 목소리로 외쳤다.
"저도 그런 생각으로 광고를 낸 겁니다. 8시쯤 저희들과 같이 콜필드 가든에 가면 사건의 결말을 볼 수 있을 겁니다."

홈즈의 두드러진 특징 가운데 하나는 더 이상 수사할 것이 없다는 확신이 들면 곧바로 무거운 생각을 털어 내고 일상적인 생활로 돌아간다는 것이다. 그날도 홈즈는 하루 종일 라수스의 무반주 성가에 대한 논문을 쓰느라 정신이 없었다. 하지만 나는 그처럼 태연할 수 없었기 때문에 길고 지루한 하루를 보냈다. 국가적으로 중요한 사건이 아직 해결되지 않은 채로 남아 있다는 걱정과 함께 그동안의 수사과정이 한꺼번에 떠올랐기 때문에 침착하게 앉아 있을 수 없었다. 간단하게 저녁식사를 마치고 글로스터 가 역에서 레스트레이드와 마이크로프트를 만나서 탐험을 시작한 후에야 비로소 마음이 가라앉았다. 오버슈타인의 집에 있는 지하실 문은 우리가 어제 밤에 열어 놓았지만, 마이크로프트가 도둑 같은 짓은 절대 하지 않겠다고 펄펄 뛰는 바람에 내가 안으로 들어가서 현관문을 열어 줘야만 했다. 그리고 9시부터 서재에 앉아 집주인을 기다렸다.

한 시간이 지나고 또 한 시간이 흘렀다. 커다란 교회 시계가 정확하게 11시를 알리자 모든 희망이 사라지는 듯싶었다. 레스트레이드와 마이크로프트는 불안한 표정으로 앉아서 1분 동안 두 번이나 시계를 꺼내 보았다. 홈즈는 눈을 감은 채 마음을 가라앉히고 있었지만 한순간도 경계를 늦추지 않았다. 갑자기 덜커덩 하는 소리가 들리자 홈즈가 고개를 들었다.

"온다!"

살금살금 걷는 발소리가 문 앞을 지나쳐 갔다가 되돌아왔다. 바깥에서 발을 질질 끄는 소리가 들리더니 누군가 문을 두 번 두드렸다. 홈즈는 우리에게 앉아 있으라는 신호를 보내고 자리에서 일어섰다. 현관에는 가스등이 희미하게 타고 있었다. 홈즈가 문을 열자 검은 그림자가 재빨리 안으로 들어왔다. 홈즈는 다시 문을 닫아걸었다.

"이쪽이오!" 홈즈의 목소리가 들렸다. 잠시 후에 한 남자가 서

재로 들어왔고, 홈즈는 그의 등 뒤에 바싹 붙어서 따라 들어왔다. 그 남자가 우리를 보고 놀라서 도망치려 하자 홈즈가 그의 옷깃을 움켜쥐고 방 안으로 끌고 들어왔다. 범인이 몸을 가누기도 전에 홈즈는 재빨리 방문을 잠그고 문에 등을 기대고 섰다. 남자는 우리를 노려보고는 휘청거리다가 의식을 잃고 바닥에 쓰러졌다. 그 순간 챙이 넓은 모자가 벗겨지고 얼굴을 가렸던 삼각건이 흘러내리면서 밝은 색 턱수염에 부드럽고 섬세한 밸런타인 월터 대령의 얼굴이 드러났다.

홈즈는 꽤 놀란 모양이었다.

"왓슨, 이번 이야기에는 내가 멍청하다고 써도 괜찮아. 이 사람이 범인이라고는 생각하지 못했으니까."

"이 사람은 누구지?" 마이크로프트가 물었다.

"잠수함 부서의 부장이었던 제임스 월터 경의 동생. 그래. 이제 알 것 같아. 아, 정신이 돌아오는 모양이군. 심문은 내가 하지."

우리는 축 늘어져 있는 대령을 소파 위로 옮겼다. 대령은 정신이 드는지 일어나 앉아서 공포에 질린 얼굴로 우리를 둘러보고는 눈 앞의 상황이 믿을 수 없다는 듯이 이마 위에 손을 얹었다.

"무슨 일입니까? 나는 오버슈타인 씨를 만나러 왔습니다."

"월터 대령, 모든 걸 알고 있으니 속일 생각은 하지 마십시오. 영국신사가 그런 짓을 했다니 정말 이해할 수 없군요. 당신이 오버슈타인과 연락했고 두 사람이 어떤 관계인지, 그리고 캐도건 웨스트가 어떻게 죽었는지 모두 밝혀졌어요. 당신이 저지른 짓을 뉘우치고 자백할 기회를 줄 테니 말해 보세요. 당신 입으로 직접 들어야 할 부분도 있으니까 말입니다."

대령은 괴로운 듯 신음 소리를 내면서 두 손으로 얼굴을 감쌌다. 우리의 기대와 달리 그는 아무 말 없이 앉아 있었다. 조금 뒤 홈즈가 입을 열었다.

"중요한 내용은 우리도 이미 알고 있어요. 당신에게 돈이 필요했다는 것과 형의 열쇠를 복사했다는 것, 오버슈타인과 연락했고 〈데일리 텔리그래프〉의 개인광고란을 통해서 답장을 받았다는 사실도 알고 있습니다. 당신은 안개가 심했던 월요일 밤에 사무실로 갔어요. 하지만 전부터 당신을 의심하고 있던 캐도건 웨스트가 뒤따라왔습니다. 그는 당신이 서류를 꺼내는 걸 봤지만, 런던에 있는 형에게 갖다 주려는 걸지도 모른다는 생각에 섣불리 사람들에게 알릴 수 없었던 겁니다. 선량한 시민이었던 그는 약혼녀를 길에 세워 둔 채 안개 속에서 당신의 뒤를 쫓아 이 집까지 오게 되었지요. 그제야 상황을 파악한 웨스트는 당신에게 서류를 돌려 달라고 했겠지요. 월터 대령, 당신은 조국을 배반했을 뿐 아니라 끔찍한 살인까지 저질렀습니다."

"내가 그런 게 아니오! 내가 죽인 게 아닙니다! 하늘에 맹세할 수 있습니다!"

"그렇다면 당신이 캐도건 웨스트의 시체를 기차 지붕 위에 얹어 놓기 전에 그가 어떻게 죽었는지 말해 주세요."

"그래요, 나머지 일들은 전부 제가 했습니다. 당신이 말한 그대로입니다. 주식을 하다 빚을 많이 졌는데 갚을 길이 정말 없었습니다. 정말 돈이 필요했어요. 오버슈타인은 거래 대가로 5,000파운드를 제시했지요. 그 돈이면 저는 파산을 면할 수 있었어요. 하지만 살인은 하지 않았습니다. 그 부분만큼은 정말 결백합니다."

"그럼 어떻게 된 겁니까?"

"웨스트는 전부터 저를 의심해 왔어요. 그래서 당신 말대로 제 뒤를 밟은 겁니다. 이 집에 도착할 때까지 그가 따라오고 있다는 걸 전혀 몰랐어요. 3야드 앞도 보이지 않을 정도로 안개가 짙었으니까요. 문을 두 번 두드리자 오버슈타인이 문을 열어 주었습니다. 그때 갑자기 웨스트가 튀어 나와서는 서류를 어떻게 할 작정이냐고 따져 물었지요. 오버슈타인은 호신용으로 짧은 지팡이를 가지고 다니는데 잠시도 내려놓는 법이 없었어요. 웨스트가 우리를 따라 집안으로 들어오려 하자 오버슈타인이 지팡이로 그의 머리를 내리쳤습니다. 한 번뿐이었지만 아주 강하게 쳤기 때문에 웨스트는 5분도 안 돼서 죽었습니다. 현관 앞에 쓰러져 있는 시체를 보고 우리는 어찌할 바를 모르고 잠시 서 있었지요. 그런데 오버슈타인이 뒤쪽 창문 아래에 기차가 멈춰 선다고 말했어요. 그리고는 먼저 제가 가져 온 서류들을 검토해 보더군요. 오버슈타인은 그중에 세 장은 아주 중요하기 때문에 자기가 갖고 있겠다고 했어요.

'그럴 순 없소. 서류를 울위치에 갖다 놓지 않으면 큰 소동이 벌어질 거요.'

'내가 갖고 있어야겠소. 기술적인 문서들이라 베낄 시간이 없

단 말이오.'

'그건 안 돼요. 오늘 밤 안으로 모두 돌려놓아야만 해요.'

그는 잠깐 생각하더니 이렇게 말했습니다.

'이 세 장은 내가 갖겠소. 나머지 서류는 이 사람의 주머니에 넣어 둡시다. 시체가 발견되면 모두들 이 자가 서류를 훔쳤다고 생각할 거요.'

달리 방법이 없었기 때문에 그의 말을 따랐습니다. 우리는 30분 동안 창문 앞에 서서 기차가 멈추기를 기다렸어요. 안개가 자욱해서 아무 것도 보이지 않았지만 별 어려움 없이 웨스트의 시체를 기차지붕으로 옮길 수 있었습니다. 저와 관련된 일은 이게 전부입니다."

"당신 형님은 어떻게 된 거죠?"

"형은 아무 말도 하지 않았지만 제가 열쇠를 갖고 있는 걸 본 적이 있기 때문에 의심은 하고 있었을 겁니다. 형의 눈빛을 볼 때마다 그걸 느낄 수 있었지요. 이미 아시겠지만 형은 그렇게 죽었어요."

방 안에 침묵이 흘렀다. 마이크로프트가 침묵을 깨고 먼저 입을 열었다.

"속죄를 하겠소? 그렇게 하면 당신도 양심의 가책을 덜 수 있고 처벌도 가벼워질 거요."

"어떻게 속죄를 할 수 있단 말입니까?"

"오버슈타인과 그 서류들은 지금 어디에 있소?"

"모르겠습니다."

"아무런 말도 없었소?"

"파리에 있는 루브르 호텔로 편지를 하면 연락이 닿을 거라고 했습니다."

"속죄할 수 있는 기회는 당신에게 달려 있어요."

홈즈가 말했다.

"무슨 일이든 하겠습니다. 오버슈타인에게 좋은 감정이라곤 전혀 없으니까요. 이 사람 때문에 제 인생은 완전히 몰락하고 말았습니다."

"여기 펜과 종이가 있어요. 책상 앞에 앉아서 제가 부르는 대로 쓰세요. 봉투에 그가 가르쳐 준 주소를 쓰세요. 자, 됐습니다. 이제부터 그대로 받아 적는 겁니다.

지금쯤 당신도 알고 있겠지만 우리의 거래에 관해서 한 가지 중요한 것이 빠져 있습니다. 제가 복사본을 한 장 갖고 있는데 이것만 있으면 모든 서류가 완전하게 갖춰질 겁니다. 이걸 손에 넣기는 쉽지 않았습니다. 그러니 500파운드는 받아야겠습니다. 우편은 믿을 수 없습니다. 그리고 금이나 현금이 아니면 받지 않겠습니다. 당신에게 직접 가고 싶지만 지금 출국하면 사람들이 저를 의심할 겁니다. 그러니 토요일 12시에 채링크로스 호텔 휴게실에서 만났으면 합니다. 영국 화폐나 금으로 지불해야 한다는 걸 잊지 마십시오.

"이제 됐습니다. 이 정도 내용이라면 틀림없이 약속 장소에 나타날 겁니다."

토요일이 되자 홈즈의 말대로 오버슈타인이 모습을 드러냈다. 때로는 한 나라의 알려지지 않은 비밀스런 역사가 역사책에 기록된 사건들보다 훨씬 흥미로운 법이다. 오버슈타인은 그의 생애에서 가장 큰 타격이 기다리고 있다는 것도 모른 채 우리가 던져 놓은 미끼를 물었고, 그 결과 영국 교도소에 15년 동안 수감되는 신세가 되었다. 그가 유럽에 있는 모든 해군 기지에 경매로 내놓으려고 했던 브루스 파팅턴 설계도는 여행 가방 안에서 발견되었다. 월터 대령은 선고를 받은 지 2년 만에 교도소에서 사망했다.

홈즈는 새로운 기분으로 라수스의 무반주 성가에 대한 논문을 마무리했다. 논문은 주제 면에서 전문가들에게 좋은 평가를 받았다. 사건이 해결되고 나서 몇 주 후에 홈즈가 윈저 궁에 다녀왔다는 사실을 우연히 알게 되었다.

"새로 구입한 건가?" 홈즈가 화려한 에메랄드 넥타이핀을 꽂고 있어서 내가 물었다.

"아니. 어떤 인자한 부인이 선물로 준거야. 전에 작은 사건을 해결해 드린 적이 있었거든."

그는 더 이상 아무 말도 하지 않았지만, 그 부인의 존엄한 이름이 무엇인지 알 것 같았다. 홈즈는 그 넥타이핀을 보면서 브루스 파팅턴 설계도 사건에서 우리가 함께 했던 모험을 언제까지나 기억할 것이다.

죽어 가는 탐정

1887년 11월 19일(토)

The Dying Detective

　셜록 홈즈의 하숙집 주인 허드슨 부인은 참을성이 많은 게 분명하다. 그의 2층 방에는 시도 때도 없이 이상하다 못해 기분 나쁜 사람들이 드나들었고, 홈즈의 생활방식도 남달라서 보통 사람 같으면 화를 냈을 법도 한데 부인은 아주 잘 참았다. 홈즈는 정리 정돈과는 아예 담을 쌓고 살았고, 심지어 한밤중에 바이올린을 켜는 버릇도 있었다. 때로는 사격연습을 한다고 방 안에서 총을 쏘기도 했으며, 실험을 하느라 고약한 냄새를 집안에 풍기는 일도 흔히 있었다. 더욱이 탐정 생활을 하는 홈즈 주위에는 항상 폭력과 위험이 따라다녔다. 이렇게 어느 모로 보나 홈즈만큼 고약한 하숙인은 런던 시내에서 찾아보기 힘들 것이다. 하지만 하숙비는 후한 편이었다. 내가 함께 지낸 몇 년 동안 홈즈가 지불한 하숙비를 모으면 아마도 그 집을 사고도 남을 것이다.

허드슨 부인은 홈즈가 어떤 말도 안 되는 짓을 해도 전혀 참견하지 않았고, 오히려 경외의 눈빛으로 홈즈를 바라볼 뿐이었다. 더구나 홈즈가 항상 여자들에게 친절하고 예의바르게 대했기 때문에 부인은 홈즈를 마음에 들어 했다. 홈즈는 마음속으로 여자를 좋아하지도 믿지도 않았지만, 겉으로는 언제나 정중하고 예의바른 태도를 보였다. 내가 결혼한 지 2년쯤 되었을 무렵의 어느 날, 허드슨 부인이 날 찾아와 홈즈가 굉장히 심각한 상태라고 말했다. 나는 부인이 홈즈를 얼마나 진심으로 생각하는지 잘 알고 있었기에 부인이 하는 말을 진지하게 들었다.

"왓슨 선생님, 홈즈 씨가 대단히 위독해요. 사흘 전에 자리에 누운 이후 상태가 계속 나빠졌는데 지금은 눈 뜨고 못 볼 지경이랍니다. 어쩌면 오늘을 넘기기 어려울 것 같아요. 그런데도 홈즈 씨는 제가 의사를 부르려고 하면 안 된다고 고집을 부리니……. 하지만 오늘 아침에 뼈만 남은 앙상한 얼굴을 본 뒤로는 정말이지 더 이상 두고 볼 수 없었어요. 그래서 '홈즈 씨, 당신이 허락하든 말든 저는 지금 당장 의사를 부르러 가겠어요.'라고 했죠. 그랬더니 '그렇다면 왓슨을 불러 주세요.'라고 하더군요. 지금 한시가 급해요. 서두르지 않으면 왓슨 선생님이 도착했을 땐 홈즈 씨는 이미 죽은 사람이 되어 있을지도 몰라요."

나는 홈즈가 아프다는 소리를 전혀 듣지 못했기 때문에 그의 상태가 위독하다는 말에 적지 않은 충격을 받았다. 서둘러 외투와 모자를 집어 들고 마차에 올라탔다. 마차가 홈즈의 집으로 가는 동안 나는 허드슨 부인에게 자세한 내용을 물어 보았다.

"저도 별로 아는 것이 없지만 홈즈 씨가 로저 하이스 남쪽에 있는 강기슭 뒷골목에서 어떤 사건을 조사할 때 거기서 병을 얻은 듯싶어요. 수요일 오후에 몸져누운 뒤로는 전혀 움직일 기운이 없는 것 같아요. 그리고 사흘 동안 음식은 물론이고 물 한 모금 넘기지 못했어요."

"이거 보통 일이 아니군! 왜 진작 의사를 부르지 않았습니까?"

"절대로 의사는 싫다고 하니……. 홈즈 씨가 얼마나 고집이 센지 아시잖아요? 홈즈 씨의 말을 거역할 수 없었어요. 선생님이 직접 보시면 알겠지만 오래 살 수 있을 것 같지가 않아요."

과연 홈즈의 상태는 눈 뜨고 볼 수 없을 지경이었다. 안개가 짙게 낀 11월의 희미한 빛만 겨우 새어 드는 그의 방은 기분 나쁠 정도로 음침했고, 완전히 피골이 상접한 얼굴로 침대에 누워 있는 홈즈를 보니 온몸이 섬뜩해질 정도였다. 열이 심한 탓인지 눈은 광채를 띠었고, 두 볼은 붉게 상기 되어 있었으며, 입술은 완전히 말라 거무스름한 딱지가 붙어 있었다. 홈즈는 이불 밖으로 나와 있는 앙상한 손을 쉴 새 없이 떨었는데, 목이 잠기는지 쉰 목소리로 말을 잘 잇지 못했다.

"왓슨, 이제 내 운도 다한 것 같아." 홈즈는 기어들어가는 목소리로 말했지만, 홈즈 특유의 초연함이 묻어 나왔다.

"도대체 이게 어떻게 된 거야!" 나는 홈즈에게 다가가면서 소리쳤다.

"뒤로 물러서! 가까이 오지 마!" 홈즈가 굉장히 긴박한 투로 외치는 걸로 보아 나는 위험한 순간이라는 생각이 들었다.

"왜 그래?"

"내게 가까이 오지 않길 바라기 때문이야. 이유로는 충분치 않은가?"

그렇다, 허드슨 부인의 말이 맞았다. 홈즈는 어느 때보다도 고집을 부리는 듯했다. 하지만 그의 기진맥진한 모습은 보기에도 안쓰러울 정도였다.

"자네를 도우려는 것뿐이라고." 내가 설명했다.

"그렇겠지! 하지만 내 말대로 하는 게 곧 나를 돕는 거야."

"알았어, 홈즈."

그제야 홈즈는 좀 누그러졌다.

"화난 건 아니지?" 홈즈는 숨을 몰아쉬면서 내게 물었다.

"불쌍한 친구! 이런 모습으로 누워 있는 자네를 보고 내가 어떻게 화를 낼 수 있겠어."

"왓슨, 다 자네를 위해서야." 홈즈는 침울한 목소리로 말했다.

"날 위해서라니, 대체 무슨 말이야?"

"내 병이 뭔지 나는 알아. 수마트라의 풍토병인 쿨리병[24]이지. 네덜란드인들이 우리보다 더 많이 알고 있을지도 모르지만[25] 그들 역시 그 병에 대해 지금까지 제대로 밝혀 낸 것이 없는 실정이지. 그렇지만 한 가지 분명한 사실이 있어. 일단 그 병에 걸리면 누구도 죽음을 피하기 어렵다는 것과 무서운 전염성을 가진 병이라는 거야."

홈즈는 열에 들뜬 듯한 목소리로 얘기하면서 떨리는 가냘픈 손으로 계속해서 뒤로 물러나라는 손짓을 했다.

"손에 닿기만 해도 전염돼. 왓슨, 정말이야. 그러나 떨어져 있으면 문제없어."

"홈즈, 왜 이래! 전염된다고 한들 내가 조금이라도 상관할 것 같나? 내가 아예 모르는 사람이라 해도 아무 문제가 되지 않을 거야. 하물며 자네같이 오랜 친구가 전염병에 걸렸는데, 내가 의사로서의 의무를 다하지 않을 거라고 생각했어?"

---

24) 쿨리는 중국이나 인도 등의 하층노동자를 부르는 말로, 그들에게서 병이 생겨났기 때문에 쿨리병이라고 부름.
25) 당시에 네덜란드가 인도네시아를 식민 지배하고 있었기 때문에 이런 표현을 사용한 것으로 보임.

내가 앞으로 나서자, 그는 맹렬하게 화를 내며 거부했다.

"자네가 더 이상 다가오지 않는다면 얘기라도 나누겠지만 그렇게 못한다면 이 방에서 나가야 해."

나는 홈즈의 비범한 능력에 대해 깊은 존경심을 갖고 있기 때문에 홈즈가 내게 전혀 이해할 수 없는 요구를 해도 언제나 그의 의견을 따랐다. 하지만 지금 상황에서는 도저히 그의 요구를 순순히 따를 수 없었다. 다른 경우라면 홈즈의 뜻대로 했을 테지만, 그가 목숨이 위태로운 지금과 같은 상황에서는 절대 그럴 수 없었다.

"홈즈, 자네는 지금 제정신이 아니야. 사람이 아프면 어린애가 돼. 그러니 내가 돌봐 줘야 해. 자네가 원하든 말든 나는 자네의 증상을 진찰하고 치료할 거야."

홈즈는 악의에 찬 눈빛으로 날 쳐다보았다.

"선택의 여지없이 진찰을 받아야 한다면 내가 신뢰할 수 있는 의사에게 받고 싶어."

"그 말은 나를 믿을 수 없다는 뜻인가?"

"친구로서야 확실히 믿어. 하지만 사실대로 말하자면, 왓슨, 자네는 경험도 그다지 많지 않고 능력도 평범한 일반 개업의야. 이런 말까지 하고 싶진 않지만 자네가 그렇게 말하니 나도 다른 방법이 없어서 하는 말이야."

나는 몹시 감정이 상했다.

"자네가 그런 말을 하다니…… 자네의 지금 정신상태가 어떤지 확실히 알겠어. 그러나 자네가 나를 의사로서 신뢰할 수 없다면 나도 무리하게 강요하지는 않겠어. 그 대신 런던에서 최고의 능력을 인정받고 있는 재스퍼 믹 경이나 펜로즈 피셔 경을 불러오지. 더 이상의 양보는 없어. 어쨌든 누군가는 자네를 진찰해야 해. 내가 아무런 도움을 주지 못하는 상황에서 다른 사람을 불러오지도 않고 여기 그냥 서서 자네가 죽어 가는 걸 보고 있을 거라고 생각했다면 사람을 잘못 본 거야."

홈즈는 흐느끼는 소린지 신음소린지 분간할 수 없는 소리를 내며 말했다. "자네가 날 얼마나 생각하는지 잘 알아. 하지만 자네가 동양의 질병에 대해서는 전혀 아는 게 없는 걸 어쩌겠나? 타파눌리[26] 열병이 뭔지 아나? 포르모사[27]의 흑부병에 대해 아는 것이 있어?"

"둘 다 들어 본 적도 없어."

"왓슨, 동양에는 아직도 병리학적으로 원인을 규명하지 못한

---

26) 수마트라 북부 지역.
27) 지금의 대만 지역.

병들이 존재하네." 홈즈는 말을 할수록 점점 빠져 나가는 힘을 되찾으려는 듯, 한 문장이 끝날 때마다 잠깐씩 말을 멈추었다. "나는 얼마 전에 맡았던 사건을 조사하면서 많은 걸 배웠어. 그 사건은 의학과 관련된 범죄였거든. 게다가 이 병도 그 사건을 조사하는 중에 걸렸어. 이제 알겠어? 자네가 할 수 있는 일은 없다는 걸 말이지."

"자네 말이 맞을 수도 있어. 마침 열대병에 관해서는 당대 최고의 권위자인 에인스트리 박사가 런던에 체류 중이야. 반대해도 이번에는 소용없어, 홈즈. 지금 당장 가서 그를 모셔 오겠네." 나는 단호한 태도로 문 쪽으로 몸을 돌렸다.

그런데 이때 정말 놀라운 일이 벌어졌다. 이런 일이 있을 수 있다니! 금방이라도 죽을 것처럼 보이던 홈즈가 마치 호랑이처럼 순식간에 달려와 내 앞을 가로막았다. 그리고는 열쇠를 돌려 방문을 잠그는 소리가 들렸다. 그러나 다음 순간 갑자기 너무 많은 힘을 썼는지 홈즈가 완전히 맥이 빠진 상태로 숨을 헐떡거리며 다시 침대로 비틀비틀 걸어갔다.

"내게서 강제로 열쇠를 뺏진 않겠지, 왓슨? 자넨 이제 내 손 안에 있어. 내가 나가도 좋다고 할 때까지는 이 방에 있어야 해. 그 다음에는 내가 자네 말을 듣겠네." 홈즈는 가쁜 숨을 몰아쉬며 말을 이었다. "자네가 진심으로 나를 생각해서 의사를 부르

려 한다는 걸 잘 알아. 하자는 대로 할 테니 내가 기운을 차릴 때까지 시간을 줘. 그러나 지금은 안 돼, 왓슨. 지금이 4시니까 6시가 되면 나가도 좋아."

"홈즈, 이게 얼마나 정신 나간 짓인지 자네도 알겠지?"

"왓슨, 겨우 두 시간이야. 6시에는 분명히 보내 준다고 약속하지. 기다려 주겠어?"

"선택의 여지가 없는 것 같군."

"그렇긴 하지만 어쨌든 고마워. 이부자리는 내가 알아서 손볼 테니 제발 가까이 오지 말게. 왓슨, 조건이 또 하나 있어. 도움을 청하러 갈 사람은 자네가 말한 그 열대병 전문의가 아니라 내가 지명하는 사람이어야 해."

"그렇게 하도록 할게."

"자네가 이 방에 들어선 이후 처음으로 마음에 드는 말을 하는군. 저쪽에 보면 볼만한 책이 있을 거야. 나는 힘이 빠져서 좀 쉬어야겠어. 전지가 부도체에 전기를 다 쏟아부은 다음의 느낌이 이런 게 아닌가 싶군. 왓슨, 그럼 6시에 다시 얘기하도록 하지."

나로서는 6시에 다시 얘기를 시작할 때까지 기다리는 수밖에 별다른 방법이 없었다. 그러나 조금 전에 홈즈가 갑자기 문으로 뛰어들었던 것에 비하면 다른 것은 별로 놀랄 상황도 아니었다. 나는 잠시 서서 침대에 누워 있는 홈즈를 보았다. 얼굴을 이불로 거의 덮어쓰고 있어 잘 보이지는 않았지만 잠이 든 것 같았다. 책을 읽을 기분도 아니어서 나는 방 안을 서성거리며 벽에 붙어 있는 유명한 범죄자들의 사진을 둘러보았다. 아무 생각 없이 걷다가 벽난로에 이르게 되었다. 벽난로 선반 위에는 파이프, 담배쌈지, 주사기, 작은 주머니칼, 리볼버의 탄약통 등이 아무렇게나 흩어져 있었다. 그중에 흑백의 상아로 만든 작은 상자가 있었는데, 옆으로 밀면 열리는 뚜껑이 달려 있었다. 매우 정교하게 만들어져 있어 더 자세히 보고 싶은 마음에 손을 뻗었다. 그 순간, 홈즈가 길에서도 들릴 정도로 크게 소리를 질렀다. 얼마나 소름 끼치게 소리를 질렀는지 온몸이 섬뜩했고 머리카락이 다 곤두서는 듯했다. 돌아보니 경련을 일으킨 듯한 떨리는 얼굴을 하고 이글거리는 눈으로 홈즈가 보고 있었다. 나는 작은 상자를 손에 들고 꼼짝도 하지 않은 채 서 있었다.

"상자를 내려놔! 당장 내려놓으라고, 왓슨, 빨리!"

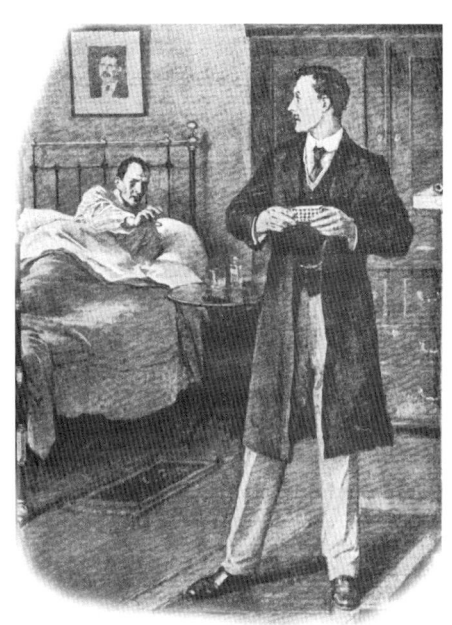

내가 상자를 제자리에 돌려놓자 홈즈는 베개에 다시 몸을 기대면서 안도의 한숨을 내쉬었다.

"왓슨, 내 물건에 누가 손대는 건 정말 질색이야. 자네도 잘 알잖나. 자네가 계속 날 불안하게 만드는군. 내 참을성을 시험하지 않았으면 좋겠어. 명색이 의사라면 환자를 편안하게 해 줘야 하지 않나. 좀 가만히 앉아 있어. 그래야 나도 쉴 수 있을 것 아닌가!"

나는 불쾌한 마음을 지울 수 없었다. 홈즈가 별 이유도 없이 흥분해서 평소의 점잖은 말씨와는 완전히 다른 심한 말을 퍼부어 대는 걸로 보아 그의 정신상태가 얼마나 혼란스러운지 충분히 알 수 있었다. 뛰어난 머리를 가진 사람이 정신을 놓은 것보다 더 처참한 건 없을 것이다. 나는 정해진 시간이 될 때까지 아무 말 없이 우울하게 앉아 있었다. 나와 마찬가지로 홈즈도 시계를 보고 있었던 듯싶다. 왜냐하면 정각 6시가 되자마자 홈즈가 열에 들뜬 말투로 말을 꺼냈기 때문이다.

"왓슨, 혹시 잔돈 있나?"

"있어."

"은화도?"

"제법 많이 있어."

"반 크라운짜리는 몇 개나 갖고 있지?"

"다섯 개."

"아, 너무 적어! 너무 적어! 정말 운이 없군, 왓슨! 아무튼 반 크라운짜리 다섯 개를 시계 주머니에 넣게. 그리고 나머지 돈은 모두 왼쪽 바지주머니에 넣고. 그렇게 했어? 고마워. 이제 자네 몸의 균형이 제대로 잡혔겠지."

그는 정신이 나가 헛소리를 하는 듯했다. 홈즈는 몸을 부들부들 떨며 다시금 기침 소리인지 흐느낌인지 분간하기 어려운 소리를 냈다.

"왓슨, 이제 가스 불을 켜 보게. 불꽃 크기를 잘 조절해서 밝기가 반 정도만 되도록 해 주게. 정신 똑바로 차리고 해. 됐어, 왓슨, 고마워. 아니, 블라인드를 칠 필요는 없어. 편지와 신문을 내 손이 닿는 이 테이블 위에 놔 줘. 고맙네. 그리고 벽난로 선반 위에 있는 물건들도 가져다 줘. 그래. 저기 각설탕 집게가 있지? 그걸로 저 작은 상아상자를 집어 신문 위에 놔. 그래, 다 됐어. 이제 로어 버크 가 13번지로 가서 컬버턴 스미스를 데려 와."

사실 의사를 불러오겠다는 내 생각은 흔들리고 있었다. 홈즈가 제정신이 아닌 걸 확인한 이상 홈즈를 혼자 남겨 두는 게 위험해 보였기 때문이다. 하지만 홈즈는 다른 의사들을 거부하는 데 완강했던 것만큼 지금은 컬버턴 스미스의 의견을 꼭 듣고 싶어하는 것 같았다.

"그런 이름은 처음 들어 보는데."

"아마도 자네는 들어 본 적이 없을 거야. 이 세상에서 쿨리병에 대해 가장 잘 알고 있는 사람이 의사가 아니라 바로 농장 주인이라는 사실을 알게 되면 자네는 놀라겠지? 스미스는 수마트라에 사는데 거기에서는 유명한 사람이지. 지금은 런던에 와 있어. 그의 농장에 쿨리병 환자가 발생했는데, 의사들이 오기에는 농장이 너무 멀리 떨어져 있어서 손도 못 쓰고 죽은 사람이 많았다는군. 그래서 스미스가 직접 그 병을 연구하게 되었고, 하다 보니 깊이 연구하게 되었던 모양이야. 스미스는 매우 규칙적인 생활을 하는 사람이라서 자네를 6시 전에 보내지 않은 거야. 어차피 그 시간에 스미스는 집에 없으니까 말이야. 자네가 그를 잘 설득해서 데리고 오게. 쿨리병에 대한 경험과 지금까지 해 온 연구 결과를 그가 우리에게 알려 준다면 내 병을 치료하는 데 확실히 도움이 될 거야."

홈즈가 중단 없이 계속해서 말한 것처럼 쓰고 있지만, 사실 그는 말하는 중간중간 숨이 차서 멈추기도 하고 고통을 참는 듯 두 손을 움켜쥐기도 했다. 내가 함께 있었던 몇 시간 동안 홈즈의 상태가 더 악화된 듯 보였다. 열 때문에 생긴 붉은 반점이 더 선명해졌으며 눈빛은 더욱 이글거리고 푹 꺼진 눈 주위는 어두운 그늘이 한층 더 짙어졌다. 이마에는 식은땀이 흘러 번들거렸다. 그렇지만 말할 때는 여전히 당당함을 잃지 않았다. 홈즈는 죽는 순간에도 무언가를 당당하게 주장할 수 있는 사람이다.

"스미스에게 내 상태를 그대로 얘기해. 지금 자네의 느낌을 표현하자면 이런 것 아닌가? 목숨이 얼마 남지 않은 듯 의식이 혼미한 상태. 그렇게 전하면 돼. 사실 난 바다 밑이 전부 조개로 덮이지 않는 이유를 모르겠어. 조개의 강한 번식력으로 보면 그렇게 돼야 마땅한 거 아닌가? 내가 무슨 생각을 하는 거지! 머리가 머리를 통제하다니 정말 이상하군! 그런데 내가 원래 무슨 말을 하고 있었지, 왓슨?"

"컬버턴 스미스를 만나면 어떻게 해야 하는지 말했어."

"아, 그랬지? 생각나. 내 생사가 걸린 문제야. 스미스를 잘 설득해서 데려와, 왓슨. 사실 스미스와 나는 별로 감정이 좋지 않아. 그의 조카가 참혹하게 죽었을 때, 나는 그 죽음이 스미스와 관련되어 있다고 의심하고 그를 추궁했지. 그래서 그는 나에게 악의를 품고 있어. 그렇지만 자네라면 잘 구슬릴 수 있을 거라고 생각하네. 빌든지 애원하든지 수단과 방법을 가리지 말고 꼭 데려와야 해. 스미스만이 내 목숨을 구할 수 있어!"

"강제로 그를 마차에 태우는 한이 있어도 꼭 데려오겠네."

"그런 방법으로 데려와선 안 돼. 말로 설득해서 데려와. 또 하나, 자네가 스미스보다 먼저 이 방에 돌아와 있어야 해. 무슨 핑계를 대서라도 절대로 그와 함께 오면 안 돼. 잊지 마, 왓슨. 제대로 할 수 있겠지? 자네는 지금까지 날 실망시켰던 적이 한 번도 없었어. 조개의 번식을 제한하는 천적이 있는 게 틀림없어. 자네나 나도 자연 속에서 우리의 역할을 다해 왔지. 설마 세상이 조개 천지가 되는 건 아니겠지? 안 돼! 안 되지! 끔찍해! 자, 자네는 가서 본 그대로 내 상태를 전하면 돼."

홈즈 같은 뛰어난 지성의 소유자가 아무 것도 모르는 아이처럼 횡설수설하던 모습을 떠올리며 나는 방을 나섰다. 그가 열쇠를 주었을 때는 다행이라는 생각이 들었다. 그가 안에서 문을 잠그더라도 열쇠만 있으면 상관없기 때문이다. 복도로 나가니 허드슨 부인이 몸을 떨며 흐느끼면서 기다리고 있었다. 복도를 걸어가자 뒤에서 가늘고 높은 목소리로 정신없이 뭐라고 중얼거리는 홈즈의 말소리가 들렸다. 계단을 내려와 휘파람으로 마차를 부르고 서 있는데, 한 남자가 안개를 뚫고 나타났다.

"선생, 홈즈 씨의 상태는 어떤가요?"

자세히 보니 안면이 있는 사람이었다. 스코틀랜드 야드의 모턴 경감으로 사복을 입고 있었다.

"중태입니다." 내가 대답했다.

그는 이상한 표정을 지으며 나를 쳐다보았다. 아니, 환해지는 그의 얼굴은 마치 기뻐하는 모습으로 비쳤다.

"소문은 들었습니다만, 그것이 사실이군요."

그때 마차가 와서 섰고 나는 경감과 헤어졌다.

로어 버크 가는 노팅힐과 켄싱턴의 경계에 있는 고급 주택가였다. 마차가 멈춘 집은 고풍스러운 금속 울타리가 있었고, 육중해 보이는 문에 황동 장식이 빛나고 있었다. 전체적으로 깔끔하고 무게가 있어 보이는 집이었다. 그 모든 것이 색을 입힌 전등의 희미한 붉은 빛을 등지고 나타난 근엄한 얼굴의 집사 모습과 잘 어울렸다.

"예, 컬버턴 스미스 씨는 안에 계십니다. 왓슨 의사라고 하셨나요? 명함을 주시면 전해 드리지요."

컬버턴 스미스는 내 변변찮은 직함과 이름만으로는 만나고 싶은 생각이 들지 않는 모양이었다. 반쯤 열린 현관문을 통해 화난 듯한 높고 날카로운 목소리가 들려왔다.

"대체 누구야? 무엇 때문에 온 거야? 이봐, 스테이플, 연구 시간에는 절대 방해하지 말라고 하지 않았나?"

집사가 조용하게 뭐라고 달래는 듯한 소리가 들렸다.

"알겠어. 하지만 만나지 않을 거야, 스테이플. 연구를 중간에 그만둘 수 없어. 그러니 집에 없다고 해. 그렇게 말하면 되잖아? 그리고 정 만나야 한다면 내일 아침에 다시 오라고 해."

다시금 집사가 뭐라고 중얼거리는 소리가 들렸다.

"그만 하고 가서 전해. 내일 아침 다시 오라고, 아무튼 지금은 그냥 가라고 말이야. 내 작업이 지연되면 안 되니까."

나는 홈즈가 침대에서 이리저리 뒤척이며 스미스가 오기를 눈이 빠지게 기다리고 있을 모습을 떠올렸다. 예의를 차리고 있을 때가 아니었다. 내가 빨리 스미스를 데려가지 못하면 홈즈의 생명이 위태로워진다. 집사가 다시 와서 송구스러운 듯한 태도로 말을 꺼내려고 하는 순간, 나는 그를 밀치고 안으로 들어갔다.

벽난로 옆의 안락의자에 앉아 있던 남자가 벌컥 화를 내며 자리에서 일어났다. 피부가 거칠고 기름기가 번들거리는 커다란 얼굴에 이중 턱을 가진 남자였다. 털이 많은 모래 색 눈썹 아래에 있는 위협하는 듯한 회색 눈이 나를 노려보았다. 뾰족한 대머리에는 작은 벨벳 모자를 한쪽 옆으로 쓰고 있었다. 머리가 굉장히 컸는데, 나는 아래를 내려다보고 놀라지 않을 수 없었다. 머리에 비해 몸집이 너무 작고 약해 보였다. 등과 어깨는 구부정해서 어렸을 때 구루병이라도 앓은 듯했다.

"이게 대체 무슨 짓이오?" 스미스는 목소리를 높였다. "남의 집에 허락도 없이 마구 들어오는 이유가 뭐요? 내일 아침에 보자고 했을 텐데."

"죄송하지만 내일까지 미룰 수 있는 문제가 아니어서요. 셜록 홈즈가……."

 홈즈라는 이름을 듣자 그의 태도가 순간적으로 바뀌었다. 순식간에 화난 얼굴 표정이 사라지고, 바짝 긴장하는 듯했다.

"홈즈 씨를 보고 온 겁니까?"

"예, 그를 만나고 오는 길입니다."

"홈즈 씨에게 무슨 일이 생겼나요? 어떤 상태인가요?"

"중태입니다. 그래서 이렇게 당신을 찾아왔고요."

 스미스는 나에게 의자에 앉으라는 손짓을 하고 돌아서서 자기도 자리에 앉았다. 뒤돌아서는 순간 스미스의 얼굴이 벽난로 위에 있는 거울에 비쳤다. 분명히 심술궂으면서도 가증스러운 미소가 보였다. 하지만 나는 스미스가 얼굴을 찌푸린 것을 잘못 봤다고 생각했다. 잠시 후 나와 마주보고 앉았을 때는 진심에서 우러나올 법한 걱정스런 표정을 했기 때문이다.

"정말 안됐군요. 나야 일 관계로 잠깐 만날 기회밖에 없었지만 홈즈 씨의 능력과 인품을 존경하고 있소. 홈즈 씨가 아마추어 범죄학자라면 저는 아마추어 의학자라고 할 수 있죠. 홈즈 씨는 범죄자들을 연구하고 나는 병원균을 연구하니까요. 저기에 있는 것들은 병원균을 가두는 감옥이나 마찬가지고요." 스미스는 테이블 위에 늘어서 있는 병과 단지들을 가리키고는 다시 말을 이었다. "저 젤라틴 배양액 속에서 세상 사람들을 죽인 흉악한 병원균들이 형기를 치르고 있는 셈이지요."

"홈즈가 당신을 뵙고자 하는 이유는 당신의 전문적 지식 때문입니다. 홈즈는 당신의 지식을 높게 평가해 런던에서 자기 병을 고칠 수 있는 사람은 당신뿐이라고 생각합니다."

스미스가 놀란 듯 흠칫 움직이는 바람에 머리 위에 쓰고 있던 모자가 바닥으로 떨어졌다.

"왜죠? 어째서 홈즈 씨의 병을 나만이 고칠 수 있다고 생각하는 거죠?"

"당신이 동양의 특이한 질병에 대해 잘 알고 있다고 생각하는 것 같던데요."

"그런데 홈즈 씨는 왜 자신의 병이 동양에서 발생한 병이라고 생각하나요?"

"홈즈가 사건을 조사하면서 부두에 있는 중국 선원들과 접촉했던 모양이에요."

스미스는 뭔가 즐거운지 미소를 지으면서 떨어져 있던 모자를 집어 들었다.

"아, 그랬군요. 당신이 생각하는 것만큼 홈즈 씨의 상태가 위독하지 않기를 바랍니다만, 홈즈 씨가 병에 걸린 지 얼마나 됐나요?"

"사흘 전쯤부터 아팠던 걸로 알고 있습니다."

"정신 상태는 어떤가요?"

"가끔씩 헛소리를 합니다."

"쯧쯧. 상태가 심각한 것 같은데요. 위급한 환자가 부르는데 가 보지 않는 건 사람의 도리가 아니겠죠? 왓슨 씨, 제가 원래 일하는 도중에 방해받는 걸 워낙 싫어하지만 이런 경우는 예외입니다. 지금 당장 같이 가 보죠."

그때 무슨 핑계를 대서라도 내가 스미스보다 일찍 돌아와 있어야 한다는 홈즈의 당부가 문득 떠올랐다.

"저는 다른 약속이 있어서 함께 가지는 못합니다."

"괜찮습니다. 저 혼자 가죠. 홈즈 씨의 주소를 알고 있으니까요. 아무리 늦어도 30분 뒤에는 도착할 겁니다."

나는 무거운 마음으로 홈즈의 침실로 들어섰다. 내가 없는 사이에 홈즈에게 최악의 사태가 일어났을 수도 있다고 생각하니 마음이 저절로 무거워졌다. 하지만 방 안에 들어가서 홈즈를 보고 곧 안심했다. 홈즈는 그 사이에 상태가 오히려 호전된 듯했다. 겉으로 보기에는 별로 달라진 게 없었지만 정신을 차린 듯싶었다. 기어들어가는 목소리로 말했지만 헛소리는 하지 않았고, 예전의 분명하고 명쾌한 말투를 되찾았다.

"왓슨, 스미스를 만났어?"

"그래. 곧 올 거야."

"잘했어, 왓슨! 자넨 역시 최고의 전령이야!"

"그런데 함께 오자고 하더군."

"그래선 안 되지, 왓슨, 그건 안 된다고. 내가 왜 병에 걸렸는지 스미스가 물어 보던가?"

"그래. 이스트엔드[28]에서 중국인 선원한테 병을 옮은 것 같다

---

28) 런던 동부에 있는 상공업 지구.

고 했지."

"그래! 아주 잘했어, 왓슨, 자네가 할 수 있는 일은 다 했으니 이제 사라져야 할 차례야."

"무슨 소리야! 나는 여기서 기다렸다가 스미스의 진단과 처방을 들어야 해, 홈즈."

"물론 그래야지. 하지만 문제가 있어. 여기에는 나와 스미스만 있어야 해. 그래야 스미스가 더 솔직하고 중요한 의견을 말할 거라고 생각하는 이유가 몇 개 있기 때문이야. 침대 머리 뒤쪽에 숨을 만한 공간이 있어, 왓슨."

"뭐라고?"

"유감스럽지만 다른 방법이 없어, 왓슨. 숨으라고 만든 공간은 아니지만 누가 숨어 있으리라고는 의심하지 않을 만한 곳이야. 그러니 숨어 있어. 스미스가 눈치채지 못할 거야." 홈즈가 갑자기 벌떡 일어났는데 그의 초췌한 얼굴에는 긴장감이 서려 있었다.

"왓슨, 마차 소리가 들려. 나를 위한다면 어서 서둘러! 그리고 무슨 일이 일어나더라도 꼼짝도 해선 안 돼. 무슨 말인지 알지? 아무 말도 하지 말고 움직이지도 마! 가만히 듣고만 있어야 해."

잠시 후 홈즈를 지탱하고 있던 힘이 갑자기 빠진 것 같았다. 명령조의 단호한 그의 말투가 반쯤 정신 나간 사람이 내는 것 같은 희미한 중얼거림으로 바뀐 것이다.

나는 침대 머리맡 뒤쪽으로 재빨리 몸을 감추었고, 계단에서 발소리가 들린 다음 침실 문이 열렸다 다시 닫히는 소리를 들었다. 그리고는 꽤 오랫동안 침묵이 흘렀는데 홈즈의 깊고 가쁜 숨소리만이 그 정적을 깨고 있었다. 스미스가 침대 곁에 서서 고통스러워하는 홈즈를 내려다보는 모양이었다. 마침내 이상야릇한 침묵이 깨지고 스미스의 목소리가 들렸다.

"홈즈! 홈즈!" 자는 사람을 깨우는 듯한 말투였다. "내 말이 들리나, 홈즈?"

침대가 흔들리는 걸로 보아, 스미스가 홈즈의 어깨를 잡고 흔드는 듯싶었다.

"스미스 씨? 오지 않으실 거라고 생각했는데." 홈즈가 낮은 목소리로 말했다.

그러자 스미스의 웃음소리가 들렸다.

"나도 별로 오고 싶은 생각은 없었지만 보다시피 왔소. 당신이 내게 한 짓을 생각하면…… 원수를 은혜로 갚는 셈이지!"

"와 주셔서 정말 감사합니다. 훌륭한 분이시군요. 저는 당신이 갖고 있는 전문지식의 가치를 잘 알고 있습니다."

스미스는 다시 소리 내어 웃었다.

"그런가? 그렇다면 당신이 런던에서 내 지식을 알아주는 유일한 사람이군. 그래, 무슨 병인지는 알고 있나?"

"당신의 조카가 걸렸던 병과 같은 병입니다." 홈즈가 말했다.

"허! 확실히 그 병과 증상이 같은가?"

"아니었으면 좋겠지만 확실합니다."

"난 놀라지 않네, 홈즈. 자네가 빅터와 같은 병에 걸렸다 해도 나는 놀라지 않아. 만일 그렇다면 당신 앞날이 걱정이긴 하지만 말이야. 내 조카 빅터는 그 병에 걸리고 나흘 만에 죽었어. 아주 건장하고 튼튼한 젊은이였는데 말이야. 자네가 전에 말했듯이, 런던이라는 도심지에 살고 있는 빅터가 그렇게 멀리 떨어진 동양의 질병에 걸렸다는 건 확실히 이상한 일이 아닐 수 없지. 게다가 내가 그 병을 연구하고 있었으니…… 우연의 일치라고 생각하기엔 다소 무리한 감이 있지. 홈즈, 그걸 알아챈 걸로 봐선 당신이 똑똑하다는 건 알겠어. 그러나 내가 연구하는 병으로 빅터가 죽었다고 해서 내가 그를 죽였다는 주장은 좀 가혹하다는 생각이 드는군."

"나는 당신이 범인이라는 걸 알고 있었습니다."

"알고 있었다…… 그랬나? 그렇지만 내가 빅터를 죽였다는 걸 증명할 순 없겠지. 내가 범인이라는 소문을 퍼뜨리고 다닌 사람이 이제 와서 자기 목숨이 위태롭다고 내게 도움을 청하는 것에 대해 어떻게 생각하나? 너무 우습지 않나?"

숨쉬기가 곤란한지 홈즈의 가쁜 숨소리가 들려왔다.

"물을 줘!"

"홈즈, 살아 있을 시간이 얼마 남지 않은 거 같은데, 내가 할 말을 다 마칠 때까지는 살아 있어야 해. 그래서 이렇게 물을 주는 거야. 흘리지 말게! 그렇지. 내 말이 무슨 뜻인지 알아듣겠나?"

홈즈의 신음소리가 들렸다.

"내가 살 수 있도록 도와주세요. 과거의 일은 덮어 두죠. 지금 들은 말은 머리에서 다 지우겠습니다. 제 병을 고쳐 주면 모두 잊겠습니다."

"대체 뭘 잊겠다는 건가?"

"당신 조카 빅터 새비지의 죽음에 대해서 다 잊겠단 말입니다. 당신이 조금 전에 그를 죽였다고 인정한 거나 다름없지 않습니까? 그걸 다 잊겠다는 겁니다."

"잊든 기억하든 좋을 대로 하게. 자네가 증인석에 설 일은 없을 테니까. 어디 정교하게 만든 상자가 있을 텐데…… 내 조카가 어떻게 죽었는지 자네가 안다 해도 상관없어. 지금은 조카에 대해 말하는 것이 아니라 자네에 대해 얘기하고 있는 거야."

"그렇군요. 알았습니다."

"날 부르러 왔던 당신 친구 말로는, 이름이 뭐였더라? 생각이 안 나는군. 이스트엔드에서 선원들한테 병을 옮아왔다고 하던데……"

"그렇게밖에 설명할 수 없었어요."

"홈즈, 자네는 항상 자신의 머리를 자랑스럽게 생각하겠지. 아마 자신을 똑똑하다고 생각할 테지. 그렇지 않나? 하지만 이번에는 자네보다 더 똑똑한 사람을 만난 거야. 자, 있었던 일을 잘 생각해 보시지. 달리 이 병에 걸린 이유가 있었나?"

"난 지금 생각할 수 없어요. 제 정신상태가 어떤지 알지 않습니까? 제발 절 좀 도와주세요."

"좋아. 내가 도와주지. 자네가 걸린 병이 어떤 건지, 왜 그 병에 걸렸는지 알려 줄게. 자네가 죽기 전에 나도 진실을 털어놓고 싶으니까."

"제발 이 고통을 멎게 할 수 있는 약을 주세요."

"고통스럽다고? 그렇겠지. 쿨리병에 걸린 사람들은 죽어 가면서도 고통의 비명을 질러 대더군. 아마 심한 복통이 있을 거야."

"맞아요. 너무 고통스러워요."

"어쨌든 지금 내가 하는 말을 들을 수는 있을 거야. 잘 들으라고! 병의 증상이 나타나기 시작했을 때쯤 뭔가 이상한 일이 있지 않았나?"

"아니오, 아무 일도 없었어요."

"그러지 말고, 다시 한 번 잘 생각해 봐."

"너무 고통스러워서 어떤 것도 생각할 수 없어요."

"그럼 할 수 없군. 내가 기억나도록 도와주지. 우편물을 받지 않았나?"

"우편물?"

"누가 보낸 건지 아무 것도 쓰여 있지 않은 상자 말이야."

"정신을 잃을 것 같아요. 정신이 가물거려……."

"정신 차려, 홈즈." 스미스가 의식을 잃어 가는 홈즈를 흔들어 깨우는 소리가 들렸다. 하지만 이런 상황에서도 내가 할 수 있는 일은 아무 소리도 내지 않고 숨어 있는 것뿐이었다.

"내 말을 들어야만 해. 내 말이 들리나? 상자가 기억나는가? 상아로 만든 작은 상자인데? 아마 수요일에 배달되었을 거야. 그것을 열어 보았겠지? 이제 기억나나?"

"그래요. 상자를 열었어요. 상자 안에 끝이 날카로운 용수철이 장치되어 있었어요. 누가 그런 장난을 했는지."

"그건 장난이 아니야. 지금 이렇게 고통을 당하면서도 모르겠나? 정말 바보로군. 자네가 자초한 일이야. 내 일을 방해하라고 누가 부탁하기라도 했나? 나를 빅터의 죽음과 관련시키지만 않았다면 나도 자네를 해칠 생각이 없었을 거야."

"기억납니다. 그 용수철! 그것 때문에 피가 났어요. 그 상자…… 테이블 위에 있는……."

"이런! 바로 저거야. 내 주머니에 넣어 가져가는 게 좋겠군.

그래야 자네가 가진 마지막 증거가 없어질 거 아닌가. 자, 홈즈, 이제 사건의 진상을 알았으니 이유도 모른 채 죽진 않을 거야. 내 손에 죽었다는 걸 알겠지. 빅터 새비지의 죽음에 대해 너무 많은 걸 알고 있어서 자네도 죽일 수밖에 없어. 이제 죽을 때가 멀지 않은 것 같군, 홈즈. 자네가 죽는 꼴을 여기 앉아서 지켜보겠네."

홈즈가 뭐라고 말을 했지만 목소리가 너무 작아서 알아들을 수 없었다.

"뭐라고? 가스 불을 더 밝게 해 달라고? 아, 죽음의 그림자가 드리워지는 모양이군. 좋아, 밝게 해 주지. 그래야 자네가 죽는 모습을 잘 볼 수 있을 테니까." 스미스가 걸어가는 소리가 들리더니 방 안이 갑자기 환해졌다.

"홈즈, 다른 부탁은 없나?"

"성냥과 담배를 부탁하오."

나는 기쁨과 놀라움으로 하마터면 소리를 지를 뻔했다. 홈즈가 평소의 말투로 얘기한 것이다. 힘이 없긴 했지만 지금까지 내가 들어왔던 바로 그 목소리였다. 그리고 긴 침묵이 흘렀다. 나는 스미스가 너무 놀라 아무 말도 못하고 홈즈를 멍하니 바라보고 있을 거라고 생각했다.

"이게 도대체 어떻게 된 일이지?" 마침내 스미스의 갈라진 목소리가 들렸다.

"연기를 하려면 이 정도는 해야지. 나는 사흘 동안 음식을 전혀 먹지 않았을 뿐 아니라 아무 것도 마시지 않았소. 아까 당신이 가져다 준 물이 처음이었소. 그러나 사실 가장 참기 어려웠던 건 담배였소. 이제 한 대 피워 볼까?" 성냥을 켜는 소리가 들렸다. "이제야 살 것 같군. 오! 친구가 오는 모양이군."

밖에서 발소리가 나더니 문이 열리고 모턴 경감이 나타났다.

"모든 일이 순조롭게 잘 풀렸소. 이 사람이 범인이니 데려 가시오." 홈즈가 말했다.

경감은 스미스에게 정해진 주의를 들려주고 나서 말했다.

"빅터 새비지의 살해혐의로 당신을 체포하겠소."

"거기에 셜록 홈즈에 대한 살인 미수죄도 추가해야지요." 홈즈가 웃으며 말했다.

"경감, 죽어 가는 사람의 마지막 소원을 들어준답시고 컬버튼 스미스가 친절하게도 가스 불을 밝게 해 주었소. 그게 경감에게 보내는 신호인 줄도 모르고 말이오. 그건 그렇고, 스미스 외투 오른쪽 주머니에 작은 상자가 있을 거요. 그걸 압수하시오. 고맙소. 경감, 나라면 그 상자를 아주 조심스럽게 다룰 거요. 여기에 놓아요. 이건 재판에서 중요한 증거물이 될 물건이오."

그때 갑자기 도망가는 소리가 나고 몸싸움하는 소리가 들렸

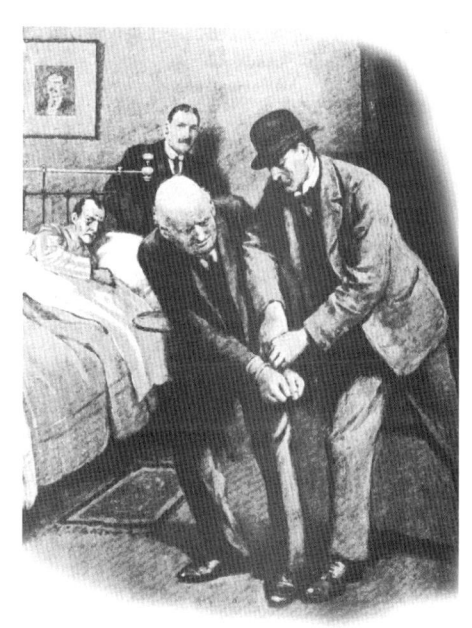

다. 그리고는 금속으로 뭔가를 치는 소리가 들린 후 고통의 비명 소리가 이어졌다.

"도망가 봤자 당신만 다칠 뿐이야. 가만히 있지 못하겠어!" 경감의 목소리가 들리더니 찰칵 하고 수갑이 채워지는 소리가 들렸다.

"멋진 함정이군!" 스미스가 고함을 질러 댔다.

"피고석에 앉아야 할 사람은 내가 아니라 바로 네놈이야! 경감, 홈즈가 내게 자기 병을 고쳐 달라면서 여기에 와 달라고 부탁했소. 나는 불쌍하다는 생각이 들어서 온 것뿐이오. 홈즈는 이제부터 내가 자백했다고 말을 꾸며 댈 거요. 그의 말도 안 되는 의심을 뒷받침하기 위해 다 만들어 낸 얘기란 말이오. 홈즈, 원한다면 맘대로 거짓말을 해 보시지. 하지만 어떻게 그 말을 믿을 수 있겠어!"

"내 정신 좀 봐!" 홈즈가 소리쳤다.

"그를 까맣게 잊고 있었잖아! 왓슨, 정말 미안하네. 다른 생각을 하느라 자네가 숨어 있다는 사실을 잊고 있었어. 자네를 스미스에게 소개할 필요는 없겠지. 오늘 초저녁에 이미 만났으니 말이야. 모턴 경감, 밖에 마차를 대기시켜 놓았소? 옷을 갈아입는 대로 내려가리다. 경찰에서 내 설명이 필요할지도 모르니 말이오."

홈즈는 옷을 갈아입으면서 붉은 포도주 한 잔과 비스킷 몇 조각을 먹었다.

"지금처럼 뭘 먹고 싶었던 적은 없었어. 하지만 자네도 알다시피 내 생활이 워낙 불규칙적이어서 단식을 해도 보통 사람들보다는 덜 고통스러운 편이지. 내가 중태라는 걸 허드슨 부인이 믿게 만들어야 할 필요가 있었어. 그래야 부인이 자네에게 가서 그 사실을 전할 테고, 자네도 믿어야 스미스를 데려올 수 있다고 생각했거든. 자네를 속여서 기분이 상한 건 아니지, 왓슨? 자네는 여러 가지 재능을 갖고 있긴 하지만 알고도 모르는 척 시치미를 뗄 줄은 모르거든. 내가 자네에게 사실대로 털어놓았다면, 자네는 스미스에게 내 병이 중태여서 다급하게 그가 필요하다는 인상을 주지 못했을 거야. 그런데 스미스가 그걸 믿게 하는 것이 내 계획에서 가장 중요한 부분이었어. 스미스가 집념이 강한 성격이라는 걸 알고 있었기 때문에 나는 그가 자신이 짠 음모가 어떻게 되었는지 확인하러 올 거라고 확신했지."

"하지만 자네의 그 얼굴…… 환자 같은 얼굴은?"

"사흘 동안 아무 것도 먹지 않고 마시지 않으면 좋아 보일 리가 없지 않은가, 왓슨? 나머지는 스펀지로 닦아 내면 다 없어지는 것들이야. 이마에는 바셀린을 바르고 눈에는 안약을 넣었어. 광대뼈 부분에는 붉게 화장을 하고 입술에는 초를 얇게 깎아 붙였지. 간단해 보이지만 효과는 확실해. 앞으로 꾀병에 대한 논문을 써 볼까 해. 그리고 말하던 주제에서 벗어난 얘기를 가끔 하면 사람들은 제정신이 아니라고 확신하게 되지. 내가 반 크라운이 어쨌다느니, 조개가 어쨌다느니 하며 헛소리를 해 댔지?"

"그럼 전염될 위험도 없는데 왜 나를 가까이 오지 못하게 한 건가?"

"왓슨, 그 이유를 몰라? 내가 의사로서의 자네의 능력을 믿지 못한다고 생각하는 건 아니겠지? 아무리 내가 곧 죽을 사람처럼 보인다 해도 자네가 진찰을 해 보면 맥박도 정상이고 열도 없을 텐데 나를 죽어 가는 사람으로 생각하겠어? 그러나 4야드쯤 떨어져 있으면 자네를 속일 수 있지. 자네를 속이지 못하면 누가 스미스를 여기로 데려온단 말인가? 왓슨, 나는 그 상자에 손도 대지 않았어. 옆에서 보았을 때 그것을 열면 독사의 이빨처럼 날카로운 스프링이 튀어나오도록 장치가 되어 있다는 걸 간파했지. 스미스가 재산복귀 문제에 방해가 되는 새비지를 죽였을 때도 이것과 비슷한 장치를 사용했을 거야. 자네도 알다시피 나에게 오는 우편물은 별의별 것이 다 있어서, 나는 소포가 오면 항상 조심을 하지. 그 덕분에 스미스의 계획을 알아낼 수 있었어. 그 다음엔 스미스의 계략이 성공한 것처럼 가장하면 그의 입을 통해 직접 자백을 받아 낼 수 있다고 생각했지. 물론 가장을 하는 데 있어 세심한 주의를 기울였어. 자, 왓슨, 코트 입는 걸 도와 주게. 경찰서에서 일이 끝나면 심슨 레스토랑에 가서 영양가 많은 음식을 먹어야겠어."

서섹스의 뱀파이어

1986년 11월 19일(목)~11월 21일(토)

The Sussex Vampire

홈즈는 마지막 편으로 배달된 편지를 주의 깊게 읽었다. 그리고는 한 번 싱긋 웃더니 나에게 그 편지를 건네면서 말했다.

"왓슨, 현대와 중세, 현실과 끔찍한 환상이 뒤섞여 있다는 점에서 이 사건을 능가할 만한 것도 흔치 않을 거야, 자네 생각은 어때?"

나는 건네받은 편지를 읽었다.

올드 주리 46

11월 19일

흡혈귀에 관하여

친애하는 홈즈 씨, 저희 고객이며 민싱 레인에서 차 중개업을 하는 퍼거슨 앤 무어헤드 상회의 로버트 퍼거슨 씨가 흡혈귀에 관해 문의할 것이 있다는 연락을 해 왔습니다. 저희 법률사무소는 기계류의 자산평가를 전문으로 하는 곳이라 이 문제는 저희 업무 밖의 일 같습니다. 그래서 퍼거슨 씨에게 홈즈 씨를 찾아가 상담하라고 권했습니다. 저희는 홈즈 씨가 성공적으로 해결하신 마틸다 브릭스 사건을 잊지 않고 있습니다.

그럼, 안녕히 계십시오.

– 모리슨, 모리슨 앤 도드 법률사무소
담당자 E. J. C.

"왓슨, 마틸다 브릭스는 젊은 여자의 이름이 아니야." 홈즈가 추억에 잠긴 목소리로 말했다.

"수마트라의 거대한 쥐와 관련이 있는 배의 이름이야. 이 이야기는 세상에 아직 알려지지 않았어. 그런데 우리가 흡혈귀에 대해서 아는 게 있나? 흡혈귀가 우리 소관이었나? 일이 없는 것보다야 낫지만 꼭 그림 형제의 동화책에서나 나옴직한 사건을 맡아야 할까? 왓슨, 거기 책 좀 꺼내 줘. 색인 목록에서 V항목을 찾아보면 뭔가 알아낼 수 있겠지."

나는 몸을 뒤로 젖혀 홈즈가 말한 두꺼운 색인 목록 책자 한 권을 꺼냈다. 홈즈는 그 책을 무릎 위에 안전하게 펼쳐 놓고 옛날 사건 기록들을 천천히 그리고 꼼꼼하게 훑어 나갔다. 그 책에는 홈즈가 그동안 모은 사건 기록들로 가득 차 있었다.

"음, 글로리아 스콧 호의 항해(Voyage의 V)라." 홈즈가 그 사건 기록을 읽으면서 말했다.

"별로 실속이 없었던 사건이었지. 내 기억에, 왓슨, 자네가 이 사건을 기록했던 걸로 아는데. 결과는 그다지 좋다고 할 수 없지만 말이야. 다음으로 빅터 린치, 위조범, 독이 든 도마뱀. 흠, 굉장한 사건이었어. 서커스단의 예쁜 소녀 빅토리아, 밴더빌트와 살인자, 살모사, 해머스미스의 괴인 비고.

이거 봐! 오래되긴 했어도 역시 쓸 만한 책이야. 이런, 놀라지 않을 수 없군. 왓슨, 이거 좀 들어 보게. 헝가리에서는 흡혈귀의 존재를 믿는다는군. 그리고 또 있어. 트랜실베이니아[29]의 흡혈귀들이라."

홈즈는 열심히 책장을 넘겼다. 하지만 얼마간 자세하게 읽는가 싶더니 성에 차지 않는지 보고 있던 책을 내던졌다.

"형편없군. 왓슨, 시시한 이야기들뿐이야! 걸어 다니는 시체들하고 우리가 무슨 상관이 있지? 심장에 대못을 박으려고 무덤을 지키고 앉아 있을 사람이 있겠어? 이건 완전히 미친 짓이야."

"하지만 꼭 죽은 사람만 흡혈귀라는 법이 있나? 살아 있는 사람이 흡혈귀와 같은 습관을 가질 수도 있지 않을까? 가령 젊어지기 위해서 어린아이들의 피를 빨아먹는다는 노인 이야기를 읽은 적이 있어."

"왓슨, 자네 말이 맞아. 그 이야기는 참고할 만하군. 그렇지만 우리가 그런 일에 심각하게 신경을 쓸 필요가 있을까? 우리 사무실은 이미 기반을 잡았어. 사실 아쉬울 게 뭐가 있지? 우리야 이 정도면 충분해. 유령 사건까지 맡을 필요는 없다고 생각해.

---

29) 루마니아 북서부 지방을 총칭하는 역사적 지명.

내가 우려하는 것은 우리가 로버트 퍼거슨 씨의 말을 곧이곧대로 받아들일 수 있을 것 같지 않다는 거야. 어쨌든 퍼거슨 씨가 보낸 편지가 있어. 이것을 읽어 보면 그가 걱정하는 바를 어느 정도 알 수 있을 거야."

홈즈는 두 번째 편지를 집어 들었다. 그 편지는 홈즈가 첫 번째 편지를 읽는 동안 탁자 위 눈에 띄지 않는 곳에 놓여 있었다. 홈즈는 희색이 만면하여 편지를 읽기 시작했다. 그러나 편지를 읽어 내려가던 홈즈의 얼굴에서 미소가 점차 사라지더니 점점 편지에 몰입하는 표정이었다. 편지를 다 읽은 홈즈는 마치 손에 편지를 쥐고 있다는 사실조차도 잠시 잊은 듯한 표정을 지은 채 소파에 그대로 앉아 있었다. 마침내 환상에서 깨어난 듯 홈즈가 말했다.

"램벌리에 있는 치즈맨? 왓슨, 램벌리가 어디지?"

"서섹스 지방이야. 호섬의 남쪽이지."

"그리 멀지는 않군. 그럼 치즈맨은 무슨 뜻이야?"

"내가 그 지역을 잘 아는데, 그 고장엔 지은 지 오래된 저택들이 많아. 2, 3백 년 전에 사람들이 집을 짓고, 그 집을 지은 사람의 이름을 따서 불렀지. 오들리 가, 하비 가, 캐리톤 가 라고 자네도 들어 봤을 거야. 마을 주민들은 사람들 기억에서 사라졌지만 그들의 이름은 저택 이름으로 아직까지 남아 있어."

"그렇군." 홈즈가 냉담한 목소리로 말했다.

이런 쌀쌀맞은 태도는 자존심 강하고 말수가 적은 홈즈 성격의 일부였다. 홈즈는 새로운 정보를 들으면 빠르고 정확하게 머릿속에 기억하지만, 그가 정보를 준 사람에게 고마움을 표시하는 것을 본 적이 거의 없다.

"아무튼 램벌리의 치즈맨에 관해 아주 많은 것을 알게 될 것 같아. 그곳을 가 보지 않고도 말이야. 내가 바라던 대로 이 편지는 로버트 퍼거슨 씨한테서 온 거야. 그런데 이 사람이 자네를 안다고 하는군."

"나를?"

"이 편지를 차라리 자네가 읽는 게 낫겠어."

홈즈가 편지를 건네주었다. 편지는 앞의 것과 같은 형식으로 시작되고 있었다.

홈즈 씨, 제 변호사에게서 귀하를 소개받았습니다. 하지만 실제로 이 문제는 너무나 미묘해서 해결하기가 무척 어려울 것입니다. 제가 이러는 것은 친구 때문입니다. 제 친구는 5년 전에 페루 여자와 결혼했습니다. 그 여자는 친구가 질산비료 수입 건으로 만나게 된 페루 무역상의 딸이지요. 그녀는 매우 아름다웠지만 외국인인 데다 종교가 달라서인지 두 사람의 관심사와 정서가 서로 달랐습니다. 얼마 후, 친구는 부인에 대한 애정이 식었다는 생각이 들었고, 그녀와 결혼한 것이 실수라고까지 여기게 된 모양입니다. 친구는 자기 아내의 성격에 결코 이해할 수 없는 부분이 있다고 느꼈답니다. 그것은 친구가 매우 헌신적으로 아내를 사랑했기 때문에 더욱 고통스러운 일이었죠.

자세한 이야기는 만나서 해야겠지만, 실은 대충 돌아가는 상황을 먼저 말씀 드리고 귀하께서 이 사건을 맡으실 수 있는지 알아보기 위해 이 편지를 보냅니다. 친구의 부인은 평소 부드럽고 온화하던 성격과는 달리 약간 이상한 점을 보이기 시작했다고 합니다. 친구는 이번이 두 번째 결혼인데, 첫 부인과의 사이에 아들이 하나 있습니다. 그 아이는 지금 열다섯 살이고, 아주 귀엽고 사랑스러운 소년입니다. 하지만 불행하게도 어렸을 때 사고를 당해 몸이 온전치 못합니다. 친구는 아내가 아무 이유도 없이 이 가엾은 소년을 폭행하는 것을 두 차례나 목격했답니다. 한번은 팔에 매질 자국이 깊이 패일 정도로 심하게 때렸다고 하더군요.

그러나 이 일은 친구 부인이 낳은 지 일 년도 채 안 된 아기에게 한 것에 비하면 아무 것도 아니랍니다. 약 한 달 전의 일입니다. 유모가 잠깐 자리를 비웠을 때 갑자기 날카로운 아기 울음소리를 들었다고 합니다. 깜짝 놀란 유모가 아기 방으로 뛰어들어가 보니 부인이 아기 위에 엎드려서 아기의 목을 물어뜯고 있었다는 겁니다. 아기 목에 조그만 상처가 나 있고 거기에서 피가 흐르고 있었답니다. 유모가 공포에 사로잡혀 주인을 부르려고 하자 부인이 제발 이르지 말아 달라고 애원하면서 유모에게 5파운드를 주며 비밀을 지켜 달라고 했다더군요. 그리고 아무런 설명도 없이 그 사건은 일단 끝났다고 합니다.

그러나 유모는 그 일로 너무나 큰 충격을 받았답니다. 그때부터 유모는 부인을 감시하면서 아기 곁을 떠나지 않았고, 유모가 부인을 감시하는 것처럼 부인도 유모를 감시하면서 아기가 혼자 있게 될 때를 기다렸다고 합니다. 낮이나 밤이나 유모는 아기를 지켰고, 부인도 호시탐탐 새끼 양을 노리는 늑대처럼 경계를 늦추지 않고 조용히 기회만 엿보는 것 같았답니다. 홈즈 씨에게 이 일은 분명 터무니없는 이야기로 들리겠지만, 한 아이의 생명과 한 남자의 온전한 정신이 달린 문제이므로 이 사건을 진지하게 다루어 주시길 부탁드립니다.

그런데 마침내 아주 무서운 날이 오고야 말았답니다. 그런 상황을 더 이상 견딜 수 없었던 유모가 친구에게 모든 사실을 털어놓았던 겁니다. 친구도 처음에는 지금 당신이 생각하는 것처럼 황당한 이야기라고 생각했답니다. 친구는 부인을 사랑스런 아내이고 다정한 엄마라고 생각했으니까요. 전처 아들에게 못되게 굴 때만 제외하면 말입니다. 그런 아내가 무엇 때문에 귀여운 자기 자식에게 상처를 입히겠느냐고 생각했던 것이지요. 친구는 유모에게 혹시 꿈을 꾼 것이 아니냐, 그런 의심은 정신이 이상한 자들이나 하는 짓이라면서 아내를 그런 식으로 모욕하면 참지 않겠다고 타일렀다고 합니다. 그런데 친구가 유모에게 타이르고 있는 사이에 갑자기 찢어지는 듯한 아기의 울음소리가 들렸답니다. 두 사람은 동시에 급히 아기 방으로 달려갔다고 하더군요. 홈즈 씨, 제 친구의 기분을 상상해 보십시오. 아기 침대 옆에서 무릎을 꿇고 앉아 있다가 일어나는 아내를 보았을 때, 아기의 목덜미에서 피가 흘러 이불까지 적신 것을 보았을 때, 친구의 기분이 어떠했을지를 말입니다. 친구는 공포에 질려 소리치면서 아내의 얼굴을 불빛 쪽으로 돌려보았답니다. 그런데 아내의 입술 주변에 온통 피가 묻어 있더라는 것입니다. 가엾은 아기의 피를 빨아먹은 사람이 아내라는 사실은 의심할 여지가 없었다고 했습니다.

이것이 사건의 전말입니다. 부인은 지금 자기 방에 갇혀 있답니다. 한마디 해명도 없이 말입니다. 친구는 정신이 반쯤 나간 상태이구요. 친구나 저나 흡혈귀란 이름만 들어 봤을 뿐 실제로는 존재하지 않는 것으로 알고 있었습니다. 먼 나라의 무서운 이야기 정도로만 생각했는데, 영국 서섹스의 심장부인 바로 이곳에서 흡혈귀라니요. 아무튼 내일 아침에 만나 의논드리고 싶습니다. 만나 주실 건가요? 제 친구를 도와주실 수 있습니까? 기꺼이 도와주시겠다면 램블리 치즈맨 가의 퍼거슨에게 전보로 알려주십시오. 그러면 제가 아침 10시까지 귀하의 사무실로 찾아가겠습니다. 그럼 안녕히 계십시오.

- 로버트 퍼거슨

추신 : 왓슨 의사가 블랙히스 팀의 럭비선수로 활약했을 때, 전 리치몬드 팀의 쓰리쿼터였습니다. 저의 개인적인 소개는 이 정도입니다.

"물론 기억하지." 나는 편지를 내려놓으면서 말했다.

"빅 밥 퍼거슨이라고 불렸는데, 리치몬드 팀의 역대 쓰리쿼터 중에서 가장 뛰어났었지. 아주 착한 친구였어. 이렇게 친구의 일까지 챙기다니 과연 그답군."

홈즈는 생각에 잠긴 표정으로 나를 쳐다보더니 고개를 가로저었다.

"왓슨, 새로운 얘긴데. 난 아직도 자네에 대해 모르는 것이 많은 것 같아. '귀하의 사건을 맡겠습니다.'라고 전보를 보내 주게."

"귀하의 사건이라!"

"우리 사무실에 무능한 친구들만 모여 있다고 생각하게 해서는 안 되잖나. 물론 이 사건의 당사자는 바로 퍼거슨이야. 그 친구에게 내일 아침까지 와 달라고 전보를 보내."

이튿날 아침 10시 정각, 퍼거슨이 사무실로 성큼성큼 걸어 들어왔다. 내 기억에 그는 키가 크고 홀쭉한 몸에 팔다리가 유연하여 재빠르게 상대팀의 후방을 공격하곤 했던 친구였다. 한때 뛰어난 운동선수로 전성기를 누렸던 그를 아는 나로서는 그가 초췌해진 모습으로 나타난 것을 보니 마음이 아팠다. 보기 좋던 그의 몸은 어디로 가고 금발의 아름답던 머리카락도 듬성듬성 빠져 있는 데다 어깨도 구부정해져 있었다. 그도 나를 보고 비슷한 느낌을 가질 거라는 생각이 들었다.

"잘 있었나, 왓슨."

목소리만은 여전히 굵직하고 활기가 있었다.

"자네도 꽤 변했군. 올드 디어 파크에서 내가 자네를 로프 너머 관중들에게까지 내던졌을 때의 왓슨이 맞아? 당연히 나도 변했겠지. 그런데 이번 며칠 동안의 일로 더 폭삭 늙었어. 홈즈 씨, 전보를 받고 친구 일인 양 해 봤자 소용이 없다는 것을 알았습니다."

"직접 이야기를 듣는 편이 더 낫지요." 홈즈가 말했다.

"물론입니다. 하지만 당신도 자신이 보호하고 도와줘야 할 여자에 대해 이야기해야 한다는 것이 얼마나 힘든지 상상하실 수 있을 겁니다. 전 어떻게 해야 하지요? 이 일을 경찰에 맡길 수도 없지 않습니까? 아이들을 보호해야 하니 말이죠. 홈즈 씨, 제 아내가 미친 걸까요? 제 아내 핏속에 뭔가가 들어 있는 걸까요? 비슷한 사건을 처리해 보신 경험은 있으십니까? 제발 도와주세요. 전 어찌해야 할지 정말 모르겠습니다."

"당연합니다, 퍼거슨 씨. 자, 여기에 앉아 기운을 차리시고, 몇 가지 질문에 분명하고 정확하게 대답해 주세요. 전 결코 당황하지 않습니다. 그리고 이 문제는 우리가 해결할 수 있을 거라고 확신하니까 걱정하지 마세요. 우선, 그 일이 있고 난 다음에 어떤 조치를 했는지 말씀해 주시죠. 아직도 부인이 아이들 곁에 있습니까?"

"너무 끔찍한 광경이었어요. 아내는 무척 사랑스러운 여자였어요. 진심으로 저를 사랑했습니다. 이렇게 무섭고 믿을 수 없는 행동을 저에게 들킨 아내는 크게 상심했지요. 아내는 아무 말도 하지 않습니다. 제가 이유를 다그쳐도 전혀 대답을 하지 않아요. 그저 자포자기한 눈빛으로 사납게 나를 노려보기만 할 뿐입니다. 그러다 서둘러 방에 들어가 안에서 문을 잠갔어요. 그 후로 아내는 절 만나려 하지 않아요. 아내에겐 돌로레스라는 결혼 전부터 데리고 있던 하녀가 있습니다. 아내는 돌로레스를 하녀라기보다는 친구처럼 생각하지요. 그래서 그녀가 아내의 시중을 들고 있어요."

"그렇다면 아기가 당장 위험하진 않겠군요."

"유모 메이슨 부인이 밤낮으로 아기 곁을 떠나지 않겠다고 약속했어요. 그런데 전 불쌍한 잭이 더 걱정입니다. 편지에서 말했듯이 잭은 두 번이나 아내에게 맞았어요."

"하지만 상처를 입힌 건 아니지 않습니까?"

"그렇긴 하지만 아내는 잭을 잔인하게 때렸어요. 잭은 몸이 불편하지만 마음은 순수한 애라서 매 맞는 일이 더 끔찍했을 겁니다."

수척하던 퍼거슨의 얼굴이 아들 이야기를 하면서 약간의 혈색을 되찾았다.

"누구든 우리 아이의 모습을 보면 마음이 약해질 겁니다. 어렸을 때 높은 데서 떨어져 척추가 휘었거든요. 하지만 마음은 아주 착한 아이입니다."

홈즈는 전날 온 편지를 다시 읽고 있었다.

"퍼거슨 씨, 집에 다른 가족은 없습니까?"

"얼마 전에 들어온 하인이 두 명 있고, 미카엘이라는 마부가 있는데 잠은 안채에서 잡니다. 그리고 아내, 나, 잭, 아기, 돌로레스, 메이슨 부인, 이렇게가 전부입니다."

"결혼할 때 부인에 대해서 아는 것이 별로 없었던 모양이군요?"

"만난 지 겨우 2, 3주 만에 결혼했으니까요."

"돌로레스는 부인과 얼마나 오랫동안 같이 지냈습니까?"

"몇 년 되었을 겁니다."

"그렇다면 부인의 성격을 당신보다도 돌로레스가 더 잘 알겠

군요?"

"예, 그렇다고 할 수 있어요."

홈즈가 수첩에 뭔가를 적었다.

"내 생각에 여기서 이럴 것이 아니라 램벌리에 직접 가 보는 편이 나을 것 같습니다. 이번 일은 외부에 알려지면 좋을 게 없는 사건입니다. 부인은 방에만 있으니 우리가 부인을 불편하게 하거나 성가시게 하는 일은 없을 겁니다. 물론 우린 여관에서 머물 거구요."

퍼거슨이 염려하지 말라는 몸짓을 하면서 말했다.

"홈즈 씨, 제가 바라던 바였습니다. 와 주시겠다면 2시에 빅토리아 역에서 출발하는 특급기차를 타면 됩니다.[30]"

"물론 가겠습니다. 현재로선 사태가 어느 정도 진정된 상태이겠군요. 전력을 다해 이 사건을 해결해 보겠습니다. 왓슨, 물론 자네도 같이 갈 테지? 그런데 출발하기 전에 한두 가지 확인하고 싶은 내용이 있습니다. 이 불행한 부인은, 제겐 이렇게 보입니다만, 당신 아들뿐만 아니라 자기가 낳은 아이에게도 폭행을 가했다고 하셨죠?"

"그랬지요."

"그러나 그 폭행의 방법이 다른 것 같군요, 그렇죠? 부인은 당신 아들을 때렸고."

"한 번은 매로 한 번은 손으로 무지막지하게 때렸지요."

"그런 다음에 왜 때렸는지 아무런 변명도 없었다고 했지요?"

"전혀 없었어요. 다만 아내는 잭이 싫다고 자주 말하곤 했습

---

30) 당시 빅토리아 역 2시발 램벌리 방면 행 기차는 없었지만, 빅토리아 역 1시 45분발 호섬 행 기차가 있었다.

니다."

"음, 그런 일은 계모들에게서 흔히 나타나는 현상으로 죽은 전 부인에 대한 일종의 질투심이라고 할 수 있지요. 부인은 원래부터 질투심이 많았습니까?"

"예, 강한 편입니다만 남국 특유의 불꽃같은 사랑의 표현과도 같은 거라고 생각했죠."

"그리고 당신 아들, 잭 말입니다. 열다섯 살이라면 몸은 성치 않더라도 어느 정도 알 건 다 알 나이인데요. 그 아이도 매 맞은 이유를 전혀 말하지 않던가요?"

"전혀요. 잭은 아무 이유도 없이 맞았다고만 합니다."

"평소에 잭과 부인은 사이가 좋았나요?

"아니오. 두 사람 사이에는 전혀 사랑이 없어요."

"하지만 당신은 잭이 정이 많은 아이라고 하지 않았나요?"

"세상에서 그렇게 헌신적인 아이는 아마 없을 겁니다. 그리고 잭은 제 목숨과도 같습니다. 잭도 제가 하는 말이나 행동을 아주 잘 따르고요."

홈즈는 다시 수첩에 뭔가를 적었다. 그리고 잠시 골똘히 생각하고 나서 다시 말을 꺼냈다.

"당신이 재혼하기 전까지 잭과는 사이가 아주 좋았겠군요. 그렇죠?"

"물론입니다."

"그리고 당신 아들, 정이 많았던 잭은 두말할 것도 없이 어머니를 몹시 그리워했겠지요?"

"예, 그렇습니다."

"확실히 흥미로운 소년 같군요. 이번 폭행사건에 대해 한 가지 더 묻겠습니다. 아기에게 이상한 행동을 보인 시기와 잭이 맞은 시기가 일치합니까?"

"첫 번째 경우는 일치했습니다. 아내에게 뭔가 화난 일이 있었는지 두 아이한테 화풀이를 하는 것처럼 보였어요. 두 번째 경우엔 잭만 맞았습니다. 유모가 아기에 대해선 아무런 불평을 하지 않았으니까요."

"그렇다면 사건이 다시 복잡해지는군요."

"홈즈 씨, 전 그렇게 생각하지 않는데요."

"아마 그러실 테죠. 전 우선 임의로 사건 방향을 정하고 나서 하나하나 풀어 나가는 스타일입니다. 그다지 좋은 습관은 아니죠. 허나 우리 인간의 본성은 나약한 면이 있습니다. 다만 여기에 있는 당신의 옛 친구 왓슨이 나의 과학적 수사방법을 비정상적이라고 생각할까 봐 염려스럽긴 합니다만, 지금까지의 상황으로 봐서 이 문제는 해결될 수 있을 것 같군요. 그럼 2시에 빅토리아 역에서 만나지요."

램벌리의 '체커스'에 숙소를 정하고 서섹스 지방의 구불구불한 진흙탕 길을 마차로 한참을 달려 외따로 떨어져 있는 낡은 퍼거슨의 농가에 도착한 것은 안개가 자욱하고 스산한 11월의 어느 저녁 무렵이었다. 넓은 대지에 집들이 여기저기 불규칙하게 세워져 있었다. 중앙에 가장 오래된 본채가 있고 그 양쪽으로 최근에 올린 듯한 건물이 연결되어 있었다. 경사가 심한 슬라브 지붕엔 군데군데 이끼가 끼어 있고, 튜더 풍의 굴뚝이 높이 솟아 있었다. 입구 계단은 완만하게 곡선 형태로 닳아 있었고, 현관까지 깔려 있는 고풍스런 타일에는 이 저택의 창설자 치즈맨의 이름에 치즈와 인간의 그림이 새겨져 있었다. 집 안으로 들어가자, 무거운 떡갈나무를 다듬어 만든 보를 잇댄 천장이 보이고, 고르지 못한 마룻바닥은 여기저기가 푹 꺼져 있었다. 집 안 곳곳에서 오랜 세월을 거치며 서서히 허물어져 가는 그런 기운을 느낄 수 있었다.

　퍼거슨은 중앙에 위치한 가장 큰 방으로 우리를 안내했다. 그곳에는 쇠 칸막이가 있는 크고 오래된 벽난로가 있었는데, 칸막이 뒷면에 1670이라는 년도가 새겨져 있었다. 벽난로에는 장작불이 탁탁 소리를 내면서 활활 타오르고 있었다.

　나는 방 안을 가만히 둘러보았다. 그 방은 고대와 현대, 영국과 남미를 적절하게 느낄 수 있도록 꾸며져 있었다. 벽의 반 정도가 칸막이로 된 것으로 봐서는 17세기의 전형적인 지주의 집으로,

칸막이 벽 아래 부분에는 요즘 유행하는 물감으로 그린 경계선이 보였다. 누런 회반죽 칠이 되어 있는 떡갈나무를 댄 벽 위쪽에는 남미 풍의 도구와 무기들이 잘 진열되어 있었다. 그 물건들은 말할 것도 없이 부인이 페루에서 가져온 것일 터였다. 곧바로 탐색 본능이 되살아난 홈즈는 일어나서 그 물건들을 찬찬히 살펴보기 시작했다. 그리고는 뭔가를 골똘히 생각하는 눈치였다.

"이리 와!" 홈즈가 소리쳤다. "이리 오라니까!"

스패니얼 한 마리가 방 한쪽 구석에 놓인 바구니 안에 있었다. 그 개는 힘든 걸음을 옮기며 천천히 주인에게 다가갔다. 뒷발의 움직임이 비정상이었고 꼬리는 땅에 질질 끌리고 있었다.[31] 개가 퍼거슨의 손을 핥았다.

"홈즈 씨, 이 개가 왜 이럴까요?"

"흠, 개로군요. 그런데 무슨 일이라도 있었나요?"

"수의사도 도대체 모르겠다고 합니다. 일종의 마비증상인데 스패니얼 척추수막염 같다고 합니다. 하지만 일시적인 것으로 곧 괜찮아질 거라고 하더군요. 그렇지, 카를로?"

---

[31] 스튜어트 파머는 '스패니얼 종의 개는 태어나면 무조건 꼬리를 2~3인치 길이로 짧게 하기 때문에 이 불행한 스패니얼은 기묘한 모습일 것이다.'라고 했다.

주인의 말에 동의라도 하는 듯이 개의 축 늘어진 꼬리가 가늘게 떨렸다. 개가 슬픈 눈으로 우리를 차례로 쳐다보았다. 우리가 자기를 구해 주러 왔다고 생각하는 모양이었다.

"개가 갑자기 저렇게 된 건가요?"

"예, 단 하룻밤 사이에 저렇게 되었어요."

"저런 지 얼마나 되었죠?"

"네 달 정도요."

"음, 아주 중요한 단서로군요. 감이 잡힙니다."

"홈즈 씨, 개한테서 뭔가 짚이는 거라도 있나요?"

"이미 짐작은 했지만 이제 확실해지는군요."

"홈즈 씨, 도대체 무슨 생각을 하는 겁니까? 이 사건이 당신에겐 그저 머리를 써서 풀 수 있는 간단한 수수께끼처럼 보일지 모르지만, 제겐 죽느냐 사느냐의 문제란 말입니다. 아내는 살인범이 될 위기에 처해 있고, 아기는 아직도 위험한 상황이라고요! 절 갖고 장난치지 마세요. 전 아주 심각합니다."

왕년의 쓰리쿼터는 온몸을 부르르 떨었다. 홈즈가 그의 팔을 잡고 진정시키며 말했다.

"사건의 결말이 어떻든 간에 당신이 상처받을까 봐 걱정되는군요. 어쨌든 최선을 다하겠습니다. 지금 당장은 말할 수 없지만 이곳을 떠나기 전에 꼭 밝히고 싶군요."

"부디 그렇게 해 주세요. 그럼 실례지만, 전 아내 방으로 올라가 그동안 아내에게 어떤 변화가 있었는지 살펴보겠습니다."

퍼거슨이 잠시 자리를 떴다. 그사이 홈즈는 벽에 걸려 있는 물건들을 다시 조사했다. 퍼거슨이 다시 돌아왔다. 풀죽은 표정으로 보아 상황이 나아진 게 아무 것도 없음이 분명했다. 퍼거슨과 함께 키가 크고 몸집이 가냘프며 갈색 피부를 가진 하녀가 들어왔다.

"돌로레스, 차를 준비해. 그리고 마님이 원하는 게 있는지 가서 살펴봐." 퍼거슨이 말했다.

"마님은 몹시 아프셔요." 여자는 화가 난 눈으로 주인을 보면서 소리쳤다.

"마님은 아무 것도 안 드세요. 몹시 아파요. 의사를 불러 주세요. 의사도 없이 저 혼자 마님 곁에 있기가 무서워요."

퍼거슨이 뭔가 부탁하는 눈빛으로 나를 쳐다보았다.

"나라도 괜찮다면 가서 한 번 보면 어떨까?"

"아내가 왓슨 의사를 만나고 싶어할까?"

"제가 안내하겠어요. 여쭐 것도 없어요. 마님은 의사가 필요해요."

"그럼, 곧바로 올라가겠네."

나는 하녀를 따라 계단을 올라가 고풍스런 분위기가 물씬 풍기는 복도를 따라 걸었다. 하녀는 감정이 격한지 몸을 떨고 있었다. 복도 끝에 다다르자 쇠로 된 꺾쇠로 단단히 고정시킨 육중한 문이 나타났다. 그 문을 보는 순간 퍼거슨이 아내가 아기에게 쉽게 접근하지 못하도록 단단히 조치를 했다는 생각이 들었다. 하녀가 주머니에서 열쇠를 꺼내 오래된 돌쩌귀에 넣고 돌리자 두꺼운 널빤지에서 삐걱거리는 소리가 났다. 내가 방 안으로 들어가자 하녀는 재빨리 따라 들어와 문을 다시 잠갔다.

침대 위에 한 여자가 누워 있었다. 한눈에 보아도 그녀는 고열에 시달리고 있었다. 내가 들어가자 여자는 반쯤 의식을 잃은 상태에서도 몸을 조금 일으켰다. 흠칫 놀라 바라보는 부인의 눈은 무척 아름다웠다. 부인은 불안한 눈초리로 나를 뚫어지게 쳐다보았다. 낯선 사람을 한참이나 쳐다보던 부인은 긴장이 풀리는 듯 한숨을 쉬면서 다시 베개 위로 쓰러졌다. 나는 부인을 안심시킨 뒤 그녀에게 다가갔다. 맥박과 체온을 재는 동안 부인은 조용히 누워 있었다. 맥박이 빠르고 열도 높았다. 나는 그녀가 몸이 아픈 것이 아니라 정신적으로 큰 충격을 받은 것 같다는 느낌을 받았다.

"마님은 하루하루 나빠지고 있어요. 전 마님이 돌아가실까 봐 너무 두려워요." 하녀가 말했다.

부인이 홍조 띤 아름다운 얼굴로 나를 쳐다보고 물었다.

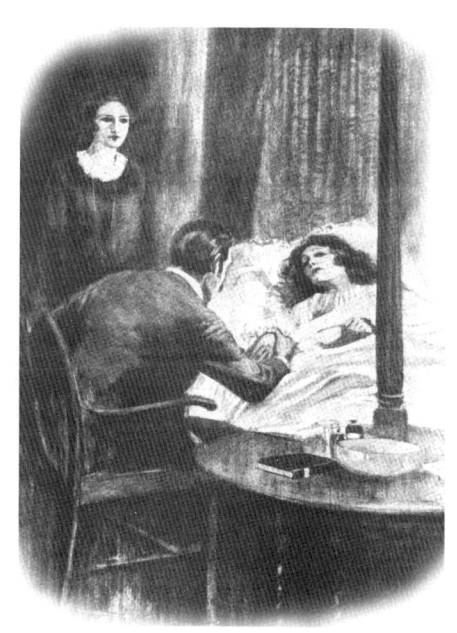

"남편은 어디 있나요?"

"아래층에 있는데 부를까요?"

"아니오, 그러실 필요는 없어요. 만나고 싶지 않아요."

그러더니 부인이 갑자기 정신착란 증세를 보이는 것처럼 소리를 질렀다.

"악령이야! 악령이 들렸어! 오, 이 악마를 어떻게 몰아내야 할까?"

"제가 부인을 도와 드리겠습니다."

"아니오, 아무도 도울 수 없어요. 끝장이에요. 모두 죽을 거예요. 내가 막아야 할 텐데. 아, 모두 죽을 거예요."

부인은 이상한 환상에 사로잡힌 듯했다. 나는 성실한 밥 퍼거슨을 악령이나 악마라고는 도저히 생각할 수 없었다.

"부인, 퍼거슨은 부인을 진심으로 사랑합니다. 그는 이런 일이 벌어진 것을 몹시 슬퍼하고 있어요."

부인은 다시 눈을 반짝이면서 나를 돌아보았다.

"남편은 나를 사랑해요. 그럼요. 그렇다면 전 남편을 사랑하지 않는 건가요? 사랑하는 제 남편의 마음이 찢어지는 것을 보느니 차라리 제가 희생하겠어요. 이게 바로 내가 남편을 사랑하는 방식이에요. 그런데도 남편은 날 이렇게밖에 생각하지 않다니, 이럴 수는 없어요."

"남편은 몹시 비통해하고 있지만, 부인이 한 행동을 이해하기는 힘들 겁니다."

"그렇겠죠. 이해할 수 없을 거예요. 그러나 남편은 나를 믿어야 합니다."

"남편을 한 번 만나 보시지요?"

"아니, 아니오. 전 그이가 했던 끔찍한 말들을 잊을 수 없고, 그이 얼굴을 쳐다볼 수도 없어요. 그이를 안 볼 거예요. 이제 가세요. 당신은 아무 것도 할 수 없어요. 그이에게 딱 하나만 전해 주세요. 내 아기가 보고 싶다고요. 난 내 아기를 만날 권리가 있어요. 그이에게 전할 말은 이것뿐입니다."

부인은 얼굴을 벽 쪽으로 돌리고 더 이상 아무 말도 하지 않았다.

나는 다시 아래층 방으로 내려갔다. 그때까지 퍼거슨과 홈즈는 벽난로 옆에 앉아 있었다. 퍼거슨은 내가 하는 말을 듣는 동안 내내 침울한 표정이었다.

"어떻게 아내한테 아기를 보낼 수 있겠나? 아내가 갑자기 발작을 일으키기라도 하면 어떡하지? 아내가 입에 피를 묻히고 아기 옆에서 일어나던 모습을 어찌 잊을 수 있겠어?"

퍼거슨은 끔찍했던 그때 일이 떠오르는지 몸서리를 치면서 말을 계속했다.

"아기는 유모한테 있어야 안전해. 그래야만 살아남을 수 있어."

이때 깔끔해 보이는 하녀가 차를 내왔다. 그녀는 이 집에서 유일하게 세련되어 보이는 존재였다. 하녀가 차를 따르는 동안 문이 열리면서 한 소년이 방으로 들어왔다. 안색이 몹시 창백하고 금발 머리에 범상치 않아 보이는 소년이었다. 엷은 파란색 눈동자로 미루어 흥분하기 쉬운 성격일 듯했다. 우리들 중에서 아버지를 발견한 소년의 얼굴이 금세 환해졌다. 소년은 뛰어들어와 어린 소녀처럼 두 팔로 아버지의 목을 끌어안으면서 소리쳤다.

"아빠, 돌아오신 줄 몰랐어요. 오실 줄 알았다면 여기서 기다렸을 텐데. 그동안 정말 보고 싶었어요."

퍼거슨이 약간 당황하는 기색을 보이면서 부드럽게 아이를 떼어 놓았다.

"잭, 여기 계신 홈즈 씨와 왓슨 의사께서 와 주시겠다고 쉽게 허락하셔서 일찍 돌아올 수 있었어." 퍼거슨이 아이의 금발 머리를 다정하게 쓰다듬으면서 말했다.

"저분이 셜록 홈즈 탐정님이신가요?"

"그렇단다."

잭이 날카로운 시선으로 우리를 보았다. 그런데 나를 보는 시선이 그리 달갑지 않은 눈치였다.

"퍼거슨 씨, 아기는 어떻습니까? 한번 볼 수 있을까요?" 홈즈가 물었다.

"메이슨 부인에게 아기를 데려오라고 하렴." 퍼거슨이 잭에게 말했다.

소년은 기묘하게 발을 바닥에 끌면서 밖으로 나갔다. 의사인 내 소견으로 보았을 때, 이것은 등뼈에 문제가 있다는 증거였

다.[32] 얼마 지나지 않아 잭이 돌아왔고 뒤따라 키가 크고 마른 여자가 팔에 아주 예쁜 아기를 안고 들어왔다. 검은 눈동자에 금발인 아기는 백인과 라틴계의 혼혈로 정말 환상적인 조화를 이루고 있었다. 퍼거슨이 아기를 예뻐하는 모습이 역력했다. 그는 아기를 받아 안고 무척이나 다정하게 얼렀다.

----

32) 조금 전 뛰어들어왔다는 표현과는 모순된 문장이다.

"이런 애를 해치려 하다니." 퍼거슨이 아기 목에 조그맣게 나 있는 붉은 상처를 들여다보면서 중얼거렸다.

그 순간 나는 홈즈를 흘끗 쳐다보았다. 한 가지 생각에 골몰해 있는 홈즈의 표정이 보였다. 그의 얼굴은 마치 빛바랜 상아 조각상처럼 딱딱하게 굳어 있었다. 홈즈는 퍼거슨과 아기를 한번 흘긋 보더니, 방 안의 어떤 물건에 시선을 고정시킨 채 움직이지 않았다. 그의 시선을 따라가 보니 창문 밖으로 비에 젖어 을씨년스러운 정원이 눈에 들어왔다. 실제로 그 창문은 바깥쪽으로 덧문이 반쯤 내려져 있어서 시야가 막혀 있었다. 그런데도 홈즈가 온 신경을 집중하는 곳은 분명히 창문이었다. 잠시 후, 홈즈가 미소를 지으면서 다시 아기 쪽으로 고개를 돌려 아기의 통통한 목덜미에 있는 작은 상처를 보았다. 말없이 상처 자국을 꼼꼼히 관찰하던 홈즈가 아기 얼굴 앞에 손을 흔들면서 말했다.

"안녕 잘 있거라, 아가야. 네 인생이 처음부터 순탄치가 않구나. 그런데 메이슨 부인, 잠깐 둘이서만 할 이야기가 있습니다만."

홈즈는 유모를 한쪽으로 데리고 가더니 한참 동안 진지하게 이야기를 나누었다. 내 귀에 "이제 곧 걱정을 안 하셔도 될 겁니다."라는 홈즈의 마지막 말소리가 들려왔다. 성격이 까다로울 것 같으나 과묵해 보이는 유모가 아기를 데리고 방에서 나갔다.

"메이슨 부인은 어떻습니까?" 홈즈가 물었다.

"보시다시피 겉으로는 그다지 붙임성 있어 보이지 않지만 마음은 아주 착한 사람입니다. 아기를 정성껏 돌봐 주지요."

"잭, 넌 저 유모를 좋아하니?" 홈즈가 갑자기 잭을 돌아보며 물었다. 순간 잭의 얼굴에 가볍게 경련이 일면서 시무룩해지더니 고개를 흔들었다.

"잭은 좋고 싫음이 아주 분명한 아입니다. 다행히도 난 잭이 좋아하는 쪽에 속하지요." 퍼거슨이 두 팔로 잭을 감싸안으면서 대답했다.

잭이 아버지의 가슴에 얼굴을 묻고 중얼거렸다. 퍼거슨이 아들을 부드럽게 떼어냈다.

"이제 나가 있어라, 잭." 퍼거슨이 사랑스러운 눈길로 아들의 모습을 지켜보더니 아들이 나가자 다시 말을 이었다. "홈즈 씨, 아무래도 이곳까지 헛걸음하신 것 같군요. 저를 동정하는 것 외에 할 수 있는 일이 뭐가 있지요? 당신에게도 이 사건은 굉장히 복잡하고 어려울 것으로 생각됩니다만."

"예, 분명히 복잡한 사건입니다." 홈즈가 재미있다는 듯이 웃으면서 대답했다.

"하지만 지금은 그리 어려울 것도 없습니다. 이건 지적 추론을 요하는 사건이지요. 처음에 했던 추리가 몇 가지 독립적인 사건들에 의해 하나하나 확인되어 가면서 제 주관적인 생각이 객

관성을 갖게 되었고, 이젠 마침내 사건을 해결했다고 자신 있게 말씀 드릴 수 있습니다. 그러나 사실 우리들이 베이커 가를 떠나기 전에 전 이미 결론에 도달해 있었죠. 다만 조사해서 확인하는 일만 남아 있었던 셈입니다."

퍼거슨이 커다란 손을 주름진 이마에 갖다 대고 쉰 목소리를 냈다.

"세상에 맙소사! 홈즈 씨, 이 사건의 진상을 알고 있다고요? 그럼 속 시원하게 얘기나 좀 해 주세요. 제가 어떻게 해야 하죠? 당신이 정말로 사건을 해결했다면, 어떻게 사실을 알아냈나 하는 것은 그리 중요하지 않아요."

"물론 설명해야지요. 설명할 겁니다. 하지만 제가 처리하는 방식대로 따르셔야 합니다. 왓슨, 부인이 우릴 만날 수 있겠나?"

"아프긴 하지만 정신은 또렷해."

"좋아. 이 사건은 꼭 부인 앞에서 밝혀야 합니다. 자, 올라가시죠."

"아내는 날 만나려고 하지 않아요." 퍼거슨이 울상을 지었다.

"아, 아니에요. 만나게 될 겁니다."

홈즈는 종이에 뭔가를 휘갈겨 썼다.

"왓슨, 자네는 들어갈 수 있으니 이 쪽지를 부인에게 전해 주겠나?"

나는 다시 위층으로 올라가 돌로레스에게 쪽지를 전했다. 돌로레스는 조심스럽게 문을 열고 방 안으로 들어갔다. 잠시 후, 안에서 기쁨과 놀라움이 뒤섞인 듯한 탄성이 새어 나왔다. 돌로레스가 얼굴을 내밀고 말했다.

"마님이 만나시겠답니다."

내가 부르는 소리를 듣고 퍼거슨과 홈즈가 서둘러 올라왔다. 방에 들어선 퍼거슨이 아내 쪽으로 몇 걸음 다가가자 침대에서 일어나 앉아 있던 부인이 남편에게 더 이상 다가오지 말라는 손짓을 했다. 그러자 퍼거슨이 의자에 푹 주저앉았다. 홈즈는 눈을 크게 뜨고 놀란 표정으로 자신을 바라보는 부인에게 인사한 후, 퍼거슨 옆에 가서 앉았다.

"돌로레스 양이 잠깐 자리를 피해 주면 좋겠는데요." 홈즈가 말했다.

"아, 아닙니다, 부인. 부인이 원하시면 그냥 있게 하죠 뭐. 자, 퍼거슨 씨, 전 일이 많아서 아주 바쁩니다. 그래서 사건을 간단명료하게 처리하는 편이지요. 아픈 데는 재빨리 도려내야 고통을 덜 느끼지 않겠습니까? 먼저 안심하시라는 말씀부터 드리겠습니다. 부인은 매우 훌륭하고 또 사랑스러운 분입니다. 그런데 지금 아주 비참한 처지에 놓여 있습니다."

홈즈의 말에 퍼거슨이 몹시 기뻐하며 말했다.

"홈즈 씨, 그 점을 증명해 주십시오. 평생 이 은혜는 잊지 않겠습니다."

"그러시겠죠. 하지만 그렇게 되면 또 다른 쪽에서 깊은 상처를 받게 될 겁니다."

"내 아내가 결백하기만 하다면 다른 것은 상관없습니다. 제겐 세상의 그 어떤 것보다 이게 중요합니다."

"그럼 베이커 가에서 제 머릿속에 떠올랐던 추리 과정부터 말씀 드리지요. 전 애초부터 흡혈귀란 당치도 않다고 생각했습니다. 그런 사건은 영국에서 실제로 일어난 적이 없으니까요. 그리고 당신이 본 광경은 분명 사실입니다. 아기 침대 옆에서 입에 피를 묻히고 일어나는 부인을 보았던 일말입니다."

"맞습니다."

"그럼, 부인이 아기의 피를 빨아먹으려고 했다기보다는 어떤 다른 이유 때문에 피가 흐르고 있는 상처를 빨았다고 생각되지는 않습니까? 영국 역사에도 독을 없애기 위해 상처를 빨았다는 여왕 이야기가 나오지 않습니까?"

"독이라니요!"

"부인이 남미 출신이라는 점으로 미루어 집안에 어떤 무기들이 있을 거라고 전 직감했습니다. 아래층 벽에 진열되어 있는 무기들을 보기 전부터 말입니다. 혹시 또 다른 종류의 독이 아닐까

하는 생각도 했었는데, 그 무기들을 보는 순간 제 직감이 맞다는 것을 확신했지요. 역시 제가 예측했던 대로, 새 사냥용 작은 활 옆의 화살통이 비어 있더군요. 만약 아기가 쿠라레[33]나 다른 독이 묻은 화살에 찔렸을 경우, 그 독을 빨아내지 않으면 아기는 곧 죽게 될 겁니다.

그리고 그 개 말인데요. 누군가 그 독을 사용하려고 작정했다면, 독의 효과가 아직 남아 있는지 알아봐야 했을 거고, 그래서 개한테 먼저 시험해 봤다고 할 수 있지 않을까요? 실은 저도 개가 있으리라고는 미처 생각지 못했는데 개를 보는 순간 확신이 서더군요.

이제 아시겠습니까? 당신 아내는 그런 일이 일어날 것을 걱정하고 있었습니다. 그런데 아기에게 그런 일이 실제로 일어났고, 결국 아기의 생명을 구했습니다. 하지만 부인은 아직까지도 그 모든 사실을 털어놓지 못하고 있습니다. 당신이 잭을 얼마나 사랑하는지 그리고 그 사실을 알았을 때 당신 마음이 얼마나 찢어질지를 알고 있기 때문입니다."

"세상에, 잭이라니!"

---

33) 남미 인디언이 살촉에 칠하는 독약.

"전 당신이 아기를 안고 어르고 있을 때, 잭을 가만히 지켜보았습니다. 창문 뒤에 덧문이 달려 있어 유리창에 잭의 얼굴이 선명하게 비치더군요. 전 지금껏 그토록 강렬한 질투심과 증오에 불타는 얼굴을 본 적이 없습니다."

"오, 잭!"

"퍼거슨 씨, 사실을 인정해야 합니다. 이 사건이 더 가슴 아픈 이유는 아버지에 대한, 그리고 죽은 어머니에 대한 몹시도 뒤틀리고 광적인 사랑이기 때문입니다. 그런 잭의 사랑이 이런 끔찍한 일까지 저지르게 한 것이죠. 잭은 아기가 아버지의 사랑을 빼앗아 갔고, 또한 건강하고 예쁜 아기와 자신의 신체적인 약점이 늘 비교된다고 생각했던 겁니다."

"오, 이건 말도 안 돼!"

"부인, 제 말이 모두 사실이지요?"

부인은 베개에 얼굴을 파묻고 흐느껴 울다가 남편을 향해 말했다.

"제가 어떻게 당신한테 그런 말을 할 수 있겠어요? 당신이 받을 충격을 생각하면…… 내가 아닌 다른 사람을 통해 당신이 이 사실을 아는 것이 더 낫겠다고 생각하면서 지금까지 기다린 거예요. 모든 사실을 다 알고 있다는 이분, 마치 마법의 힘이라도 갖고 계시는 듯한 이분의 쪽지를 받고 제가 얼마나 기뻤는지 몰라요."

"제 생각에는 잭을 1년 정도 바닷가 근처에서 안정을 취하게 하면 좋을 듯싶습니다." 홈즈가 자리에서 일어나면서 말했다.

"그런데 아직도 부인에게 한 가지 궁금한 점이 있습니다. 부인이 잭을 때린 건 충분히 이해할 수 있습니다. 아무리 어머니라고 해도 참는 데는 한계가 있으니까요. 하지만 지난 이틀 동안 아기와 떨어져서 어떻게 견딜 수 있었나요?"

"유모한테는 모든 이야기를 털어놓았어요."

"바로 그겁니다. 제가 예상했던 대로군요."

침대 옆에 서 있던 퍼거슨은 숨이 막히는 듯 보였다. 아내에게 내미는 그의 두 손이 가늘게 떨렸다.

"왓슨, 이제 우리는 물러날 시간이야." 홈즈가 나지막하게 말했다.

"충실한 돌로레스의 한쪽 팔을 잡게. 다른 쪽 팔은 내가 부축하지. 자 어서." 홈즈가 문을 닫으면서 한마디 덧붙였다.

"부부 사이에 풀어야 할 것이 남아 있을 것 같으니 말일세."

나는 지금 이 사건에 관한 편지를 갖고 있다. 그것은 사건을 해결 한 후에 홈즈가 의뢰인에게 보낸 답장으로, 내용은 다음과 같다.

베이커 가

11월 21일

흡혈귀에 관하여

귀하가 보낸 19일자 편지에서 문의하신 민싱 레인에서 차 중개업을 하고 있는 퍼거슨 앤 무어헤드 상회의 로버트 퍼거슨 씨의 사건이 성공적으로 해결되었음을 알려 드립니다. 저를 추천해 주셔서 감사합니다. 안녕히 계십시오.

– 셜록 홈즈

유명한 의뢰인

1902년 9월 3일(수)~9월 16일(화)

The Illustrious Client

The Illustrious Client

"이제는 괜찮겠지."

이 말이 그때 셜록 홈즈의 의견이었다. 나는 지난 몇 년 동안 이제부터 하려는 이야기를 발표하게 해 달라고 홈즈를 끈질기게 설득한 끝에 겨우 승낙을 받아 냈다. 마침내 여러 모로 그의 전성기라 할 만한 시절의 기록을 출판할 수 있도록 허락을 얻은 셈이다.

홈즈와 나는 둘 다 한증탕을 무척 좋아한다. 휴게실로 나와 탕속에서 받은 열기를 식히다 보면 어느새 유쾌한 나른함이 몰려든다. 홈즈 역시 한증탕에서는 다른 장소에서와 달리 과묵함을 벗어 버리고 어느 정도 인간미 흐르는 모습을 보여줄 때가 있다.

노섬버랜드 가의 한증탕 위층에 설치된 또 다른 장소에는, 한쪽 구석에 칸막이가 있고 거기에 긴 의자 두 개가 나란히 놓여 있다. 이 이야기가 시작되는 1902년 9월 3일 오후, 우리는 바로 그 자리에 누워 있었다. 내가 요즘 뭐 특별한 일이 없느냐고 묻자, 홈즈는 대답 대신 덮고 있던 수건 밖으로 길고 가느다란 팔을 힘차게 뻗었다. 그리고는 옆에 걸어 놓은 코트 주머니 속에서 봉투 하나를 꺼냈다.

"괜히 법석을 떨거나 아니면 자기 과시인지도 몰라. 정말 생사가 달린 문제일 수도 있지만 말이야. 나도 여기 적힌 내용밖에 몰라."

홈즈가 나에게 그 편지를 내밀었다.

그것은 칼튼 클럽[34]에서 발송된 편지로 전날 저녁의 소인이 찍혀 있었다. 편지에는 이런 내용이 적혀 있었다.

안녕하세요. 아직 찾아뵌 적은 없지만 셜록 홈즈 씨에게 안부 전합니다. 다름이 아니라 내일 4시 30분쯤에 당신을 방문하고 싶습니다. 또 의논드릴 내용이 매우 세심한 주의를 필요로 하는 상당히 중요한 일이라는 사실을 더불어 말씀드리며, 당신이 이 면담에 응해 주시리라 믿습니다. 이 일에 시간을 내주실 수 있는지의 여부를 칼튼 클럽으로 전화해 주시기 바랍니다.

- 제임스 데머리 경

"내가 당연히 승낙했으리라고 짐작은 하고 있겠지, 왓슨." 홈즈는 편지를 받으며 말을 이었다.

"자네, 데머리 경에 대해 알고 있나?"

"사교계에서 꽤 유명하다는 정도만 알고 있지."

"그렇다면 내가 좀 더 자세하게 알려 주지. 그는 신문에 발표되지 않는 미묘한 사건들을 수습하기로 정평이 나 있어. 아마 자

---

34) 1832년 선거법 개정 법안에 반대하는 보수당원이 창립한 클럽.

네도 헤머포드 유언장 사건 때 조지 루이스 경과 협상을 벌였던 사람이 바로 데머리 경이었다는 사실쯤은 기억할 거야. 그는 상류사회 인사들 중에서 외교분야에 타고난 재능을 지닌 사람이지. 괜히 허풍 떠는 게 아니고 장담하는데, 데머리 경이 우리에게 굉장히 중요한 도움을 구하고 있다는 인상이네."

"우리?"

"그래. 자네만 괜찮다면, 왓슨."

"물론 나야 영광이지."

"그렇다면 시간 좀 내줘. 4시 30분이 우리 약속시간이야. 그때까지는 머리를 식혀 두게나."

나는 그 당시 퀸앤 가에 방을 하나 얻어 홈즈와 따로 지냈는데, 약속 시간 전에 베이커 가에 와 있었다. 정확하게 30분이 되자 제임스 데머리 경이 도착했다는 전갈이 왔다. 많은 사람들이 그의 관대하고 호탕하며 정직한 성품, 깔끔하게 면도한 넓적한 얼굴, 그리고 특히 유쾌하고 부드러운 목소리를 기억하고 있을 테니 여기서 굳이 그에 대해 다시 묘사할 필요는 없을 듯하다. 그날도 아일랜드인 특유의 회색 눈동자는 솔직함으로 반짝거렸고, 웃음기 감도는 입술에는 유머 감각이 넘쳐흘렀다. 윤기 나는 모자, 짙은 색 프록코트, 검은 공단 넥타이에 꽂은 진주 핀, 그리고 광을 낸 구두 위로 살짝 드러낸 연한 자주색 각반까지, 모든 소품 하나하나에서 유명세에 걸맞도록 꼼꼼하게 신경을 쓴 차림이란 인상이 풍겼다. 거창하고 화려한 귀족이 등장하자 작은 방이 일순간 초라하게 느껴졌다.

"역시, 왓슨 의사도 함께 계실 줄 알았습니다." 그가 공손하게 머리를 숙이며 말했다. "선생의 협조도 크게 필요할 겁니다, 홈즈 씨. 이번에 우리는 글자 그대로 잔혹하고 거칠게 없는 인물을 다루어야 하니까 말입니다. 유럽에서 이만큼 위험한 인물은 없다고 말할 수 있죠."

"그렇게 재미있는 단어가 어울리는 상대라면 저도 몇 명 만나본 적이 있지요." 홈즈가 가볍게 웃으며 말했다.

"담배는 안 피우십니까? 그럼 실례하고 파이프 담배 좀 피우겠습니다. 만일 그 자가 죽은 모리아티 교수나 살아 있는 세바스찬 모란 대령보다 더 위험한 인물이라면 정말 상대할 만하겠군요. 그런데 그 사람이 누군지 물어 봐도 되겠습니까?"

"그루너 남작이라고 들어 보셨습니까?"

"오스트리아 출신의 살인자를 말씀하시는 겁니까?"

데머리 경이 송아지 가죽 장갑을 낀 양손을 들어올리며 웃었다.

"홈즈 씨가 모르실 리 없겠죠! 대단해요! 게다가 이미 그가 살인자라는 사실까지 간파하고 계시는군요?"

 "세계 범죄를 속속들이 연구하는 게 제 직업이니까요. 프라하에서 발생한 사건기록을 읽은 사람이라면 누구나 그자의 소행이란 걸 짐작할 수 있죠! 그가 무죄선고를 받은 이유는 전적으로 법이 형식적인데다 증인마저 의문의 죽음을 당했기 때문입니다. 그의 부인은 쉬프뤼겐 고개에서 '사고'로 죽은 걸로 알려져 있지만, 사실은 그자가 자기 부인을 죽였다는 것을 저는 확신합니다. 제 눈으로 목격한 거나 마찬가지죠. 그가 영국에 와 있다는 사실을 알고 있었고, 조만간 그자와 대결하게 되리라 예감했습니다.

그런데 그루너 남작이 무슨 짓을 저지른 겁니까? 과거의 비극이 다시 재현되었다는 건 아닐 테죠?"

"아니, 그보다 더 심각합니다. 범죄를 단죄하는 일도 중요하지만 그것을 예방하는 것이 더 중요하다고 생각합니다. 홈즈 씨, 두렵고 잔혹한 상황이 눈앞에서 진행되고 있습니다. 더구나 어떤 결과를 초래할지 불을 보듯 뻔히 알고 있음에도 전혀 손을 쓸 수 없으니 이보다 더 가슴 아픈 일이 어디 있겠습니까?"

"아마 없겠죠."

"그렇다면 홈즈 씨는 제가 대리로 온 어떤 의뢰인의 입장을 이해해 주실 수 있겠군요."

"경이 대리인으로 오셨는지는 몰랐습니다. 그럼 사건 의뢰인은 누구입니까?"

"홈즈 씨, 그것만은 묻지 마시기 바랍니다. 저는 이 일에서 명예로운 그분의 이름을 어떤 식으로도 언급하지 않았다고 자신 있게 보고해야 할 의무가 있습니다. 그는 대단히 훌륭하고 정의로운 동기에서 이 일을 부탁드리지만 자신을 드러내고 싶어하지 않습니다. 물론 보수는 걱정하실 필요가 없고 당신의 자유도 완벽하게 보장될 겁니다. 그러니 그 고객이 누구든 상관이 없지 않습니까?"

"데머리 경, 저는 일의 한쪽에만 비밀이 있어야 한다고 믿습니다. 양쪽 모두 비밀에 싸여 있으면 일이 혼란에 빠질 수 있으니까요. 죄송하지만 그런 조건이라면 이 일은 거절해야 할 것 같습니다."

이 말에 손님은 몹시 당황해했다. 그의 커다랗고, 섬세한 얼굴이 실망과 여러가지 감정이 교차되면서 어두워졌다. 그리고는 곧 홈즈를 설득하기 시작했다.

"홈즈 씨, 당신의 행동이 어떤 영향을 미칠지 잘 모르시는군요. 당신은 나를 매우 곤란하게 만들고 있습니다. 내가 의뢰인의 이름을 밝힐 경우 당신은 분명 이 사건을 기꺼이 맡아 주시겠지만, 나는 그분과 이미 약속을 했기 때문에 그것만은 말할 수 없는 상황입니다. 하지만 최소한 어떤 사건인지 설명할 기회는 주셔야 하지 않습니까?"

"물론입니다. 제가 구속되는 게 아니라면 말입니다."

"알겠습니다. 우선 드 멜빌 장군에 대해서는 물론 들어 보셨겠지요?"

"카이버에서 이름을 떨친 유명한 드 멜빌 말입니까? 그분이라면 익히 들어 잘 알고 있습니다."

"그분에게 바이올렛 드 멜빌이라는 딸이 있습니다. 젊고 부유하며 아름다울 뿐 아니라 교양이 넘치는 그야말로 다재다능한 아가씨지요. 그 악당의 손에서 우리가 구하려고 하는 사람이 바로 이 사랑스럽고 순진한 아가씨입니다."

"그루너 남작이 그녀를 가둬 두고 있다는 말씀입니까?"

"여성에게 있어 가장 강한 구속력, 바로 사랑의 힘으로 가둬 두고 있지요. 당신도 들었겠지만 그 악당은 대단한 미남이고 달콤한 매너와 점잖은 목소리까지 갖추고 있어서 많은 여성들이 그의 낭만적이고 신비로운 인상에 쉽게 매료당하고 말죠. 내가 듣기로, 그는 모든 여성을 마음대로 농락하며 자기 일에 이용하기까지 한다더군요."

"그런데 어떻게 그런 자가 바이올렛 드 멜빌 같은 상류층 아가씨를 만날 수 있었을까요?"

"지중해 요트 여행에서였습니다. 그 회사는 고객을 선별해서 뽑는 대신 배 삯을 받지 않았어요. 그런데 행사주최 측은 남작이 어떤 인물인지 제대로 파악하지 못했던 모양입니다. 그걸 뒤늦게 알게 된 거죠. 그 악당은 바이올렛 양을 유혹해서 사랑에 빠지도록 만들었고, 결국 그녀의 마음을 완전히 사로잡았습니다. 그녀가 그 작자를 사랑한다는 표현은 매우 거북하군요. 그녀는 그에게 완전히 마음을 빼앗겼습니다. 그가 없으면 이 세상은 아무 의미가 없다고 말할 정도니까요. 심지어 그를 비방하는 말은 단 한 마디도 들으려 하지 않습니다. 바보짓을 말리려고 별 수단을 다 써 봤지만 모두 헛수고였습니다. 아무튼 요점을 말하자면,

바이올렛 양이 다음 달에 그에게 청혼을 하겠다고 선언했다는 겁니다. 그녀는 이제 성인인 데다가 의지가 강하기 때문에 도저히 말릴 방법이 없습니다."

"바이올렛이라는 아가씨는 그 오스트리아인이 저지른 사건들에 대해 알고 있습니까?"

"그 교활한 악마는 세상에 알려진 자기 과거의 모든 불미스런 사건을 그녀에게 털어놓았지만, 자신은 언제나 무고한 희생양이었다는 식으로 표현한 모양입니다. 결국 바이올렛 양은 그자의 말을 곧이곧대로 받아들였고 다른 사람들 말에는 귀도 안 기울이게 되었지요."

"그거 참! 그런데 경은 무심코 우리 의뢰인의 존함을 알려주신 거 같은데요? 드 멜빌 장군이 틀림없어 보이는군요."

우리의 손님은 의자에 앉은 채로 어찌할 바를 몰라 했다.

"그렇다고 대답해서 당신을 속일 수도 있겠지만, 사실 그렇지는 않습니다, 홈즈 씨. 드 멜빌 장군은 병으로 쇠약해져 있습니다. 그 강하던 군인이 이번 일로 완전히 풀이 죽었어요. 전장에서 한 번도 실패한 적 없는 장군인데 맥이 풀려서 쇠약하고 휘청거리는 노인이 된 거죠. 이제 드 멜빌 장군에게는 그 오스트리아 작자와 같은 똑똑하고 무서운 악당과 싸울 능력은 남아 있지 않답니다. 이 의뢰인은 장군이 오랫동안 친밀하게 교제해 온 오랜 친구로, 아가씨가 아주 어릴 때부터 마치 친자식처럼 관심 있게 지켜봐 왔습니다. 그는 이 비극을 그냥 두고 볼 수 없기에 막으려고 노력하는 것입니다. 그렇다고 스코틀랜드 야드에 맡길 문제는 아니죠. 당신에게 의논해 보자는 것이 의뢰인의 의견이며, 이미 말했듯이 그분의 이름이 이 일에서 언급되지 않는 조건으로 말입니다. 홈즈 씨, 당신의 놀라운 능력이라면 그 의뢰인이 누군지 알아내는 것쯤이야 쉬운 일이겠지만, 명예가 걸린 문제이니 부디 알아내려고 하지 마시고 절대 그분의 이름을 입 밖에 내지 말아 주십시오."

홈즈는 묘한 웃음을 지었다.

"그 점은 안심하셔도 좋습니다. 그리고 덧붙여 말씀드리자면 이번 일에 관심이 생겼습니다. 그 일과 관련해서 조사할 준비를 하죠. 제가 경에게는 어떤 식으로 연락을 드리면 되겠습니까?"

"칼튼 클럽으로 연락하세요. 그러나 비상시에는 제 개인 전화 'XX.31'로 전화하시면 됩니다."

홈즈는 자리에 앉아 그것을 받아 적더니, 미소를 띤 표정으로 무릎 위에 사건수첩을 펼쳤다.

"남작은 지금 어디에 살고 있습니까?"

"킹스턴 근방의 버넌 로지에 삽니다. 큰 저택이지요. 그는 수상한 투기로 돈을 벌었고 지금은 부자가 되었기 때문에 건드리기 위험한 적이기도 합니다."

"그는 요즘 집에서 지냅니까?"

"그렇습니다."

"지금까지 말씀해 주신 내용 이외에 그에 대한 또 다른 정보가 있습니까?"

"그는 호사스런 취향을 지닌 사람입니다. 말 애호가이기도 하고요. 한때 헐링엄에서 잠시 폴로 선수로 뛰었는데, 프라하 사건으로 시끄러워지자 그곳을 떠난 겁니다. 또 도서와 그림도 수집하죠. 뛰어난 예술적 기질을 타고난 사람입니다. 제가 알기론, 중국 도자기에 관해서도 일가견 있는 권위자여서 그런 주제의 책을 쓴 적도 있습니다."

"복잡한 사람이군요." 홈즈가 말했다. "사실 천재적인 범죄자들은 모두 그렇답니다. 제가 잘 아는 찰리 피스는 바이올린 명수였습니다. 웨인라이트[35])에게도 뒤지지 않는 예술가였죠. 그 밖에도 비슷한 예는 얼마든지 있습니다. 자, 제임스 경, 제가 그루너 남작을 상대해 보겠다고 의뢰인께 전해 주십시오. 이제 더 이

---

35) 토머스 그리피스 웨인라이트(1794~1852) : 아편상용, 문서위조, 유산상속을 둘러싼 독살로 유명하며, 문예 미술 감식에도 뛰어났다.

상은 말씀드릴 수 없군요. 저에게도 나름대로 정보원이 몇 명 있으니 이 문제의 해결 방법을 찾을 수 있을 겁니다."

손님이 돌아가자 홈즈는 옆에 있는 내 존재도 잊은 채, 꼼짝 않고 앉아서 꽤 오랫동안 깊은 생각에 잠겼다. 그러다 마침내 제정신으로 돌아와 내게 물었다.

"왓슨, 어떻게 생각해?"

"그 아가씨를 직접 만나 보는 게 좋을 것 같은데."

"왓슨, 늙고 풀죽은 아버지도 설득하지 못하는데, 낯선 사람인 내가 말한다고 효과가 있겠나? 그 방법은 다른 모든 방법이 실패할 때를 대비해서 아직은 남겨 두세. 내 생각에는 다른 각도에서 시작해 보는 편이 좋을 것 같아. 어쩌면 신웰 존슨이 좀 도움이 될지 모르겠어."

그동안 나는 회고담에서 신웰 존슨에 대해 언급할 기회가 없었는데, 홈즈의 경력 중후반기의 이야기는 아직 별로 다루지 않았기 때문이다. 20세기 초 몇 년간, 그는 홈즈에게 매우 쓸모 있는 정보원이었다. 유감스런 일이지만 사실 존슨은 예전부터 매우 악랄한 악당으로 이름을 날렸으며, 파크허스트 감옥에도 두 번이나 다녀왔다. 하지만 나중에는 회개하여 홈즈와 손을 잡았고, 런던에 있는 거대 범죄조직의 일원으로 잠입하여 종종 매우 결정적인 정보를 얻어내곤 했다. 존슨이 경찰의 '스파이'였다면 금방 들통이 났겠지만, 홈즈는 주로 직접 법정으로 가지 않는 사건들을 맡기 때문에 존슨의 활동을 그의 동료들은 전혀 눈치채지 못했다. 두 번이나 유죄판결을 받은 전력 덕분에, 그는 지역 내의 모든 나이트클럽, 숙박업소, 도박장을 자유롭게 드나들 수 있었다. 게다가 예리한 관찰력과 민첩한 두뇌까지 겸비했기 때문에 정보를 얻어내는 스파이로는 그야말로 최고였다. 지금 홈즈는 바로 이 신웰 존슨을 떠올린 것이다.

나는 본업인 의사 일로 인해 홈즈를 당장 따라나설 형편이 아니었으므로 우리는 그날 밤 심슨 식당[36]에서 다시 만났다. 넓은 창가의 작은 탁자 앞에 앉아 스트랜드 가를 오가는 사람들의 바쁜 모습을 보며, 홈즈는 그 사이 있었던 일에 대해 이야기했다.

"존슨에게 여기저기 알아보라고 시켰어. 그가 지하 범죄세계의 한가운데에 들어가 뭔가 찾고 있을 거야. 우리가 맞서야 할 인물의 비밀은 범죄의 검은 뿌리 한복판에 숨겨져 있을 테니까."

"하지만 바이올렛 양은 이미 알려진 사실들조차 받아들이지

---

36) 《죽어 가는 탐정》에도 나오는 스트랜드 가에 있는 식당

않는 상황인데, 새로운 사실들이 몇 개 나온다고 해서 그 결심을 바꾸겠나?"

"누가 알겠나, 왓슨. 여자의 마음이나 기분은 남자들에겐 그저 알쏭달쏭한 퍼즐 같지 않은가. 살인자를 용서하거나 감싸주다가도 아주 작은 일에 괴로워하는 존재가 여자야. 그런데 그루너 남작은 나를 이미 알고 있더군."

"그가 자네를 알아보다니, 그게 무슨 말인가?"

"아, 자네에게 내 계획을 미리 알려 주지 않았군. 왓슨, 나는 내 상대와 가까이서 마주보고 싶었어. 눈과 눈을 맞대고 그가 어떤 특성을 지닌 사람인지 직접 확인해 보고 싶었지. 그래서 존슨에게 지시 사항을 전달한 후, 마차를 잡아타고 킹스턴까지 달려갔네. 직접 만나 보니 남작은 아주 상냥한 편이더군."

"그는 자네가 누구인지 알던가?"

"내가 명함을 건넸으니까 누구인지 알았겠지. 그게 중요한 문제는 아니야. 그자의 인상은 얼음처럼 차갑고 목소리는 자네가 속한 상류사회의 의사들처럼 점잖았지만, 속으로는 코브라처럼 치명적인 독을 품고 있는 만만치 않은 적이 분명했어. 겉으로는 차 한 잔을 권하는 척하지만 그 뒤에 죽음의 잔혹함을 철저히 감추고 있는 그야말로 진짜 범죄 귀족이지. 그래서 애들버트 그루너 남작 건을 맡기로 승낙하길 잘 했다는 생각이 들더군."

"그런데도 그가 상냥하다는 건가?"

"곧 잡아먹게 될 쥐를 발견한 고양이가 가르랑거리는 소리 같다고나 할까. 어떤 사람들은 상냥함 속에 저급한 건달들의 폭력보다 더 치명적인 독을 품고 있기도 하지. 특히 그의 인사말이 인상적이었어. '조만간 뵙게 될 줄 알았습니다. 셜록 홈즈 씨.' 하고 말하더군. 그리고는 '드 멜빌 장군이 자기 딸 바이올렛과 나의 결혼을 막으려고 당신을 고용했나 보군요. 그렇지 않습니까?'라고 물었지.

나는 아무 말 없이 듣기만 했어. 그러더니 이렇게 충고하더군.

'홈즈 씨, 저를 건드리신다면 그동안 잘 쌓아 온 명성만 무너뜨리게 될 겁니다. 이건 당신이 맡을 만한 일이 아니죠. 위험스런 일을 당하게 되는 건 물론이고 당신의 무기력함만 드러내게 될 테니까요. 그래서 분명히 충고하는데, 이 일에서 즉시 손을 떼십시오.'

그래서 나도 이렇게 응수했지. '참 재미있군요. 저 또한 같은 충고를 하려고 왔는데 말입니다. 남작, 나는 당신의 그 명석한 두뇌에 감탄해 왔고, 처음 만나는데도 그 점은 충분히 짐작이 가고도 남는군요. 그러니까 남자 대 남자로 말하죠. 나는 남작의 과거를 낱낱이 들춰내서 불쾌하게 만들고 싶은 생각은 전혀 없습니다. 그러니 이쯤에서 순순히 물러나시죠. 만일 남작이 이 결혼을 계속 고집한다면 강력한 적들만 늘어날 뿐입니다. 그들은 당신을 잡기 위해서라면 영국이 불바다가 될 때까지 물러나지 않을 사람들이죠. 그런 게임이 과연 가치가 있을까요? 그 여자에게서 떠나는 편이 분명 더 현명한 선택일 겁니다. 그녀가 당신의 과거를 모두 알게 되면 좋을 게 하나도 없을 테니까 말입니다.'

남작의 콧수염은 끝에 포마드를 조금 발라서 뻣뻣한 게 꼭 곤충 더듬이 같더군. 그는 이 수염을 찡긋거리며 재미있다는 표정으로 내 이야기를 듣더니, 마침내 점잖게 싱긋 웃으면서 이렇게 말했어. '웃어서 미안합니다, 홈즈 씨. 하지만 손에 쥔 카드도 없이 게임을 하려는 모습을 보니까 정말 우습군요. 더 잘할 만한 사람도 없을 거라 생각하지만, 한편으로 측은한 생각도 드는군요. 당신에게는 특별한 패가 없답니다, 홈즈 씨. 하찮은 것 중에서도 가장 하찮은 패만 있을 뿐이죠.'

'그렇게 생각하셨군요.'

'내가 알기로는 그렇습니다. 당신에에 모든 것을 솔직하게 알려 드리죠. 나는 확실한 패를 쥐고 있어서 다 보여 줘도 상관없으니 말입니다. 운 좋게도 그 여자는 나한테 완전히 빠져 있죠. 내 과거의 모든 불행한 사고를 분명하게 다 털어놓았는데도 말입니다. 난 심술궂고 교활한 자들이, 그러니까 바로 당신이란 건 아시겠죠, 이런 사실들에 대해 말하려고 그녀를 찾아올 것이며, 그때 그들을 어떻게 다루어야 하는지도 미리 주입시켜 놓았죠. 최면 후 암시에 대해 들어보셨습니까, 홈즈 씨? 선생도 그것이 어떻게 작용하는지 보게 되겠지만, 어떤 품위 없는 주문을 외거나 바보짓을 하지 않고도 개성 강한 인물들에게 최면을 걸 수 있는 방법이랍니다. 그녀는 이미 당신을 기다리고 있으니까 쉽게 만나 줄 겁니다. 그녀는 아버지 말이라면 아주 고분고분하게 잘 들으니까요, 한 가지 작은 일만 빼고 말이오!'

왓슨, 더 이상은 그자와 말이 안 통할 것 같아서 법정에서처럼 냉정한 품위를 유지하려고 애쓰며 그 자리를 떠나려는데, 문고리를 잡는 순간 그가 느닷없이 이렇게 묻더군.

'그런데 홈즈 씨, 프랑스 탐정 르 브룅을 아십니까?'

'압니다.'

'그가 무슨 일을 당했는지도 알겠군요?'

'몽마르트에서 괴한에게 습격을 받아 평생 한쪽 다리를 못 쓰게 되었다지요.'

'알고 있군요. 홈즈 씨. 재미있는 우연의 일치지만 그는 사고 일주일 전부터 나에 대해 조사하고 있었습니다. 이 일에서 빠지시죠, 홈즈 씨. 그는 운이 나빠서 그렇게 된 게 아닙니다. 알 만한 사람은 다 알고 있습니다. 마지막으로 충고하는데, 당신은 당

신의 길로 가고 내 길은 방해하지 말기 바랍니다. 그럼 안녕히 가시오!'

그와의 대면은 그렇게 끝났어, 왓슨. 지금까지는 그게 전부야."

"그 친구 매우 위험해 보이는군."

"상당히 위험하지. 허풍쟁이라면 대수롭지 않겠지만, 이 자는 속에 품은 의도보다 오히려 부드럽게 말하는 인간이야."

"자네 정말 이 일을 맡을 건가? 그가 바이올렛 양과 결혼한다고 해서 무슨 큰일이 일어날까?"

"그가 전처를 살해한 게 틀림없다면 매우 심각한 일이지. 게다가 우리 의뢰인은, 이런! 그 점에 대해서는 언급할 필요가 없지. 커피를 다 마시면 함께 집으로 가세. 신웰이 뭔가 보고하러 올 테니까."

비대한 몸집과 괴혈병을 앓아 거칠고 붉은 얼굴을 한 남자를 우리는 쉽게 알아볼 수 있었다. 생기 넘치는 검은 눈동자만이 교활한 속마음을 겉으로 드러내는 유일한 표시였다. 그는 자기 세계의 은밀한 내부까지 들어갔다 온 모양으로, 함께 데려온 여자를 그 증거라도 되는 양 옆자리의 긴 등받이 의자에 앉혀 놓고 있었다. 그녀는 희고 격정적인 얼굴에 날씬하고 농염한 몸매를 가진 젊은 여자였다. 나이는 얼마 안 되어 보였지만 이미 죄와 비애에 찌든 표정이 역력해서 그 나병 같은 흔적을 남기고 간 참혹한 세월을 짐작할 수 있었다.

"미스 키티 윈터입니다." 신웰 존슨이 그의 두툼한 팔을 흔들며 소개했다. "이 여자로 말하자면, 아, 본인이 직접 말할 겁니다. 홈즈 씨의 연락을 받은 지 채 한 시간도 안 되서 이 여자를 찾아냈죠."

"날 찾기는 아주 쉬워요." 젊은 여자가 말했다. "이 지옥 같은 런던에서 떠나 본 적이 없는 걸요. 그건 풍보 신웰도 마찬가지겠지만. 우린 오랜 친구 사이죠. 이 뚱보하고 저 말이에요. 그런데 말이죠. 이 세상에 정의라는 게 있다면 우리보다도 더 지옥에 떨어져야 할 비천한 인간이 하나 있죠! 당신이 대항하고 있는 사람 말이에요, 홈즈 씨."

홈즈가 빙그레 웃었다. "당신에게 부탁할 게 있어요. 윈터 양."

"그자를 마땅히 가야 할 곳에 잡아넣도록 돕는 일이라면 못할 게 없죠."

여자는 화가 나서 못 견디겠다는 투로 말했다. 여자의 희고 굳은 얼굴에 강한 증오의 감정이 피어올랐고, 두 눈동자에는 보기 드문, 남자들에게서도 찾아볼 수 없는 독기가 이글거렸다.

"제 과거는 조사하지 마세요, 홈즈 씨. 절대 그런 건 못 참아요. 나를 이렇게 만든 건 바로 애들버트 그루너, 그 악당이죠. 그놈을 요절낼 수만 있다면!" 여자는 양손으로 허공을 미친 듯이 쥐어뜯었다. "아! 그렇게 많은 사람을 지옥 속에 밀어 넣은 그 작자도 지옥으로 밀어 넣을 수만 있다면!"

"지금 상황이 어떻게 돌아가고 있는지 알고 있소?"

"뚱보 신웰한테 들었어요. 그 악당이 불쌍하고 바보 같은 그 여자를 따라다니며 이번 기회에 결혼하려고 한다면서요. 당신은 그걸 막으려는 거고요. 음, 제정신으로 그와 함께 살기를 원하는 그 지체 높은 아가씨를 막으려면 이 악당에 대해 충분히 알고 계셔야 할 텐데요, 홈즈 씨."

"그 아가씨는 제정신이 아니오. 사랑에 눈이 멀었소. 그자가 자기 얘길 모두 한 모양인데도 요지부동이니."

"살인자라는 것도 알고 있나요?"

"그렇소."

"세상에, 그 아가씨 정말 강심장이네요!"

"그를 흠집내려는 중상모략이라고 생각해서 무시하는 겁니다."

"그녀의 바보 같은 두 눈앞에 증거를 보여주면 안 될까요?"

"글쎄요. 당신이 도와줄 수 있겠소?"

"내가 그 증거 아닌가요? 내가 그녀에게 가서 그자가 나를 어떻게 이용해 먹었는지에 대해 말해 주면 어떨까요?"

"그렇게 해 주겠소?"

"하겠냐고요? 왜 안 하겠어요!"

"좋소. 해 볼 만한 가치는 있을 겁니다. 그러나 바이올렛 양은 이미 그 악당의 죄에 대해 대부분 듣고 용서한 상태이기 때문에, 다시 문제 삼지 않을지도 모르오."

"그놈이 모두 얘기했을 리 없죠." 윈터 양이 말했다. "그 큰 소동이 났던 사건 외에도 나는 그가 한두 번 더 살인을 저질렀다는 사실을 언뜻 눈치챘었답니다. 그가 점잖은 목소리로 어떤 사람에 대해 말하다가 '그 사람 살아 있을 날이 한 달밖에 안 남았지.'하고 나직하게 말하며 저를 바라보더군요. 전혀 살벌한 말투가 아니었죠. 그래서 저는 별로 신경 쓰지 않았어요. 사실 그때는 그놈에게 푹 빠져 있었거든요. 무슨 일을 저지르든 상관하지 않았어요, 지금 그 바보 같은 여자와 똑같이 말이죠! 그런데 내가 충격 받은 일이 하나 있었죠. 그래요, 세상에! 만일 그 작자가 그 솜사탕 같은 말솜씨로 변명하고 구슬리지만 않았어도 그날 밤 안으로 도망쳤을 텐데. 그는 책을 한 권 갖고 있어요. 갈색 가죽표지의 책인데 열쇠가 달렸고 테두리를 금장식으로 둘렸죠. 그날 밤 그가 좀 취했었나 봐요. 그렇지 않으면 그런 것을 보여 줄 리 없는데 말이에요."

"그게 무슨 책이었습니까?"

"말하자면, 홈즈 씨, 그는 나비나 곤충을 수집하듯이 여자들을 수집하고, 그걸 자랑스럽게 여기나 봐요. 그 책에 그런 내용을 모아 놓았더라고요. 스냅사진과 이름, 여인들에 대한 모든 상세한 기록들로 채워 놓은 책이죠. 그자가 아무리 천한 출신이라고 해도 그건 너무했어요. 사람이라면 보지 말아야 할 역겨운 내용들이 가득하다고요. '애들버트 그루너가 파멸시킨 영혼들'이라는 제목이나 어울릴 만한 그런 책이랄까요. 아마 꺼림칙한 게 없다면 그 책을 바깥 서재에 두었겠죠. 그러나 그 책을 어디에 두던 홈즈 씨한테는 별 소용이 없겠죠. 설령 도움이 된다 해도 구할 수도 없을 테니까요."

"그 책을 어디에 두죠?"

"요즘은 어디에 두는지 내가 어떻게 알겠어요? 그자와 헤어진 지 1년도 넘었는데. 전에 두던 곳은 기억하지만요. 여러 면에서 정확하고 깔끔한 고양이 같은 사람이니까 어쩌면 아직도 안쪽 서재의 낡은 책상 서랍 속에 넣어 두고 있을지도 모르겠네요. 그 사람의 집은 아세요?"

"서재에는 들어가 봤어요." 홈즈가 대답했다.

"그러셨어요, 벌써? 오늘 아침에 시작했다더니 일 진행이 느린 분은 아니네요. 애들버트가 이번에는 임자를 만났나 보군요. 바깥 서재 창문 사이에는 큰 유리 선반을 설치하고 거기에 도자기들을 모아 놓았죠. 그리고 그의 책상 뒤쪽에 있는 문으로 들어가면 안쪽 서재가 나와요. 작은 방이지만 그는 거기에 서류와 귀중품들을 보관해 둬요."

"도둑이 들까 두려운가 보군요?"

"애들버트는 겁쟁이가 아니에요. 그와 앙숙 관계에 있는 사람이라도 그건 인정할 걸요. 자신 정도는 지킬 수 있는 사람이죠. 밤에는 도난경보기를 켜 두고 있고 도둑이 들더라도 가져갈 게 뭐 있어야죠. 고작 기묘한 도자기 정도나 가져 갈려나?"

"그런 건 훔칠 만한 물건이 아니야." 신웰 존슨이 전문가다운 확신에 차서 말했다. "녹일 수도 팔 수도 없는 그런 물건을 사주는 장물아비는 없거든."

"옳은 말이네." 홈즈가 말을 받았다. "윈터 양, 내일 저녁 5시에 이곳으로 다시 와 주시오. 그때까지 당신이 그 아가씨를 개인적으로 만나겠다는 제안이 실현 가능한지 알아보겠소. 도와줘서 매우 고맙소. 말할 필요도 없겠지만 우리 의뢰인이 넉넉하게 사례를—"

"됐어요, 홈즈 씨." 여자가 큰 소리로 말했다. "돈 때문에 하는 일이 아니에요. 그자가 진창에 빠지는 꼴만 보게 해 주시면 그걸로 충분해요. 진창 속에서 내 발로 그의 얼굴이나 실컷 짓밟아 주죠. 그거면 제 보수로는 충분하죠. 내일 아니, 그놈을 상대하는 일이라면 언제라도 돕겠어요. 여기 있는 풍보에게 물어보시면 항상 절 찾으실 수 있을 거예요."

다음 날 저녁때가 되어서야 나는 다시 홈즈를 볼 수 있었다. 스트랜드 가의 레스토랑에서 함께 저녁을 먹으면서 바이올렛 양과의 면담이 괜찮았는지 묻자 홈즈는 어깨를 으쓱했다. 그리고 그간 있었던 이야기를 들려주었다. 그러나 홈즈의 설명이 너무 딱딱하고 무미건조한 까닭에 부드럽게 각색해서 옮기기로 하겠다.

"만남의 약속은 쉽게 할 수 있었어." 그가 말을 시작했다. "왜냐하면 그녀는 자신의 약혼 때문에 빚어진 부녀간의 불화를 보상하려는 뜻에서, 그 밖의 모든 이차적인 문제는 아버지 뜻대로 따르려고 노력하고 있기 때문이지. 모든 준비가 되었다는 장군의 전화가 왔고, 그 불같은 윈터 양도 약속대로 나타나더군. 우리가 그 노장군의 저택이 있는 버클리 광장 104번지 앞에서 마차를 내린 시각은 5시 30분쯤이었어. 그 저택은 회색을 띤 런던 성들 중 하나였는데, 웬만한 교회는 초라해 보일 정도로 장엄한 건물이더군. 그 집의 하인이 우리를 노란 커튼이 쳐진 화려한 객실로 안내했고, 바이올렛 양은 그곳에서 우리를 기다리고 있었네. 그녀는 품위 있고 창백하며 말수가 적은 단호한 성격의 여성으로, 먼 산 위에 쌓인 눈처럼 가까이하기 힘든 분위기가 풍기더군.

어떻게 말해야 그녀의 모습을 선명하게 묘사할 수 있을지 모르겠어, 왓슨. 아마 자네도 만날 기회가 있을 테니까, 자네의 문장력으로 묘사해 보게. 아름답기는 하지만 높은 곳만 지향하는 광신적이고 왠지 이 세상에는 안 어울리는 미인이랄까. 마치 중세 시대의 명화에서 본 듯한 얼굴이었지. 어떻게 그런 야수 같은 자가 이런 존재에게 그 더러운 손길을 뻗칠 수 있었는지 모르겠더군. 극과 극은 서로 끌리기 때문일까? 신성한 존재와 짐승 아니면 야만인과 천사의 만남이라고 표현하면 맞을 것 같아. 이런 최악의 만남은 아마 자네도 처음 볼 거야.

물론 바이올렛 양은 우리가 왜 왔는지 짐작하고 있었는데, 그 악당이 이미 그녀 마음속에 우리에 대한 경계심을 심어 놓은 탓이지. 윈터 양의 등장에는 다소 놀라는 눈치였지만, 손짓으로 우리 각자에게 의자를 권하더군. 마치 존귀한 수녀원장이 두 명의 나병환자를 맞이하는 모습이랄까. 만일 자네가 거만해지고 싶다면 바이올렛 드 멜빌 양에게 가서 한 수 배우면 될 거야.

'자, 선생님.' 하고 그녀가 빙산에서 불어오는 바람처럼 싸늘한 목소리로 말했어. '성함은 알고 있어요. 아마도 제 약혼자 그루너 남작을 비방하러 오셨을 테죠. 제가 여러분을 만나는 이유는 단지 아버지의 부탁 때문이에요. 하지만 분명하게 충고 드리는데, 여러분이 어떤 말을 해도 내 마음은 조금도 흔들리지 않을 겁니다.'

왓슨, 그녀가 참 안쓰럽더군. 그 순간에는 마치 그녀가 내 딸 같다는 생각마저 들었어. 그런데 나는 그렇게 세련된 말주변은 없지 않나. 심장이 아니라 머리로 말을 하지. 하지만 이번에는 정말 최대한 감정이 섞인 말들을 골라 그녀를 잘 이해시켜 보려고 노력했어. 결혼한 후에야 남자의 성품을 깨달은 여자의 생활이 얼마나 비참할지, 피 묻은 손과 음탕한 입술이 놀리는 대로 복종해야 하는 여자의 삶이 얼마나 고통스러울지에 대해 열심히 설명했어. 그 모든 치욕, 공포, 번뇌, 절망에 대해 낱낱이 말했지. 그런데 내가 그렇게 열심히 설명해도 그 무관심한 두 눈에 아무런 감정의 변화도 보이지 않더군. 그 악당이 말했던 '최면암시' 효과가 이런 거로구나 싶은 생각이 들었어. 정말 그녀는 지상이 아닌 황홀한 꿈속 어딘가에 살고 있는 것 같더군. 심지어 그녀의 대답은 아주 명료했어.

'홈즈 선생님, 겨우 참고 들었습니다.' 이렇게 대답하더군.

'이미 말씀드렸듯이 제 마음은 전혀 변함이 없습니다. 저는 애들버트가 매우 치열한 삶을 살아왔고, 그래서 심한 미움이나 부당한 비방을 많이 사고 있다는 점을 알아요. 제 앞에서 그를 욕하는 사람은 이제 선생님이 마지막일 겁니다. 선생님을 모욕하려는 뜻은 아니지만, 당신은 돈을 받고 일하는 탐정이니 지금 남작에 대해 비방하듯이 그의 편을 들 수도 있을 거라는 생각이 드는군요. 그러나 어쨌든 제가 그를 사랑하고 그 역시 저를 사랑하고 있다는 사실만은 이해해 주시리라 믿습니다. 그리고 세상이 뭐라 한들 제 귀에는 창밖에서 지저귀는 새들의 소리보다도 의미가 없다는 사실을 명심해 주세요. 만일 그의 고귀한 천성이 한순간이라도 추락한다면 다시 본래의 진실하고 고귀한 위치로

돌려놓는 것이 제게 부여된 의무라고 생각해요. 아, 잊고 있었군요.'라며 그녀가 나와 함께 간 여자를 돌아보았지. '이 젊은 여자 분은 누구시죠?'라고 묻더군.

내가 대답하려는 순간 미스 윈터가 회오리처럼 끼어들었지. 그때 두 여자의 얼굴은 정말 볼만했어. 한 여자는 불처럼 이글거렸고, 또 다른 여자는 얼음처럼 싸늘하고 말이야.

'내가 직접 말하죠.' 윈터 양이 의자에서 벌떡 일어나면서 소리쳤는데 너무 흥분한 나머지 입이 잔뜩 일그러져 있었지. '나는 그자의 정부였어. 그 악당이 유혹해서 실컷 이용해 먹고 파멸시킨 후 쓰레기 더미에 던져 버린 수백 명 중 하나야. 당신도 똑같이 될 걸. 아마 당신은 쓰레기 더미 대신 무덤에 던져질 가능성이 더 크겠지만, 어쩌면 그게 낫지. 이 바보 같은 아가씨야, 결혼하고 나면 아마 그날로 그놈 손에 죽을 거야. 심장을 터뜨릴지 목을 부러뜨릴지 모르겠지만, 그건 그 사람 마음이지. 당신을 아껴서 이런 말 하는 건 아니야. 그 자가 당신을 죽이든 말든 나와 상관없는 일이니까. 난 그저 그 작자에 대한 미움과 증오 때문에, 받았던 대로 갚아 주고 싶어서 그러는 거야. 그리고 결국 당신도 나랑 똑같으니 그런 눈으로 쳐다볼 필요 없어, 귀족 아가씨. 그런 일을 겪고 나면 당신이 나보다 더 천박해질지도 모르니까.'

그러자 멜빌 양이 냉정하게 '그런 이야기는 별로 하고 싶지 않군요.'하고 잘라 말하더군. '제가 한마디만 하죠. 내 약혼자는 살아오는 동안 변화를 세 번 겪었는데, 그중에는 교활한 여자들과 관계했던 시절도 있었어요. 하지만 그이가 자기가 저지른 그간의 모든 악행을 진심으로 회개하고 있다는 것도 알아요.'

'세 번의 변화 좋아하시네!' 듣고 있던 윈터 양이 갑자기 악을 썼어. '당신은 정말 바보야! 구제불능이라고!'

'홈즈 씨, 이제 면담을 이것으로 끝냈으면 좋겠군요.' 바이올렛 양은 쌀쌀한 목소리로 말했어. '아버지 때문에 선생님을 만나고 있긴 하지만 이 분의 미친 소리까지 듣고 있긴 정말 힘들군요.'

그때 윈터 양이 욕을 하며 앞으로 뛰어들었는데, 만일 내가 팔을 잡지 않았다면 아마 바이올렛의 머리털을 쥐어뜯었을 거야. 윈터 양을 억지로 문까지 끌고 가서 사람들이 몰려들기 전에 마차에 태울 수 있었던 건 천만다행이었어. 왜냐하면 그녀는 화가 나서 제정신이 아니었거든. 사실은 나도 좀 화가 나긴 했지, 왓슨. 왜냐하면 우리는 그녀를 구하려고 노력하는데, 그녀는 차분한 무관심과 극도의 공손함 속에 뭐라 표현하기 힘들지만 성가시다는 반응만 보였으니까. 이제 우리가 어떤 상태에 있는지 자네도 정확하게 알겠지만, 이 방법은 별 효과가 없는 것 같으니 뭔가 새로운 방법을 찾아야만 해. 왓슨, 자네의 도움이 필요할지 모르니 연락하지. 이번에는 우리보다 저들이 행동할 가능성이

더 크지만 말이야."

과연 홈즈의 말이 적중했다. 그들이, 아니 바이올렛 양이 그런 일에 관여했으리라고는 믿을 수 없으므로 그루너 남작이 일격을 가해 왔다고 할 수 있을 것이다. 공포의 고통이 영혼 속까지 녹아들던 그 광고 문안이 눈에 들어왔던 그 순간에 내가 서 있던 바로 그 자리를 나는 지금도 똑똑히 기억하고 있다. 그것은 그랜드호텔과 채링 크로스 역의 중간쯤 되는 지점이었는데, 외다리 신문팔이가 석간을 팔고 있었다. 날짜는 앞의 대화가 있은 지 바로 이틀 뒤였다. 노란 종이에 검은 글씨로 이런 끔찍한 비보가 적혀 있었다.

셜록 홈즈, 괴한의 습격을 받다

나는 멍해져서 한동안 그 자리에 얼어붙은 듯 서 있었다. 그리고 낚아채듯 집어 들었던 신문, 돈을 내지 않았다고 항의하던 남자의 얼굴, 불길한 기사를 읽으면서 약국 문 앞에 서 있던 기억이 뒤죽박죽 한데 엉켜 떠오른다. 그 기사는 이런 내용이었다.

유명한 사립탐정 셜록 홈즈 씨가 안타깝게도 오늘 아침 흉악한 괴한의 습격을 받아 심각한 부상을 입은 것으로 알려졌다. 아직 자세한 내용은 밝혀지지 않았지만 이 사건은 12시쯤 리젠트 가의 카페 로열[37] 앞에서 발생했다. 괴한 두 명이 휘두르는 지팡이에 머리와 몸을 맞은 홈즈 씨는 부상이 매우 심각한 상태라고 의사가 밝혔다. 홈즈 씨는 채링크로스 병원으로 호송되었으나, 본인의 희망으로 베이커 가에 있는 자신의 거처로 다시 옮겼다. 그를 습격한 괴한들은 점잖은 옷차림의 남자들이었는데, 몰려드는 사람들을 피하기 위해 카페 로열로 들어가서 뒷문을 통해 글라스하우스 가로 빠져 나간 듯하다. 그동안 홈즈 씨의 활동과 재능 때문에 종종 타격을 입었던 범죄 조직원들의 소행으로 추정되고 있다.

내가 그 기사를 제대로 훑어볼 새도 없이 마차를 잡아타고 베이커 가로 달려갔음은 새삼 말할 필요도 없을 것이다. 현관에 막

---

37) 1865년 프랑스인 니콜이 글라스하우스 가에 오픈. 1907년 니콜이 죽었을 때, 카페 로열은 런던의 화가와 문인들이 출입하는 레스토랑 카페가 되었다.

들어서다 유명한 외과의사 레슬리 옥숏과 마주쳤다. 그의 마차가 밖에서 기다리고 있었다.

"다행히 생명에 지장은 없습니다." 의사가 말했다.

"머리가 두 군데 찢어졌고, 군데군데 심하게 타박상을 입었더군요. 몇 바늘 꿰맸습니다. 모르핀을 주사했고 충분히 안정을 취해야 하지만, 몇 분 정도의 면회는 괜찮을 겁니다."

이렇게 허락을 받고 나는 어두운 방 안으로 조용히 들어갔다. 환자가 눈을 번쩍 뜨더니 쉰 목소리로 내 이름을 불렀다. 블라인드를 3/4쯤 내려놓았지만, 그 틈으로 비스듬히 들어온 한 줄기 햇살이 붕대에 칭칭 감긴 환자의 머리 위에 머물러 있었다. 흰색 리넨 압박붕대 밑으로 진홍색 반창고가 비쳤다. 나는 옆에 앉아 환자를 내려다보았다.

"괜찮아, 왓슨. 그렇게 겁먹지 말게." 그가 아주 가느다란 목소리로 중얼대듯 말했다.

"보기보단 심각하지 않아."

"천만다행이야!"

"자네도 알다시피, 지팡이 휘두르는 데는 나도 전문가 아닌가. 웬만한 공격에는 끄떡도 안 했는데. 날 이렇게 만신창이로 만든 건 이 자가 두 번째야."

"내가 어떻게 하면 좋겠나, 홈즈? 그 천벌 받을 놈 짓이 분명

해. 자네가 원한다면 가서 그놈을 흠씬 두들겨 패 주겠어."

"왓슨! 아니야, 경찰에서 그 괴한들을 체포하지 못하는 한 우리도 어쩔 수 없어. 그런데 그자들은 미리 탈출구까지 계획해 두었던 모양이야. 예상했던 일이지. 조금만 기다려 봐. 나한테 계획이 있어. 우선 내가 중태에 빠진 것처럼 부풀려 두자고. 소식을 들으려고 사람들이 오겠지. 그럼 자네는 심하게 허풍을 떨어 줘, 왓슨. 내가 잘해야 일주일 정도 살 것처럼 말이야. 뇌진탕, 정신착란, 뭐 그런 것들 있지 않나! 자네가 알아서 너무 극단적이지 않게 잘 말해 두라고."

"그런데 레슬리 옥숏 의사는?"

"아, 그는 괜찮아. 의사는 가장 심각한 증상만 보게 될 테니까. 그건 나한테 맡겨."

"그 밖에 더 필요한 게 있나?"

"그래. 신웰 존슨에게 윈터 양을 피신시키라고 이르게. 그 악당들이 이제 그 여자까지 목표로 삼을지 모르니까. 그날 나와 함께 갔었다는 사실을 틀림없이 알고 있을 거야. 나한테 한 짓을 보면 그 여자도 그냥 두지 않을 거야. 서둘러. 오늘밤에 피신시켜야 해."

"지금 가야겠군. 다른 것은?"

"테이블 위에 내 파이프를 놓아 주게. 담배도. 좋아! 작전을 짜야 하니까 아침마다 와."

그날 밤 존슨과 나는 윈터 양을 조용한 교외로 피신시켰고, 위험이 지나갈 때까지 몸을 감추고 조심하도록 그녀에게 일러두었다.

이후 엿새 동안, 각 신문 기사들은 홈즈의 죽음이 임박한 것 같이 떠들어 댔다. 홈즈의 병세가 절망적이라는 보도와 함께 불길한 기사들이 앞다투어 실렸다. 하지만 내가 매일 방문하면서 느끼기로는 그렇게까지 심각한 상황은 분명히 아니었다. 홈즈는 강한 체질과 굳은 의지로 기적을 만들어 가고 있었다. 회복속도가 너무 빨라서, 혹시 좋아지고 있는 것처럼 나한테까지 연극을 하는 게 아닐까 하는 의문이 이따금 생길 정도였다. 홈즈는 최대한의 극적인 효과를 유도하기 위해 뭔가를 비밀스럽게 진행하는 경향이 있는데, 가장 가까운 친구인 나에게조차 정확한 계획 내용에 대해서는 추측할 수 있는 정도로만 알려주었다. 비밀을 확실히 유지하는 가장 안전한 방법은 혼자만 알고 있는 것이라는 원칙을 그는 끝까지 버리지 않았다. 내가 그의 가장 가까운 친구라는 사실은 의심의 여지가 없지만, 나는 우리 사이에 존재하는 거리감을 늘 완전히 벗어 버리지는 못했다.

일주일 째 되는 날, 드디어 상처의 실밥을 풀었다. 하지만 그 날 석간신문에는 염증에 독이 퍼졌다는 기사가 실렸다. 같은 석간신문의 다른 면에는, 독이 될지 약이 될지 모르지만, 홈즈에게 꼭 전해야 할 기사 하나가 있었다. 그 기사를 요약해 보면, 금요일에 리버풀에서 출발할 커나드 여객선 루리타니아 호의 승객명단에 애들버트 그루너 남작이 포함되어 있는데, 곧 다가오는 바이올렛 드 멜빌 양과의 결혼식에 앞서 해결해야 할 중요한 재정적인 문제 때문에 미국에 다녀올 예정이라는 내용이었다. 아직 창백한 얼굴의 홈즈는 그 뉴스에 집중하는 것 같더니 몹시 놀란 듯 말했다.

"금요일이라고!" 그가 외쳤다.

"겨우 사흘 남았군. 이 악당이 위험한 짐을 덜어내려는 게 틀림없어. 그러면 안 되는데…… 왓슨! 절대로, 그자를 그냥 둘 수 없어! 왓슨, 자네에게 부탁할 게 있어."

"무엇이든지, 홈즈."

"앞으로 24시간 동안 도자기에 대해 집중적으로 공부하게."

그는 더 이상 아무런 설명을 덧붙이지 않았다. 나 역시 아무 질문도 하지 않았다. 오랜 경험상 그의 지시대로 그냥 따르는 편이 현명하다는 사실을 알고 있기 때문이었다. 그러나 그의 방에서 나온 나는 이 특이한 지시를 도대체 어디서부터 시작해야 할까 궁리하며 베이커 가로 걸어갔다. 마침내 세인트 제임스 광장에 있는 런던도서관으로 향했고, 보조 사서인 친구 로맥스에게 사정을 말했다. 곧 여러 권의 책을 양팔 가득히 받아 안은 나는 내 보금자리로 돌아왔다.

한 분야의 전문가인 증인을 심문하기 위해서 월요일에 벼락치기 공부로 관련지식을 머릿속에 억지로 밀어 넣는 변호사는 그 억지 지식을 토요일도 되기 전에 싹 잊는다고 한다. 마찬가지로 지금 나는 도자기에 대해 아는 지식이 별로 없다. 그러나 그날 오후부터 시작해 밤을 하얗게 지새우고, 그리고 다음 날 아침까지 나는 아주 잠깐씩의 휴식 외에는 도자기에 관한 지식을 머릿

속에 밀어 넣고 갖가지 단어들을 외우느라 진땀을 뺐다. 위대한 예술가이며 장식가들의 특징, 군웅할거 시대 자기의 신비, 홍무제 시대(1368~1398) 자기의 문양, 영락제 시대(1402~1424)의 아름다움, 탕잉[38]의 기법과 송나라와 원나라 시대 도자기의 찬란함에 대해서도 알게 되었다. 다음 날 오후 홈즈를 보러 갈 때쯤에는 내 머릿속은 온통 이런 지식들로 꽉 차 있었다. 신문기사만 본 사람들은 상상도 못할 일이었지만, 홈즈는 침상에서 나와 그가 제일 좋아하는 안락의자에 깊숙이 기대앉아서 붕대를 칭칭 동여맨 머리를 손으로 받치고 있었다.

"왜 일어나 있나, 홈즈. 자네가 다 죽어 가고 있다는 신문기사를 믿는 사람이라도 보면 어쩌려고."

"놀라 자빠질 테지. 왓슨, 공부는 잘 되 가나?"

"최선을 다하고 있어."

"좋아. 그렇다면 도자기에 대해 전문적인 대화도 할 수 있겠지?"

"아마 할 수 있을 거야."

"그럼, 저 벽난로 선반 위에 있는 작은 상자를 가져다 주게."

---

38) 唐英: 18세기 청나라 건륭제 시대의 도공.

홈즈가 상자의 뚜껑을 열고 고운 비단으로 매우 세심하게 포장된 작은 물건을 꺼냈다. 포장을 풀자 매우 아름다운 푸른빛이 도는 작은 접시가 나왔다.

"조심해서 다뤄야 해, 왓슨. 중국 명 시대의 진품이거든. 지금까지 크리스티 경매[39]에 등장했던 물품들 중에서도 가장 섬세한 작품이지. 이 접시의 완전한 세트는 황제의 몸값만큼 가치가 나간다는군. 하긴 베이징 황궁 밖에 그런 완전한 세트가 존재하는지 자체가 의문이긴 하지만 말이야. 이 접시에 대한 품평은 진짜 전문 감정가한테 맡겨 보자고."

"이걸 갖고 어떻게 하라는 거야?"

홈즈가 명함 한 장을 건네주었는데, 거기에는 '힐 바튼 의사, 하프문 가 369'라고 인쇄되어 있었다.

"이게 오늘 저녁 자네의 가명이야, 왓슨. 우선 그루너 남작에게 전화해. 그는 아마 8시 30분쯤에 시간이 비어 있을 거야. 전화할 거라고 미리 전갈을 보내고, 명 시대의 진귀한 도기 세트를 가져가겠다고 말하면 돼. 그리고 수상하다는 인상을 주면 안 되니까 자네의 본래 직업은 그대로 의사라고 해. 취미로 수집하

---

[39] 나중에 나온 소더비와 함께 세계 최고의 경매 하우스.

는데 어쩌다 이 귀한 세트를 구하게 됐고, 남작이 이런 주제에 관심이 많다고 들어서 가져왔다며 값을 후하게 쳐주면 팔겠다고 해."

"값은 얼마나 나가는데?"

"좋은 질문이야, 왓슨. 자신이 소유한 자기의 가치도 모른다면 당연히 의심을 받겠지. 이 접시는 제임스 경이 빌려다 주었는데, 아마 그의 의뢰인의 수집품 같아. 이 세상 어디에서도 이만한 물건은 찾을 수 없을 거라고 큰소리 쳐도 결코 허풍으로 들리지 않을 거야."

"그렇다면 전문가의 눈으로 이 물건의 가치를 평가해 달라고 하는 것도 괜찮겠군."

"훌륭해, 왓슨! 자네 오늘따라 유난히 재치가 번뜩이는군. 크리스티나 소더비에 내놓겠다고 넌지시 암시하는 것도 좋겠지. 혼자 값을 정하기는 매우 조심스러운 물건이니까."

"그런데 남작이 만나 주기나 할까?"

"그럼, 틀림없이 만나 줄 거야. 그는 엄청난 수집광이야. 더구나 도자기에 대해서라면 대가로 인정받고 있는 사람인데 이걸 그냥 지나치지는 못할 걸. 왓슨, 앉아서 내가 부르는 대로 편지를 받아 적어. 답장을 받을 필요는 없어. 그저 자네가 가겠다는 말과 그 이유만 밝히면 되니까."

그것은 짧고 공손하면서 전문가의 호기심을 자극하는 멋진 편지였다. 적당한 시간에 배달원을 통해 그 편지를 전달했다. 그리고 그날 저녁, 귀한 접시를 손에 들고 힐 바튼 의사의 명함을 주머니에 꽂은 나는 혼자만의 모험을 떠났다.

아름다운 저택과 정원을 보니 제임스 경 말대로 그루너 남작이 얼마나 부유한지 한눈에 알 수 있었다. 양편에 관목이 드문드문 있는 제방을 마차로 굽이굽이 한참 돌아가서야 바닥에 자갈이 깔리고 조각상들로 장식된 멋진 정원이 나타났다. 남아프리카의 황금 왕이 한참 전성기에 지었다는 이 정원과, 건축학적으로 보면 한낱 장애물에 불과할지도 모를 포탑을 구석구석 세워 놓은 낮은 건축물의 규모와 견고함에 저절로 탄성이 새어 나왔다. 주인의 의자를 장식하고 있던 집사가 안에서 나와 벨벳 옷을 입은 하인에게로 인도했고, 다시 그 하인의 안내를 받아서 남작이 기다리는 곳에 도착할 수 있었다.

남작은 창문 사이에 세워 놓은 커다란 상자를 열어 보는 중이었는데, 그 안에 도자기 수집품 몇 점이 들어 있는 것이 보였다. 내가 들어서자 그는 손에 작은 갈색 화병을 든 채 돌아보았다.

"앉으시죠." 그가 말했다.

"내 보물들을 훑어보던 중입니다. 여기에 하나 더 보탤 여유가 있나 살펴보려고 말이죠. 이 조그만 당나라 시대 유물은 7세기 작품인데 아마 당신도 흥미가 있으실 겁니다. 이렇게 섬세한 솜씨나 풍부한 광택은 정말 찾아보기 힘들죠. 말씀하신 명 시대의 접시는 가져오셨습니까?"

나는 조심스럽게 포장을 풀어 그의 앞에 놓았다. 그는 책상 앞에 앉아 등불을 바깥쪽으로 돌려 조명을 조금 어둡게 한 후 접시를 찬찬히 살펴보았다. 그가 노란 불빛 아래서 접시를 살펴보는

데 몰두했기에 나는 느긋하게 그를 살펴볼 여유를 얻었다.

정말 그의 용모는 눈에 띄게 준수했다. 그만한 용모라면 유럽 전역에 평판이 날 만도 했다. 키는 평균이었지만 체격이 건장하고 민첩해 보이는 몸매였다. 얼굴은 검은 편에 속했고, 동양적인 분위기가 물씬 풍겼다. 특히 그 크고 짙은 색의 우수에 잠긴 듯한 눈매라면 여성들이 쉽게 매혹 당할 것이다. 머리카락과 수염은 칠흑같은 검은색이고, 짧게 면도한 수염에는 포마드를 세심하게 발라 끝을 뾰족하게 다듬어 놓았다. 단정한 분위기였고, 일직선으로 꼭 다문 얇은 입술만 빼면 상냥한 인상이었다. 그러나 그의 입술에는 살인자의 분위기가 서려 있었다. 냉혹하고 무시무시한 얼굴에 생긴 잔혹하고 깊은 상처 같은 입술이었다. 수염을 옆으로 잡아당기는 그의 버릇은 경망스러워 보였는데, 그것은 희생의 대상에게 경고를 보내는 본능적인 신호처럼 느껴졌기 때문이다. 하지만 그의 목소리는 상냥하고 몸가짐은 나무랄 데가 없었다. 나중에 보게 된 기록에는 그의 나이가 42세로 되어 있었지만, 그냥 봐서는 이제 서른을 갓 넘긴 듯이 보일 뿐이었다.

"아주 훌륭하군요. 정말 최고입니다!" 마침내 그가 말했다.

"이것과 일체를 이루는 한 세트를 소장하고 계시다는 말씀이시죠. 이렇게 완벽한 표본이 있는 것을 내가 모르고 있었다니 참

놀랍군요. 제가 알기로는 영국에 이것과 일체가 되는 것이 한 점 있긴 하지만 분명 시장에 내놓지는 않은 걸로 알고 있습니다. 힐바튼 선생, 이걸 어떻게 구하셨는지 여쭤 봐도 되겠습니까?"

"그게 사실입니까?" 나는 가능한 한 소탈하게 보이도록 노력하며 물었다.

"이게 정말 그렇게까지 가치 있는 진품이란 말씀이시죠. 전문가께서 그렇게 보증해 주시니까 아주 만족스럽습니다."

"정말 수수께끼로군요." 그의 두 눈에 한순간 의심의 빛이 스쳐 지나갔다.

"이런 가치 있는 물건을 거래할 때는 누구라도 그 거래와 관련된 모든 사항을 확인하고 싶어하는 게 당연하겠죠. 이 물건은 진품이 확실합니다. 그 점은 제가 보증할 수 있으니까요. 그런데 저는 이런 거래를 할 때, 혹시 생길 수 있는 모든 가능성, 예를 들면 나중에 이 물건의 판매권자가 당신이 아니라고 밝혀질 수도 있다는 등의 추측을 해 본답니다."

"어떤 종류의 하자도 없다는 걸 보장합니다."

"물론, 당신의 보장이 정말 가치 있는 것인가 하는 점부터 따져 봐야 하겠지요."

"제 거래 은행에 확인하시면 대답해 줄 겁니다."

"그렇군요. 그런데 이건 다소 이례적일 만큼 갑자기 생긴 일이라서 말입니다."

"사지 않으셔도 상관없습니다." 나는 무관심한 척 말했다.

"나는 남작이 이 분야의 전문가라고 알고 있기 때문에 가장 먼저 제안해 본 겁니다. 이런 물건이야 원하는 사람을 찾기가 그리 어렵지는 않을 테니까요."

"내가 전문가라는 건 어떻게 아셨습니까?"

"당신이 도자기에 관해 쓴 책을 알고 있습니다."

"그 책을 읽어 보셨단 말입니까?"

"아니오."

"이런, 이거 정말 헷갈리는군요! 이렇게 가치 있는 작품을 소장하신 것으로 봐서 당신은 분명 뛰어난 감정가이자 수집가일 텐데요. 그런데 당신이 소장하고 있는 작품들의 그 의미와 가치에 대해 알려줄 만한 책을 참고하지 않으시다니요. 그 점에 대해 설명해 주실 수 있습니까?"

"나는 아주 바쁜 사람입니다. 사실 난 의사입니다."

"그건 대답이 되지 못합니다. 자기 취미에 심취해 있는 사람이라면 다른 직업이 있더라도 그 취미에 몰두하게 마련이죠. 편지에는 당신이 감정가라고 당당하게 밝혔던데요."

"그렇습니다."

"그렇다면 몇 가지 시험삼아 질문해 봐도 괜찮겠습니까? 말씀해 보시죠. 당신이 사실은 의사라니, 점점 더 의심스러워지는 군요. 쇼무聖武 천황이 누구인지 그리고 일본 나라 현에 있는 쇼소인正倉院과 그의 관계에는 어떤 연관성이 있는지 설명해 주시겠습니까? 이런, 당신에게 너무 어려운 질문입니까? 그렇다면 북위 왕조가 도자기 역사에서 차지하는 위치에 대해 조금만 설명해 보시죠."

나는 화난 체하며 의자에서 벌떡 일어났다.

"정말 너무하시는군요, 남작." 내가 말했다.

"난 당신과 거래하러 왔지, 초등학생처럼 그 따위 시험을 보러 온 게 아니오. 이런 주제에 대해 내가 알고 있는 지식은 당신에 비하면 유치하기 짝이 없겠지만, 이렇게 불쾌한 방식으로 묻는다면 아무 말도 하지 않겠소."

그는 나를 찬찬히 살펴보았다. 그의 두 눈에 무엇인가를 고민하는 표정이 역력했다. 그러다 갑자기 광채가 번쩍였다. 그 잔혹하게 생긴 입술 사이로 이가 번뜩이는 게 보였다.

"이거 무슨 게임을 하자는 건가? 당신 스파이지? 홈즈의 스파이가 틀림없어. 내 허점을 노리려는 수작이로군. 홈즈가 죽어가고 있다고 하던데, 그래서 날 감시하려고 부하를 보낸 건가? 여기 그대로 있다간 큰일 날 텐데. 좋아, 아마 들어오긴 쉬워도 나가는 길을 찾기는 힘들거야."

그가 미친 듯이 흥분해서 갑자기 덤벼들었기 때문에 나는 잔뜩 긴장한 채로 뒤로 물러서며 그의 공격을 피했다. 남작은 처음부터 의심을 품었던 모양이다. 그리고 이 심문을 통해 진실을 파악하게 된 듯했다. 더 이상 그를 속일 수 없는 게 분명했다. 그는 옆쪽 서랍에 손을 집어넣고 난폭하게 무엇인가를 마구 뒤졌다. 그때 갑자기 무슨 소리가 들렸는지 그가 귀를 쫑긋거렸다.

"아!" 그가 소리쳤다. "이런!" 그리고 뒤에 있는 방으로 뛰어 들어갔다.

열린 문 쪽으로 나도 두어 걸음 다가갔다. 그 방에 펼쳐진 광경을 나는 영원히 잊을 수 없을 것이다. 정원 쪽으로 통하는 창문이 활짝 열려 있었고, 그 옆으로 끔찍한 유령 같은 모습이 보였다. 피로 물든 붕대로 머리를 칭칭 동여매고 일그러지고 창백한 얼굴을 한 채 서 있는 것은 바로 셜록 홈즈였다. 다음 순간 그의 몸이 공중으로 튀어오르는가 싶더니 창밖 관목 사이로 뛰어내리는 소리가 들렸다. 곧 이 저택의 주인이 미친 듯이 소리치며 홈즈를 쫓아 열려진 창문을 향해 돌진했다.

그런데 다음 순간! 그것은 정말 순식간이었지만 나는 똑똑히 보았다. 팔 하나가, 어느 여자의 팔 하나가 나뭇잎 사이에서 쑥 나오더니 무엇인가를 던졌다. 동시에 남작이 끔찍한 비명을, 내 기억 속에 영원히 쩡쩡 울릴 비명을 질러 댔다. 그가 두 손으로 자기 얼굴을 두드려 대며 방을 한 바퀴 빙글 돌더니 벽에 끔찍할 정도로 세게 머리를 부딪쳤다. 그리고는 카펫 위에 쓰러져 구르고 몸부림치면서 집 안 가득 울릴 만큼 비명을 질러 댔다.

"물! 세상에, 물을 줘!"

나는 옆의 탁자 위에 있는 물병을 들고 그를 돕기 위해 달려갔다. 곧 집사와 하인 몇 명이 아래층에서 급히 뛰어올라왔다. 내가 무릎을 꿇고 앉아 부상자의 그 끔찍한 얼굴을 불빛에 비추었을 때 하인들 중 한 명이 기절했던 것이 기억난다. 황산이 남작의 얼굴 여기저기를 녹이면서 귀와 턱 아래로 뚝뚝 흘러내렸다. 한쪽 눈은 이미 하얗게 다 녹았고, 다른 쪽은 벌겋게, 시뻘겋게 타 들어가고 있었다. 몇 분 전에 내가 그토록 감탄했던 얼굴, 아름다운 그림 같은 얼굴이 이제 더럽고 축축한 스펀지로 문질러 댄 것처럼 일그러지고 뭉개지면서 더 이상 사람의 모습이 아닌 끔찍한 몰골로 변했다.

나는 무슨 일이 생겼는지, 그리고 황산으로 인한 상처가 얼마나 심각한지 간단하게 설명했다. 누군가 창문으로 기어 올라왔고 다른 사람들은 잔디밭으로 뛰어나갔다. 그러나 사방에 짙은 어둠이 깔려 있었고 비까지 내리는 상황이었다. 희생자는 고통스럽게 비명을 질러 대며, 중간중간 자신의 복수자를 향해 분노가 서린 고함을 쳤다.

"그 미친 살쾡이 같은 키티 윈터 짓이야!" 그가 소리쳤.

"오, 지옥에 처넣을 계집 같으니! 갚아 주겠어! 기필코 갚고 말겠다! 오, 이런 세상에, 못 참겠다고, 너무 괴로워!"

나는 그의 얼굴을 기름으로 씻어내고, 벗겨진 피부 위에 솜을 올려놓은 후 모르핀을 주사했다.[40] 이 충격으로 남작은 나에 대한 의심은 모두 잊은 채, 죽은 물고기의 눈 같은 두 눈으로 나를 바라보며 내가 치유할 수 있다고 믿는 듯 내 팔에 매달렸다. 이토록 추악한 모습의 원인이 된 그 악당의 삶이 선명하게 떠오르지만 않았어도 나는 그 몰락한 모습에 눈물을 흘렸으리라. 하지만 화상을 입은 남작의 손에 닿는 감촉이 왠지 꺼림칙해서, 그의 주치의가 전문의와 함께 나타나자 나는 비로소 짐을 덜어낸 해방감을 느꼈다. 경찰 조사관이 도착했고, 나는 그에게 내 진짜

---

40) 왓슨은 기름과 솜, 모르핀을 어디에 갖고 왔을까? 라는 의문을 제기한 셜로키언이 있다.

명함을 건네주었다. 굳이 사실을 숨기는 것은 쓸데없고 바보 같은 짓일 게 뻔했다. 왜냐하면 스코틀랜드 야드에 나는 홈즈만큼이나 잘 알려져 있었기 때문이다. 곧 나는 그 우울하고 두려운 집에서 나왔고, 1시간 후에는 베이커 가에 도착할 수 있었다.

홈즈가 매우 창백하고 지친 모습으로 그의 익숙한 의자에 앉아 있었다. 부상도 부상이지만 그의 무쇠 같은 신경조차 오늘 사건에는 큰 충격을 받은 모양이었다. 내가 남작의 변화된 모습을 이야기해 주자 그는 몸을 떨었다.

"죗값을 치른 게야, 왓슨, 죗값 말이야![41]" 홈즈가 말했다.

"조만간 언제라도 일어날 일이었지. 하늘은 아실 거야. 그 정도면 죗값으로 충분한지." 그리고 탁자 위에 있는 갈색 표지의 책 한 권을 들며 이렇게 덧붙였다.

"이게 윈터 양이 말했던 책이야. 만일 이 책도 그 결혼을 막지 못한다면, 더 이상은 방법이 없을 거야. 하지만 반드시 성공해야지, 왓슨. 반드시. 자존심이 전혀 없는 여자도 견뎌 낼 수 없을 거야."

"그건 사랑에 대한 기록인가?"

---

41) 신약성경 로마서 6장 23절 인용.

"그자의 색욕에 관한 기록이라고 할 수 있지. 제목은 자네 마음대로 붙이게. 윈터 양이 이 책 이야기를 꺼냈을 때, 그걸 손에 넣을 수만 있다면 얼마나 가공할 위력을 지닌 무기가 될지 즉시 깨달았지. 하지만 그 당시에는 내 생각을 말할 수 없었어. 그 여자가 누설할지도 모르니까 말이야. 그래서 속으로만 끙끙거리고 있었지. 그런데 이번에 내가 사고를 당한 덕에 남작의 경계심을 조금 늦출 수 있었으니, 결과적으로 모두 잘된 일이지. 사실은 조금 더 기다릴 작정이었는데, 그의 미국 방문 계획 때문에 무리수를 던질 수밖에 없었어. 이런 자료를 그냥 두고 갈 리가 없으니까 말일세. 그래서 즉시 행동에 옮길 수밖에 없었다네. 그가 경계하고 있어서 그날 밤 훔쳐내기란 거의 불가능했지. 다만 그의 관심을 다른 데로 돌려놓을 수만 있다면 밤에 기회를 잡을 수 있을지 모른다는 생각이 들더군. 자네와 그 파란 접시의 역할이 바로 그거였어. 그렇지만 그 책의 위치를 정확하게 알아야 가능한 일이었지. 왜냐하면 자네의 도자기에 대한 지식만큼이 내가 움직일 수 있는 시간의 한계일 테니까, 겨우 몇 분에 불과할 게 뻔했지. 그래서 마지막 순간에 윈터 양을 데려왔던 거야. 그 여자가 망토 속에 작은 꾸러미를 몰래 숨겨 올 것이라고 내가 상상이나 했겠나? 나는 그 여자가 날 도와줄 목적으로 따라 온다고 생각했는데, 그 여자도 자기 나름대로 일을 꾸미고 있었던 거야."

"남작은 내 정체를 눈치채더군."

"나도 걱정했던 점이야. 그렇지만 자네는 그 책을 찾아낼 만큼은 충분히 그를 붙잡아 두었어. 탈출할 시간은 조금 부족했지만. 아, 제임스 경, 잘 오셨습니다!"

우리의 품위 있는 친구가 연락을 받고 달려 온 것이다. 홈즈가 그동안 일어난 일에 대해 이야기하자 그는 내내 경청했다.

"선생, 정말 큰일을 해냈군요. 대단해요!" 그가 홈즈의 말을 듣고 나서 감탄했다.

"그렇지만 왓슨 선생의 묘사대로 그자의 부상이 그렇게 끔찍하다면 이 혐오스런 책을 사용하지 않아도 결혼은 충분히 무산될 것 같군요."

홈즈가 고개를 저었다.

"멜빌 양 같은 여성들은 그렇지 않습니다. 아마도 희생자가 고통스러워하는 만큼 그 사랑이 더 깊어질 겁니다. 그러나 누구도 그렇게 되는 것을 원치 않을 겁니다. 우리가 파멸시키려는 것은 그자의 육체가 아니라 윤리적인 측면이지 않습니까. 이 책을 보면 멜빌 양도 진실에 눈을 뜰 테고, 그러면 더 이상은 아무 일도 없을 겁니다. 이것은 그자가 자신의 경험을 적어 놓은 책입니다. 멜빌 양도 빠질 수는 없었겠죠."

제임스 경은 그 책과 귀한 접시, 두 가지를 모두 가져갔다. 나도 돌아가야 했기 때문에 그와 함께 계단을 내려와 거리로 나갔다. 브로엄 마차가 제임스 경을 기다리고 있었다. 그는 마차에 올라타자마자 콕에이드 기장[42]을 꽂은 모자를 쓴 마부에게 출발하라고 급하게 명령했고 그렇게 서둘러 떠났다. 그는 패널 위에 새겨진 문장을 가리려고 코트를 벗어 창문 밖으로 반쯤 걸어 놓았으나, 부채형 창문에서 흘러나오는 빛 덕분에 나는 그 눈부신 문장을 놓치지 않았다. 너무 놀라서 숨이 막힐 지경이었다. 곧장 뒤로 돌아 홈즈의 방까지 뛰어올라갔다.

"우리 의뢰인이 누군지 알았어." 나는 이 굉장한 뉴스에 잔뜩 흥분해서 외쳤다.

"홈즈, 그 사람은 말이지······."

"왕족이고 용기 있는 신사 분이지.[43]" 홈즈가 움츠렸던 팔을 쭉 뻗으며 이렇게 말을 가로챘다.

"그 문제는 그 정도만 밝히면 충분해."

그 죄스러운 책이 사용되었는지는 모르겠다. 아마 제임스 경

---

42) 영국 왕실의 하인이 모자에 꽂는 꽃무늬 기장.
43) 에드워드 7세는 홈즈의 능력을 신뢰한 것 같다. 또 홈즈는 나이트 작위를 거절한 후 에드워드 7세에 대한 태도가 부드러워졌다.

유 명 한   의 뢰 인

이 그것을 처리했을 것이다. 아니면 매우 미묘한 문제를 안고 있기 때문에 그 여자의 아버지에게 위임했을 가능성도 크다. 어쨌든 결국 우리가 원했던 목표는 이루어졌다. 바로 사흘 뒤, 〈모닝 포스트〉에 애들버트 그루너 남작과 바이올렛 드 멜빌 양의 결혼식이 취소되었다는 기사가 실렸다. 같은 신문의 다른 면에는 황산을 투척한 혐의로 소송 중인 키티 윈터에 대한 첫 형사재판 소식도 실려 있었다. 이 재판에는 여러 가지 정황이 정상참작 되었으며, 기억할지 모르지만 그녀가 앞으로 어떤 복수를 당할지도 모른다는 가능성 때문에 최소한의 형량이 선고되었다. 셜록 홈즈는 절도죄로 고소하겠다는 협박을 받았지만, 그 목적이 선량했고 의뢰인이 매우 고명했던 덕에, 엄격한 영국 법률조차도 인간적인 유동성을 발휘했다. 그래서 홈즈는 아직까지 법정 피고인석에 서지 않았다.